国家社科基金
后期资助项目
GUOJIA SHEKE JIJIN HOUQI ZIZHU XIANGMU

# 场域视角下的
# 宋代文学传播研究

叶宽　著

WUHAN UNIVERSITY PRESS
武汉大学出版社

**图书在版编目(CIP)数据**

场域视角下的宋代文学传播研究/叶宽著.—武汉：武汉大学
出版社,2024.12
国家社科基金后期资助项目
ISBN 978-7-307-23399-7

Ⅰ.场… Ⅱ.叶… Ⅲ.古典文学—文学研究—中国—宋代
Ⅳ.I206.2

中国版本图书馆 CIP 数据核字(2022)第 195653 号

责任编辑:程牧原 责任校对:鄢春梅 版式设计:韩闻锦

出版发行: **武汉大学出版社** (430072 武昌 珞珈山)
　　　　　(电子邮箱:cbs22@ whu.edu.cn 网址:www.wdp. com.cn)
印刷:武汉邮科印务有限公司
开本:720×1000 1/16 印张:16.5 字数:284 千字 插页:1
版次:2024 年 12 月第 1 版 2024 年 12 月第 1 次印刷
ISBN 978-7-307-23399-7 定价:89.00 元

国家社科基金后期资助项目（16FZW017）

# 国家社科基金后期资助项目
## 出版说明

　　后期资助项目是国家社科基金设立的一类重要项目，旨在鼓励广大社科研究者潜心治学，支持基础研究多出优秀成果。它是经过严格评审，从接近完成的科研成果中遴选立项的。为扩大后期资助项目的影响，更好地推动学术发展，促进成果转化，全国哲学社会科学工作办公室按照"统一设计、统一标识、统一版式、形成系列"的总体要求，组织出版国家社科基金后期资助项目成果。

全国哲学社会科学工作办公室

# 目　　录

# 绪　　论

## 一、概念解析

### （一）传播与文学传播

"传播"一词很早就在中国典籍中出现，唐代史官李延寿作《北史》，有"宣传播天下，咸使知闻"①之语，这一词汇的意义古今类同，多指信息得到长久且广泛的宣扬、流传。传播学作为专门学科兴起后，近代西方学者进一步扩充了这一概念的内涵。被誉为"传播学之父"的美国学者威尔伯·施拉姆指出，传播是"人类关于赖以存在和发展的机制，是一切智能的象征，且通过空间传达它们和通过时间保存它们的手段"②。人类的传播活动不仅是一种客观存在的现象，而且被理解为具有创造性意义，具有联系、沟通、协调的功能，是社会构成的基础，并推动着社会发展。"传播把分散的个人联系起来，形成有一定秩序的社会，以及丰富多彩的社会生活。"③

与社会化大生产的一般原理相适应，文学活动同样包括生产、流通、消费、再生产等基本环节。文学传播是维系作者、作品、读者这三个构成文学活动的基本元素的纽带，过去人所关注的作家和作品，只属于"创作"这一环节，文学批评也只是"接受"的一部分。然而作者很少纯粹地为写作而写作，文学作品也不可能为作者本人所独占，在读者的阅读和社会的认可后，它才能实现本身的意义和功能。传播将文学活动的参与者关联在一起，使与文学相关的各种元素构成一个完整的、相互依存的、有独特逻辑的体系。郭庆光在《传播学教程》中以"过程""行为""系

---

① （唐）李延寿：《北史》卷九九《突厥传》，中华书局 1974 年版，第 3294 页。
② ［美］威尔伯·施拉姆：《传播学概论》，陈亮等译，新华出版社 1984 年版，第 3 页。
③ 宋林飞：《社会传播学》，上海人民出版社 1994 年版，第 6 页。

统"三个关键词对"传播"概念进行解析，笔者参考这一思路，认为"文学传播"的指涉意义应该包括：（1）文学信息的传递过程。文学信息一般以某种物化形式存在，通过特定的方式，实现从作者到读者的流动。（2）文学交往行为的进行。文学活动的参与者围绕文学信息的传播与接收而展开的互动行为，体现了不同参与者在文学体系中的地位。（3）文学信息系统的运作。文学传播构筑的具有独特规则的社会空间，是一个特殊的社会信息系统，对其他系统乃至整个社会的运作产生了重大影响。

（二）文学传播学

文学传播研究是近年来兴起的一个特殊研究领域，作为文学与传播学相互融合的产物，其研究目的不是为了完善传播学理论，而是要以文学为本位，以传播为视角，为文学研究开辟新的研究领域与研究方法。

文学传播研究涉及诸多领域，问题复杂，而且研究者取径不一，方法趋向多元化，仅仅考察文学传播方式，就可以引申出多种议题。随着具体研究成果不断涌现，文学传播学科的创建开始提上议事日程，已有学者提出了文学传播学的具体定义。曹萌提出："文学传播学是研究作家的宴集唱和、结社、流派以及文学作品的生产、流传和影响的特征及其规律的一门学科。研究的主要内容有作家的宴集唱和、结社流派以及文学作品传播的方式、地域，以及与文学传播接受相关的区域分布特征以及传播媒介的变革与文学发展的互动关系等等。"①这一说法尚有不甚完善之处，未能对文学传播学进行全面、深入的总结。吴大顺对文学传播学相关研究领域进行的系统概括，则更为精当：

> 第一，文学传播学理论研究，构建文学传播学理论体系；第二，文学传播历史研究，梳理和总结文学传播学发展历史；第三，文学传播过程研究，描述文学活动行为，还原文学生态；第四，文学传播方式研究，传播媒介、传播方式及功能与效果，文学的跨媒介、跨文化传播等；第五，文学传播内容研究，文学母题的流变，新旧文学的渗透与转化，新媒体与新的文学形式，文学的文化、旅游资源转化与产业化发展模式等；第六，文学传播效果研究，文学接受与受众分析；第七，文学传播控制研究，文学生产与传播的政治文化制度、文学批

---

① 曹萌：《文学传播学的创建与中国古代文学传播研究》，《沈阳师范大学学报》（社会科学版）2004 年第 5 期。

评等；第八，文学研究的传播学方法研究，调查与实验方法及统计法在文学研究中的运用等。①

文学传播学的体系逐渐形成。这既是传统文学研究已达到一定高度，研究者另辟蹊径的结果，又是研究者对文学的认识日趋深入，研究领域进一步扩大的必然趋势。文学传播学作为交叉学科，应当重视理论和研究方法的创新，引入传播学、社会学的相关成果，才能明确学科特色，在传统文学研究思路的基础上开拓创新。

## 二、研究概况

### （一）文献综述

近年来，古代文学传播研究逐渐成为学界热点，相关成果也渐成规模。笔者所关注的古代文学传播研究成果，主要集中在以下几个方面。

其一是古代文学传播的整体研究。此类研究主要是对于古代文学传播的研究综述，以及对其研究思路与研究意义的总结，代表作有：曹萌《文学传播学的创建与中国古代文学传播研究》、李永平《古典文学传播研究刍议》、邱美琼《新时期以来古典文学传播研究述略》、柯卓英《文学研究领域中传播学理论运用探析——以中国古代文学研究为例》、张荣翼《文学传播的批评意义》，以及王兆鹏《中国古代文学传播研究的六个层面》《传播与接受：文学史研究的另两个维度》《中国古代文学传播方式研究的思考》等。此类研究有利于后学把握古代文学传播研究的基本状况，对于具体选题有着重要的指导意义。

其二是传播方式研究。传播方式可说是文学传播现象中最直观、最容易被把握的部分，研究者往往由此入手，进而观察传播活动的其他要素，因此围绕这一问题的研究成果颇为可观。如王兆鹏《宋文学书面传播方式初探》《宋代诗文别集的编辑与出版——宋代文学的书册传播研究之一》，谭新红《宋词的书册传播》，王小盾《中国韵文的传播方式及其体制变迁》，焦宝、何姗《论中国古代文学传播方式的嬗变过程》，张洪波《中国古代文学传播的方式演进及其经济动因探析》等。关于传播方式的研究以材料丰富、分类清晰、说明详尽见长，但如果仅停留在这一层面

---

① 吴大顺：《古代文学传播研究现状及文学传播学构建》，《中北大学学报》（社会科学版）
2018 年第 2 期。

上，难以洞察文学传播活动的整体状况。

其三是传播意识研究。此类研究的代表作有薛泉《李东阳的文学传播意识》、杨挺《符号、技术与社会——宋代文学传播的观念更新及其意识自觉》、黄俊杰《唐五代文人传播意识研究》等。虽然成果数量相对较少，但此类研究通过传播者的角度来理解复杂的传播现象，以简驭繁的处理方式值得肯定。

其四是特定类型文学作品的传播研究。当今学界尤其关注具有鲜明特征的词的传播，主要集中在歌妓演唱和词体传播文本化这两个方面。此类论文的代表作主要有：王兆鹏《宋词的口头传播方式初探——以歌妓唱词为中心》，谭新红《宋词传播中的男声演唱》，董希平《宋诗的助力与词作的广泛传播——北宋前期词繁荣的一个重要标志》，刘尊明、田智会《试论周邦彦词的传播及其词史地位》，邓建《从词集的编辑与流传看柳永词的传播》，杨金梅《音乐与辞章：宋词的两种传播方式》等。在宋词传播研究取得一定成果、逐渐达成共识的同时，学界对于文章传播的研究略有不足。李永平《包公文学及其传播》跳出文体类型的固定思路，依据主题类型来选择研究对象，不仅介绍了包公文学生产与传播的概况，还注意到文学传播具有意义生成的特性，对于包公形象的塑造具有积极作用，尤其值得关注。

其五是典型作家作品的传播研究。其代表作多为个案研究，如邱美琼《黄庭坚单篇诗歌作品的早期流播》《黄庭坚诗歌在明代的传播》《黄庭坚诗歌在清代的传播》《黄庭坚诗歌传播与接受的文本预结构》《黄庭坚诗歌传播与接受的文化语境》，邱美琼、胡建次《黄庭坚诗歌在宋代的传播》等。这方面的选题有模式化的趋势，且研究者在探讨文学作品传播过程时，容易将其简化为书籍的版本考，模糊了文学传播研究与其他领域的界限，需要慎重对待。

此外，中国台湾古代文学传播研究也取得了相当大的成就，代表性的成果主要有杨玉成《小众读者——康熙时期的文学传播与文学批评》《刘辰翁：阅读专家》《后设诗歌：唐代论诗诗与文学阅读》，罗宗涛《唐人题壁诗初探》《从传播的视角析论宋人题壁诗》等。诸多学者中，张高评教授独辟蹊径，从雕版印刷和宋代文学风气新变的关系入手，成就尤为显著。

目前，学界对古代文学传播的研究已经取得了一定的成果，对于部分问题的认识已经非常深入，有些研究得到了一致认可，取得了巨大的反响。但从总体上看，文学传播研究的成果与其他文学研究课题相比还是存在着明显的差距，许多问题还须进一步分析方能得到解决，许多领域还须进一步开拓才能清楚认识。有论者已指出："古代文学传播研究取得了较突出的成就，但也存在研究对象较狭窄、研究内容较单薄、理论探讨较缺乏等问题。"①

笔者认为，文学研究者大多没有传播学、社会学的学术背景，现有的一些研究成果对材料有全面的把握、对文本有细致的分析，却没有使用符合文学传播学特色的分析框架，缺乏交叉学科的独特性，也没有体现理论上的开拓，有的甚至是将传统研究模式改头换面，冠上新的名号。因此，对于古代文学传播活动进行全面、系统、深入的研究，有着非常重要的学术价值，有利于古代文学研究的进一步发展。在研究过程中，尤其要注意观点形成和理论建构，使研究呈现出全新的面貌。

（二）研究要点

研究者对于文学传播概念的理解限定了研究的取向，上文提到的"过程""行为""系统"这三个关键词，代表着三种方向：从信息角度切入，探讨文学信息的流动；以人为本位，分析文学活动的参与者如何传播信息；以文学信息系统为研究对象，并注意其与社会结构的关联。

有学者认为："传播学的研究对象应该是'传播过程'。"②考察信息在社会中流动的状况、机制和规律，是最直接的研究思路。美国学者拉斯韦尔明确解析了传播过程及其五个基本构成要素，即：谁（who）？说什么（what）？对谁（to whom）说？通过什么渠道（in which channel）？取得什么效果（with what effect）？这五个分析角度涵盖了传播研究的主要领域。王兆鹏在《中国古代文学传播研究的六个层面》中对中国古代文学传播研究的基本范畴作出了规定，即传播主体、传播环境、传播方式、传播内容、传播对象、传播效果这六个层面，有效地描述了文学传播过程，通过解析传播过程中的不同要素，规定了对应性的研究对象，是引导后学认识文学传播活动的基本切入点。由于时间久远，文献不足，历史上的许多传播事实只能知其大概，而不能一一详细说明，研究者只能从复杂的古代文学传播现象中探索某种倾向与规律，作为对于当时文学传播活动的认识。需要注意的是，传播活动中各个要素是相互依托、相互影响的关系，某些传播要素涉及对其他传播要素的潜在规定，不能割裂彼此之间的联系

① 曾礼军：《古代文学传播研究述评》，《宁夏师范学院学报》2013 年第 4 期。
② 林之达：《传播学基础理论研究》，西南交通大学出版社 1994 年版，第 182 页。

而单独分析某个要素。

文学信息的流动是一种抽象的说法，在现实的传播过程中，文学信息必须借助某种物质载体存在：或是诵读者的声音序列，或是金石简牍等特殊媒介，或是最为常见的纸张书籍。传播是使文学作品由作者的观念形态转化为能被读者接受的物化形式的关键。但如果文学传播就是这一物质载体的传递过程，那么其内涵也会变得狭窄。物质载体所有权的转移，是文学传播的显性表现，思想、观念、认识的流行则是隐性表现，两者共同构成了文学信息的流动。

研究者从传播过程研究入手，但不能局限在各个单一、具体的传播过程中，应当在细致描述文学传播活动基本状况、分析传播过程中诸多要素的基础上，深化对于文学活动、文学社会、文学史的认识。文学传播也是一种社会活动，随着社会政治、经济、文化的发展，传播活动中的各种要素也会发生相应的变化，使得文学传播在不同的历史阶段呈现不同的特征。研究某个时代的文学传播，就不能持静止的观点，满足于某种固定的模式，研究者应当将文学传播活动视为一个整体，置于整个文学活动的链条之中加以考察，衡量信息的流动对文学发展的实际影响，把握文学传播在整个文学活动里的地位和作用。

文学传播基本模式的变革，是由以口传为主的人际传播转变为以印刷为主的大众传播。"人际传播是处于一个关系之中的甲乙双方借以相互提供资源或协商交换资源的符号传递过程。"① 在传播技术并不发达的古代社会，个体之间的交流是构成并维持社会运行的前提。中国古代文学传播活动大多表现为人际传播，文人或是面对面接触，或是借助某些媒介突破时空限制，作为直接交往的延续，主要表现为文人的交游、燕集、唱和、惠诗、题序等活动。文学信息是在文人的关系网络中流动，参与传播的个体既作为信息传播者，又作为信息接收者而存在。"所谓大众传播，就是专业化的媒介组织运用先进的传播技术和产业化手段，以社会上一般大众为对象而进行的大规模的信息生产和传播活动。"②随着雕版印刷的广泛应用，印本书籍传播成为时代主流，使得文学从文人小圈子中的流传，逐渐面向社会大众，这是文学传播史上的一大转折。书籍的不断积累与流播推动了文化的普及，大众读者的需要使得刊刻书籍成为一项有利可图的事

---

① ［美］迈克尔·E. 罗洛夫：《人际传播——社会交换论》，王江龙译，上海译文出版社1997年版，第25页。
② 郭庆光：《传播学教程》，中国人民大学出版社1997年版，第111页。

业，专职传播者因此产生。

研究者不仅要重视文学传播的具体过程，还要关注传播效果的实现，分析文学传播过程中造成的影响。传播是影响的基础和出发点，影响是传播的深化表现。传播研究是建立在客观历史事实的基础上的，而对于影响的诠释可能因人而异，而且差异甚大。要弄清影响的广度和深度如何，面临着方法和材料的巨大障碍，难以用量化的方法进行实证研究。笔者认为，应当从文学传播和文学再生产的关系入手，认识到特定时代的文学传播活动在整体上限定了受众的视野，在传播过程中产生了主流观念和经典作品，为文学再生产预设了某种方向，对于文学的生成、演化和发展有着深远的影响。

## 三、场域理论

文学传播学是一门交叉学科，需要选择特定的研究视角，建立系统的分析框架，保证研究思路和研究内容构成的内在逻辑性，以期对研究问题有全面、深入的认识。法国社会学家皮埃尔·布尔迪厄（部分书籍中译为"布迪厄"）提出的"场域"理论，采用关系性思维，结合行动者的性情系统和社会历史语境，将文学现象置于一定的社会空间中进行研究。笔者拟运用"场域"理论解析古代文学传播活动，故在此略叙其理论。

### （一）权力场与文学场

"场域"是布尔迪厄社会学理论体系中的一个关键概念，是一种人为定性的关系网络和社会空间。布尔迪厄曾指出："根据场域概念进行思考就是从关系的角度进行思考。"又说："从分析的角度来看，一个场域可以被定义为在各种位置之间存在的客观关系的一个网络或一个构型。"① 场域是社会成员依据特定逻辑共同建构的社会空间，整个社会被解释为诸多场域的集合，而一切场域无非是权力场的表现形式，是权力场的子场域。这些场域是权力场的不同表现，在人员构成、社会认同、连接方式、价值偏好等方面各不相同，并依据自身的特殊规律建立运行秩序。布尔迪厄有时以政治场指代专门的政治机构和行动者，有时用以概括整个社会权力关系。笔者所用的政治场概念，主要是指中国古代皇权—官僚政治体制中产生的关系场域。

---

① ［法］皮埃尔·布尔迪厄、［美］华康德：《实践与反思——反思社会学导引》，李猛、李康译，郑正来校，中央编译出版社 1998 年版，第 133~134 页。

　　文学场是社会上参与文学活动的行动者相互联系而形成的社会空间。一方面，文学场与权力场具有同源共生的关系，文学场在作为元场域的权力场中居于被支配地位，也就是说，文学场每一步的发展，都受到外在力量的深刻影响，受到社会政治经济因素的制约。布尔迪厄将知识分子称作"统治阶级中被统治的一部分"。他认为"文化生产场在权力场中占据的是一个被统治的地位"，因此，知识分子因其对文化资本的占有和支配而取得某种特权，成为统治阶级的一部分，但他们"相对于那些拥有政治和经济权力的人来说又是被统治者"。① 另一方面，文学场可以被描述为独立于政治、经济之外，具有自身运行法则，具有相对自主性的封闭的社会宇宙。文学场的自律性即是反对政治、经济、道德对它进行直接干涉的自主性，反过来说，文学场外的社会世界对于文学场的压力必须要转换成文学自身的逻辑才能获得合法意义。文学场被视为一个"为艺术而艺术"的领域，致力于文学信息的积累与创新。权力场不是直接干预文学场的发展，而是通过对于文学场内部诸要素的影响，重新塑造文学场的基本形态。一个文学场的自主性越强，外部因素就越是需要遵循文学场本身的法则才能发挥作用。

　　（二）资本占有与习性养成

　　布尔迪厄大大深化了"资本"这一概念，资本是特定的社会领域中的有效资源，是个人积累的劳动，主要表现为经济资本、社会资本、文化资本三种客观形态。经济资本以金钱为符号。社会资本以职业、声望、人际关系网络为符号。文化资本的构成主要有以下三种形式：其一是表现为行动者性情倾向的"身体化的文化资本"，如人的修养、气质、谈吐等；其二是以物化形式存在的"客观化的文化资本"，如成果、藏书、艺术品等；其三是体制所授予和认可的"制度化文化资本"，如学位、称号等。各种资本分别存在于不同的领域，其分配方式是不均匀、不平等的，但在一定的条件下又可以互相转化。布尔迪厄还提出了"象征资本"的概念，这是客观资本的象征形式，源于其他资本类型的转换。象征资本是能够获得实际绩效的能力，也是建构场域中正当性的力量。

　　布尔迪厄提出了"习性"这个概念，"作为客观条件产品的个体，拥有共同的习性。社会阶级是与同一或相似的生存条件所形成的阶级分不开

---

　　① ［法］皮埃尔·布尔迪厄：《文化资本与社会炼金术——布尔迪厄访谈录》，包亚明译，上海人民出版社1997年版，第85页。

的，他们拥有共同的习性，这些共同的习性就是指所有个体共同的生活性情的体系"①。习性是个人或群体将其外部社会关系内化而形成的心理和行为。习性既由过去的生活方式所养成，又在当下的社会实践中得到修正。习性给予同一阶级所有个体的行为以一致性，又使得某一个体的行为具有创造性。

行动者所拥有的资本使其在场域中占据一定的位置，行动者的习性则是个人的主观倾向和选择与客观条件综合作用的结果，体现为某一立场或者行动策略，导致具体实践行为的发生。行动者的行为与其所处的位置往往具有结构性对应关系。行动者在不断的实践中积累资本，提升自身在场域中的地位，获得其他行动者的认同，使其持有的观念成为场域中的普遍话语，建立起循环不断的符号再生产体系。

场域的结构和规则不能直接约束行动者，而是影响了行动者的习性。习性也译为惯习，"惯习是行动者过去实践活动的结构性产物，是人们看待社会世界的方法，也是人们在各种社会评判中起主导作用的行为模式"②，行动者会在惯习的支配下开展各种"合情合理"的行为。场域和惯习是一种双向建构的关系。场域塑造着惯习，而惯习又赋予场域价值和意义。在场域中，个体行动者之间的竞争通过传统权威与创新欲望之间的冲突而表现出来。掌握着文学权力的行动者可以将自身的优势合法化为场域中的普遍话语，处于其他等级的行动者也会扩大自身的影响力，参与场域的构建。由于各个行动者的等级地位会产生变化，惯习处在历史的生成过程中，呈现出阶段性特征。

（三）文化场域的分层

一般来说，文化场域的构成包括两个子场域，这就是有限生产的场域与大规模生产的场域。所谓的有限生产的场域是高度专门化的空间，主要由专业人士构成，生产针对同行的产品，就是所谓的精英化、高雅化的文化艺术，起决定性作用的是高度专业化、自主性程度很高的文化资本；大规模生产的场域是大众文化或流行文化的空间，由文化产业来维持，生产的是可以迅速地或直接地转化为经济资本的大众文化商品，其基本原则是追求利润最大化，造就了它对于时尚、市场的追逐和对于受众数量的依

① Bourdieu P. Distinction: A Social Critic of the Judgment of Taste. London Melbourne and Henley: Routledge and Kegan Paul, 1984, p. 101. 转引自张怡：《文化资本》，《外国文学》2004 年第 4 期。
② 宫留记：《布迪厄的社会实践理论》，河南大学出版社 2009 年版，第 145 页。

赖。不同类型的亚场域具有不同的"游戏"规则、价值尺度和评判标准，在某一场域中被肯定了的东西，在另一场域中可能遭到否定，"赢者输"和"输者赢"的特有景观由此出现。文化场域一方面以获取象征资本为基础，行动者精益求精，追求文化艺术上的不断进步；另一方面以服从经济资本为基础，行动者以文化艺术为手段，获得越来越多的利润。文化场域正是在这两种力量的对抗斗争中逐步发展的，其趋势表现为：精英文化与大众文化的界限逐渐模糊，流行艺术在社会上的影响逐渐扩大，但高雅艺术在特定群体中仍然保持着强大的生命力。

（四）小结

总的来说，文学研究者一般将布尔迪厄的场域理论概括为文学场文论，归入文学社会学的理论体系和发展脉络中。

法国学者埃斯卡皮被视为文学社会学研究的代表性人物，他将文学作为客观社会现象来处理，将文学事实放在作家、书籍、读者这个循环系统中，从创作生产、出版发行、阅读消费三个环节来把握文学生产、传播、接受的完整过程。埃斯卡皮的分析思路体现了从交流和传播来考察文学的视角，尤其强调文学的物质性的一面。文学是通过书籍和其他物质的承载进行传播的，这些承载物的生产、流通和消费对文学本身构成了极大的影响，对于文学传播研究具有重要的理论意义。

按照布尔迪厄的分析思路，文学场作为社会的一个分支，处于被统治的地位，但文学场又有相对的自主性，拥有不同资本的行动者占据着场域中的位置。文学并非诞生于绝对的审美经验，也不是社会生活的简单反映，社会生活中的各种需要生成了文学的背景，塑造了行动者的习性，转化为文学场的内在逻辑，最终产生了独特的文学作品和文学观念。文学研究者认为布尔迪厄以习性、文化资本、文学场这些概念建构了一个文学的形成、运行、作用的社会模式和社会学解释，实现了文学内部分析与外部分析的统一。

## 四、研究思路

基于场域视角进行文学传播研究，对笔者来说是一个诱惑，也有一定的风险。如果研究具有理论支撑，就能明确哪些问题应当纳入研究范围，通过特定视角得到不同于以往的认识。理论往往具有相应的分析框架，能保证统一的思路贯穿各个具体议题，使得研究在逻辑上更加清晰、体系上更加严密。但是，这一理论是否适用于这项研究？其分析框架与各个具体议题是否对应？这些都是需要考虑的问题。此外，如何将跨学科的知识融会贯通，对于笔者也是一个挑战。

现有的古代文学传播研究成果中，关于传播方式的研究主要是对文学信息如何传递的探讨，关于传播意识的研究主要是以人为核心的文学交往研究的延伸，而将文学传播视为社会信息系统的研究思路尚不多见。基于场域视角进行古代文学传播研究，旨在通过描述文学信息在特定时期的关系网络和在社会空间的流动概况，理解生成文学场的结构性力量对于传播环节的影响。笔者将研究范围限定在宋代，一是因为文学场与权力场的同构性质在宋代表现得最为明显；二是因为宋代是变革后的印刷技术广泛应用的时代，开始引发文学场的转变。笔者在搜集、整理大量宋代文史资料后，形成了对宋代文学场内部的社会连接、联系方式和信息流动的理解。

（一）场域视角下的宋代文学传播

1. 文学场中的信息流动

人际传播是一切传播活动的开端和基础，存在于人际关系网络上的两个行动者就可以发生交流行为。每一个行动者既是信息传播者，又是信息接收者，无数行动者构成了一张遍及社会各个角落、跨越多个世代的网络，文学信息就在这张大网中流动。人与人之间关于文学的交流，使得文学场在社会结构中逐渐成形。

每个行动者都隶属于社会中的某个阶层。处于同一阶层的行动者往往具有相近的选择、立场和行为策略，这是个人行为倾向转化为集体行为模式的基础。"在一个特定的场域中，占有相似或相邻位置的行动者，会被分配在相似的状况与限制条件下，他们有可能产生相似的惯习和利益，从而产生相似的实践活动。"① 进而言之，同一阶层的行动者对文学的传播与接受行为也具有相近的思维定式与行为倾向，将文学场中无数个体之间的交流视为阶层内部、阶层之间、子场域之间的信息流动，则信息传播过程中的主体、目标、方向、流量、形式就变得易于认识，便于从中总结出特点和规律。

根据埃斯卡皮的定义，文学场中存在"文人圈"和"大众圈"两个阶层。构成"文人圈"的人地位相对较高，"这些人接受过智力培养，有相当高深的美学造诣，因而有能力作出个人的文学评判，并有足够的闲暇

---

① 宫留记：《布迪厄的社会实践理论》，第52页。

时间从事阅读，有经济条件经常购买书籍"①。与之相对应的"大众圈"的集体特征是："这些读者所受的教育只能使他们具备一种从直觉出发的文学趣味，缺乏阐释性的和理性的评判；这些读者的工作条件和生存条件不利于他们进行阅读，或者没有阅读习惯；说到底，他们的经济收入也不允许他们经常购买书籍。"② 文学作品既在文人圈子中交流，又在大众中广泛流传。但在中国古代社会中，文学创作和传播活动的主要行动者存在于文人圈中。

2. 政治场干预下的文学传播

中国古代文学场中存在不同类型的行动者，并不能简单地以"文人圈"来概括，中国的学人多有"士人""文人"的区别，如顾炎武《日知录》卷十九"文人之多"条云：

> 唐宋以下，何文人之多也？固有不识经术，不通古今，而自命为文人者矣！韩文公《符读书城南》诗曰："文章岂不贵，经训乃菑畲。潢潦无根源，朝满夕已除，人不通古今，马牛而襟裾。行身陷不义，况望多名誉。"而宋刘挚之训子孙，每曰："士当以器识为先，一号为文人，无足观矣！"然则以文人名于世，焉足重哉？此扬子云所谓"摭我华而不食我实"者也。
>
> 黄鲁直言："数十年来，先生君子，但用文章提奖后生，故华而不实。"本朝嘉靖以来，亦有此风，而陆文裕所记刘文靖告吉士之言，空同大以为不平矣。
>
> 《宋史》言："欧阳永叔与学者言，未尝及文章，惟谈吏事。谓文章止于润身，政事可以及物。"③

在古人看来，士人有器识、明政事、通经史、能文章，远非只知舞文弄墨的文人可比，历史上士人逐渐与官员合流，产生了"士大夫"这个概念，特指进入仕途的知识分子，或者是士人与官僚的结合体。笔者使用"士人"概念，偏重于指政治场中的行动者，文人则属于文学

---

① [法] 罗贝尔·埃斯卡皮著、于沛选编：《文学社会学——罗·埃斯卡皮文论选》，浙江人民出版社1987年版，第53页。

② [法] 罗贝尔·埃斯卡皮著、于沛选编：《文学社会学——罗·埃斯卡皮文论选》，第54页。

③ （清）顾炎武撰、（清）黄汝成集释：《日知录集释（全校本）》，栾保群、吕宗力校点，上海古籍出版社2006年版，第1089～1091页。

场。士人地位高于文人，体现了政治场与文学场在社会结构中的地位高下。

文人是从士人中分化出来的，逐渐在社会中成为独立阶层，进而逐渐与士人概念相提并论，同样成为中国古代知识分子的自称。概念内涵的转变实际上反映了文人阶层地位的上升，这点常常为研究者所强调："知识阶层，到中唐以后，业已彻底成为一个文人阶层。这个阶层既是由社会各阶级中人所共组而成，又居政治统治地位；既拥有文字之力量与能力，又占据主要发言位置，他们的态度，自然就成了社会的主导意识，构成文学社会，良有以也。"① 所谓文学社会的构成，实际上表明文学场在社会上的地位逐渐提高，开始具有独立的意义。

宋代士人集官员、学者、文人三种身份于一身，在政治场和文学场中都占据一定的位置。他们一方面强调士人与文人的身份差异，轻视文人的现象仍然存在；但另一方面，士人与文人的身份不是完全对立的，在不同的社会生活中可随时切换自己的身份。如欧阳修既是政治家，与人交流就只谈政事；又是文学家，并不忌讳写作艳词。

宋代文学场中存在不同类型的行动者，其主体是文人，而文人又分布在社会各阶层中。僻居乡野的下层文人往往不被士人阶层所认同，被视为孤陋寒酸之辈，不足为观。那些既掌当朝政要之职、又居文坛名家之位，兼具政治权力和文学权力的士人往往是文学场中最为活跃的行动者。他们一方面自觉地服从官方话语，强化自身观点的合理性与权威性；另一方面利用官方话语权力，使自身的观点得到最大限度的传播，压倒其他的声音，成为时代的主流观念。宋代士人、文人身份的特殊性，导致了政治场和文学场在一定程度上的融合，文学不是简单地被政治支配，而是政治场的运行逻辑被转化为文学场的运行逻辑，影响了文学场的运行。

虽然文学场受到政治场的影响，但其本身始终是一个"为艺术而艺术"的领域，有独特的运行逻辑。刘克庄有云："叔孙穆叔有云：'太上立德，其次立功，其次立言。'信斯言也，是有功德者无待于立言欤？呜呼，赓喜起之歌，皋陶也；作《鸱鸮》《七月》，周公也；《棠棣》，召穆公也；《江汉》，尹吉甫也。皆古大臣也，谓之其次立言，可乎？自穆叔之论行世，始以文为道之小技，诗又文之小技，王公大人率贵重不暇为，或高虚不屑为，而山林之退士、江湖之旅人，遂得以执其柄而称雄焉。自

---

① 龚鹏程：《文化符号学：中国社会的肌理与文化法则》，上海人民出版社 2009 年版，第319 页。

晋、唐以来已然矣。"① 王公大人不可能因为掌握权力而直接得到文学声
誉，超越政治和经济影响、全力追求文学成就的文学家虽然难以在现实中
出现，却是文人阶层所向往的对象。下层文人虽然难以取得政治和经济上
的成功，但能获得文学领域的成就，其作品广为流传，同样能得到文人阶
层的认同。

初清华《文学"知识场"的理论、方法与实践》认为，文学场内流
行的文学信息大致可以分为以下三种："一、以政治资本为旨归的国家意
识形态文学；二、依托经济资本运行规律的大众通俗文学；三、文学知识
场内致力于知识批判与更新的知识分子写作。"② 这三种类型的文学信息
在文学场中各自占据一席之地，受到场域中不同阶层的行动者的关注。以
往研究者把注意力集中在以抒情言志为主的文学在文人阶层内部的传播和
通俗文学的大众化传播，而那些政治色彩浓厚、工具性质突出的文学信息
在社会中上层的流传，同样是极为重要的研究课题。

3. 印刷技术变革与新阶层崛起

传播技术的变革直接导致了传播活动和社会文化的新变，柳诒徵
《中国文化史》云："雕版印刷之术勃兴，尤于文化有大关系。故于唐室
中晚以降，为吾国中世纪变化最大之时期。前此犹多古风，后则别成一种
社会。"③ 中国的雕版印刷术"实肇自隋时，行于唐世，扩于五代，精于
宋人"④。雕版印刷事业在宋代的进步，奠定了书籍刊刻与出版的基本范
式，使得书籍便于获取，文人作品容易得到传播。这就推动了文学知识的
积累与传播，导致了知识阶层的扩大，大众读者的文学理解能力和消费能
力得到相应的提高。文学不再是少数人的专利，而出现了一个普及化、大
众化、通俗化的进程。当文人的作品超出了个人的交际圈而为大众所接受
时，就有了成为商品的可能。以文学创作谋生的文人出现，文学活动商业
化的气息更为浓厚。商人通过刊刻文人的作品来赢利，开始参与文学生产
与传播活动，成为文学场中的新兴力量。文学传播方式的变化，引起文学
场内部构成诸要素随之发生变化，开始改变场域的运行逻辑，其意义不容
小觑。

---

① （宋）刘克庄著、辛更儒笺校：《刘克庄集笺校》卷九七《信庵诗序》，中华书局 2011
　　年版，第 4108 页。

② 初清华：《文学"知识场"的理论、方法与实践》，《江海学刊》2007 年第 5 期。

③ 柳诒徵：《中国文化史》，东方出版中心 1996 年版，第 488 页。

④ （明）胡应麟：《少室山房笔丛》卷四甲部《经籍会通》，中华书局 1958 年版，第 60
　　页。

需要注意的是，以上内容只是简单地说明了传播技术的变革所带来的一系列变化，书籍生产和流通的过程可以描述，但读者是否确实阅读了某些书籍，接受了书中的观点并进行创作，则难以证明。印刷技术的应用，推动了哪一类文学作品的传播，需要深入论述。印刷品是否影响了读者对于文学信息的理解？出版如何形成一项有利可图的生意？相关研究还需要进一步深入。

（二）研究对象与章节设置

本书的研究对象是宋代文学传播，是宋代文学场内文学信息的传播。传播范围限定在宋代，不涉及在元明清的传播。本书中文学的范畴主要指宋代的诗、词、文，不包括小说和戏剧，侧重于士大夫文学。由于本书基于场域视角进行分析，比较关注那些具有政治色彩的内容。本书所使用的文献材料，大多来自《全宋文》收录的宋人文章与宋人编撰的笔记小说。

对于这种大题目的处理，关键在于对具体问题的解决，将大题目化为若干个具体问题，通过对具体问题的解决达到以小见大的效果。本书分为六章，分别从文学场的行动者、技术革新、传播意识、特定类型文学作品的传播这四个角度研究宋代文学传播。本书的第一、二章以皇帝、权相、馆阁文人、主持科举官员、普通文臣、下层文人来建立论述框架，展现了文学场中不同类型的行动者基于自身地位所采取的不同传播策略，体现了政治场对文学场的影响；第三、四章主要分析技术革新给传播方式带来的影响，大众传播时代的到来，进而分析在这一背景下，宋人的不朽意识、时空意识和商业意识所出现的变化。第五、六章主要选择宋词、制诰、奏议与墓志，论述其独特的传播模式，进而分析文学传播给文学生产带来的影响。

# 第一章 权力归属与文学传播

人类社会具有等级化的特征，将成员划分为不同的阶层，形成金字塔结构。在政治场中可以划分出皇帝、官员、平民等阶层，上层可以支配下层。文学场与政治场存在整体上的同源对应关系，这种由政治地位决定的分层方式同样适用于文学场。皇帝、具有官员身份的文人、平民文人在文学场中占据相应的位置，是文学场的主要行动者，既受到场域的规训，又能影响场域的运行。文学场受到政治场的影响，其内部同样存在控制与被控制的关系，但古代皇帝即便拥有至高无上的权力，不可能也没必要对每一个文人的创作进行规定，这种支配性往往是通过某种机制内化为文学场本身的运作逻辑。本章所讨论的问题，集中在宋代不同社会阶层之间的信息交流，重点关注自上而下的传播，强调权力阶层通过参与创作、塑造经典、改革科举考试机制，推广符合自身利益的观念，带动了一时风气。

## 第一节 以皇帝为中心的传播

皇帝在政治场中位居金字塔的顶点，虽不以文学为本业，但在文学场中仍是举足轻重，通过政治权力获得了文学权力，能够影响文学场的运行。其中一个重要表现就是，文学场内的信息流动是不平衡的，大量文学信息向皇帝流动，形成独特的景观。

### 一、下对上的传播模式

在政治场中，皇帝掌握生杀予夺的大权，可以操纵个人命运，掌控社会秩序，影响国家发展。宋代崇尚文治，宋代历朝帝王大多有着良好的文化素养，关注文坛动态，甚至亲身参与文学活动，在文学场中同样占据着重要位置。某种意义上，皇帝是最有价值的读者，文人为皇帝所知，得其一言之赞，既可收获文坛声望，也容易取得仕途上的进步。许多文学传播活动明确以皇帝为传播对象，皇帝对文学作品的鉴赏评点也受到世人的关注。虽然皇帝的视域比较狭窄，主要集中在社会的中上层，而且所见所闻受到潜在的限制，但不同阶层的文人通过各种渠道，采取不同方式，力图与皇帝进行交流。

　　皇帝高居九重，身处禁中，难以与一般文人相往来。馆阁文人接近皇帝的机会较多，皇帝最为熟悉的也是这些文学侍从的诗文。翰林学士李宗谔以京官带职赴内宴，被守门人拒之门外，献诗曰："戴了宫花赋了诗，不容重睹赭黄衣。舞聊独出金门去，恰似当年下第归。"太宗览诗，即宣赴坐。① 杨亿为光禄丞，不得与赏花钓鱼之宴，以诗贻诸馆阁云："闻戴宫花满鬓红，上林弦管侍重瞳。蓬莱咫尺无由到，始觉仙凡迥不同。"太宗闻之，命他直集贤院，便有了赴宴的资格。② 空间上的距离是影响传播效果最为直观的要素，身处馆阁翰苑之中的文人学士因此能与皇帝保持密切的联系。

　　那些皇帝耳目不能及的文学作品、不可能直接与之交流的文人，就需要臣子的推介。李度在歙州，尝以所著诗刻于石，有中黄门得其石本，传入禁中，太宗见之，便召见其人。③ 夏竦向宰相李沆献诗，以"山势蜂腰断，溪流燕尾分"得以赏识，李沆就向真宗推荐了夏竦。④ 有时臣子也会在市面上购买书籍，上呈御览。洪迈在淳熙十四年（1187）拜见孝宗，孝宗提及读了他写的《容斋随笔》，但他全然不知，"退而询之，乃婺女所刻，贾人贩鬻于书坊中，贵人买以入，遂陈乙览"⑤。与文学场的大多数行动者类似，皇帝同样通过人际交往圈子获得文学信息。只是所接触的人物会以更为热情、更主动的态度为皇帝服务，使皇帝掌握文学场的最新动态。

　　如果某位文人的名声极大，传入宫廷，皇帝也会主动了解，或派遣使者向其索取作品，或在接见时直接要求进呈。据《渑水燕谈录》记载："杨侍读徽之，以能诗闻于祖宗朝。太宗知其名，索其所著。以百篇献上，卒章曰：'少年牢落今何幸，叨遇君王问姓名。'太宗和赐，且语近

---

① （宋）吴处厚：《青箱杂记》卷一，李裕民点校，中华书局1985年版，第3页。
② （宋）文莹：《玉壶清话》卷四，见（宋）文莹：《湘山野录·续录·玉壶清话》，郑世刚、杨立扬点校，中华书局1984年版，第46页。
③ （元）脱脱等：《宋史》卷四四○《李度传》，中华书局1977年版，第13015页。
④ （宋）魏泰：《东轩笔录》卷二，李裕民点校，中华书局1983年版，第20页。
⑤ （宋）洪迈：《容斋续笔序》，见曾枣庄、刘琳主编：《全宋文》卷四九一六，第222册，上海辞书出版社2006年版，第43页。

臣曰：'徽之文雅可尚，操履端正。'拜礼部侍郎，选十联写于御屏。"①
刘克庄以诗文名世，"中使传宣索公近作，公录辛亥以后诗、赋、记、
序、题跋、诗话二十六卷以进"②。次日理宗亲书御札，称赞刘克庄的文
学才华。孝宗皇帝接见苏辙后人时，便问及小苏文集的刊刻情况：

> 先文定公《栾城集》，先君吏部淳熙己亥守筠阳日，以遗稿校
> 定，命工刊之。未几被召到阙，除郎。因对，孝宗皇帝玉音问曰：
> "子由之文平淡而深造于理。《栾城集》天下无善本，朕欲刊之。"先
> 君奏曰："臣假守筠阳日，以家藏及闽、蜀本三考是正，镂板公帑，
> 字画差太粗，亦可观，容臣进呈。"对毕得旨："速进来。"翌朝，上
> 诣德寿宫，起居升辇之际，宣谕左右催进。后闻丞相鲁国王公、丞相
> 郑国梁公云："置诸御案上，日阅五板。"③

皇帝并非不清楚文学场的动态，无论是文人近作，还是旧籍新刊，都
能迅速为其所知。在数量上，皇帝所了解的文人不足这一阶层总人数的万
分之一。文人若能以文学声名进入皇帝的视野，皆为一时之选。皇帝与这
些人物的交流，所获取的信息质量较高，可以以此衡量当代文坛创作成
就。

皇帝的人际交往圈包含的文人终究有限，而且文学非其本业，平时事
务又繁忙，臣下主动进献文学作品，成为皇帝获取文学信息的重要途径。
一般的下层文人进献诗文，为了干禄求进，周邦彦"初游京师，献《汴
都赋》万余言，神宗异之，命侍臣读于迩英阁，召赴政事堂，自太学诸
生一命为正"④。但有的官员则怀有更深的政治意图，如岳珂"追感先臣
飞事，辄赋《百韵诗》一篇，缮写躬诣天庭投进，伏望圣慈特赐睿察，
昭白而施行之"⑤。岳珂献诗意在打动皇帝，为岳飞平反昭雪。大部分官
员恪守儒家诗教，所献诗文意在有补于世。如楼洪《耕织图诗跋》云：

> 于时先大父为临安于潜县令，勤于民事，咨访田夫蚕妇，著为

---

① （宋）王辟之：《渑水燕谈录》卷七，见（宋）王辟之、（宋）欧阳修：《渑水燕谈录·
　归田录》，吕友仁、李伟国点校，中华书局 1981 年版，第 83 页。
② （宋）洪天锡：《后村先生墓志铭》，见《全宋文》卷七九九〇，第 346 册，第 142 页。
③ （宋）苏森：《栾城集跋》，见《全宋文》卷六七〇七，第 294 册，第 354 页。
④ （元）脱脱等：《宋史》卷四四四《周邦彦传》，第 13126 页。
⑤ （宋）岳珂：《金佗粹编》卷二七。

《耕织二图诗》，凡耕之图廿有一，织之图廿有四，诗亦如阙绘以尽其状，诗歌以尽其情。一时朝野传诵几遍。寻因荐入召对，进呈御览，大加嘉奖，即以宣示后宫。则是图是诗，宜与《周书·无逸》之篇，《豳风·七月》之章，并垂不朽者矣，亦何借于金石而后久永？①

这一类作品使人晓稼穑艰难、知下民辛苦，朝廷自然会广为宣扬，使其在当时具有一定知名度。但要说其极具文学价值，足以为文坛范式，不免使人质疑。无论是颂圣还是规讽，都是将政治性置于文学性之前，皇帝或许会表示重视，但其很难得到大多数文人对作品文学意义的肯定。

宋代多有官员辑录先人遗作进呈，于闻检院投进，藏于秘阁之中。汪梦斗之父汪晫编有《曾子子思子全书》，"必寿之坚梓以传人，当效彼美芹而献主"②。吕颐浩后人"哀集公生平所为文集十五卷、《勤王记》、《家传》、《逢辰记》、《遗事》五卷，进于上，且表传于世，上可其请"③。吴资深编曾祖吴儆所著文集二十卷，进呈御览，"哀辑陈编，怅祖风之悠邈；遭逢圣世，希宸渥之褒扬。……傥待时而获彰，庶流芳之不泯"④。臣子将先人遗作进呈，期望得到皇帝的推介而更为广泛地传播，但有时未能如愿，作品在进呈后仅仅是丰富了皇家图书馆的收藏，乏人问津。李纲后人将其所撰《梁溪先生文集》缮写投进，得孝宗嘉奖，然此书也并未因此迅速传播。

皇帝是一项政治职业，政治体制为普通文人提供了固定的交流渠道，科举考试就是最典型的例子。《宋史·曾从龙传》载其上疏云："国家以科目网罗天下之英俊，义以观其通经，赋以观其博古，论以观其识，策以观其才。"⑤ 皇帝审阅科举试卷，可以视为参考举子与皇帝之间的文学信息传播活动。庆历三年（1043），王安石赋中有"孺子其朋"之言，引得仁宗不快。嘉祐二年（1057），林希连夺府试与省试第一，但在殿试时，所作《民监赋》中有"天监不远，民心可知"之语，意在警示皇帝，却

① （宋）楼洪：《耕织图诗跋》，见《全宋文》卷六七〇七，第294册，第352页。
② （宋）汪梦斗：《曾子子思子全书进表》，见《全宋文》卷八二六一，第357册，第2页。
③ （宋）赵粹中：《吕忠穆公文集序》，见《全宋文》卷四九二二，第222册，第148页。
④ （宋）吴资深：《进曾祖吴儆文集表》，见《全宋文》卷七九二九，第343册，第270页。
⑤ （元）脱脱等：《宋史》卷四一九《曾从龙传》，第12548页。

有轻侮之嫌，结果失去了状元和连中三元的荣耀。① 嘉祐六年（1061），苏辙应制举，卷中有云："闻之道路，陛下宫中贵姬至以千数，歌舞饮酒，欢乐失节。坐朝不闻咨谟，便殿无所顾问。"有意夸大其词，以吸引关注。虽然考官主张黜落，但是仁宗说："求直言而以直弃之，天下其谓我何！"② 最终还是将其录取。张孝祥的策文得到高宗的赏识，"高宗读策，皆桧、熺语，于是擢祥第一，而埙第三，御笔批云：'议论确正，词翰爽美，宜以为第一。'"③ 绍兴年间，黄公度榜第三名陈修于福建解试时作《四海想中兴之美赋》，第五韵隔对云"葱岭金堤，不日复广轮之大；太山玉牒，何时清封禅之尘"。高宗读之有感于心，潸然泪下。④ 宋代科举考试文体多为诗、赋、策论，考生必须在考题之下发挥，传播内容有所限定，皇帝对这些政坛新秀、文坛后进的了解也限于一时一端。

宋代诸帝好尚文学，与世作则，是宋代文化昌隆的重要成因。但许多臣子仍希望皇帝专心政事，不要为小道浪费时间和精力。尤其是在国势不振之时，皇帝对文学的过分投入，常常引起臣子的劝谏。程垓对理宗云："翰墨词章，固帝王之能事，然尧舜之文具存，二典寂寥数语，无非治要，至论书法，则太宗留意词翰，实在僭国削平之后，真宗之锐意文墨，亦在澶渊却敌之余。今日所甚急者，民力未裕，更当择监司，兵力未振，更当选将帅，士习未美，更当明政刑，区区翰墨词章，岂足为陛进。"⑤ 皇帝这一政治身份既享受种种便利，又受到潜在的限制，在文学传播与接受方面同样如此。

皇帝很少提出有价值的反馈意见，不能帮助作者更上一层楼，那些力图精益求精的作者对这样的读者应该并不重视。但皇帝之所以会成为文学场中信息流动的中心，许多文人乐于将作品上呈御览，是因为皇帝能够给予作者丰厚的回报。文人进献的作品如果得到皇帝的欢心或者认可，皇帝会直接给予物质奖励。宋太祖夜间饮酒，召卢多逊为诗，其作切合上意，太祖将坐间饮食器赐之。洪迈上呈《万首唐人绝句》，皇帝赐茶一百铐，

① （宋）叶梦得撰、（宋）宇文绍奕考异：《石林燕语》卷八，侯忠义点校，中华书局1984年版，第61页。
② （元）脱脱等：《宋史》卷三三九《苏辙传》，第10822页。
③ （元）脱脱等：《宋史》卷三八九《张孝祥传》，第11942页。
④ （宋）罗大经：《鹤林玉露》乙编卷六，王瑞来点校，中华书局1983年版，第222页。
⑤ （宋）吕午：《宋端明殿学士宣奉大夫致仕新安郡开国侯食邑一千五百户赠特进程公泌行状》，见《全宋文》卷七二一八，第315册，第147页。

清馥香一十帖，熏香二十帖，金器一百两。① 除去金钱的赏赐，皇帝的赏识也给文人带来仕途进步的机会。雍熙元年（984），杨亿应童子试被太宗召见，杨亿在皇帝面前挥洒自如，所作诗赋皆有可观，被封为秘书省正字。元丰五年（1082），黄裳科举排名在第五甲，但神宗记得见过他的文章，故而将他选为状元。文名上达天听，文人从此简在帝心，被破格提拔的机会大大增加。

此外，皇帝的赏识还可以为作者直接带来文学上的声望，改变其在文坛中的地位。正如周必大所说："一代文章必有宗，惟名世者得其传。天生斯人固已不数，向非君师作而成之，则其道不坠于地者几希。"② 宋朝皇帝常常举办文学竞赛，技高一筹、脱颖而出的人物会立刻成为文坛明星。淳化年间，宋太宗于苑中设宴，令群臣为诗，姚铉诗先成，有"花枝冷溅昭阳雨，钓线斜牵太液风"之句，赐白金百两，时人以唐人夺袍赐花故事相比。皇帝本身具备一定的鉴赏力，其推崇的文人作品往往得到大众的重视。王禹偁得到宋太宗的赏识，常随侍饮宴，独召问答。宋太宗曾对宰相说："王某文章独步当代，异日垂名不朽。"王禹偁也以得到皇帝的恩遇而自豪，有诗云："琼林侍游宴，金口独褒扬。"③ 刘克庄《后村诗话》云："陆放翁少时，调官临安，得句云：'小楼一夜听春雨，深巷明朝卖杏花。'传入禁中，思陵称赏，由是知名。"④ 尽管这个故事有臆想的成分，但也说明皇帝可以成为文学场中的意见领袖，提高文人在文学场中的地位。

文人若得到皇帝青眼相加，可以一步登天，获得政治资本、经济报酬和文学声誉，这种情况在科举考试中表现得极为明显。所以真德秀在《跋黄君汝宜廷对策后》说："以布衣造天子之廷，亲承大问，此君臣交际之始也。一时议论之所发，可以占其平生。"⑤ 许多下层文人有意揣摩皇帝的心思，刻意迎合主流观念，甚至以阿谀君主、奉承权相为能事。熙宁三年（1070），叶祖洽高中状元。起初考官将之置于第二，却被神宗擢为第一。因其策论中云"祖宗多因循苟简之政，陛下即位，革而新之"，

---

① （宋）洪迈：《进唐诗绝句获赐谢表》，见《全宋文》卷四九一三，第 221 册，第 375 页。

② （宋）周必大：《初寮先生前后集序》，见《全宋文》卷五一一八，第 230 册，第 150 页。

③ （宋）王辟之：《渑水燕谈录》卷七，见《渑水燕谈录·归田录》，第 89 页。

④ （宋）刘克庄：《后村诗话》，王友梅点校，中华书局 1983 年版，第 30 页。

⑤ （宋）真德秀：《跋黄君汝宜廷对策后》，见《全宋文》卷七一七四，第 313 册，第 240 页。

被神宗视为变法的支持者。又有《宋史·蔡薿传》所载：

> 蔡薿字文饶，开封人。崇宁五年，以诸生试策，揣蔡京且复用，即对曰："熙、丰之德业，足以配天，不幸继之以元祐；绍圣之缵述，足以永赖，不幸继之以靖国。陛下两下求言之诏，冀以闻至言、收实用也。而见于元符之末者，方且幸时变而肆奸言，乘间隙而投异意，诋诬先烈不以为疑，动摇国是不以为惮。愿逆处其未至而绝其原。"于是遂擢为第一，以所对颁天下，甫解褐，即除秘书省正字，迁起居舍人。未几，为中书舍人。自布衣至侍从，才九月，前所未见。①

这些人物以干禄求仕为目的，尚未动笔，先存得失之念，其文其人均不足道。皇帝被错误的信息所误导，未能做出正确的判断。

虽然宋代诸帝素以仁厚著称，但皇帝的接受心理极为复杂，文人向皇帝投递文学作品务必小心谨慎，否则就是弄巧成拙，自招祸事。如下例：

> 柳三变游东都南、北二巷，作新乐府，骫骳从俗，天下咏之，遂传禁中。仁宗颇好其词，每对酒，必使侍从歌之再三。三变闻之，作宫词号《醉蓬莱》，因内官达后宫，且求其助。仁宗闻而觉之，自是不复歌其词矣。②

柳永试图以词为晋身之阶，被仁宗视为政治上的投机钻营，因此仕途坎坷。而明人彭大翼《山堂肆考》卷一六一"醉蓬莱"条又说："宋柳永字耆卿，累不第，仁宗召见之，会老人星见，入内都知史姓者爱其才，乞命永撰词以颂休祥，永作《醉蓬莱词》以进，仁宗阅首句'渐亭皋叶下''渐'字，意不怿；至'宸游凤辇何处'，与真宗挽诗词同，惨然久之；读至'太液波翻'，忿然曰：'何不言太液波澄耶？'掷之地，罢不用。已而又作《透碧霄》，有'宝运当千'之句，史又称之于上，上曰：'宝运当千非佳语也。'"又说柳永是触犯了仁宗的忌讳，因而被仁宗排斥。如果文人不能正确把握皇帝的接受心理，激怒了皇

---

① （元）脱脱等：《宋史》卷三五四《蔡薿传》，第 11170 页。
② （宋）陈师道：《后山诗话》，见（清）何文焕辑：《历代诗话》，中华书局 1981 年版，第 311 页。

帝，就会被施以政治处罚。

皇帝生活中的一切都与政治密切相关，往往以政治视角看待文学作品，但并非始终如此。有时皇帝会忽略文学作品的政治意义，体会文人的立场和心理，如仁宗时，一举子献诗于成都府云"把断剑门烧栈道，西川别是一乾坤"，被视为反诗。但仁宗认为这只是老秀才急于求仕，反而授予其官职，当然这个老秀才屡遭他人嘲讽，不久郁郁而终。有时皇帝会警惕他人所灌输的政治思想，坚持自己的看法。神宗称赞司马光《昭君》诗，读之怆然。吕惠卿称此诗是司马光有意传达于皇帝驾前，别有深意，神宗不以为然。① 如何揣度皇帝的接受心理，成为宋人用心钻研的课题。

## 二、宋初君臣的交流

五代十国是中国历史上最为黑暗的时期之一，"当是时，天下大乱，戎夷交侵，生民之命，急于倒悬"②。诸国之间相互攻伐，以武功为立国之本，文事则无人关注。当是时也，典籍散落、条疏未叙，文学缺乏代际传承的基础；兵火绵延、道路不靖，文人不具备异地交流的条件。乱世中信息传播缓慢，异地之人不相与闻，时人往往因为见闻不广，行事多有谬误。下举一例：

> 上初命宰相撰前世所无年号，以改今元。既平蜀，蜀宫人有入掖庭者，上因阅其奁具，得旧鉴，鉴背有"乾德四年铸"。上大惊，出鉴以示宰相曰："安得已有四年所铸乎？"皆不能答。乃召学士陶谷、窦仪问之，仪曰："此必蜀物，昔伪蜀王衍有此号，当是其岁所铸也。"上乃悟，因叹曰："宰相须用读书人。"由是益重儒臣矣。……（原注：此事不知果何时。既无所系，因附见收伪蜀图书法物之后。）③

赵宋君臣身居高位，理应消息灵通，但其对异地重大文化事件如此后知后觉，可知当时的信息传播是何等困难。当权者尚且如此，一般文人在乱世中得以苟全性命已是不易，既无密切关注文坛动向的心情，也不具备相应的行为能力。西蜀、南唐及吴越皆为当时文人汇聚之所，但由于兵连

---

① 佚名：《道山清话》，见上海古籍出版社编：《宋元笔记小说大观》，上海古籍出版社2001年版，第2946~2947页。
② （宋）欧阳修：《新五代史》卷五四《冯道传》，中华书局1974年版，第614页。
③ （宋）李焘：《续资治通鉴长编》卷七，中华书局1979年版，第171页。

祸结，道路断绝，其影响多局限于一国一地，文学信息在社会上的流动并不畅通。

　　随着宋代大一统局面逐渐形成，原属诸国的文人汇集于汴梁。这些文人往往以博览群书、富于文藻的形象为人所知，入宋后以文学见重于当朝，立刻成为文坛瞩目的焦点人物。陶谷“强记嗜学，博通经史，诸子佛老，咸所总览”①，“自五代至国初，文翰为一时之冠”②。赵邻几“少好学，能属文，尝作《禹别九州赋》，凡万余言，人多传诵”③。陈彭年少年即能下笔万言，“师事徐铉为文。太平兴国中，举进士，在场屋间颇有隽名”④。张洎入宋后，“中朝公卿喜其有文”⑤。宋太宗称他“富有词藻，至今尚苦心读书，江东人士中首出也”⑥。郑文宝之诗多为人吟诵，“郑工部诗有‘杜曲花香酿似酒，灞陵春色老于人’，亦为时人所传诵，诚难得之句也”⑦。诸国文人归于宋朝，反映了文学信息跨越区域限制，向汴梁流动。汴梁一时英才荟萃、文气斐然，是宋初文坛走向繁荣的标志。

　　对于归宋文人，宋朝有意嘉奖忠贞不屈之士，批评逢迎攀附之人，以达到笼络人心、振作士风的目的。因此宋太祖诏告天下，曰：“易姓受命，王者所以应期；临难不苟，人臣所以全节。”⑧ 但宋主对忠于前朝者又不可能全无提防之心，宋初部分降臣受命编修书籍，虽为新朝文治之需，亦可见宋主之用心：

　　　　太平兴国时，诸降王俱死。其旧臣或有怨言，太宗尽收用之，置之馆阁，使修群书，如《册府元龟》《文苑英华》《太平广记》之类，广其卷帙，厚其廪禄赡给，以役其心，多卒老于文字之间。⑨

　　如宋初编《文苑英华》之类，尤不足采。或谓当时削平诸僭，其降臣聚朝多怀旧者，虑其或有异志，故皆位之馆阁，厚其爵禄，使编纂群书，如《太平御览》《广记》《英华》诸书。迟以岁月，困其

① （元）脱脱等：《宋史》卷二六九《陶谷传》，第 9238 页。
② （宋）魏泰：《东轩笔录》卷一，李裕民点校，中华书局 1983 年版，第 5 页。
③ （元）脱脱等：《宋史》卷四三九《赵邻几传》，第 13009 页。
④ （元）脱脱等：《宋史》卷二八七《陈彭年传》，第 9661~9662 页。
⑤ （清）吴任臣：《十国春秋》卷三〇《张洎传》，中华书局 1983 年版，第 438 页。
⑥ （宋）李焘：《续资治通鉴长编》卷三四，第 757 页。
⑦ （宋）司马光：《温公续诗话》，见《历代诗话》，第 275 页。
⑧ （宋）宋太祖：《赠韩通中书令诏》，见《全宋文》卷一，第 1 册，第 3 页。
⑨ （宋）王明清：《挥麈录》后录卷一，上海书店出版社 2001 年版，第 42 页。

心志，于是诸国之臣，俱老死文字间。世以为深得老英雄法，推为长策。①

虽然这些说法未必完全符合历史事实，但宋主心存猜忌，归宋文人战战兢兢、进退维谷的情形确是真实存在的。宋初文坛成就最高者当推李昉、徐铉，二人并为文章魁首，"以同道相知论"②。但李昉身为后周旧臣，实际上经历了宋朝建立的全过程，故能典天下诰命三十余年，与当时著名文人多有唱和，被时人视为文坛盟主。徐铉作为南唐旧臣，从宋时间较晚，同样受到时人推重，"得为王臣，中朝士人皆倾慕其风采"③。但徐铉身仕新朝，颇多顾忌，与他一般境遇的归宋文人考虑到自身的尴尬地位，虽然聚首于京城，却不能广泛交游，时时唱酬，结成关系密切的文人群体。当时的诗坛风尚乃是出于皇帝的亲自倡导，由朝廷文臣相互唱和而形成，进而在下层文人中传播。

宋太祖首倡崇文之风，但其出身军旅，于诗文一道终究有隔膜。而宋太宗雅好文事，博览群书，尤喜与臣僚唱酬应和。"太宗皇帝既辅艺祖皇帝创业垂统，暨登宝位，尤留意斯文。"④ 太宗一朝，笔墨酬答略无虚日，使许多文臣都感到苦恼，毕竟诗歌灵感并非随时可得，而皇帝一旦兴之所至，就会要求臣僚应和。"太宗当天下无事，留意文艺，而琴棋亦皆造极品。时从臣应制赋诗，皆用险韵，往往不能成篇，而赐两制棋势，亦多莫究所以故，不行已相率上表乞免和，诉不晓而已。"⑤ 从史书的一些记载中，可以看出当时唱和之风的盛行：

> 太平兴国二年春，开科考，殿试时太宗"御讲武殿，内出诗赋题复试进士"。试后"赐宴开宝寺，上自为诗二章赐之"。⑥
> 太平兴国四年五月己丑，太宗因北汉已平，"作《平晋赋》，令从臣皆赋；又作《平晋诗》二章，令从臣和"。同年六月，太宗率军

① （元）刘埙：《隐居通议》卷一三《文章一》，文渊阁四库全书本。
② （宋）李昉：《大宋故静难军节度行军司马检校工部尚书东海徐公墓志铭》，见《全宋文》卷四八，第 3 册，第 173 页。
③ （宋）欧阳修：《欧阳修全集》卷一四三《徐铉双溪院记》，李逸安点交，中华书局 2001 年版，第 2322 页。
④ （宋）陈岩肖：《庚溪诗话》卷上，见丁福保辑：《历代诗话续编》，中华书局 1983 年版，第 162 页。
⑤ （宋）叶梦得撰、（宋）宇文绍奕考异：《石林燕语》卷八，第 117 页。
⑥ （宋）李焘：《续资治通鉴长编》卷一八，第 393 页。

北征，"作《悲陷蕃民诗》，令从臣和"。①

太平兴国五年二月丙申，"上作《喜春雨诗》，令群臣和"。②

雍熙元年三月己丑，"召宰相近臣赏花于后苑。上曰：'春风暄和，万物畅茂，四方无事，朕以天下之乐为乐，宜令侍从词臣各赋诗。'赏花赋诗自此始"。数日后，"幸含芳苑宴射，宰相宋琪……与李昉等各赋诗，上为和赐之"。③

雍熙二年四月丙子，太宗"召宰相、参知政事、枢密三司使、翰林枢密直学士、尚书省四品、两省五品以上、三馆学士，宴于后苑，赏花钓鱼，张乐赐饮，命群臣赋诗习射。自是每岁皆然"。④

至道元年十月乙亥，宰相以下听奏琴阮新声，中外献诗颂者数十人，太宗亲自评定优劣工拙，曰："唯李宗锷、赵安仁、杨亿词理精惬，有老成风，可召至中书奖谕。"又曰："吴淑、安德裕、胡旦，或词采古雅，或学问优博，抑又其次矣。"⑤

　　公家燕集为兼具官员身份的文人提供了一个交流空间，皇帝首唱、群臣相和是主要的活动方式。唱和活动可以理解成一种传播行为，唱者的传播与和者的反馈，形成了文学信息的双向流动。原唱者不仅是在发表文学作品，还借此传达了某种文学观念，为和作预设了某种规范，参与双方的地位是平等的，规范的效果依靠应和者的自觉，这是唱和活动的通例。但君臣之间进行唱和，却因为地位的不平等导致了信息传播的不平等。文臣参加皇帝发起的唱和活动，当然不能率性而为，要主动服从皇帝倡导的写作风格和审美理念。也就是说，皇帝的政治权力保证了他在文化圈中的权威，使皇帝的文学观念获得了最大限度的传播。虽然唱和中的传播局限在一时一地，但由于参与者具有强大的号召力，极易引起下层文人的追捧和模仿，确保皇帝的文学观念获得进一步传播的机会。宋太宗尚文好诗，尤好白体，尝为《逍遥咏》二百首，即为效法白居易诗歌而作。臣子易为君主喜好所左右，白体凭借君王的影响力而风行乃势所必然。

　　文学风气的转移，除了皇帝的大力倡导与率先示范外，还必须在传播

---

① （宋）李焘：《续资治通鉴长编》卷二〇，第448、453、454 页。
② （宋）李焘：《续资治通鉴长编》卷二一，第473 页。
③ （宋）李焘：《续资治通鉴长编》卷二五，第575～576 页。
④ （宋）李焘：《续资治通鉴长编》卷二六，第596 页。
⑤ （宋）李焘：《续资治通鉴长编》卷三八，第757 页。

过程中取得文坛主体的认同。白居易在唐末五代名动一时，几乎达到古今文人第一的高度。太平兴国年间，徐铉为洪州新建白居易祠堂撰写记文，道出了白居易文名流播的盛况："若乃格于穹壤，渐于蛮夷，大则藏于金匮石室之书，细则诵于妇女稚孺之口，则古今已来，彰灼悠久，未有如白乐天者，不其异乎！"① 李昉对白居易也有类似的评价："著述之多，流传之广，近代以来，乐天而已。"② 白体诗风在宋初文臣中流行，"士大夫皆宗白乐天诗"③，是由于当时文臣视白居易为人生典范，自觉取法其生活方式。宋初文臣多居清贵高华之职，少理庶务，多有闲暇，普遍具有悠然自适的心态，多以诗歌唱和表现人生雅趣。李昉自叙其闲情雅致云："南宫师长之任，官重而身闲；内府图书之司，地清而务简。朝谒之暇，颇得自适，而篇章和答，仅无虚日，缘情遣兴，何乐如之。"④ 便是道出了宋初文臣热衷诗歌唱和的原因。白居易亦曾担任朝廷重臣，常与诗友唱和，表现其自适自得的心绪。宋初文臣自觉地将自己与白居易联系起来，正是出于这种身份、心态上的契合。李昉的诗友李至也明确提出效法白居易，其诗题为："实喜优闲之任，居常事简，得为狂吟，成恶诗十章，以'蓬阁多余暇'冠其篇而为之目，亦乐天'何处难忘酒'之类也。"⑤ 王禹偁同样以乐天自喻平生行事，《酬安秘丞见赠长歌》云："迩来游宦五六年，吴山越水供新编。还同白傅苏杭日，歌诗落笔人争传。"⑥ 仁宗时名相张士逊自告老请辞后，多与故旧唱和，时人将其与白居易相提并论。"故相宫师陈公角才联唱，诗简日至，搢绅多传讽焉，况之刘、白。"⑦ 宋初文臣对白居易的仰慕与效法，以及相关唱和诗歌的广为流传，使"宗白"风尚获得了进一步传播的力量。

宗白风气的进一步传播，主要表现为唱和诗集的出现。南唐时君臣多

---

① （宋）徐铉：《洪州新建尚书白公祠堂之记》，见《全宋文》卷二五，第 2 册，第 237 页。

② （宋）李昉：《王仁裕神道碑》，见《全宋文》卷四八，第 3 册，第 172 页。

③ （宋）蔡启：《蔡宽夫诗话》，见郭绍虞辑：《宋诗话辑佚》，中华书局 1980 年版，第 398 页。

④ （宋）李昉：《二李唱和集序》，见《全宋文》卷四七，第 3 册，第 161 页。

⑤ （宋）李至：《至性灵迂僻学术空虚幸逢好古之君获在藏书之府惟无功而实录重招毫彦之识而多病所萦实喜优闲之任居常事简得为狂吟因成恶诗十章以蓬阁多余暇冠其篇而为之目亦乐天何处难忘酒之类也尘黩英鉴幸赐一览下情不任兢灼之至》，见北大古文献研究所编：《全宋诗》卷五三，北京大学出版社 1998 年版，第 562 页。

⑥ （宋）王禹偁：《小畜集》卷一三，文渊阁四库全书本。

⑦ （宋）胡宿：《太傅致仕邓国公张行状》，见《全宋文》卷四六七，第 22 册，第 216 页。

有大规模唱和活动，诗作就已编集成册，由徐铉作序鼓吹，指出其传播方面的意义："君唱臣和，故可告于太史，播在薰弦。……奉诏作序，冠于首篇。授以集书，藏之金匮。"①　宋人唱和之诗既多，自然要收录所作，编订成集。王溥编有《翰林酬唱集》一卷，《通志》有载："《翰林酬唱集》一卷，宋朝王溥与李昉、汤悦、徐铉等。"②　李昉数与李至唱和，有集传世。"昉诗务浅切，效白乐天体。晚年与参政李公至为唱和友，而李公诗格亦相类，今世传《二李唱和集》是也。"③　李昉还编有《李昉唱和诗》一卷，为《通志》所著录。苏易简编有《禁林宴会集》一卷。淳化二年（991），苏易简与同僚观赏太宗御笔题字，各赋诗记事。事后苏易简辑录各人所作，献于太宗驾前。太宗谓宰相曰："苏易简以卿等诗什来上，斯足以见儒墨之盛，学士之贵也。可别录一本进入，以其本赐易简。"④　《宋史·艺文志》中著录杜镐编有《君臣赓载集》三十卷，为君臣诗词唱和之作结集："至祥符五年八月丁巳，龙图学士陈彭年表上奉诏编录太宗御集四十卷、《君臣赓载集》三十卷、《朱邸集》十卷、《文明政化》十卷。"⑤　淳化二年（991），王禹偁谪居商州，"同年生罗处约时宰吴县，日相与赋咏，人多传诵"⑥。在这段谪居生活中，王禹偁与朋友唱和酬答，较量诗艺，写下了百余篇唱和诗，将之编为《商於唱和集》，故《仲咸以予编成商於唱和集以二十韵诗相赠依韵和之》云："诗战虽非敌，吟多偶自编。"唱和诗集的相继编订行世，具有明确的传播意义，正如李昉所说："昔乐天、梦得有《刘白唱和集》流布海内，为不朽之盛事。今之此诗，安知异日不为人之传写乎？"⑦　以李昉为代表的白体诗人有感于白诗流播海内的盛景，因而追步前人，编订诗集，期待流传久远，为世人接受，最终成就不朽之名。唱和诗集的相继编订行世，反映出上层文人的基本取向，使下层文人知所取舍。其作者与编者皆为政坛重臣与文坛名流，以其政治、文化权力造成煊赫声势，吸引诗坛后进学习，使得宗白风尚得以迅速扩大影响。

　　白体诗风得到宋初君臣的青睐后，在当时广为流行。随着影响范围的扩大，诗歌通俗化的倾向也逐渐增强。宗白风尚的流行是一个自上而下的

①　（宋）徐铉：《北苑侍宴诗序》，见《全宋文》卷二一，第2册，第185页。
②　（宋）郑樵：《通志二十略·艺文略》，王树民点校，中华书局1987年版，第1783页。
③　（宋）吴处厚：《青箱杂记》卷一，第3页。
④　（宋）李焘：《续资治通鉴长编》卷三二，第727页。
⑤　（宋）王应麟纂：《玉海》卷二八，上海书店1987年版，第543页。
⑥　（元）脱脱等：《宋史》卷二九三《王禹偁传》，第9793页。
⑦　（宋）李昉：《二李唱和集序》，见《全宋文》卷四七，第3册，第161页。

过程，中下层文人在白体诗人中所占的比重逐渐增大，对于白体诗风的理解也开始出现变化。身居馆阁翰苑的文臣强调白体风格在于浅切有余味，而中下层文人少尝学问，多不读书，因而偏好浅近俚俗、通俗易晓的诗风。晚唐诗人郑谷诗歌浅切易晓，名闻于时，欧阳修称郑谷"其诗极有意思，亦多佳句，但其格不甚高。以其易晓，人家多以教小儿，余为儿时犹诵之"①。儿童蒙学读本是时代风尚的最好体现，"士大夫家暨委巷间，教儿童咸以公诗，与六甲相先后。盖取其词意清婉明白，不俚不野故然"②。宋初文人多将郑谷与白居易相提并论，田锡《览韩偓郑谷诗因呈太素》云："顺熟合依元白体，清新堪拟郑韩吟。"③可见着眼于其风格的共同点是浅切易晓，不俚不野。但在宗白风尚的传播过程中，中下层文人对白体风格的理解演变为对俚俗鄙陋之语的欣赏，偏离了白体的基本特征：

> 仁宗朝，有数达官以诗知名，常慕白乐天体，故其语多行于容易。尝有一联云："有禄肥妻子，无恩及吏民。"有戏之者云："昨日通衢遇一辆辁车，载极重，而羸牛甚苦，岂非足下'肥妻子'乎？"闻者传以为笑。④

总而言之，皇帝不可能指定某种风格作为时代主流，控制所有文人的创作，只能以自身的喜好作为示范，引导文臣参与，带动更多的文人投入其中。白体创作和传播的主力是朝堂的文臣，他们的观念逐渐成为白体诗所蕴含的主导思想。但在扩散过程中，中下层文人对白体的理解出现了偏离与异化，最终导致白体诗风弊端逐渐显现。

### 三、隐士得高名

赵宋立国之初，隐风犹行，多有寄意山野林泉以终身，不愿轻易进入仕途之人。这些隐士无功名利禄之思，得以专力于学术诗文，其文化传承的功能更为突出。按常理来说，隐士的形象乃是遁迹世外、绝意俗事的世外高人，但事实往往并非如此，隐士也不可能真正隔绝外物，不问世事，反而多得时名，广为人知。从文学传播的角度来看，隐士一般不适宜成为

---

① （宋）欧阳修：《六一诗话》，见《历代诗话》，第265页。
② （宋）祖无择：《郑都官墓表》，见《全宋文》卷九三六，第43册，第334页。
③ （宋）田锡：《咸平集》卷一五，文渊阁四库全书本。
④ （宋）欧阳修：《六一诗话》，见《历代诗话》，第264页。

传播主体，盖因其活动空间与交往范围有限，往往影响其作品的流传与声望的提高。而这一类诗人在宋初文坛上享有盛誉，广为人知，则是因为受到当时政治人物的密切关注，并与之保持密切交往。

宋初皇帝常常征召隐士赴京任职，这既能破格拔擢散落民间的才能之士，足以展示统治者折节下士、礼敬人才的求治之心，又可以提倡敦厚风俗，塑造士人品格。宋初隐士陈抟、种放、田诰、杨朴等人先后受到征召，产生了不同社会阶层之间的直接联系。陈抟至京师，太宗赐号曰希夷先生，"上屡与属和诗什，数月遣还"①。杨朴"善为诗，少尝与毕文简公同学，文简荐之，太宗召见，面赋《蓑衣》诗云：'狂脱酒家春醉后，乱堆渔舍晚晴时。'除官不受，听归山，以其子从政为长水尉"②。种放赴真宗之召，为天子建言献策，上《时议》十三篇。帝王的好尚自然引起时人对隐士阶层的关注，不仅重视其生活态度与人生理想，还关注其诗文创作所取得的成就。如杨朴《蓑衣》："此诗对御所赋，天下传诵。"③ 当时也有部分隐士有意与权力阶层保持距离，逃避政府的征召。真宗谓宰相王旦曰："去岁令河中府、陕州遣官召李渎、魏野，皆以疾辞，颇有言其逾垣穴壁以避搜访者，近因中使过彼，各令存问，渎等复自陈静退之意。"言下颇有不快。王旦则婉言开解，曰："渎、野皆儒雅之士，纵被疾不能从宦，若国家以礼致聘，安得奔遁也。"④李渎、魏野绝意仕途的坚定心志素为人所称道，而种放于朝堂与山林中徘徊不定，则蒙受"隐节不终"之讥。归隐山林而修德行、通经术、能诗文，是隐士受到统治者关注的原因。虽然统治者怀有"赏一人可劝天下"的功利目的，但征召这一行为本身就证明隐士的声名已然通过某种渠道直达君主驾前，无论选择赴召还是辞封，都会进一步提高隐士的社会声望。

在现实生活中，隐士纵然无意仕途，但也不可能彻底断绝与外界的来往。隐士因归隐行为而得享大名，真正高蹈远引的隐士却又不为人所知，这本身就是一个悖论。宋初隐士的交游并不是局限在本阶层之内，而是与当时的朝堂重臣、州郡官员、乡野名士多有来往，将这种交游关系作为主要的人际传播渠道，因而其名声得以广为流传。曹汝弼"祥符、天禧间，

---

① （宋）李焘：《续资治通鉴长编》卷二五，第 588 页。
② （宋）司马光：《温公续诗话》，见《历代诗话》，第 279 页。
③ （元）方回选评、李庆甲汇评校点：《瀛奎律髓汇评》卷二七，上海古籍出版社 1986 年版，第 1187 页。
④ （宋）李焘：《续资治通鉴长编》卷七七，第 1764 页。

高蹈有声，与魏野、潘阆、林逋善。有《海宁集》"①。林逋"结庐西湖之孤山，二十年足不及城市"②，以"梅妻鹤子"的形象为人所知。他早年漫游江淮，参加历阳诗社活动，与多人保持交往，后有诗追忆当时交游："吟罢骚然略回首，历阳诗社久离群。"在林逋隐居期间，如薛映、李及等名公显宦、地方长吏时相过访，不时有诗酬唱。李渎"家世多聚书画，颇有奇妙。王佑典河中，深加礼待，自是多闻于时"③。杨璞"善歌诗，士大夫多传诵。……凡数年得百余篇"④。如果不是当时的名公显宦为其扬名延誉，隐士大多只是地方名士，影响力终究有限，而不可能名动天下，为世人所知。

隐士的时名高下，往往取决于与朝臣名士交往的密切程度。魏野与林逋同为宋初高士，"野与林逋同时。身后之名，不及逋装点湖山，供后人题咏。而当时则声价出逋上"⑤。这种声势上的区别，正是二人传播观念与传播行为有所不同导致的。林逋不为章句之学，不追名逐利，也不以结交达官贵人为荣，"既就稿，随辄弃之。或谓：'何不录以示后世？'逋曰：'吾方晦迹林壑，且不欲以诗名一时，况后世乎！'然好事者往往窃记之，今所传尚三百余篇"⑥。林逋既然无意扬名于世，对于自己的作品也就不用心保存，时人虽然称道他的诗名，但更多地关注其淡泊无欲、清静自守的高洁志向。魏野有诗名传世，甚至远播异国，"大中祥符初，辽使至宋，言本国得野《草堂集》上帙，愿求全部"。后人比较林、魏二人的诗歌艺术，多以为林逋诗风清丽隽峭，自有高格，而魏野之诗则不脱朴拙粗俗之气，"其诗固无飘逸俊迈之气，但平朴而常，不事虚语尔"。⑦若其诗成就仅止于此，其人又何以暴得大名？魏野成名之始，即得力于有识者的推介。"时有幕僚，本江南文士也，见之大惊，邀与相见，赠诗曰：'怪得名称野，元来性不群。借冠来谒我，倒屣起迎君。'仍为延誉，由是人始重之。"⑧魏野虽然隐居不仕，不赴天子之召，却与朝廷权要保持

---

① （元）方回选评、李庆甲汇评校点：《瀛奎律髓汇评》卷二二曹汝弼《中秋月》诗注，第 918 页。
② （元）脱脱等：《宋史》卷四五七《林逋传》，第 13432 页。
③ （元）脱脱等：《宋史》卷四五七《李渎传》，第 13429 页。
④ （元）脱脱等：《宋史》卷四五七《杨璞传》，第 13428 页。
⑤ （清）纪昀总纂：《四库全书总目提要》卷一五二《东观集提要》，河北人民出版社2000 年版，第 3931 页。
⑥ （元）脱脱等：《宋史》卷四五七《林逋传》，第 13432 页。
⑦ （宋）文莹：《玉壶清话》卷七，见《湘山野录·续录·玉壶清话》，第 66 页。
⑧ （宋）司马光：《温公续诗话》，见《历代诗话》，第 276 页。

联系。魏野曾赠诗与宰相王旦，在寇准就职陕西时，又与之多有唱酬。宋人也注意到魏野与权贵的交游是其得名的重要原因，司马光曾说："陕人冯亚，字希颜，学诗于处士魏野，偏得其道。潘道遥深重之。未四十而终。魏诗大行于时，亚诗去魏不远，而所传者乡曲而已。所以然者？由魏之寿，亚之夭欤？"① 魏、冯二人诗歌风格相近，而诗名有高下之分，不仅是因为二人寿数不同，在文坛上活动的时间有长短之分，更是因为魏野热衷结交名公显宦，以推动自身声名流传，而冯亚蛰居乡里曲巷，未得有力者称引推介。

魏野诗名虽大，但较其交往对象仍远远不如，世人不免以青白眼视之。"世传魏野尝从莱公游陕府僧舍，各有留题。后复同游，见莱公之诗，已用碧纱笼护，而野诗独否，尘昏满壁。时有从行官妓，颇慧黠，即以袂就拂之。野徐曰：'若得常将红袖拂，也应胜似碧纱笼。'莱公大笑。"② 若纯以诗人的政治地位决定诗歌的传播价值，则忽略了文学传播的内在意义，不免令人叹息。

## 第二节　政治权力与文学权力

政治场对于文学场的统治意义无可置疑，但其如何影响文学场，需要落实到具体问题进行分析，本节选择南宋的权相和宋初馆阁文人进行个案研究。权相对文学场的控制不是简单地使用暴力，而是促成文学场中主流舆论、主流话语的生成，使其符合政治导向，控制效果更胜一筹。馆阁文人拥有极高的政治地位，其号召力出于自身的文学成就和营造群体声势的传播手段，符合文学场的运行逻辑。

### 一、权相政治与时代风气

宋代政治的一个重要特点就是相权的强化，政坛上权相辈出，"南宋宰相最擅权者，为秦桧、韩侂胄、史弥远、贾似道四人。盖南宋宰相兼总兵财，权莫与比。一人得政，俨然首辅，其他执政，陪位诺画而已"③。秦桧、韩侂胄、史弥远、贾似道这四位权相的执政时间几占南宋历史的一

---

① （宋）司马光：《冯亚诗集序》，见《全宋文》卷一二一六，第 56 册，第 101 页。
② （宋）吴处厚：《青箱杂记》卷六，第 60~61 页。
③ 邓之诚：《中华二千年史》卷四，第 4 册，中华书局 1983 年版，第 291 页。

半，当政之时，炙手可热，天下侧目，当时才人文士不乏与其有所往来者，如朱敦儒依附秦桧，陆游为韩侂胄作《南园记》，史弥远援引理学人士入朝，刘克庄与贾似道关系密切。除韩侂胄为北宋名相韩琦后裔外，其他三人均为进士出身。但他们的身份首先是职业官僚，长于政务，对文学活动缺乏认同感，不能称为文坛领袖，反而多以政治权力干预文坛活动，维护其政坛主导地位。南宋之初，就是政治权力在总体上压制文学，并使之成为隶属于自身的意识形态工具。

南宋立国之初，不乏摧锋折锐、力挽狂澜的名将强军，却没有能挽天倾、补金瓯的明君圣主，更没有安邦定国、扶危济世的王佐良辅。高宗唯恐二帝归来，皇位有失，故一意偏安，无光复山河之念，所谓"当时自怕中原复"也。而秦桧洞悉高宗私心，力主和议，并乘机结党营私，总揽威权。秦桧的行为自然受到当时文人的一致批评，某些人品卑劣的官员或迎合上意，或经人授意，别有用心地关注当朝权贵的政敌的活动，从其诗词文章中搜集所谓怨愤、讥刺、毁谤的文字，并呈献于权贵之前。当朝权贵则以此为依据，起文字狱陷人以罪：

（李光）仲子孟坚坐陆升之诬以私撰国史，狱成；吕愿中又告光与胡铨诗赋倡和，讥讪朝政，移昌化军。①

己亥，新州编管人胡铨移吉阳军编管。先是太师秦桧尝于一德格天阁下，书赵鼎李光胡铨三人姓名。时鼎光皆在海南，广东经略使王鈇问右承议郎知新州张棣曰："胡铨何故未过海？"铨尝赋词云："欲驾巾车归去，有豺狼当辙。"棣即奏铨不自省，循与见任寄居官往来唱和，毁谤当涂，语言不逊，公然怨望朝廷，鼓唱前说，犹要惑众，殊无忌惮。于是送海南编管。②

秦桧擅权乱政期间，炮制多桩文字狱，并起野史之禁，肆意攻击政敌，祸及无数。以上数例，仅能概括一二，略见秦氏钳制异论、倾覆善类的险恶机谋。文字狱是政治权力监控、干预文学传播进程的最极端表现，以暴力形式打击持有异论者，最终限制对当权者造成不利影响的信息的传播。

诗案文祸的频繁发生，不仅对当事人造成了恶劣的影响，更波及整个

① （元）脱脱等：《宋史》卷三六三《李光传》，第 11342 页。
② （宋）李心传：《建炎以来系年要录》卷一五八，中华书局 1956 年版，第 2571 页。

文坛。当权者深文周纳，时人钳口不言，唯恐招致祸端。文人不轻易将诗文示人，以免贻人口实，更有甚者，唯求全身远祸，遑顾其他，连许多手迹、书册都不敢私下保存，宁愿将其付之一炬。如王明清《挥麈录跋》云："先人弃世，野史之禁兴，告讦之风炽，荐绅重足而立。明清兄弟居蓬衣白，亡所掩匿，手泽不复敢留，悉化为烟雾。"① 文人有感于文禁森严，平日小心谨慎，却难敌小人深文周纳，罗织罪名：

> 而秦丞相当国，士大夫以文墨贾奇祸，斥逐流放，踵相蹑于道。……尝味大理卿谭公哀辞，有"士应知己用，人岂法家流"之句，既出，好事者口语籍籍，几为所酝酿。②

所谓"酝酿"一语，昔年苏轼深以为忧，不料复见于今。赵宋一代以开明著称，士大夫仍不免以文字得罪。南宋权相柄国日久，自然会招致众多不满与批评，控制舆论环境、维护政治场域的主导权就成为权相的惯用伎俩。韩侂胄"庆元党禁"、史弥远"江湖诗祸"，都是这一行为策略的表现。政治权力对文学场的干涉，极大地限制了文学传播活动的深入开展。

秦桧压制异论、控制文坛的另一做法，就是他一手掀起的谀谄之风。"盖其胸中有慊，故特喜此谀语，以为掩覆之计，真猾夏之贼也。"③ 绍兴十二年（1142），宋金达成和议，金人按照和议协定，放还高宗生母皇太后韦氏。朝廷以太后回銮事件为诱因，命词臣作诗称颂，朝野文士响应者超过千人，一致歌颂高宗诚孝事亲，上感天地；君臣相得，共致太平；威德远播，四方宾服。而朝廷选拔优等，许以官爵恩典，以刺激参与者的热情。绍兴十八年（1148），张嵲进献《绍兴中兴上复古诗》，称颂高宗与秦桧君臣一体，共成中兴鸿业，于是时风转向对秦桧的歌功颂德。台州曾惇献诗称"圣相"，后以皋、夔、稷、契不足比拟秦桧功业，必曰"元圣"。其时文人无行，一至于此。现存阿谀之作最多的作者，为当时的名诗人周紫芝，"紫芝通籍馆阁，业已暮年，可以无所干乞。而集中有《时宰生日乐府》四首，又《时宰生日乐府》三首，又《时宰生日乐府》七首，又《时宰生日诗》三十绝句，又《时宰生日》五言古诗六首，皆为

---

① （宋）王明清：《挥麈录跋》，见《全宋文》卷五三八〇，第241册，第20页。
② （宋）张坚：《华阳集跋》，见《全宋文》卷四九五九，第223册，第393页。
③ （宋）罗大经：《鹤林玉露》甲编卷五，第79页。

秦熺而作。《秦少保生日》七言古诗二首，《秦观文生日》七言排律三十韵，皆为秦熺而作。又《大宋中兴颂》一篇，亦归美于桧，称为元臣良弼，与张嵲《绍兴复古颂》用意相类。殊为老而无耻，贻玷汗青"①。周紫芝《时宰生日乐府》序文记载："岁十有二月二十有五日，太师魏国公之寿日也。凡缙绅大夫之在有位者，莫不相与作为歌诗，以纪盛德而归成功。篇什之富，烂然如云，至于汗牛充栋，不可纪极。"② 此类阿谀逢迎之诗数以万计，可见政治权力除了压制异论，还对主流舆论的生成具有重要意义。

从传播学的角度看，谄谀之风的盛行就是"沉默的螺旋"现象。一般来说，个体在表达观点时总会考虑周围的意见环境。若多数人与自己立场相同，处于优势地位时，会积极主动地表达意见；而只有少数人赞同自己，处于劣势地位时，往往会屈服于大众压力而保持沉默。一方的沉默造成另一方的力量更加强大，这种强大反过来迫使更多持不同意见者转向沉默，逐渐形成了一个"强者越强，弱者越弱"的螺旋式过程。

高宗、秦桧拥有政治权力，可以提拔用心创作谀颂之作的文人，满足其功利心，使得广大文人认可这一事实，并自觉从事谀颂之作的创作。大势所趋，即使有士人持有异议，也不敢在言谈举止中表现出来，不愿站在整个社会大众的对立面，最后不得不违心地追随时代潮流。汪藻有《贺宰相子状元及第启》，张元干《芦川词》中有《瑞鹤仙·寿》《瑶台第一层》，均是致意秦桧的贺词。即使是反对秦桧最力的胡铨，也有《衡阳瑞竹赋》颂时。叶梦得作《送严婿侍郎北使》，招致后人严厉批评："此诗'楛矢石砮''医闾析木'一联佳，取之。秦桧之和，虽万世之下，知其非是。后四句含糊说过，无一毫忠义感慨之意，则犹是党蔡尊舒绍述之徒常态也。"③ 而刘才邵有诗名，"惟所行秦桧制词，语多溢量，至称其道义接丘、轲之传，勋名真伊、吕之佐，尤为谬妄。史称其于权臣用事之时，能雍容逊避以保名节。颇著微词，其指此类欤！是则白璧之瑕矣"④。歌功颂德的文化运动是比文化高压统治更为高明的手段，更为巧妙地引导着文人的思想，控制着舆论环境。

需要注意的是，权相所代表的政治权力并不能直接干预文学场的发展，政治权力在文学场中可以轻易地禁止某些内容，但很难生成文学场真

---

①　（清）纪昀总纂：《四库全书总目提要》卷一五九《太仓稊米集提要》，第 4088 页。

②　（宋）周紫芝：《时宰生日乐府》，《全宋诗》卷一五二〇，第 17290 页。

③　（元）方回选评、李庆甲评校点：《瀛奎律髓汇评》卷二四，第 1093 页。

④　（清）纪昀总纂：《四库全书总目提要》卷一五六《杉溪居士集提要》，第 4042 页。

正认可的内容。文学场外的社会对于文学场的压力，必须要转换成文学场自身的逻辑，才能获得合法意义，下文就以道学为例来进行说明。

道学是于北宋发端、于南宋流行起来的学术思想。其学说深邃，思理精切，亦不可一概而论。但道学的沉寂与兴盛，皆与政治密切相关。绍兴年间，叶谦亨进言："向者朝论专尚程颐之学，士有立说稍异者，皆不在选。前日大臣则阴佑王安石，稍涉程学者，至一切摈弃。程、王之学，时有所长，皆有所短，取其合于孔孟者，去其不合于孔孟者，皆可以为学矣，又何拘乎？愿诏有司，精择而博取，不拘以一家之说，而求至当之论。"① 南宋初年，赵鼎推崇程学，与二程之学不合者，皆不为其所喜，遭到落榜的命运；而秦桧主张王学，凡试卷稍涉二程之学者，又全被他黜落。当权者的喜好决定了时代风气的走向，决定了学术思想的境遇。据《选举志》记载：

> 宁宗庆元二年，韩侂胄袭秦桧余论，指道学为伪学，台臣附和之，上章论列。刘德秀在省阁，奏请毁除语录。既而知贡举吏部尚书叶翥上言："士狃于伪学，专习语录诡诞之说、《中庸》《大学》之书以文其非。有叶适进卷、陈傅良《待遇集》，士人传诵其文，每用辄效。请令太学及州军学各以月试合格前三名程文上御史台考察，太学以月，诸路以季。其友旧习不改，则坐学官、提学司之罪。"是举语涉道学者皆不预选。②

道学为时人崇尚之时，士人在科场模仿道学家为文，每用辄效，立时可取功名富贵。当庆元党禁兴起，道学被定为"伪学"时，天下人噤口不言，再无语涉道学者。实际上仍是政治权力高于一切，可以引导学术、文学的发展方向。

南宋后期，道学再度兴起，一方面是其思想契合了时代潮流，另一方面是受到政治局势的影响。权相史弥远当政，召回道学名臣，以巩固自身权位，因此道学得以平反。而科举风气也迎来了新的转变：

> 淳祐甲辰，徐霖以《书》学魁南省，全尚性理，时竞趋之，即可以钓致科第功名。自此非《四书》、《东西铭》、《太极图》、《通

① （宋）李心传：《建炎以来系年要录》卷一七三，第2848页。
② （元）脱脱等：《宋史》卷一五六，第3635页。

书》、语录，不复道矣。①

　　道学自此借助政治权力的影响，垄断了科举的主导权，举子生员读道学之书，言道学之义，作道学之文。既然研究道学提倡的思想与文风可以获得功名，迅速晋身，士人如何不趋之若狂？这一风气进一步传播，从科场蔓延到整个社会：

　　　　尝闻吴兴老儒沈仲固先生云：道学之名，起于元祐，盛于淳熙。其徒有假其名以欺世者，真可以嘘枯吹生。凡治财赋者，则目为聚敛；开阃捍边者，则目为粗材；读书作文者，则目为玩物丧志；留心政事者，则目为俗吏。其所读者，止《四书》《近思录》《通书》《太极图》《东西铭》《语录》之类，自诡其学为正心、修身、齐家、治国、平天下。故为之说曰："为生民立极，为天地立心，为万世开太平，为前圣继绝学。"其为太守，为监司，必须建立书院，立诸贤之祠，或刊注《四书》，衍辑语录。然后号为贤者，则可以钓声名，致膴仕，而士子场屋之文，必须引用以为文，则可以擢巍科，为名士。否则立身如温国，文章气节如坡仙，亦非本色也。于是天下竞趋之，稍有议及，其党必挤之为小人，虽时君亦不得而辨之矣。其气焰可畏如此。②

　　道学思想流行之时，天下景从，诗坛何能独免？许总先生在其著作中曾提道："南宋大诗人大多自中年以后即自觉地摆脱江西诗派陈式之束缚，而在思想观念上，理学思想的影响则几乎贯穿了他们的一生。"③ 大诗人接受道学的影响，尚可从思想层面认识其积极意义，而普通大众却是亦步亦趋，照搬科场经验，将科场为文的经验引入诗歌创作中。刘克庄《竹溪诗序》云："迨本朝，则文人多，诗人少。三百年间，虽人各有集，集各有诗，诗各自为体，或尚理致，或负材力，或逞辨博，少者千篇，多至万首，要皆经义策论之有韵者尔，非诗也。"④ 这种歌咏道学、阐述理趣的写诗之法，必然导致诗坛的衰落。刘克庄所谓"近世理学兴而诗律

①　（宋）周密：《癸辛杂识》续集下，吴企明点校，中华书局 1988 年版，第 65 页。
②　（宋）周密：《癸辛杂识》续集下，吴企明点校，中华书局 1988 年版，第 169 页。
③　许总：《理学宋诗同构论》，《儒家文化》（新加坡）2003 年第 2 期。
④　（宋）刘克庄著、辛更儒笺校：《刘克庄集笺校》卷九四，第 3996 页。

坏"①，代表了时人的严厉批评。

南宋诗人受到道学的影响，道学的兴盛受到政治权力的支持，但不能简单地表述为政治权力塑造了南宋诗人的创作取向，其中存在着极其复杂的逻辑关系：权力拥有者或者权力体制会支持符合自己利益的统治性话语，文人在对统治性意识形态认同的基础上，将这种意识和话语加以合理化、自然化、内在化。在争取文学场的支配性地位的过程中，文人制造出一种新的文学景观，使之成为文坛的基本现实，并以此谋求社会认同，同时使自己对手的文化资本贬值。实际上，道学家是将自身的理念塑造为通行原则，在文学场中表现出来。而政治权力则为其提供了合法化的力量，支持其得到话语霸权，间接地影响了文学场中行动者的观念和取向。

## 二、馆阁文人的号召力

文人的社会地位对其文学的传播具有巨大的影响，甚至能产生决定性的作用。宋初文臣身居高位，一言一行皆为世人瞩目。如开国名臣赵普，作为"创业佐命"之才，不以文辞学问知名，但其章表奏议仍然多有流传。"普，开国元臣，不以文著，而《彗星》《班师》二疏，天下至今传诵。"② 宋真宗时期，以杨亿为首的西昆诗人成为文坛主导力量，形成一个成熟的文学群体。从传播的角度来看，文学群体的出现意味着个人的文学选择转化为一种集体声音，进而在大众中传播，形成一种社会共同价值观。文臣的文化号召力是与政治影响力密切相关的，当事人对此往往有着清醒的认识，因而能适应政治权力的文化诉求，自觉地采取相应的行为策略。

在白体诗歌盛行的背景下，文人习诗多从白体入手。杨亿早年即浸淫白体，与王禹偁素有交谊，张咏、晁迥、李宗谔、丁谓等人学诗也多由白体入门。其后杨亿获得前人的诗学遗产，重新选择了李商隐作为师法典范，"至道中，偶得玉溪生诗百余篇，意甚爱之，而未得其深趣。咸平、景德间，因演纶之暇，遍寻前代名公诗集……由是孜孜求访，凡得到五七言长短韵歌行杂言共五百八十二首"③。咸平年间，杨亿初知制诰，景德年间，杨亿受命修撰《历代君臣事迹》。这一时期的活动，正如杨亿所

---

① （宋）刘克庄著、辛更儒笺校：《刘克庄集笺校》卷九八，第 4139 页。
② （宋）陈振孙：《直斋书录解题》卷一七，上海古籍出版社 1987 年版，第 488 页。
③ （宋）江少虞编：《宋朝事实类苑》，上海古籍出版社 1981 年版，第 435 页。

言："余景德中，忝佐修书之任，得接群公之游。时今紫微钱君希圣、秘阁刘君子仪，并负懿文，尤精雅道，雕章丽句，脍炙人口。……因以历览遗编，研味前作，挹其芳润，发于希慕，更迭唱和，互相切靡。"① 文坛上出现了以杨亿为中心，以李商隐为师法对象，以参与修书的同僚和与其唱酬往来的朋友为主体，以馆阁翰苑为活动空间的文人群体。

这一文人群体的产生并非偶然，参与者大多具有相似的出身背景与文化知识结构，才能聚合在一起。杨亿是文坛宿老杨徽之的从孙，杨徽之见闻广博，学问深厚，颇负盛名。杨亿少从其学，深受裨益，"每叙事质疑，其言必称'从祖江陵公'云尔"②。钱惟演为吴越钱氏后裔，惟演"于书无所不读，家储文籍侔秘府"③。李宗谔为宰相李昉之子，"初，昉居三馆、两制之职，宗谔不数年，皆践其地。风流儒雅，藏书万卷"④。丁谓祖先为吴越钱氏幕僚，其人才思敏捷，"文字累数千百言，一览辄诵。……善谈笑，尤喜为诗，至于图画、博弈、音律，无不洞晓"⑤。家学渊源、克绍箕裘、才华出众成为当时馆阁文人的共同身份特征，而担任词臣、编修类书的仕宦生活，容易使其产生与其身份匹配的审美趣味。浅近鄙俗的白体诗风已不能承担弘扬文治、歌颂新朝气象的责任，当时的文学精英正是有感于此，因而力求变革。

杨亿结交朋友，往往与之讨论李商隐诗歌的妙处，交流心得体会。杨亿与余恕同主持考试时共读李商隐诗，便击节赞叹曰："古人措辞寓意，如此深妙，令人感慨不已。"⑥ 杨亿与钱若水论李商隐诗，举《贾生》两句，钱若水评曰："措意如此，后人何以企及？"⑦ 其后以杨亿、刘筠、钱惟演为首的诗人群体所表现出的诗歌创作倾向，即是师法李商隐，借丰富的事典、华丽的词藻、细密的描写来展现深沉内敛的思想世界，时号"西昆体"。当时杨亿等人的诗歌产生了极大的影响，变革一时风气，人们对杨亿的开创之功给予了充分的肯定：

① （宋）杨亿：《西昆酬唱集序》，见《全宋文》卷二九五，第14册，第391~392页。
② （宋）苏颂：《翰林侍讲学士正奉大夫尚书兵部侍郎兼秘书监上柱国江陵郡开国侯食邑一千三百户食实封二百户赠太子太师谥文庄杨公神道碑铭》，见《全宋文》卷一三四一，第62册，第17页。
③ （元）脱脱等：《宋史》卷三一七，第10342页。
④ （元）脱脱等：《宋史》卷二六五，第9142页。
⑤ （元）脱脱等：《宋史》卷二八三，第9570页。
⑥ （宋）阮阅编：《诗话总龟》后集卷五，周本淳校点，人民文学出版社1987年版，第32页。
⑦ （宋）尤袤：《全唐诗话》，见《历代诗话》，第173页。

> 近世钱惟演、刘筠首变创格，得其格者蔚为佳咏。①
>
> 咸平景德中，钱惟演、刘筠首变诗格，而杨文公与之鼎立，号江东三虎，谓之西昆体。大率效李义山之为，丰富藻丽，不作枯瘠语。②
>
> 首变诗格者，文公也。③
>
> 杨亿在两禁，变文章之体，刘筠、钱惟演辈皆从而学之，时号杨、刘。三公以新诗更相属和，极一时之丽。④
>
> 祥符、天禧中，杨大年、钱文僖、晏元献、刘子仪以文章立朝，为诗皆宗尚李义山，号"西昆体"。⑤
>
> 杨文公，刘中山，钱思公专喜李义山，故昆体之作，翕然一变。⑥
>
> 惟本朝承五季之后，诗人犹有唐末之遗风。迨杨文公、钱文僖、刘中山诸贤继出，一变而为体。⑦

这些评论中所透露出的信息，足以表明文人的个人审美趣味逐步转变为时代风尚。当时虽有钱惟演、刘筠首变诗格之说，但杨亿的领袖地位无可动摇。杨亿在群体中的地位，类似于传播学上的"意见领袖"。意见领袖的背景其实与其他群体成员类似，主要差异可能是意见领袖对某一主题的兴趣较其他人要浓厚，个人观念为群体设置了议题，其他群体成员追随着意见领袖的观点。意见领袖也是群体的代言人，往往成为外界对群体的价值评判标准。在文学群体的形成过程中，杨亿发挥了聚合、引导、控制、代表的作用。

人际交往圈是意见领袖影响力得到扩大的基本渠道，亲戚、朋友、同僚、门人是首批接受者。如石中立早年与杨亿有交谊，便大力推动其影响力扩散。《石太傅墓志》曰："天子好文学，而虢略杨亿以雄浑革五代之弊。公与中山刘筠，颍川陈越，推而肆之，故天下靡然变风。"⑧ 又《石

---

① （宋）阮阅编：《诗话总龟》前集卷一三，第 147 页。
② （宋）葛立方：《韵语阳秋》卷二，见《历代诗话》，第 499 页。
③ （宋）刘克庄：《后村诗话》后集卷一，第 57 页。
④ （宋）田况：《儒林公议》卷上，文渊阁四库全书本。
⑤ （宋）刘攽：《中山诗话》，见《历代诗话》，第 287 页。
⑥ （宋）蔡启：《蔡宽夫诗话》，见《宋诗话辑佚》，第 398 页。
⑦ （宋）周必大：《跋宋待制暎宁轩自适诗》，见《全宋文》卷五一三二，第 230 册，第 410 页。
⑧ （宋）宋祁：《石太傅墓志铭》，见《全宋文》卷五二八，第 25 册，第 131 页。

少师行状》曰："亿工文章，采缛闳肆，汇类古今，气象魁然，如贞元、元和，以此倡天下而为之师。公与刘、陈诸公推毂趣和之，既乃大变。景德、祥符间，号令彬彬，谓之尔雅，而五代之气尽矣。"① 时人还留意到杨亿对后进的提携指导："上览其章，谓辅臣曰：'亿之词笔冠映当世，后学皆慕之。'王旦曰：'如刘筠、宋绶、晏殊辈相继属文，有贞元、元和风格者，自亿始也。'"② 所谓的"贞元、元和"之语，是借中唐之事，概括与当时政坛治世气象相应的文坛革新盛况，也可见后起的馆阁词臣、朝廷官员的确承袭了杨亿的流风余韵。如晏殊、宋庠、宋祁等人，"宋莒公兄弟，并出晏元献之门，其诗格亦复相类，皆去杨、刘诸公不远"③。又如文彦博、赵忭、胡宿，"世人谓宋初学西体有杨文公、钱思公、刘子仪，而不知其后更有文忠烈、赵清献、胡文恭三家，其工丽妍妙不减前人"④。

意见领袖的声誉又与其社会地位密切相关，杨亿及其后学多为馆阁词臣，有利于提高自身的影响力。"国朝馆阁之选，皆天下英俊，然必试而后命，一经此职，遂为名流"⑤，大大增加了文人的表现机会，提高了其社会影响力。身为馆阁翰苑之臣，制诏书、掌诰命是其必须承担的职责，故云"两制词臣以文章为职业"⑥。此类文章或有特定的写作对象，或意在传示天下、广而告之，本身就具有一定的传播意义。当时流传的皇帝诏书诰命，在传示天下时难以辨别由何人起草，但曾经担任过翰林学士、知制诰等词臣的人，在编辑自己的文集时，均将以皇帝名义撰写的诏书作为自己的作品收入其中。杨亿长期担任词臣，其才学文章为一时之冠，当时所发布的诏书诰命多由杨亿起草，产生了极大的反响。"杨文公亿以文章幸于真宗，作内外制。当时辞诰，盖少其比。朝之近臣，凡有除命，愿除其手。""公以斯文为己任，由是东封西祀之仪，修史修书之局，皆归大手，为皇家之盛典。当时台阁英游盖多出于师门矣。"⑦ 所谓出于其门的"台阁英游"，也是代君王书写诰命诏书而得名。如晏殊"所为赋颂、碑

---

① （宋）石中立：《石少师行状》，见《全宋文》卷五二四，第25册，第70页。
② （宋）李焘：《续资治通鉴长编》卷八十五，第1945页。
③ （清）翁方纲：《石洲诗话》卷三，见（清）赵执信、（清）翁方纲：《谈龙录·石洲诗话》，陈迩冬校点，人民文学出版社1981年版，第81页。
④ （清）王士禛：《渔洋诗话》卷中，见（清）王夫之等：《清诗话》，上海古籍出版社1978年版，第191页。
⑤ （宋）洪迈：《容斋随笔》卷一六，上海古籍出版社1978年版，第206页。
⑥ （宋）李焘：《续资治通鉴长编》卷一〇三，第2378页。
⑦ （宋）范仲淹：《杨文公写真赞》，见《全宋文》卷三八七，第19册，第6页。

铭、制诏、册命、书奏议论之文传天下，尤长于诗，天下皆吟诵之"①；王琪"掌文诰二十年，每一篇出，四方传诵之"②；夏竦"为文章闳衍瑰丽，殆非学者之所能至，凡朝廷有大典册，屡以属之，其誉满天下"③。

意见领袖还承担着扩大群体影响的责任。杨亿、刘筠、钱惟演等人在馆阁有诗往来唱和，杨亿将之编订成集，名曰《西昆酬唱集》。此书流布一时，"西昆体"因而得名，而这一诗人群体也被称为"西昆派"。《西昆酬唱集》具体于何时编订刊印，载籍无考，但大中祥符年间已然付梓，有刊本传世，当是无疑。《西昆酬唱集》借助印刷媒介行世，得以化身千万，突破人际交往圈的限制，在社会大众中得以产生即时、广泛、有效的影响。欧阳修已指出："《西昆集》出，时人争效之，诗体一变。"又云："盖自杨、刘唱和，《西昆集》行，后进学者争效之，风雅一变。谓之昆体，由是唐贤诸诗集几废而不行。"④《西昆酬唱集》广为流传，不仅能引导诗坛风气，甚至到了垄断的地步。这种带有排他性的巨大影响力又是与现实政治密切相关的，宋初科举沿袭唐代旧制，以诗赋取士，于是律诗、辞赋、骈文成为时人必须精通的文体。《西昆酬唱集》的作者多数高居尊贵清要之职，主持文化建设要务，代君王书写诰命诏书，与时代文风走向关系密切，并且长期担任主考，能直接干预科举。杨、刘诗文备受追捧，是因为文人希望在科举考试中迎合时风、取得先机。欧阳修曾追忆说："是时天下学者杨、刘之作，号为时文，能者取科第，擅名声，以夸荣当世，未尝有道韩文者。余亦方举进士，以礼部诗赋为事。"⑤《西昆酬唱集》因其作者的社会身份，被视为了解上层文坛动态的工具和应试诗歌创作的范本，这是其得以广为流传的重要原因。文人群体的交游唱和始终只是人际传播的一种形式，影响范围难免狭窄。利用选本塑造群体形象，壮大群体声势，宣扬群体理念，则可以迅速获得大众的认同。

在杨亿等人过世后，名人光环逐渐消失，西昆体继续流行，可见文学价值仍是根本所在，并非全然依赖作者的政治地位。《西昆酬唱集》广为流传，逐渐被经典化，但其产生的巨大影响却对西昆派诗人的形象和西昆

---

①　（宋）曾巩：《曾巩集》卷一三《类要序》，陈杏珍、晁继周点校，中华书局1984年版，第210页。

②　（宋）叶清臣：《王文恭神道碑》，见《全宋文》卷一七一八，第79册，第66页。

③　（宋）王珪：《夏文庄公竦神道碑铭》，见《全宋文》卷一一五四，第53册，第199页。

④　（宋）欧阳修：《六一诗话》，见《历代诗话》，第266页。

⑤　（宋）欧阳修：《欧阳修全集》卷七三《记旧本韩文后》，第1056页。

体的内涵造成了一定的遮蔽。

西昆派诗人不限于是否参加过西昆酬唱，"西昆体"也不限于《西昆酬唱集》收录的诗作，此为当今学界共识。但在当时，大众读者对于"西昆体"和杨亿诗学成就的一切认识，皆以《西昆酬唱集》为标准，缺乏与作者的沟通与交流，不能从创作实际出发，可谓管中窥豹、只见一斑。对师法对象的片面理解造成了传播过程中的流弊，欧阳修认为："而先生老辈患其多用故事，至于语僻难晓，殊不知自是学者之弊。"① 其后论者的批评眼光从后学者的失误转向杨亿等人诗歌本身的不足，甚至认为他们也没有理解李商隐诗歌的精髓，只是片面发展了义山诗的某些特征。"义山诗合处，信有过人。若其用事深僻，语工而意不及，自是其短。世人反以为奇而效之，故昆体之弊，适重其失，义山本不至是云。"② 宋代之后，逐渐有人意识到《西昆酬唱集》并不能完全反映杨亿等人诗歌的实际状况："诗家多言西昆体，读集中诗《小畜集》为近，绝不类玉溪生，乃一时体格，好事者故作指目耳。"③ 论者意识到杨亿诗歌有近似白体之作，这是正确的。但以为杨亿诗歌与李商隐完全无关，则不免矫枉过正。若将《西昆酬唱集》《武夷新集》进行对比，可以发现杨亿诗歌多种风格并存的情况。《西昆酬唱集》毕竟只是一个诗歌流派的选本，收录在一时一地创作的诗歌。虽然它集中反映了西昆体的本质特征，但同时也限制了后人对西昆诗人的认识。

## 第三节　科举与文坛主流

人际交流是指交往双方进行信息互动传播，一致的意见产生于双方的相互认同，容易达成平等的交流。科举制度的传播意义，是以君主官员为传播者，广大士子为传播对象，就可以看到统治阶层承认的文学思想借助政治权力，向士子阶层进行广泛、迅速、有效的传播，是"上以风化下"的行为。而统治阶层承认的文学思想与观念又集中体现在某位声名显赫的官员身上，一己所得便转化为时代的主流声音。

---

① （宋）欧阳修：《六一诗话》，见《历代诗话》，第 270 页。
② （宋）蔡启：《蔡宽夫诗话》，见《宋诗话辑佚》，第 399~400 页。
③ 清代彭氏知圣道斋抄本《武夷新集》校后记，转引自傅蓉蓉：《论杨亿与王禹偁诗学思想之离合及西昆体之诞生》，《中国韵文学刊》2001 年第 2 期。

## 一、先驱者的努力

　　唐代古文运动的倡导者，曾引导一时风气，"元和中，后进师匠韩公，文体大变"①。但唐末五代，文章衰尽，文风或趋于华靡浮艳，或趋于奇诡苦涩。北宋初期，有人以文投赠名臣陈尧佐。陈得之后竟月不能读。王禹偁、柳开二人在宋初文坛上推崇韩愈，首倡古文创作，在当时形成一种声势，吸引后进向学，产生了巨大的影响力，开启了宋代古文运动的进程。二人的身份地位、交游圈子、知识素养、创作倾向上的区别，导致二人在文学传播活动中采取了不同的行为策略，造成二人对于北宋古文革新运动的作用各有不同。

　　柳开早年在宋初文坛籍籍无名，正是缺少当世名流的举荐。柳开以文章干谒王祐，得到王祐的赏识，之后才得到时人的认同。在宋初文坛上，柳开与同样好尚古文的梁周翰等朋友结成了一个小群体，"五代以来，文体卑弱，周翰与高锡、柳开、范杲习尚淳古，齐名友善，当时有'高、梁、柳、范'之称"②。同时通过亲故朋友扩大影响力，借助人际交往渠道，向时人传播古文观念。正如柳开《送陈昭华序》所述："子与诸君，苟念其惠我之言而辅于吾，复于圣人之道也，而后必矣。子往见诸君，为吾告之如是也。"③

　　柳开的传播策略主要体现为建立师传关系，指导后进门人。师生关系相对稳定、持久，并且师生关系本身就具有传播信息的意义，是宣传个人观点的绝好渠道。柳开"尚气自任，不顾小节，所交皆一时豪俊"④。当时有多人向他请教古文之法。臧丙早年好为四六，"后变格慕韩、柳文，颇近阃阈"⑤。柳开与其多有往来，尝以师者自居，曾说："将见吾子望我之门而入矣。"⑥ 张景从柳开学，得古文作法。"开以文自名，而宠荐士类，一见欢甚，悉出家书畀之，由是属辞益有法度。"⑦ 高弁则是转益多师，取法诸家。"弱冠，徒步从种放学于终南山，又学古文于柳开，与张景齐名。至道中，以文谒王禹偁，禹偁奇之。举进士，累官侍御史。"⑧

────────────

① （唐）王谠撰、周勋初校证：《唐语林校证》卷二，中华书局1987年版，第146页。
② （元）脱脱等：《宋史》卷四三九《梁周翰传》，第13003页。
③ （宋）柳开：《送陈昭华序》，见《全宋文》卷一二四，第6册，第343页。
④ （元）脱脱等：《宋史》卷四四〇《柳开传》，第13024页。
⑤ （宋）王禹偁：《谏议大夫臧公墓志铭》，见《全宋文》卷一六〇，第8册，第159页。
⑥ （宋）柳开：《答臧丙第一书》，见《全宋文》卷一二一，第6册，第294页。
⑦ （宋）宋祁：《故大理评事张公墓志铭》，见《全宋文》卷五二八，第25册，第142页。
⑧ （元）脱脱等：《宋史》卷四三二《高弁传》，第12832页。

李迪问学于柳开，柳开读其文章后，称许李迪有宰辅之才，足为后学楷模。他对门人说："复古乎，辅相器也，且陶冶生辈矣。"① 除去这些声名显赫的人物外，时人多有闻柳开之名，而登门请教者。据柳开讲述时人对他的评价："捧书请益者咸云：'韩之下二百年，今有子矣。'"② 柳开热衷于作育人才，门下英才济济，既在当时形成群体规模，壮大了声势，又使得柳开的古文观念得以有效地在后世传播。后人高度评价柳开推广古文的意义："皇朝柳仲涂起而麾之，髦俊率从焉。仲涂门人能师经探道，有文于天下者多矣。"③

王禹偁在当时名声卓著，更胜柳开，俨然领袖文坛，主要是其身居高位，曾三知制诰，赋诗"不逾月遍天下"④。王禹偁不仅文学成就突出，尤其乐于援引后进，深为时人钦服。"禹偁词学敏赡，遇事敢言，喜臧否人物，以直躬行道为己任。……所与游必儒雅，后进有词艺者，极意称扬之。如孙何、丁谓辈，多游其门。"⑤ 在上层士大夫与下层士人学子的交流中，王禹偁成为下层学子行卷的对象。在其掌诰命期间，"由是今之举进士者，以文相售，岁不下数百人。朝请之余，历览忘怠"。⑥ 有人告诉他："今兹诏罢贡举，而足下出郡，进士皆欲疾走滁上，以文求知者。"⑦ 可见王禹偁在当时文坛的声誉。

王禹偁文章高绝一时，他的行为策略则是通过接受后进文人的行卷，寻找志同道合者，为之宣扬鼓吹，扩大古文爱好者的影响。如其赠进士朱严诗即云："谁怜所好还同我，韩柳文章李杜诗。"⑧ 又称谭尧叟"读尧、舜、周、孔之书，师轲、雄、韩、柳之作"⑨。宋白向王禹偁推荐进士孙何，王禹偁得知其人后，"余因征其文，不获。会有以生之编集惠余者，凡数十篇，皆师戴六经，排斥百氏。落落然真韩柳徒也"⑩。王禹偁认识孙何后，"仆因声于同列间。或曰：'有济阳丁谓者，何之同志也。其文

---

① （宋）张方平：《乐全集》卷三六《大宋故推诚保德崇仁守正翊戴功臣开府仪同三司太子太傅致仕上柱国陇西郡开国公食邑八千一百户食实封二千四百户赠司空寺中谥文定李公神道碑铭》，见《全宋文》卷八一九，第38册，第183页。
② （宋）柳开：《东郊野夫传》，见《全宋文》卷一二七，第6册，第392页。
③ （宋）范仲淹：《尹师鲁河南集序》，见《全宋文》卷三八五，第18册，第392页。
④ （元）脱脱等：《宋史》卷二九三《王禹偁传》，第9794页。
⑤ （元）脱脱等：《宋史》卷二九三《王禹偁传》，第9799页。
⑥ （宋）王禹偁：《送丁谓序》，见《全宋文》卷一五二，第7册，第425页。
⑦ （宋）文莹：《玉壶清话》卷四，见《湘山野录·续录·玉壶清话》，第41页。
⑧ （宋）王禹偁：《小畜集》卷一〇《赠朱严》，文渊阁四库全书本。
⑨ （宋）王禹偁：《送谭尧叟序》，见《全宋文》卷一五二，第7册，第428页。
⑩ （宋）王禹偁：《送孙何序》，见《全宋文》卷一五二，第7册，第424页。

与何不相上下。'仆之不信也。会有以生之文示仆者，视之，则前言不诬矣。……其文数章，皆意不常而语不俗，若杂于韩柳集中，使能文之士读之，不之辨也。由是两制间咸愿识其面而交其心矣"①。王禹偁与当时多位古文家都有来往，而孙、丁二人是其一手提携的及门弟子。王禹偁既以诗称道："三百年来文不振，直从韩柳到孙丁。如今便合教修史，二子文章似六经。"② 又为之大力宣扬："天下举人，日以文凑吾门。其中杰出群萃者，得富春孙何、济阳丁谓而已。吾尝以其文夸天子宰执公卿间。"③ 王禹偁选择提携特定类型的后进文人，使广大下层士人学子和同僚朋友都了解了他对古文的主张和喜好，这就潜在地促进了古文观念的传播。正如日本学者东英寿所说："不管怎么样，利用行卷发掘孙何、丁谓等与自己见解相近的古文家，并且极力为他们延誉，使其走上仕途，从而增加了官场上的古文理解者。这些，正是王禹偁对古文复兴具体实践的结果。"④

　　需要注意的是，行卷虽然是一种交流，但主动权是在投递行卷的一方手中，他们可以自由地选择行卷的对象。行卷接收者的文学思想和审美趣味可以影响投递者一时的创作倾向，但不容易从根本上改变投递者的基本观念。如丁谓早年以古文受知于王禹偁，后来却背离了古文传统，可见其写作古文有迎合人意、趋时求名的性质。王禹偁虽然注意从投递行卷者中提拔人才，但对于大多数人来说，既不可能与之结成某种关系密切、时常交流的群体，又不可能明确以个人的文学思想以规范大众的创作观念，这就限制了其实际影响。王禹偁使得古文观念在一定范围内为朝廷和普通文人所知，但不可能形成席卷文坛的风气。叶适认为王禹偁"不甚为学者所称，盖无师友论议之故也"⑤，这是针对王禹偁个人文名在后世的传播而言。近人黄节则进一步将"师友讲习"的传播行为与宋代文风的变迁联系起来："前乎苏、梅者有王禹偁，欲变之而未能，盖王无师友讲习也。"⑥ 而王氏的另一弟子孙何，年寿不永，在王禹偁逝世三年后也去世。无弟子为其题序作传，宣扬推广，是限制王禹偁文章影响力的一个重要原因。

① （宋）王禹偁：《送丁谓序》，见《全宋文》卷一五二，第7册，第425页。
② （宋）司马光：《涑水记闻》卷二，王根林校点，见《宋元笔记小说大观》，第797页。
③ （宋）王禹偁：《答郑褒书》，见《全宋文》卷一五〇，第7册，第393页。
④ ［日］东英寿：《复古与创新——欧阳修散文与古文复兴》，王振宇等译，上海古籍出版社2005年版，第12页。
⑤ （宋）叶适：《习学记言序目》卷四九，中华书局1977年版，第733页。
⑥ 黄节：《诗学》，见张寅彭主编：《民国诗话丛编》第2册，上海书店出版社2002年版，第502页。

柳开、王禹偁同为对宋初古文运动作出重大贡献的人物，并立当世，却几乎没有往来。他们的交往圈子有所重叠，可以推断二人之间应当知道对方的存在，但其集中少有相互交往酬答的记载，可见二人关系之疏远。而二人的古文观念也大不相同，柳开倡导"道统"，早年以"肩愈"为字，后改名为"开"，字"仲涂"，"其意谓将开古圣贤之道于时也"。他以六经之法为文，以古道之说论文，所以才说："吾之道，孔子、孟轲、扬雄、韩愈之道；吾之文，孔子、孟轲、扬雄、韩愈之文。"虽然柳开极力主张"古文者，非在辞涩言苦，使人难诵读之，在于古其理，高其意，随言短长，应变作制，同古人之行事，是谓古文也"，但他在创作中正有"辞涩言苦"之弊，使人难以上口，不利于其理念的推行。① 而王禹偁也曾论及文道关系，说："夫文，传道而明心也。"② 他更重视"文"的价值，其文章古雅简淡，在时人眼中更胜柳开一筹。柳开、王禹偁之间缺乏密切的联系与交流，致使二人不能相互取长补短，携手推动古文运动的发展，实为文学史上一大憾事。

## 二、少数派的艰难前行

自柳开、王禹偁诸人逝世后，北宋古文运动发展过程中出现了短暂的停顿。一方面是因为后起人物的文学成就与影响力都不及前人，无法成为大众一致认可的师法对象，不能以文坛领袖的立场推动古文运动发展。"文之弊已久，自柳河东、王黄州、孙汉公辈相继而亡，世无文公儒师，天下不知所准的。"③ 而且科举体制逐渐走向正轨，官府反对考生投卷的行为，淳化五年（994），严禁官民献诗赋杂文求取官职，"自今京朝、幕职、州县官等，不得辄献诗赋、杂文"④，使得考官借行卷考察人才的方法失效了。另一方面则是因为当时的文坛领袖杨亿等人缺少对韩、柳古文的兴趣，甚至对于社会上学习韩、柳古文的风气产生了消极的影响。杨亿"尤不喜韩、柳文，恐人之学，常横身以蔽之"⑤。昆体文风席卷文坛，此消彼长之下，韩、柳古文的爱好者就沦为文坛的少数派：

---

① （宋）柳开：《应责》，见《全宋文》卷一二六，第6册，第366~367页。
② （宋）王禹偁：《答张扶书》，见《全宋文》卷一五〇，第7册，第395页。
③ （宋）石介：《与裴员外书》，见《全宋文》卷六二三，第29册，第249页。
④ （宋）李焘：《续资治通鉴长编》卷三六，第792页。
⑤ （金）王若虚：《滹南遗老集校注》卷三七《文辨》，胡传志、李定乾校注，辽海出版社2006年版，第424页。

其后柳仲涂以当世大儒，从事古学，卒不能麾天下以从己。及杨大年刘子仪因其格而加以瑰奇精巧，则天下靡然从之，谓之昆体。穆修张景专以古文相高，而不为骈俪之语，则亦不过与苏子美兄弟唱和于寂寞之滨而已。故天圣间，朝廷盖知厌之，而天下之士，亦终未能从也。①

西昆时文统治文坛，其地位一时牢不可破。相形之下，由韩、柳古文的爱好者所构成的群体，其参与成员不多，创作成就不突出，活动范围狭窄，影响力弱，无法引导当时的文坛风尚。但正是这种小众化倾向，使得内部人际交往关系更为清楚，群体倾向更为一致，更容易为后来者所认识。当时的古文家在古文运动陷入低潮的时代背景下坚持创作，使得斯文不绝。这些提倡古文的先驱通过创作示范和大力宣扬，使得古文观念在一定程度上影响了社会大众，并直接启迪了下一代古文家，这就是穆修对古文最为重要的传播意义。"宋之古文，实柳开与修为倡；然开之学及身而止，修则一传为尹洙，再传为欧阳修，而宋之文章于斯极盛。"②

穆修的政治地位不高，但亦有时名，"修虽穷死，然一时士大夫称能文者必曰穆参军"③。穆修力图推动古文观念的传播，其行为策略表现为他热心搜求校刻韩、柳文集，并将其刻印出售，作为时人创作古文的取法典范，对于宋代古文运动有着重要的意义：

予少嗜观二家之文，常病《柳》不全见于世，出人间者残落才百余篇；《韩》则虽目其全，至所缺坠，亡字失句，独于集家为甚。志欲补其正而传之，多从好事访善本，前后累数十，得所长辄加注窜。遇行四方远道，或他书不暇持，独赍《韩》以自随，幸会人所宝有，就假取正。凡用力于斯，已蹈二纪外，文始几定。④

文章随时美恶，咸通已后，文力衰弱，无复气格。本朝穆修首倡古道，学者稍稍向之。……晚年得《柳宗元集》，募工镂板，印数百帙，携入京相国寺，设肆鬻之。有儒生数辈至其肆，未评价值，先展揭披阅，修就手夺取，瞋目谓曰："汝辈能读一篇，不失句读，吾当

---

① （宋）陈亮：《陈亮集》卷一一《变文法》，中华书局1974年版，第129页。
② （清）纪昀总纂：《四库全书总目提要》卷一五二《穆参军集提要》，第3928页。
③ （元）脱脱等：《宋史》卷四四二《穆修传》，第13070页。
④ （宋）穆修：《唐柳先生集后序》，见《全宋文》卷三二二，第16册，第31页。

以一部赠汝。"其忤物如此，自是经年不售一部。①

（穆修）得韩、柳善本，大喜……欲二家文集行于世，乃自镂板
鬻于相国寺。②

穆修利用印刷媒介推广韩、柳文章，是其促进古文传播的重要举措，
是宋代古文运动史上值得大书特书的一笔。但由于与社会风尚背离，韩、
柳文集的刊印销售并未产生巨大的影响。所谓"经年不售一部"，不免有
所夸张，可当时韩、柳文章缺乏足够的影响力，确是不容置疑的事实。

穆修才识不足，也没有提出标志性的口号和明确的理论主张，因而无
法改变当时古文创作低迷不振的情况。从上文也可以得知，穆修的个性严
峻刚烈，不屑于和凡夫庸人来往，这也限制了他的交游范围与实际影响。
但穆修用心培养门下弟子，对其倾囊相授，以实现薪火相传的目的，这是
他行为策略的又一体现。

穆修的及门弟子中较有名者，如尹源、尹洙兄弟，"尹源子渐、洙师
鲁兄弟始从之学古文，又传其《春秋》学"③。尹洙关心实务，议论时
政，尤其喜谈兵事，"时天下无事，政阙不讲，以兵言者为妄人。公乃著
《叙燕》《息戍》等十数篇，以斥时弊，时人服其有经世之才"④。尹洙为
文简而有法，这一文章特色正是受到《春秋》学的影响，以不事章句、
法度森严、议论精到见长。虽然尹洙的文学创作成就与柳开、王禹偁都有
距离，但他在古文衰落之时颇有时名，并与欧阳修有深交，直接促成欧阳
修进行古文创作，所以后人极为推重他在宋代古文运动中的地位，"天圣
初，公独与穆参军伯长矫时所尚，力以古文为主。次得欧阳永叔以雄词鼓
动之，于是后学大悟，文风一变，使我宋之文章，将逾唐、汉而蹑三代
者，公之功为最多"⑤。

穆修门人中还有祖无择，"当风气初变之时，足与尹洙相上下"⑥。如

---

① （宋）杨亿：《杨文公谈苑》，见（宋）杨亿口述、黄鉴笔录、宋庠整理，（宋）张师正
  撰：《杨文公谈苑·倦游杂录》，李裕民辑校，上海古籍出版社1993年版，第163~164
  页。
② （宋）朱弁：《曲洧旧闻》，见（宋）李廌、（宋）朱弁、（宋）陈鹄：《师友谈记·曲洧
  旧闻·西塘集耆旧续闻》，孔凡礼点校，中华书局2002年版，第142页。
③ （宋）邵伯温：《易学辨惑》，文渊阁四库全书本。
④ （宋）韩琦：《故崇信军节度副使检校尚书工部员外郎尹公墓表》，见《全宋文》卷八五
  六，第40册，第78页。
⑤ （宋）韩琦：《故崇信军节度副使检校尚书工部员外郎尹公墓表》，见《全宋文》卷八五
  六，第40册，第80页。
⑥ （清）纪昀总纂：《四库全书总目提要》卷一五三《龙学文集提要》，第3961页。

果说尹洙得名是因为其文章，那么祖无择则是凭借其政治地位，"择之以文章登科甲，天下之望甚盛，不十年，当辅相天子，为宋大臣。为人资材已高，又能自知尧、舜、周、孔之道"①。因祖无择师法得人，故通晓经术文章，"无择为人好义，笃于师友，少从孙明复学经术，又从穆修为文章。两人死，力求其遗文汇次之，传于世"②。穆修、孙复文名得以传世，祖无择功莫大焉。苏舜钦与穆修有深交，"当天圣中，学者为文多病偶对，独舜钦与河南穆修好为古文、歌诗，一时豪俊多从之游"③。当西昆骈俪文风盛行之时，时人多以古文家为迂阔之辈，"而子美独与其兄才翁及穆参军伯长，作为古歌诗杂文。时人颇共非笑之，而子美不顾也"④。可见苏舜钦是有意识地以穆修为师范、为同道，共同进行诗文革新活动，其文学思想重在议时病、资形势、为政务的现实意义，而不是空言道德、专意经文，为古文运动的发展指明了方向。

若以反对西昆文风、传播古文古道而言，石介等人也起到了相当大的作用。石介的行为策略，首先是极力贬低杨亿等人的文学地位，限制西昆文风的流行。他批评杨亿说："性识浮浅，不能古道自立，好名事胜，独驱海内，谓古文之雄有仲涂、黄州、汉公、谓之辈，度己终莫能出其右，乃斥古文而不为，远袭唐李义山之体，作为新制。"⑤ 石介认为杨亿也是有意复古者，这是符合其创作实际的。但这一说法的目的是将杨亿的文坛领袖地位降低到和所有古文革新者处于同一水平，消除其掌握文学权力而带来的压力。然后石介推尊柳开、王禹偁、孙何、丁谓为"古文之雄"，消解了杨亿"作为新制"的文学成就，认为杨亿是自认有所不及才不为古文。这一论述纯粹从古文的角度出发，回避了杨亿的创新意义，集中批评杨亿不为古文的错误行为与隐秘心理。石介的另一种行为策略则是推选自己认可的文坛盟主，为受众立则示范。石介曾尊奉柳开、孙复为盟主，甚至把自己许为领袖，都是这一策略的实际运用。虽然石介等人的古文创作产生了一股逆流，从长远上看不利于古文运动的发展，但在当时而言，个人、群体对古文、古道的认识和侧重点各不相同，本就是文学发展过程中的必然现象。而这些持不同意见的群体均以古文、古道为出发点，反对以骈文俪句为主的西昆文风，凝聚成巨大的声势，对于纠正文坛流弊、推

---

① （宋）石介：《送祖择之序》，见《全宋文》卷六二五，第 29 册，第 279 页。
② （元）脱脱等：《宋史》卷三三一《祖无择传》，第 10660 页。
③ （元）脱脱等：《宋史》卷四四二《苏舜钦传》，第 13073 页。
④ （宋）欧阳修：《欧阳修全集》卷四三《苏氏文集序》，第 614 页。
⑤ （宋）石介：《祥符诏书记》，见《全宋文》卷六三二，第 29 册，第 369 页。

动古文运动的发展大有好处。

### 三、科举规范的变化

西昆文人多为馆阁翰苑之臣，文名显赫，常常受命主掌贡举考试，掌握着巨大的文化权力。西昆文风于宋初盛行，是因为文人学习其体式风格，可以施于科场，容易被主考官引为同道，增加科举及第的希望。大部分文人出于现实需要而紧随时流，对昆体文章大加追捧，形成科场时文风气。其后的朝廷高级文臣欲矫正文弊，调控文坛，同样从科举入手，通过诏书、官学教育、主考官的取向等，明确规定了人才培养选拔的标准，促使文人改弦易辙，进行合乎朝廷要求与文臣理想的文学创作。如果说在西昆体的影响下，时文盛行的风气并非由西昆文人刻意促成，那么其后的高级文臣则有意识地利用手中的政治权力，使个人的文学观念通过科举进行有效的传播，逐渐成为文坛的共识，"上以风化下"的意味更为突出。

西昆一派自有其独到之处，但后进末流雕琢过甚，文辞浮靡，内容空洞，气格卑弱，遂使昆体文章走向没落。天圣三年（1025），时任大理寺丞的范仲淹率天下之先，上呈《奏上时务书》，请革文弊，云："伏望圣慈与大臣议文章之道，师虞夏之风。况我圣朝，千载而会，惜乎不追三代之高，而尚六朝之细？然文章之列，何代无人，盖时之所尚，何能独变。大君有命，孰不风从？可敦谕词臣，兴复古道，更延博雅之士布于台阁，以救斯文之薄，而厚其风化也。"① 范仲淹"追三代之高"的文学理想可说是文人习用之语，而"尚六朝之细"则是切中昆体文章繁缛琐碎之弊。范仲淹认为文风系于政风，可以凭借君主的意志来影响文坛流俗。既然馆阁翰苑之臣是文坛的风向标，君主就应当选用淳厚古朴、博学鸿才之士担任官职，以为天下垂范。

天圣六年（1028），陈从易、杨大雅知制诰，朝廷颁布任命的目的就是树立时人学习的表率，"自景德后，文字以雕靡相尚，一时学者乡之，而从易独自守不变，与大雅特相厚，皆好古笃行，无所阿附。……朝廷欲矫文章之弊，故并进从易及大雅，以风天下"②。陈从易于"时文方盛之际，独以醇儒古学见称"③，杨大雅同样是在昆体大行之时，以崇尚古道，不事雕靡闻名。朝廷有意借用二人的名声，抑制浮靡之习。这一举措也收

---

① （宋）范仲淹：《奏上时务书》，见《全宋文》卷三六七，第 18 册，第 207 页。
② （元）脱脱等：《宋史》卷三〇〇，第 9979 页。
③ （宋）欧阳修：《六一诗话》，见《历代诗话》，第 266 页。

到了一定的效果，"府君与颍川陈从易，皆以好古有文行知名。……一日并用之。是时学者稍相习，务偷窃为文章，在位稍以为患，皆以谓天子用耆老将有意矣"①。朝廷的举措向天下文人传达了一个信息，之前由西昆文人掌握的文柄选政已经转交到陈杨这等文坛耆老手中，要求文人遵从朝廷导向，改易文风，更好地适应科场要求。天圣七年（1029）正月二日，朝廷正式诏告天下，申戒浮文，其诏云：

> 国家稽古御图，设科取士，务求时俊，以助化源。而襃博之流，习尚为弊。观其著撰，多涉浮华。或磔裂陈言，或会粹小说，好奇者遂成于谲怪，矜巧者专事于雕琢。流宕若兹，雅正何在。属方开于贡部，宜申儆于词场。当念文章所宗，必以理实为要。探典经之旨趣，究作者之楷模，用复温纯，无陷媮薄。庶有裨于国教，期增阐于儒风。咨尔多方，咸体朕意。②

《续资治通鉴长编》对此诏书的影响亦有进一步记载："五月己未朔，诏礼部贡举。庚申，诏曰：'朕试天下之士，以言观其趣向。而比来流风之敝，至于会萃小说，磔裂前言，竞为浮夸靡曼之文，无益治道，非所以望于诸生也。礼部其申饬学者，务明先圣之道，以称朕意焉。'"③ 国家开科取士，意在选贤与能，与君主共同治理天下。但应试文人以谲怪雕琢为工，多涉浮华，不知安邦济世之术，并非国家所需要的人才。因此天子明确要求文人创作思理醇粹、风格平实的文章，不作空言，期于致用，能宣扬儒风，有益治道。至此朝廷对于文坛的影响由潜在的引导转变为明确的要求，此诏书一出，即收风行草从之效，有力地推动了文风的转向。其后欧阳修就极为重视朝廷推动古文发展的作用，"天圣中，天子下诏书，敕学者去浮华，其后风俗大变"④。"天子患时文之弊，下诏书讽勉学者以近古。由是其风渐息，而学者稍趋于古焉。"⑤ 革除文弊、重振文风从个别有识之士的一己之见发展成为整个统治阶层的共识，由朝廷采取措施而广及天下，逐渐成为时人一致认同的观念。

虽然科举中压抑了昆体盛行的风气，但险怪奇僻的文风接着兴起。庆

---

① （宋）欧阳修：《欧阳修全集》卷六二《谏议大夫杨公墓志铭》，第910页。
② （清）徐松：《宋会要辑稿》，中华书局1957年版，第5293页。
③ （宋）李焘：《续资治通鉴长编》卷一〇八，第2512页。
④ （宋）欧阳修：《欧阳修全集》卷四七《与荆南乐秀才书》，第661页。
⑤ （宋）欧阳修：《欧阳修全集》卷四三《苏氏文集序》，第614页。

历六年（1046），张方平上奏景祐、庆历年间的科举文弊：

> 自景祐元年，有以变体而擢高第者，后进传效，因是以习。尔来文格日失其旧，各出新意，相胜为奇。至太学之建，直讲石介课诸生试所业，因其所好尚，而遂成风。以怪诞诋讪为高，以流荡猥烦为赡，逾越规矩，或误后学……今贡院考试，诸进士"太学新体"，间复有之。其赋至八百字已上，而每句有十六、十八字者，论有一千二百字以上，策有置所问而妄肆胸臆，条陈他事者。①

景祐"变体"、庆历"太学新体"，直到嘉祐"太学体"，是险怪文风一脉相传的发展过程。这一文风的兴起存在着许多诱因，但张方平将矛头指向主持太学的石介，批判石介有意创作险怪晦涩之文，贻误后学。石介也清楚自己的古文风格难以被所有人接受："千数百年希阔泯灭已亡之曲，独唱于千万人间；众人耳惯所听，惟郑卫之声；忽然闻其太古之上，无为之世，雅颂正始之音；恍惚茫昧，如丧聪，如失明，有骇而急走，有陋而窃笑，有怒而大骂，丛聚嘲噪，万口应答，声无穷休。"② 对石介的文学成就存在一定争议，而这种文风之所以具有影响力，不仅是因为刺激了受众的趋新、好奇心理，更因为石介执掌太学这个国家最高学府，通过师徒关系建立起传播渠道，无论是强制性的灌输，还是潜移默化中的引导，教学的实质始终是信息由师长向弟子的传播过程，不仅是传授了客观的知识与经验，还包含了观念的阐释与建构。在教育场域中，石介个人的文学主张被塑造成官学正统，影响了太学生群体。这些太学生参加科举，其文风惊动了朝廷官员，对政治场和文学场都产生了影响。

## 四、欧阳修的古文推广策略

欧阳修早年为应对科考，也曾用心于举子事业。天圣元年（1023），欧阳修应举随州，试《左氏失之诬论》，"虽被黜落，而奇警之句大传于时，今集中无此论，顷见连庠诵之耳"③。欧阳修少慕韩文，少年时得唐《昌黎先生文集》六卷，后以效法韩文为"素志"。天圣以后，"天下学者亦渐趋于古，而韩文遂行于世，至于今盖三十余年矣，学者非韩不学也，

---

① （宋）张方平：《贡院请诫励天下举人文章奏》，见《全宋文》卷七八五，第37册，第53页。
② （宋）石介：《上赵先生书》，见《全宋文》卷六一九，第29册，第197页。
③ （宋）魏泰：《东轩笔录》卷一二，李裕民点校，中华书局1983年版，第138页。

可谓盛矣"①，为其古文观念的传播提供了良好的环境。在这一大环境下，欧阳修能广交朋友，勤于切磋，提高自己的创作水平，令人刮目相看。时人往往认为欧阳修绍述韩愈，越过中唐至北宋二百年，直接继承其文统：

　　欧阳子，今之韩愈也。②

　　韩退之没，观圣人之道者，固在执事之门矣。③

　　好贤乐善，孜孜于道德，以辅时及物为事，方今海内未有伦比；其文章智谋、材力之雄伟挺特，信韩文公以来一人而已。④

　　子长、退之，伟赡闳肆。旷无拟伦，逮公始继。自唐之衰，文弱无气。降及五代，愈极颓散。唯公振之，坐还醇粹。复古之功，在时莫二。⑤

　　当世皆以为自两汉后，五六百年，有韩退之；退之之后，又数百年，而公继出。自李翱、柳宗元之徒，皆不足比。⑥

　　欧阳修声名日益提高，不仅能追配先贤，还是时人公认的领袖。时人称其"文章大淳，坐复古道。制作一出，立为人模"⑦。"庆历后，欧阳修以文章擅天下，世莫敢有抗衡者。"⑧ 可见欧阳修在庆历年间已确立了文坛盟主的地位，令人倾倒叹服。

　　欧阳修创作成就突出，足以吸引他人关注，进而引导一时风气。"是时，尹洙与修亦皆以古文倡率学者，然洙才下，人莫之与。至修文一出，天下士皆向慕，为之唯恐不及，一时文字，大变从古，庶几乎西汉之盛者，由修发之。"⑨ 欧阳修为"大贤长者，海内所师表，其言一出，四方以卜其人之轻重"⑩。他的自我评论是"过吾门者百千人，独于得生为

① （宋）欧阳修：《欧阳修全集》卷七三《记旧本韩文后》，第1056~1057页。
② （宋）苏轼：《苏轼文集》卷一〇《六一居士集叙》，孔凡礼点校，中华书局1986年版，第316页。
③ （宋）曾巩：《曾巩集》卷一五《上欧阳学士第一书》，第232页。
④ （宋）曾巩：《曾巩集》卷一五《上欧阳学士第二书》，第233页。
⑤ （宋）韩琦：《祭少师欧阳公永叔文》，见《全宋文》卷八六一，第40册，第144页。
⑥ （宋）欧阳发：《先公事迹》，见《欧阳修全集》附录，第2628页。
⑦ （宋）强至：《代上新知南京欧阳龙图状》，见《全宋文》卷一四三四，第66册，第154页。
⑧ （宋）叶梦得：《避暑录话》，徐时仪校点，见《宋元笔记小说大观》，第2590页。
⑨ （宋）叶涛：《重修实录本传》，见《欧阳修全集》附录，第2670页。
⑩ （宋）曾巩：《曾巩集》卷一五《上欧阳学士第二书》，第234页。

喜"①。可知时人多有仰慕其为人与为文者，时常拜访请教，使欧氏的理念得以广泛传播。

在与朋友的交流与答复后学请益中，欧阳修时时不忘表明自己的古文观念，因而在论述过程中不作趋时之语，不为偏激之辞，往往能全面地认识古文的意义。如欧阳修曾明确指出古文的风格："其道易知而可法，其言易明而可行。"② 这一特征正是出于传播方面的要求："事信言文，乃能表见于后世。……故其言之所载者大且文，则其传也彰；言之所载者不文而又小，则其传也不彰。"③ 如果不能达到这一标准，就会限制古文传世行远的价值："质而不文，则不足以行远而昭圣谟；丽而不典，则不足以示后而为世法。"④ 欧阳修简明易晓、平易流畅的文风有利于古文观念的传播，而这一思路又与韩愈相通：

> 退之之古文乃用先秦、两汉之文体，改作唐代当时民间流行之小说，欲借之一扫腐化僵化不适用于人生之骈体文，作此尝试而能成功者，故名虽复古，实则通今，在当时为最便宣传，甚合实际之文体也。⑤

欧阳修所要面对的"实际"，就是当时国家对外战争屡遭失利，社会内部矛盾进一步激化，政治改革逐渐成为各阶层的一致呼声。而科举制度的完善使得士人成为参政主体，容易产生以天下为己任的主体意识。在此背景下，有志之士强调诗文的"美刺"功能，要求诗文拓展表达内容，言之有物，以致用为先。欧阳修为文既不作空言，期于有用，又不事雕琢，不为怪奇，追求纡徐平畅的风格。有人将韩愈与欧阳修的文章进行比较：

> 韩子之文，如长江大河，浑浩流转，鱼鼋蛟龙，万怪惶惑，而抑遏蔽掩，不使自露，而人自见其渊然之光，苍然之色，亦自畏避，不敢迫视。执事之文，纡余委备，往复百折，而条达疏畅，无所间断。气尽语极，急言竭论，而容与闲易，无艰难劳苦之态。此三者，皆断

① （宋）欧阳修：《欧阳修全集》卷六七《与张秀才第二书》，第978页。
② （宋）欧阳修：《欧阳修全集》卷六七《与张秀才第二书》，第978页。
③ （宋）欧阳修：《欧阳修全集》卷六八《代人上王枢密求先集序书》，第984~985页。
④ （宋）欧阳修：《欧阳修全集》卷九〇《谢知制诰表》，第1319页。
⑤ 陈寅恪：《论韩愈》，见《金明馆丛稿初编》，三联书店2001年版，第329~330页。

然自为一家之文也。①

韩愈的文章也有抑遏蔽掩之处，使人不易索解；而欧阳修的文章言事说理，能道其所道者，使所要叙述的内容得到淋漓尽致的展现，同时从容自然，无艰难劳苦之态，足以卓然成家。以如此文章作为改造社会的利器，言事议政，指点得失，最为适宜，这就具有了便于宣传、合于实际的意义。"古文家的成功，在于选择适合的题材。所以古文家所借于道德或事功者，不过为易于流传计耳。"② 这种文章体式正是宋代诸位古文家共同认可的理想范式。

欧阳修的另一行为策略，是用政治权力从根本上杜绝流弊，并以此选拔后进中志同道合者。当时太学文体以生涩著称，且专为空论，不涉实际，通过科举途径而广为传播。嘉祐二年（1057），欧阳修主持贡举考试，在科场强行推行平易文风，使宋代古文运动取得了决定性的胜利：

> 嘉祐初，权知贡举。时举者务为险怪之语，号"太学体"，公一切黜去，取其平淡造理者，即预奏名。初虽怨谤纷纭，而文格终以复古者，公之力也。③
>
> 嘉祐中，士人刘几，累为国学第一人，骤为怪险之语，学者翕然效之，遂成风俗。欧阳公深恶之。会公主文，决意痛惩，凡为新文者，一切弃黜。时体为之一变，欧阳之功也。有一举人论曰："天地轧，万物茁，圣人发。"公曰："此必刘几也。"戏续之曰："秀才剌，试官刷。"乃以大朱笔横抹之，自首至尾，谓之"红勒帛"，判大"纰缪"字榜之。即而果几也。④
>
> 嘉祐二年，先公知贡举。时学者为文以新奇相尚，文体大坏。僻涩如"狼子豹孙，林林逐逐"之语，怪诞如"周公伻图，禹操畚锸，傅说负版筑，来筑太平之基"之说。公深革其弊，一时以怪僻知名在高等者，黜落几尽。二苏出于西川，人无知者，一旦拔在高等，榜

---

① （宋）苏洵：《上欧阳内翰第一书》，见《全宋文》卷九一九，第43册，第25页。
② 郭绍虞：《中国文学批评史》，百花文艺出版社1998年版，第294页。
③ （宋）韩琦：《故观文殿学士太子少师致仕赠太子太师欧阳公墓志铭》，见《全宋文》卷八五九，第40册，第119~120页。
④ （宋）沈括著，胡道静校证：《梦溪笔谈校证》卷九，古典文学出版社1957年版，第344页。

出，士人纷然，惊怒怨谤。其后，稍稍信服。而五六年间，文格遂变
而复古，公之力也。①

　　欧阳修利用嘉祐二年（1057）贡举打击险怪文风，引导文风走向，
同时擢升了曾巩、苏轼等拥有巨大潜力的后进文人，成为日后"欧门"
建立的基础。"自欧阳子出，天下争自濯磨，以通经学古为高，以救时行
道为贤，以犯颜纳说为忠。长育成就，至嘉祐末，号称多士，欧阳子之功
为多。"② 可见欧阳修主盟文坛以来所作的出色贡献。

　　欧阳修还具有明确的文统继承意识，他对苏轼说："我老将休，付子
斯文。"③ 就是将未来文坛盟主的重任托付给苏轼。欧阳修早年也曾欣赏
王安石，同样有意付之主盟之任，因此有《赠介甫》云："翰林风月三千
首，吏部文章二百年。老去自怜心尚在，后来谁与子争先。"④ 苏、王二
人均为一时英杰，欧阳修待之也并未有厚薄之分，但二人性情各自有别，
王安石性格刚强偏激，不易与人相处，虽曾受到欧阳修的推崇，但与欧阳
修来往较少。且王安石好胜心重，欲自成一家，用心于政治，因而婉拒了
欧阳修的邀请。而苏轼则易于交往，"子瞻虽才行高世而遇人温厚，有片
善可取者，辄与之倾尽城府，论辨唱酬，间以谈谑，以是尤为士大夫所
爱"⑤。且苏轼受欧阳修知遇之恩，终身不忘。因此在一个双向选择之后，
欧门建立了与苏门的传承关系。个人性情与交谊对其思想流播与传承具有
重要的意义，甚至影响了文学史的发展演进。

　　唐代也曾经掀起古文运动的浪潮，朱国华分析某些唐代文人好尚古文
的本质，一针见血地指出："古文运动的实质，是通过谋求增加更多的文
化资本和社会资本来获得政治资本的一种策略。"⑥ 本节虽同样使用了
"策略"概念，但又有所区别。欧阳修是真心欣赏古文，从审美的角度认
同古文的价值，在人际交往中寻求同好。他推动古文观念的传播，既有文
学交往的方式，也有运用政治权力来获取文学权力、掌握文坛话语权的策
略，具有极强的目的性。

―――――

① （宋）欧阳发：《先公事迹》，见《欧阳修全集》附录，第 2636~2637 页。
② （宋）苏轼：《苏轼文集》卷一〇《六一居士集叙》，第 315 页。
③ （宋）苏轼：《苏轼文集》卷六三《祭欧阳文忠公夫人文》，第 1956 页。
④ （宋）欧阳修：《欧阳修全集》卷五七，第 813 页。
⑤ （宋）王辟之：《渑水燕谈录》，见《渑水燕谈录·归田录》，第 42 页。
⑥ 朱国华：《文学与符号权力：对中唐古文运动的另一种解读》，《天津社会科学》2002 年
　 第 1 期。

# 结　　语

　　文学的发展有其内在规律，但也受到外部环境的影响。每个朝代的初期，宫廷文学和庙堂文学都极为兴盛，这是由于乱世初定，平民百姓尚无余力关心文学，有成就的文人被朝廷招揽，文学活动的中心就在宫廷与朝堂，具有浓厚的政治色彩。皇帝、官员理论上不是文学场的中心，但其掌握政治权力，能控制文学场内部信息的流动，能主宰文学场中成员的命运，也就掌握了文学权力。科举考试最为明显地体现了政治场和文学场的同源共生关系，宋人已经意识到这一政治机制的重要性，以此推动文学理念的革新。在科举考试中表现突出的人物既是在追求政治场的准入资格，又可获得文学场中的声誉。总而言之，掌握政治权力的行动者容易获得文学领域的话语权，统治阶层将政治权力转化为文学权力，潜在地引导、要求、塑造、限制着文学场中的行动者，将文学场化为政治场的一部分。但是文学场仍然有着独立的运行法则，政治权力不可能完全支配文学场。如果将宋代古文运动的参与者视为长期存在的集团，观察其心理活动与行为策略，可以发现宋代古文运动不是行动者获取政治地位的手段，仍然是偏向文学本身的改革和演进。而古文运动的胜利，得到世人的普遍认同，却是行动者运用政治权力推广文学观念的结果。

# 第二章　文化下移与文学传播

有学者指出："南宋中后期，士人群体依违于科举体制而发生了阶层分化，江湖诗人群登上了文学舞台，造成文化的下移趋势。"① 宋代知识阶层一般会兼具官员和文人的双重身份，具有相应的政治地位和文学地位。但许多人无法通过科举考试成为官员，社会地位逐渐下降，使得其身份的政治色彩开始淡化。虽然大部分人仍然热衷仕途，不断参与科考，但也有部分人不再抱任何幻想，开始有意调整自己的行为策略，争取在文学场中获得更高的地位，导致他们更多地从文学本身来把握创作与传播活动。宋代中后期，知识阶层逐渐失去了政治意义上的"士人"身份，被视为纯粹文学意义上的"文人"，政治场和文学场逐渐分离。化用前人的说法，研究重点要从宫廷、台阁、都城转向州郡、市井、江湖。而随着社会角色的转型逐渐深化，新的社会群体开始形成，文学场的构成就会进一步改变。本章主要选择一些代表性案例，分析在文学场从政治场中独立出来的背景下，宋代中后期文学传播活动逐步摆脱政治化后的新变特质。

## 第一节　仕途沉浮与文名升降

笔者选择苏洵、苏轼作为研究对象，本节重在描述两人在文学场中的声名和在政治场中受到的冷遇和挫折。宋人大多力图在政治场和文学场均有所成就，也不乏兼得鱼与熊掌之人，但那些声名卓著、仕途坎坷的文人更能体现不同场域运行逻辑的差异。文人成名、扬名的过程，意味着文学传播活动的开展，结果是获得了文学资本。上文介绍了政治场中的大人物对文学场的干预，那么有所成就的文人能否将文学资本转化为政治资本，获得政治场中的高位？他在文学场中形成的观念、性情是否适应政治场的规范？政治场

---

① 　王水照：《南宋文学的时代特点与历史定位》，《文学遗产》2011 年第 1 期。

的压制，又是否会影响他在文学场中的地位？这是本节关注的问题。

## 一、苏洵的文名与仕途

苏洵为后世公认的文学大家，但他早年僻居西蜀，出身寒微，且少年时不喜学问，"年二十七始大发愤，谢其素所往来少年，闭户读书为文辞"①。苏洵若要建立文坛地位，博取声名，最大的阻碍就是他交游范围的狭窄，所交游的对象多为邻里乡党之人，所见所闻不出数百里之地。如果苏洵一生不出蜀川，则不过以地方名士终身。值得庆幸的是，名臣张方平出守成都，有人推荐苏洵"隐居以求其志，行义以达其道"。苏洵作《上张益州书》求见。张方平一见其人即大为称道，说："左丘明《国语》、司马迁善叙事，贾谊之明王道，君兼之矣。"② 后苏洵拜见太守雷简夫，雷简夫也对苏洵极为欣赏，致信张方平说："简夫近见眉州苏洵著述文字，其间如《洪范论》，真王佐才也。史论，真良史才也。岂惟西南之秀，乃天下之奇才耳。"③

这里有两点值得注意。一是张、雷二人对苏洵的评价高度一致，都是集中于其史官之才和王佐之才这两方面；二是认为苏洵乃天下奇才，不应拘于穷乡僻壤。张方平劝苏洵说："远方不足成君名，盍游京师乎？"④ 苏洵僻处一隅之地，则无以成其名，唯有走出蜀川，进入京师，结交天下豪俊，其声名才能得到提高。雷简夫就认为苏洵"用之则为帝王师，不用则幽谷一叟耳"⑤。两相对比，游于京师的重要性更为突出。要踏足京师文化圈，就需要社会名流的引介，张、雷二人均以书信向当时京师的文坛盟主欧阳修推荐苏洵：

> 张安道与欧公素不相能。……嘉祐初，安道守成都，文忠为翰林，苏明允父子自眉州走成都，将求知安道。安道曰："吾何足以重，其欧阳永叔乎。"不以其隙为嫌也，乃作书办装，使人送之京师，谒文忠。文忠得明允父子所著书，亦不以安道荐之非其类，大喜曰："后来文章当在此！"即极力推誉。⑥

---

① （宋）欧阳修：《欧阳修全集》卷三五《故霸州文安县主簿苏君墓志铭》，第512页。
② （宋）张方平：《文安先生墓表》，见《全宋文》卷八二七，第38册，第300页。
③ （宋）邵博：《邵氏闻见后录》卷一五，中华书局1983年版，第119页。
④ （宋）张方平：《文安先生墓表》，见《全宋文》卷八二七，第38册，第300页。
⑤ （宋）邵博：《邵氏闻见后录》卷一五，第120页。
⑥ （宋）叶梦得：《避暑录话》，徐时仪校点，见《宋元笔记小说大观》，第2631页。

起洵于贫贱之中，简夫不能也，然责之亦不在简夫也；若知洵不以告人，则简夫为有罪矣。……执事职在翰林，以文章忠义为天下师，洵之穷达宜在执事。向者，洵与执事不相闻，则天下不以是责执事；今夜，简夫之书既达于前，而洵又将东见执事于京师，今而后天下将以洵累执事矣。①

作为中间人的张、雷极力举荐，使得苏洵之名直抵素昧平生的文坛盟主欧阳修。雷简夫出语咄咄逼人，张方平不计个人嫌隙，欧阳修闻才辄喜，均可见其唯才是举、不计其余的精神，也为苏洵将来的声名远播铺平了道路。

苏洵早年游历时，其名不彰，"未为时所知，旅游万里，舍者常争席"②。嘉祐元年（1056），苏洵父子动身入京，而一至京师，得到文坛盟主欧阳修的延誉，立时声名大噪。苏洵进京后先以其所著书投赞于欧阳修，有幸得到了谒见，欧阳修"得其文而异之……大称叹，以为未始见夫人也，目为孙卿子"③。一经名公巨卿的称扬，默默无闻的士子立刻身价倍增，引起时人瞩目。欧阳修不仅大力推介奖掖苏洵其人，还向朝廷献上苏洵著述，并作《荐布衣苏洵状》，进一步扩大了苏洵的影响力：

苏明允，至和间来京师，既为欧阳文忠公所知，其名翕然。韩忠献诸公，皆待以上客。尝遇重阳，忠献置酒私第，惟文忠与一二执政，而明允乃以布衣参其间，都人以为异礼。④

（欧阳修）献其（苏洵）书于朝，自是名动天下，士争传诵其文，时文为之一变，称为老苏。时相韩公琦闻其风而厚待之，尝与论天下事，亦以为贾谊不能过也。⑤

书既出，而公卿士大夫争传之。其二子举进士皆在高等，亦以文学称于世。眉山在西南数千里外，一日父子隐然名动京师，而苏氏文章遂擅天下。……自来京师，一时后生学者皆尊其贤，学其文，以为师法。⑥

欧阳修为翰林学士，得其文而异之，以献于上。既而欧阳公为礼

---

① （宋）邵博：《邵氏闻见后录》卷一五，第119页。
② （宋）苏轼：《苏轼文集》卷六三《钟子翼哀词》，第1966页。
③ （宋）曾巩：《曾巩集》卷四一《苏明允哀辞》，第560页
④ （宋）叶梦得：《石林诗话》卷下，见《历代诗话》，第430页。
⑤ （宋）张方平：《文安先生墓表》，见《全宋文》卷八二七，第38册，第300页。
⑥ （宋）欧阳修：《欧阳修全集》卷三五《故霸州文安县主簿苏君墓志铭》，第512页。

部，又得其二子之文，擢之高等。于是，三人之文章，盛传于世，得而读之者为之惊，或叹不可及，或慕而效之，自京师至于海隅障徼，学士大夫莫不人知其名，家有其书。①

京师是文人成名的重要场所，一方面，文人于此能结交达官显贵，使得自己的文名能被统治阶层所熟悉，直至上达天听；另一方面，京师为天下人所瞩目，汇集来自四方的文坛精英。通过口耳相传，文人的声名在一个个人际交往圈所构成的关系网中不断扩散，得以在全国各地快速流播。苏洵的文学成就与欧阳修的赏识是相辅相成的，如果苏洵没有卓越的文学才能，欧阳修就不会对他青眼有加；如果没有欧阳修的推介，苏洵也不可能如此迅速地成名。

苏洵虽然才能出众，声名满天下，但他的仕途却并不得意，终身沉沦下僚，其政坛地位与他的文坛地位并不匹配。当朝统治阶层知其才而不用的态度，使他莫可奈何。苏洵不能得到重用，原因在于其人与政治环境的抵牾。

苏洵早年科场失意，屡试不中，于是放弃了举子事业，对于科举制度多有批评之辞。"人固有才智奇绝，而不能为章句、名数、声律之学者，又有不幸而不为者。苟一之以进士、制策，是使奇才绝智有时而穷也。"②苏洵心高气傲，求仕之时又不愿意受到委屈，总希望能一朝成名，平视公卿，这就限制了他在仕宦人生中的选择。在他成名之后，朝廷曾召其赴阙试策论，被他称病拒绝，最后得到了一个校书郎的微末官职。"去岁蒙朝廷授洵试校书郎，亦非敢少之也。使朝廷过听，而洵侥幸，不过得一京官，终不能如汉、唐之际所以待处士者。"③ 苏洵常常以"帝王师"自居，保持游士的风范，向往汉唐之时布衣平民因一言得天子赏识即能列位卿相的人生，难免让人联想到盛唐时失败的天才诗人李白。但这一观念与封建统治稳定后，用人体制逐渐成熟，反对特殊晋升机制的政治环境相冲突。当苏洵就任微官小吏后，虽然仍有朋友、后学相互往来，但他不能与以往结识的达官贵人保持对等交往、平起平坐的关系。这位伟大的人物感受到社会的拘束与限制，故多怨愤不平之音。这种不附俗流的态度，使得他的仕途更加艰难。

---

① （宋）曾巩：《曾巩集》卷四一《苏明允哀辞》，第560页。
② （宋）苏洵：《广士》，见《全宋文》卷九二二，第43册，第92页。
③ （宋）苏洵：《上韩丞相书》，见《全宋文》卷九二〇，第43册，第37页。

苏洵学问驳杂，非儒家正脉，而是有纵横家色彩。王安石评价他说："苏明允有战国纵横之学……大抵兵谋、权利、机变之言也。"① 曾巩也说："明允为人聪明，辨智过人，气和而色温，而好为策谋，务一出己见，不肯蹑故迹。颇喜言兵，慨然有志于功名者也。"② 苏洵虽然官职卑微，但他关心时事，留意治乱，发表自己对于政治改革的观点，思想激进，言辞激烈，这种用世态度不太符合当时社会政治的要求。苏洵主要活动于仁宗中后期，其时社会矛盾得到缓和，天下无事，当年力主政治改革的庆历士人集团也逐渐收敛锋芒，"欧公初荐明允，便欲朝廷不次用之。时富公、韩公当国，韩公亦以为当然，独富公持之不可，曰'姑少待之'"③。苏洵激烈的政治改革计划不为执政者所喜，并未对其仕途产生积极影响。而苏洵喜好议论军事，与传统观念相抵触，且持论过高，不免有书生意气。"韩魏公至和中还朝为枢密使时，军政久弛，士率骄惰，欲稍裁制；恐其忿怨而生变，方阴图以计为之。会明允自蜀来，乃探公意，遽为书显载其说，且声言教公先诛斩。公览之大骇，谢不敢再见，微以咎欧阳公。富郑公当国，亦不乐之，故明允久之无成而归。"④ 若此条记载为实，则苏洵不免有谋事不密、言语放肆之失，并不符合成熟政治家的要求。

按照布尔迪厄的观点，场域之间的资本在一定条件下可以相互转化，某个场域中的行动者可以借此获得在其他场域中的位置。苏洵在文学场中异军突起，时人盛赞他的文学才能，但他对自我政治才能的期许，并未得到政治场的认可。其人不愿遵守政治场的规则，不适应政治场的种种限制，在仕途上举步维艰，也在情理之中。

## 二、文坛盟主的政治异见

苏轼早年受知于张方平，于嘉祐二年（1057）随其父苏洵入京赴礼部试，很快就在科场扬名。时为主考官的欧阳修得到苏轼的考卷《刑赏忠厚之至论》，即对梅尧臣说："读轼书，不觉汗出。快哉，快哉！老夫当避路，放他出一头地也。可喜，可喜！"⑤ 仁宗初读苏轼、苏辙制策后，

① （宋）邵博：《邵氏闻见后录》卷一四，第111页。
② （宋）曾巩：《曾巩集》卷四一《苏明允哀辞》，第560页。
③ （宋）叶梦得撰、（宋）宇文绍奕考异：《石林燕语》卷五，侯忠义点校，中华书局1984年版，第65页。
④ （宋）叶梦得：《避暑录话》，徐时仪校点，见《宋元笔记小说大观》，第2598页。
⑤ （宋）欧阳修：《欧阳修全集》卷一四九《与梅圣俞四十五通》之三〇，第2459页。

就认为为子孙找到了两位宰相。但科场的名声和君主名臣的高度赞扬并未真正确立苏轼的文坛地位。熙宁之前，苏轼仕宦或为属官佐吏，或为散任闲职，缺乏政坛声望。而先后两度丁忧，回乡守孝，也影响了苏轼的人际交游。更重要的是，苏轼的文学才能并未在早年创作中得到完全体现，缺少号召力。熙宁、元丰年间，苏轼宦游江南，结识当代文人，诗文唱和，翰墨往还，逐渐形成关系密切的文人交游网络。至元祐年间，诸人陆续就职京师，增加了彼此会面、请益的机会，正式形成以苏轼为核心的"苏门"群体。

熙宁四年（1071），张耒以文投献苏轼。熙宁五年（1072），苏轼赠诗孙觉，并始见其婿黄庭坚诗文于席上。熙宁十年（1077），李常又向苏轼出示黄氏诗文。元丰元年（1078），苏轼接到黄庭坚投寄的书信与赠诗，苏轼以诗相和，黄庭坚再度次韵，二人正式定交。熙宁五年（1072），晁补之上书苏轼求见。熙宁十年，陈师道与苏轼会面。元丰元年（1078），秦观得见苏轼。元丰三年（1080），李之仪致书苏轼请列门下。李廌与苏轼具体交往时间不详，元丰四年（1081），苏轼与李廌有书简往来。此数人相互推重、学习、评论，苏门的雏形由此形成。而除此数人之外，苏轼广泛结交当时人物，如李常、鲜于侁、范纯粹、苏辙、郭祥正、文同等，其文坛声名益重。苏轼对于自己慧眼识人，得以与天下贤才俊彦相交，是非常得意的：

> 独于文人胜士，多获所欲，如黄庭坚鲁直、晁补之无咎、秦观太虚、张耒文潜之流，皆世未之知，而轼独先知之。①
>
> 仆老矣，使后生犹得见古人之大全者，正赖黄庭坚、秦少游、晁无咎、陈履常与君等数人耳。②
>
> 顷年于稠人中，骤得张、秦、黄、晁及方叔、履常辈，意谓天不爱宝，其获盖未艾也。比来经涉世故，间关四方，更欲求其似，邈不可得。以此知人决不徒出，不有立于先，必有觉于后也。③

苏轼的交游关系转变为群体、集团、门派，反映出其人际交往的基本脉络。"苏轼和那些苏门核心成员之间的分散的、各自的单线联系，迅速

---

① （宋）苏轼：《苏轼文集》卷四九《答李昭玘书》，第1439页。
② （宋）苏轼：《苏轼文集》卷四九《答张文潜县丞书》，第1427页。
③ （宋）苏轼：《苏轼文集》卷四九《与李方叔书》，第1420页。

促成成员们之间的结识和交往，好像蜘蛛编网的经纬交织，又像众星拱月而又相互牵引，以苏轼为中心，形成了一个颇为庞大的结构网络，构成一个具有某种统属关系的人才谱系。"① 苏门的成立基于文学因缘，而非基于政治联系。虽然苏门中人多不赞同新法，但苏门并非是为了议论国事，直接与新法抗衡的政治团体，而是出于文学上的共同爱好、相互推重而形成的文学集团。苏轼及其朋友门人聚首于京师，这一机缘即是苏门成立的外在因素。元祐元年（1086），苏轼以翰林学士知制诰，陈师道于开封讲学，黄庭坚、晁补之、张耒、秦观等人纷纷进入京师仕官，黄庭坚"元祐中，为校书郎。先是，秦少游、晁无咎、张文潜均以文学游苏氏之门，至是同人馆，世号'四学士'"②。以往苏轼的几个主要交游对象散居各地，其交流方式都是文字往来，加上空间上的限制，交往程度并不密切。而文人群体聚会于一地，彼此往来远较原先频繁，以前潜在的个人交往关系就成为一致瞩目的群体行为，更容易扩大影响，造成声势，成为时人效法的对象。当时游于京师的文人名士还包括李之仪、清江三孔、唐庚、贺铸、毛滂等人，多与苏门文人交游。周紫芝曾说："至元祐间，内相苏公之兄弟与其门人四君子者，更相酬唱，自为表里，于是诗人蹀躞相望，大抵不减唐之晚世。"③ 又说："自嘉祐、治平之间不三十年，而翰林苏公主盟斯文。苏公之门如黄鲁直、秦太虚、张文潜、晁无咎与阁下，诸门人皆以道德文章冠冕后进，视韩、欧门下士未肯敛衽。"④ 足见苏门当时在文坛引人注目的程度。

元丰二年（1079），御史中丞李定、舒亶、何正臣等人摘取苏轼《湖州谢上表》中语句和此前所作诗句，以谤讪新政的罪名逮捕了苏轼，是为"乌台诗案"。舆论环境紧张恶化，是因为统治集团为保障新法推行，采取了控制言论、压制异说的政策，导致政坛与文坛发生了背离。苏轼好以诗议论时事，指点政局，多有牢骚不满之意。除去"蛰龙"等曲解之辞外，苏轼的诗作确实具有对新法影射讥评之意，这是他本人也承认了的。舒亶以三卷《元丰续添苏子瞻学士钱塘集》为证，说："盖陛下发钱以本业贫民，（苏轼）则曰'赢得儿童语音好，一年强半在城中'；陛下

---

① 王水照：《"苏门"的形成与人才网络的特点》，见《王水照自选集》，上海教育出版社 2000 年版，第 374~391 页。
② （宋）晁公武撰、孙猛校证：《郡斋读书志》卷一九《黄鲁直豫章集提要》，上海古籍出版社 1990 年版，第 1013 页。
③ （宋）周紫芝：《见王提刑书》，见《全宋文》卷三五一六，第 162 册，第 99 页。
④ （宋）周紫芝：《见李端叔书》，见《全宋文》卷三五一五，第 162 册，第 85 页。

明法以课试郡吏，则曰'读书万卷不读律，致君尧舜知无术'；陛下兴水利，则曰'东海若知明主意，应教斥卤变桑田'；陛下谨盐禁，则曰'岂是闻韶解忘味，迩来三月食无盐'。其他触物即事，应口所言，无一不以讥谤为主。"① 后人批评苏轼就说："宋人骑两头马，欲博忠直之名，又畏祸及，多作影子语巧相弹射，然以此受祸者不少，既示人以可疑之端，则虽无所诽诮，亦可加以罗织。观苏子瞻乌台诗案，其远谪穷荒，诚自取之矣。"② 此说虽嫌苛刻，亦不谓无因。苏轼多有讽刺批评之作，此类诗歌广泛流传，在文坛上产生了巨大的影响力。即使苏轼直书其事，本无其他寓意，其诗作也会在传播过程中逐渐被扭曲，有心人总能从普通的纪事诗中体会到别样的内涵。

当时反对新法者不计其数，不乏比苏轼态度更激烈、言辞更放肆之人。但苏轼声名显赫，且其诗歌"小则镂板，大则刻石，传播中外，自以为能"③，不仅仅是在文人小圈子中流传，更是印刷传媒的支持下，得以在大范围内迅速传播，足以与当时的主流话语体系相抗衡，自然引起了变法派的警惕。何正臣上奏神宗："轼所为讥讽文字传于人者甚众，今独取镂板而鬻于市者进呈。"④ 这正是担忧苏轼借助印刷媒体而扩大其影响力，阻碍新法的推行。变法派穷治苏轼之罪，希望达到杀一儆百的效果，乌台诗案应运而生。这是统治集团以政治权力压制文坛，禁止异见者的诗文流播，进而限制其影响力的表现；也是印刷媒体应用于文学传播，使得传播活动超出当事人的预期，引发负面结果的典型案例。

### 三、无奈收敛与声名远扬

早在"乌台诗案"事发之前，就有许多亲朋好友告诫苏轼勿以诗文为刺讥之具。苏轼虽有所警惕，但心下实不以为然，最终因诗文得罪，身陷囹圄，几乎性命不保。他出狱后虽然不改初衷，一心自行其道，却不免感受到现实的压力，有意识地修正了自己的行为。

北宋后期，党争与文祸并起，当权者取得政敌诗文，便妄加附会，陷人以罪。文人不得不谨言慎行，以免授人以柄。以苏轼之襟怀磊落，也不得不屈从时势，收敛锋芒，谨慎为文。在苏轼与亲朋好友的书信往来中，

---

① 转引自孔凡礼：《苏轼年谱》，中华书局 1998 年版，第 448 页。
② （清）王夫之：《姜斋诗话》，见（清）王夫之等：《清诗话》，上海古籍出版社 1978 年版，第 18 页。
③ （清）毕沅编著：《续资治通鉴》卷七四，中华书局 1986 年版，第 1858 页。
④ （清）王文诰：《苏文忠公诗编注集成总案》卷一九，巴蜀书社 1985 年版，第 3 页。

时时可以见到他的表白。如《答李瑞叔书》云："自得罪后，不敢作文字。"① 《与滕达道书》云："得罪以来，未尝敢作文字。"② 《与王定国书》云："文字与诗，皆不复作。"③ 《与上官彝》云："见教作诗，既才思拙陋，又多难畏人，不作一字者，已三年矣。"④ 《答秦太虚书》云："得罪以来，不复作文字，自持颇严，若复一作，则决坏藩墙。"⑤ 苏轼绝笔不作文字，并非才思枯竭，而是避免为有心人所陷害。《黄州与人书》云："困踬之甚，出口落笔，为见憎者所笺注。"⑥ 小人如何翻云覆雨，玩弄权力，以莫须有的罪名陷害他人，从"笺注"一语即可见出。有时苏轼受到他人请托作文，往往婉言谢绝。《与沈睿达书》云："不惟笔砚荒废，实以多难畏人，虽知无所寄意，然好事者不肯见置，开口得罪，不如且已。"⑦ 当然也会遇到无可推脱的请求，"近有成都僧惟简者……坚来要作《经藏碑》，却之不可，遂与变格作迦语，贵无可笺注"⑧。朋友盛情难却，苏轼却要再三斟酌，确定不致贻人口实，方才放胆为文。

苏轼既然不愿轻易进行诗文创作，自然也不愿轻易将文字出示他人。他在文学传播方面谨慎、保守的态度，同样是出于避祸全身的目的。"《经藏记》皆迦语，想酝酿无由，故敢出之。"⑨ 即使偶有所作，录以授人，苏轼也会告知接受者，不要在各自的交际圈子中进一步传播这些作品，甚至要求将之焚毁。如《答李端叔书》云："此书虽非文，然信笔书意，不觉累幅，亦不须示人。"⑩《与蔡景繁书》云："蒙德殊厚，小诗五绝，乞不示人。"⑪《与朱寿昌书》云："嗟叹不足，故书以奉寄，然幸勿示人，恐有嫌者。"⑫ 当时苏轼诗文流传天下，不仅仅通过人际交流而传播，时人多将之刻板刊行。尽管声名与日俱增，但苏轼却更为惶恐不安，有意限制文学作品借助印刷媒介而流传。《与陈传道》云："某方病市人

① （宋）苏轼：《苏轼文集》卷四九《答李瑞叔书》，第 1432 页。
② （宋）苏轼：《苏轼文集》卷五一《与滕达道六十八首》之一五，第 1480 页。
③ （宋）苏轼：《苏轼文集》卷五二《与王定国四十一首》之八，第 1517 页。
④ （宋）苏轼：《苏轼文集》卷五七《与上官彝三首》之三，第 1713 页。
⑤ （宋）苏轼：《苏轼文集》卷五二《答秦太虚书七首》之四，第 1536 页。
⑥ （宋）苏轼：《苏轼文集》卷六〇《黄州与人五首》之二，第 1846 页。
⑦ （宋）苏轼：《苏轼文集》卷五八《与沈睿达二首》之二，第 1745 页。
⑧ （宋）苏轼：《苏轼文集·苏轼佚文汇编》卷三《与滕达道五首》之二，第 2473 页。
⑨ （宋）苏轼：《苏轼文集》卷五一《与滕达道六十八首》之一五，第 1480 页。
⑩ （宋）苏轼：《苏轼文集》卷四九《答李端叔书》，第 1432 页。
⑪ （宋）苏轼：《苏轼文集》卷五五《与蔡景繁十四首》之一一，第 1664 页。
⑫ （宋）苏轼：《苏轼文集》卷五九《与朱康叔二十首》之一八，第 1791 页。

逐利，好刊某拙文，欲毁其板，矧欲更令人刊邪！"① 《与滕达道》云：
"到南都，欲一状申礼曹。凡刊行文字，皆先毁板，如所教也。"② 申诸礼
曹，实际就是立此存照，声明与自己无关的意思。苏轼不仅不愿利用印刷
传媒宣传自己，还要毁弃他人的刻板，借助官方的力量控制自己诗文的传
播。严酷的政治形势导致了苏轼这种小心翼翼的态度和有悖本心的行为，
对比当年口诵"平生文字为吾累，此去名声不厌低"时的倔强与豁达，
更反映出他内心的辛酸与无奈。

　　苏轼名高一时，文坛也上出现了用心收集其诗文的"苏粉"，苏轼对
其追随者的态度极为复杂。如《答刘沔都曹书》云："蒙示书教，及编录
拙诗文二十卷。轼平生以言语文字见知于世，亦以此取疾于人，得失相
补，不如不作之安也。以此常欲焚弃笔砚，为喑默人，而习气宿业，未能
尽去，亦谓随手云散鸟没矣。不知足下默随其后，掇拾编缀，略无遗者，
览之惭汗，可为多言之戒。"③ 诗文见赏于人，本是文人生涯一大快事。
然苏轼自知言语文字可以求取功名，也可以招致祸患，虽然感谢追随者
的收集、记录工作，却将之引为"多言之戒"，言下之意是不要轻易出
示，勿为他人所知，可见苏轼徘徊于吐露心声和谨言慎行之间的矛盾态
度。

　　苏轼的迁谪生活为他的文学创作带来了重大转折，表现为词作在其作
品中所占的比重逐渐增大。最典型的表现是在谪居黄州时期。造成这种变
化的原因大致有以下两点：一是乌台诗案后仍然心有余悸；二是作小词与
政治无关的游戏心理。④ 作为酒宴歌席上的娱宾遣兴之具，词被时人视为
小道，不受重视，不太可能作为政治攻击的口实。于是苏轼自觉地选择词
体，作为宣泄内心情感、展示创作才能的工具。

　　普通读者一般不会将词与政治联系起来，但苏词广为传播，皇帝亦有
耳闻。皇帝是否将之作为苏轼政治态度的表现，时人的记载颇有出入。苏
轼词中有"小舟从此逝，江海寄余生"之语，县宰便误认为苏轼弃职潜
逃，及赴其居处，见苏轼高卧不起，才打消疑虑，"然此语卒传至京师，
虽裕陵亦闻而疑之"⑤。世人云神宗读苏轼词，极为不快，有"且言：教

①　（宋）苏轼：《苏轼文集》卷五三《与陈传道五首》之二，第1574页。
②　（宋）苏轼：《苏轼文集》卷四九《与滕达道六十八首》之四六，第1490页。
③　（宋）苏轼：《苏轼文集》卷四九《答刘沔都曹书》，第1429页。
④　王兆鹏、徐三桥：《苏轼贬居黄州期间词多诗少探因》，《湖北大学学报》（哲学社会科学版），1996年第2期。
⑤　（宋）叶梦得：《避暑录话》，徐时仪校点，见《宋元笔记小说大观》，第2611页。

苏某闲处袖手，看朕与王安石治天下"之语。① 但也有记载称神宗对苏词中的忠爱之心赞赏有加：

> 是词乃东坡居士以丙辰中秋欢饮达旦大醉，作《水调歌头》兼怀子由，时丙辰熙宁九年也。元丰七年，都下传唱此词。神宗问内侍外面新行小词，内侍录此进呈。读至"又恐琼楼玉宇，高处不胜寒"，上曰："苏轼终是爱君。"乃命量移汝州。②

词的创作与传播，是苏轼抒发情志、建立个人形象、维系文坛地位的重要手段。其新词仅仅通过口耳相传，天下人皆得与闻，可见苏轼的影响何等巨大。在词方面，苏轼一反以往小心谨慎、战战兢兢的态度，并不介意可能造成的影响：

> 东坡先生自黄州移汝州，中道起守文登，舟次泗上，偶作词云："何人无事，燕坐空山。望长桥上灯火闹，使君还。"太守刘士彦，本出法家，山东木强人也。闻知亟谒东坡云："知有新词，学士名流天下，京师便传。在法，泗州夜过长桥者，徒三年。况知州邪？切告收起，勿以示人！"东坡笑曰："轼一生罪，开口常是不在徒二年以下。"③

即使身逢迁谪之祸，也没有彻底断绝苏轼的人际交流渠道。《能改斋漫录》载："其后东坡在儋耳，侄孙苏元老因赵秀才还自京师，以少游、毅甫所赠酬者寄之。东坡乃次韵，录示元老，且云：'便见其超然自得，不改其度之意。'"④ 又李之仪《仇池翁南浮集序》云：

> 其家子弟，岁必一至贬所定省，且资其养生之给。其归，间与予相值，颇能道先生所处之详。而岭海之人，时亦随其所得者告

---

① （金）元好问：《遗山先生文集》卷三六《东坡乐府集引》，转引自邹同庆、王宗堂：《苏轼词编年校注》，中华书局 2002 年版，第 137 页。

② （宋）鲖阳居士：《复雅歌词》，见唐圭璋编：《词话丛编》，中华书局 1986 年版，第 59 页。

③ （宋）王明清：《挥麈录》后录卷七，第 132 页。

④ （宋）吴曾：《能改斋漫录》卷一七，上海古籍出版社 1979 年版，第 487 页。

人。……其绪余土苴，则纵横造次，落笔皆为人所取。所到之处，人人得而有之。海熟而珠富，山辉而玉出，凡所采择，并皆满足而去。是以残章断简，片文只字，侈如前日之家有藏也。①

苏轼既然能接受他人的文学作品，自然也能将一己所作传示友人。元符元年（1098），苏轼作《和陶归去来兮辞并引》，其辞一出，门下闻而相和。"建中靖国间，东坡《和归去来》初至京师，其门下宾客又从而和之者数人，皆自谓得意也。陶渊明纷然一日满人目前矣。"② 政和元年（1111），李之仪作《跋东坡诸公追和陶渊明归去来引后》，追述这一次群体唱和活动之始末："东坡平日自谓渊明后身，且将尽和其诗乃已。自知杭州以后时时如所约，然此语未尝载之笔下。予在颍昌，一日从容，黄门公遂出东坡所和，不独见知为幸，而于其卒章始载其后身尽和平日谈笑间所及。公又曰：'家兄近寄此作，令约诸君同赋，而南方已与鲁直少游相期矣。二君之作未到也。'居数日，黄门公出其所赋，而予辄与牵强。后又得少游者。鲁直作与不作未可知，竟未见也。张文潜、晁无咎、李方叔亦相继而作。三人者虽未及见，其赋之则久矣，异日当尽见之。"③ 即使僻居一隅，苏轼仍然有领导文坛潮流的力量。苏轼北归时，"舟次新淦，时人方础石为桥，闻东坡之至，父老儿童二三千人，聚立舟侧，请名其桥"④。到达常州时，"夹运河岸，千万人随观之"⑤，几有"看杀"之危，足见苏轼之名深入人心。

北宋末年，党争愈演愈烈，朝廷直接下诏毁弃苏轼文集印版，以阻止其进一步传播，"由是人莫敢读苏文"⑥。《焚毁三苏文集等印板诏》云："三苏、黄、张、晁、秦及马涓文集，范祖禹《唐鉴》、范镇《东斋记事》、刘攽《诗话》、僧文莹《湘山野录》等印板，悉行焚毁。"⑦《三苏及苏门学士集毁板诏》云："三苏集及苏门学士黄庭坚、张耒、晁补之、

① （宋）李之仪：《仇池翁南浮集序》，见《全宋文》卷二四二一，第112册，第119页。
② （宋）晁说之：《答李持国先辈书》，见《全宋文》卷二八〇二，第130册，第36页。
③ （宋）李之仪：《跋东坡诸公追和陶渊明归去来引后》，见《全宋文》卷二四二四，第112册，第166页。
④ （宋）曾敏行：《独醒杂志》卷六，朱杰人校点，见《宋元笔记小说大观》，第3250页。
⑤ （宋）邵博：《邵氏闻见后录》卷二〇，第160页。
⑥ （元）韦居安：《梅磵诗话》卷下，见《历代诗话续编》，第571页。
⑦ （宋）宋徽宗：《焚毁三苏文集等印板诏》，见《全宋文》卷三五五三，第163册，第323页。

秦观等集，并毁板。"①《九朝编年备要》记载："徽宗皇帝癸卯宣和五年
秋七月，中书省言，福建路印造苏轼、司马光文集，诏令毁板，今后举人
传习元祐学术者，以违制论。明年又申严之。冬诏曰：'朕自初服废元祐
学术，比岁至复尊事苏轼、黄庭坚。轼、庭坚获罪宗庙，义不戴天。片文
只字，并令焚毁勿存，违者以大不恭论。'"② 种种"诗禁""文禁""学
术之禁"限制了苏轼作品的传播，也影响了宋代文学的进步。

　　禁令可能会起到反效果，刺激了时人对苏轼的热情。"崇宁、大观
间，海外诗盛行……是时朝廷虽尝禁止，赏钱增至八十万，禁愈严而传愈
多，往往以多夸。士大夫不能诵坡诗，便自觉气索，而人或谓之'不
韵'。"③"宣和间，申禁东坡文字甚严，有士人窃携《东坡集》出城，为
阉者所获，执送有司……京尹义其人，又畏累己，因阴纵走。"④ 这是一
种独特的"输者赢"现象，苏轼的作品禁愈严而传愈多，政治限制却刺
激了文人的热情，成为文学传播的动力，说明政治权力不可能完全决定文
学场本身的运行机制。

## 第二节　杨万里与陆游的诗名比较

　　如果抛开政治地位带来的传播优势，文人一般是通过人际交往和刊刻
作品来开展文学传播活动，扩大自己的影响力的。人与人之间的某种联系
是传播活动得以发生的基础，社会上的两个个体必然以亲缘、地缘、学
缘、仕缘等关系为纽带产生联系，传播主体的人际交往网络实际上规定了
传播活动发生的可能性与信息流动的方向。文人是否接触印刷传媒，是否
刊行自己的作品，和自己的知名度密切相关。本节拟以南宋的杨万里和陆
游为例，通过比较二人的交际圈子和行为策略，分析这两位齐名并称的文
学家实际存在的差异。

---

① （宋）宋徽宗：《三苏及苏门学士集毁板诏》，见《全宋文》卷三五五五，第163册，第
　　361页。
② （清）黄以周：《续资治通鉴长编·拾补》卷四七"宣和五年七月己未"条引《九朝编
　　年备要》，中华书局2004年版，第1455～1456页。
③ （宋）朱弁：《风月堂诗话》卷上，见（宋）惠洪、（宋）朱弁、（宋）吴沆：《冷斋夜
　　话·风月堂诗话·环溪诗话》，陈新点校，中华书局1988年版，第106页。
④ （宋）费衮：《梁溪漫志》卷七，金圆校点，上海古籍出版社1985年版，第82页。

## 一、学术渊源与社会地位

杨万里祖上三代未入仕途，家世不显，但吉水杨氏以诗书传家，门风清白。杨万里"为童子时，从先君宦学四方"①，接受其父的教导。十四岁即开始拜师就学，"予年十有四，拜乡先生高公守道为师，与其子德顺为友，同居解怀德之斋房"②。其后杨万里苦学不懈，先后拜入多位当世名流门下。他十七岁时以王庭珪为师，"予生十有七年，始得进拜卢溪而师焉，而问焉"③，后赴安福就学，以刘安世、刘廷直为师。据杨万里自述："某自少懵学，先奉直令求师于安福，拜清纯先生刘公为师。而卢溪王先生及浩斋先生俱以国士知我，浩斋又馆。每出而问业于清纯，入而听诲于浩斋。"④ 二十七岁时又从刘才邵学习，"后十年又得拜杉溪而师焉，而问焉"⑤。入仕后又得以从张浚、胡铨游，"绍兴季年，紫岩谪居于永，澹庵谪居于衡，二先生年皆六十矣。万里时丞零陵，一日并得二师"⑥。杨万里所师法之人皆有不凡之处，王庭珪、刘安世皆当世正人，忠直刚决之名闻于海内。张浚、胡铨、刘廷直皆为二程后学，接续伊洛正脉。杨万里博览经传，尤精易学，有《诚斋易传》行世，可见其对道学学统的继承。南宋时，道学逐步成为思想界的主流，学者可以借此得到统治阶层的承认，可以与同道者建立牢固的交往关系。杨万里在学术圈的影响力，推动了他的诗名的提高。

与杨万里相比，陆游出身书香门第、官宦世家，其向学生涯与家庭教育环境有着更为密切的联系。其父陆宰为饱学宿儒，收藏图书万卷，陆游幼承庭训，致力于儒家经典的学习。据其自述："吾幼从父师，所患经不明，何尝效侯喜，欲取能诗声？亦岂刘随州，五字矜长城？"⑦ 陆游视儒家经典为根本之学，发扬圣人之道，承担教化之任，故云："士生学六经，是为圣人徒，处当师颜、原，出当致唐、虞。斯文阵堂堂，临敌独援

---

① （宋）杨万里撰、辛更儒笺校：《杨万里集笺校》卷一二六《曾时仲母王氏墓志铭》，中华书局2007年版，第4889页。

② （宋）杨万里撰、辛更儒笺校：《杨万里集笺校》卷三九《赠高德顺》，第2042页。

③ （宋）杨万里撰、辛更儒笺校：《杨万里集笺校》卷八四《杉溪集后序》，第3350页。

④ （宋）杨万里撰、辛更儒笺校：《杨万里集笺校》卷七三《浩斋记》，第3055页。

⑤ （宋）杨万里撰、辛更儒笺校：《杨万里集笺校》卷八四《杉溪集后序》，第3350页。

⑥ （宋）杨万里撰、辛更儒笺校：《杨万里集笺校》卷一〇〇《跋张魏公答忠简胡公书十二纸》，第3820页。

⑦ （宋）陆游著、钱仲联校注：《剑南诗稿校注》卷四四《读苏叔党汝州北山杂诗次其韵》，见钱仲联、马亚中主编：《陆游全集校注》第5册，浙江教育出版社2011年版，第282页。

枹。异端满天下，一扫可使无。乃知立事功，先要定规模。"① 学问以经术为先，这是多数学子的共识。但陆游因性之所好，也极为欣赏诗歌，少年时已博览家藏前贤诗集，尤好陶渊明、王维、岑参之诗。陆宰声名远播，交游广泛，朋友往来频繁，陆游得以多方请益，增长见识："大驾初渡江，中原皆避胡，吾犹及故老，清夜陪坐隅。论文有脉络，千古著不诬。"② 陆游一生对曾几最为服膺，他与曾几的交往也是通过陆宰的交游关系而实现的。陆游写诗记述二人初次会面的情景，诗云："儿时闻公名，谓在千载前。稍长诵公文，杂之韩杜编。夜辄梦见公，皎若月在天，起坐三叹息，欲见亡繇缘。忽闻高轩过，欢喜忘食眠，袖书拜辕下，此意私自怜。道若九达衢，小智妄凿穿。所愿瞻德容，顽固或少瘳。公不谓狂疏，屈体与周旋。"③ 陆游久闻曾几之名，但难得一面之缘，适逢曾几为拜访陆宰而来，遂拜入其门下。曾几问学于大儒王萍、胡安国，在学术思想上以程颐为祖，有《易释象》五卷、《论语义》二卷，亦是当时有名的学者。陆游以传茶山衣钵自期，但他向曾几问学则主要是请教诗法疑难。比较曾几在道学与诗学两方面的成就，陆游更推崇曾几的诗歌创作："后数年，时相倡程氏学，凡名其学者不历数岁取通显，后学至或矫托干进，公源委实自程氏，顾深闭远引，务自晦匿。及时相去位，为程氏学者益少，而公独以诚敬倡导学者，吴越之间翕然师尊，然后士皆以公笃学力行、不哗世取宠为法。公治经学道之余，发于文章，雅正纯粹，而诗尤工，以杜甫、黄庭坚为宗。……初与端明殿学士徐俯、中书舍人韩驹、吕本中游。诸公既没，公岿然独存。道学既为儒者宗，而诗益高，遂擅天下。"④ 陆游称曾几以学术见称于吴越之地，而以诗歌名动天下，这一评价虽是针对现实而发，但也暗含着陆游的评判与选择。经术道学既为国家政教之根本，也是个人立身应世所必需的才能，诗歌只是治学之余事。但诗人若有所成就，文学声誉也可以盖过学术影响，同样名动天下。在道学与诗学的比较中，陆游虽然并未将二者截然分离，也没有明确作出选择，但观其言行，不难看出他重视诗学、力求以诗名世的想法。

---

① （宋）陆游著、钱仲联校注：《剑南诗稿校注》卷四三《斋中杂兴十首以丈夫贵壮健惨戚非朱颜为韵》，见《陆游全集校注》第 5 册，第 259 页。
② （宋）陆游著、钱仲联校注：《剑南诗稿校注》卷七《书叹》，见《陆游全集校注》第 2 册，第 40 页。
③ （宋）陆游著、钱仲联校注：《剑南诗稿校注》卷一《别曾学士》，见《陆游全集校注》第 1 册，第 1 页。
④ （宋）陆游著、涂小马校注：《渭南文集校注》卷三二《曾文清公墓志铭》，见《陆游全集校注》第 10 册，第 317 页。

陆游家学渊源，却未能建立起自己的道学家形象，这固然是性好使然，是个人的取舍，但学术思想上的家学传承与时人取向大相抵牾，也是陆游不能以道学名世的重要原因。陆游之祖陆佃为王安石及门弟子，大力推尊荆公新学。"淮之南，学士大夫宗安定先生（胡瑗）之学，予独疑焉。及得荆公淮南杂说与其洪范传，心独谓然。于是愿归临川先生之门。后予见公，亦骤见称奖，语器言道，朝虚而往，暮实而归，觉平日就师十年，不如从公之一日也。"① 陆佃对王安石的学术地位给予如此高的评价，其仰慕倾服之意可见一斑。陆氏家学传承，多有子弟精研王安石学术思想。陆宰曾有《春秋后传补遗》，其族伯父陆彦远笃好王安石《字说》，陆游早年就学深受父执一辈的影响，后人研究宋代学术源流衍变，即将陆游列入王安石门下。

南宋时，王安石的新学受到激烈的批判，理学家或指斥其说内涵不纯，非儒家正论，更甚者直接目为异端邪说；或责难其人祸乱天下，为北宋灭亡的罪魁祸首。这种观点最终为宋最高统治者所接受。宋高宗作出总结性的发言："安石之学杂以伯道，取商鞅富国强兵，今日之祸，人徒知蔡京、王黼之罪，而不知天下之乱生于安石。"② 所谓道不同，不相以为谋。陆游虽与当时理学家张栻、朱熹等人都有所来往，但众人大多未将陆游视为学识精粹、思理纯正的宿儒，而是极力称颂其诗名，较少推崇其学术思想。也就是说，陆游无法借助学术圈的影响力，来提升自己的文学声誉。

## 二、人际交往与时人评价

向学生涯同时也拓展了杨万里的交游圈，为其提供了更多的交往对象。由于杨万里出身寒素，地居偏僻，通过亲缘、乡缘建立的交游关系无法与出身名门望族者相比。亲戚乡党当然有意气相投者，如杨万里与邹敦礼相交，"以乡里故，相得欢甚。每见必论诗，未尝不移日也"③。但相比之下，学缘可为文人提供更为广泛的交际网络。由于杨万里先后于多位师长门下就学，结交的同门也相应增加。同门之间往往相互称引介绍，进一步扩大了交往的范围。如其同窗李燧，"吾友安福李与贤，自绍兴丁卯与

---

① （宋）陆佃：《傅府君墓志》，见《全宋文》卷二二一〇，第 101 册，第 244 页。
② （宋）李心传：《建炎以来系年要录》卷八七，第 1449 页。
③ （宋）杨万里撰、辛更儒笺校：《杨万里集笺校》卷八四《北窗集序》，第 3359 页。

予同学于清纯先生之门"①，杨万里曾为其《正论》作序，称其类似道学家李泰伯。如学弟刘浚，则是经同学介绍而结交。"一日，彦纯与客过我……坐上索纸笔为古文辞诗章，百千言顷而成就，飘然不可。予惊且奇，问之，则刘其姓，景明其字，亦刘先生之关门弟子也，自是定交。"②又杨万里久闻刘芮博学力行之名，但无缘一见，因其师张浚而得以结识。"魏国忠献张公时尚居永，馆所居之精舍曰读易堂，公未尝馆士于此也。予于是初识子驹。"③其后得刘芮文集，并为之作序。师门之谊将众多年辈相差甚远、出身各不相同的人物联系在一起，并使他们保持长久且密切的来往，形成结构复杂、关系紧密的人际交往网络。

　　杨万里成名后，其师门后进投以诗文，以求指点。如云："读书室边士如云，卢溪门下士如麟。定知此地难为士，后来之秀说彭子。雪里能来访我为，当阶下马雪满衣。赠我文章无不有，出入欧苏与韩柳。如今场屋号作家，相州红缬洛中花，岂如彭子有律令。会当一书取张景，今年谁子司文柄。"④杨万里所学为二程正传，伊洛嫡流，声名既重，并乐于提携人才，自然会引起后进学子的关注。这些联系丰富了杨万里的交往层次，使其得到了更多的交流机会。无论是杨万里对后进学子的赏识，还是后进学子的师法取向，都集中在学术方面。"吕陟，字升卿。零陵人也。累官监司，与南轩游，而受知于诚斋。"杨万里为零陵丞时，郡守向他征询人才，答曰："青桂里得一吕升卿，饱学之士。"⑤后吕陟任职乡校，管理生员。又有茶陵人欧阳海曾向杨万里问学，"欧（阳）海，乾道中乡举。时杨诚斋名重一世，海持所作往见。诚斋曰：'汝器识远矣，文则未也。'令熟读《孟子》"⑥。杨万里曾作书答求学者，鼓励他们向学求道，而不是仅仅在入仕求名上花费心思。其《答欧阳清卿秀才书》云："学进而身退，与身进而学退，此宜何惜？则子之失有司乎？有司之失子乎？辱书，其词暇，其意迫，安于贫而勇于道，此某之所愿学者也，而子之心正如

---

①　（宋）杨万里撰、辛更儒笺校：《杨万里集笺校》卷七九《似剡老人正论序》，第3226页。

②　（宋）杨万里撰、辛更儒笺校：《杨万里集笺校》卷七七《送刘景明游长沙序》，第3178页。

③　（宋）杨万里撰、辛更儒笺校：《杨万里集笺校》卷八一《顺宁文集序》，第3286页。

④　（宋）杨万里撰、辛更儒笺校：《杨万里集笺校》卷五《赠彭云翔长句》，第273页。

⑤　（清）黄宗羲原著、（清）全祖望补修：《宋元学案》卷五〇《南轩学案》，陈金生、梁运华点校，中华书局1986年版，第1637页。

⑥　《茶陵县志》卷一八《人物·儒林》，转引自于北山、于蕴生整理：《杨万里年谱》，上海古籍出版社2006年版，第134页。

此，不知吾之心合于子乎，抑子心之吾合也。"① 求学者既多，杨万里自然会择其佳者收入门下。如其弟子罗椿，"今年六月，予归自都下，一书生来谒予，罗其姓，永年其字，永丰之人也。问其所以来，则曰：'椿，世吏也。今去吏而儒是习，过不自量其不肖，未见麻阳县尹达斋先生。先生不鄙，辑而进之，以为可教，是以在此。'自是与予相过，款且久，见其文辞清润，日异而月不同，骎骎乎未知止也。予甚爱之"②。私淑弟子与一般问学者自然是亲疏有别，私淑弟子也更有动力来接受、再传播师长的文学作品。

杨万里学有渊源，颇得时望，其交际圈中存在一个以学术关系为纽带而组成的群体。在与这一群体的交往中，杨万里更多地表现出学者的形象，但其间的信息互动中必然包含文学信息。如杨万里弟子王子俊，"才臣尝师诚斋，诚斋极称其文，有'发而为文，自铸伟辞。其史论有迁、固之风，其古文有韩、柳之则，其诗句有苏、黄、后山之味，至于四六，踵六一、东坡之步武，超然绝尘，崛奇层出，自汪彦章、孙仲益诸公而下不论也。小技如尺牍，本朝惟山谷一人，今王君亦咄咄逼之矣'"③。杨万里自然是广泛阅读王子俊的文章后，方才有此评价。道学群体中的大多数人不以文学留名后世，但其成员数量巨大、交际广泛、表现活跃，杨万里在这一群体中居于重要地位，能接收大量的文学信息，也能发展潜在读者，对其文坛地位的提升具有重要的意义。

陆游仕途坎坷，早年官职低微，宦游故里，晚年隐居故里，少与人来往。分析其交往对象，会发现大多是一时应酬，长期稳定的交流相对较少；阅读其诗集，就会发现"书愤""书事""述怀"的独吟诗歌数量超过了其酬唱诗歌，这不会影响陆游的诗歌成就，却在一定程度上限制了陆游的诗坛名望。

在后人看来，南宋诗坛群星璀璨，范成大、陆游、杨万里、尤袤等人并立于世，有"中兴四大家"之称。今人往往以名位顺序为依据，引初唐四杰"王杨卢骆"之说，评论诗人的成就高下。但观诸南宋后来者的评论，对前贤推崇有加，并未强行划分其地位差异。姜夔序其集云："先生因为余言：近世人士喜宗江西，温润有如范致能得乎？痛快有如杨廷秀者乎？高古如萧东夫、俊逸如陆务观？是皆自出机杼，禀有可观者，又奚

---

① （宋）杨万里撰、辛更儒笺校：《杨万里集笺校》卷六四《答欧阳清卿秀才书》，第2753页。

② （宋）杨万里撰、辛更儒笺校：《杨万里集笺校》卷七七《送罗永年序》，第3180页。

③ （宋）岳珂：《桯史》卷一五，吴企明点校，中华书局1981年版，第173页。

以江西为。"① 极力推重四大家改革诗风的贡献。方回在《跋遂初尤先生尚书诗》中提出："宋中兴以来，言治必曰乾、淳，言诗必曰杨、范、陆特擅名天下。"② 又在《晓山乌衣圻南集序》中补充了尤、萧两人："自乾、淳以来，诚斋、放翁、石湖、遂初、千岩五君子，足以蹑江西，追盛唐。"③ 诸家各有所长，未可轻议。方回在《读张功父南湖集并序》里仍将诸家并列，并无先后之分："乾、淳以来称尤、杨、范、陆……梁溪之槁淡细润，诚斋之飞动驰掷，石湖之典雅标致，放翁之豪荡丰腴，各擅一长。"④

以上的议论都是杨万里和陆游的后进晚辈所发，与二人生活在同一时期的文人，似乎心中有先后之分。南宋姜特立在《谢杨诚斋惠长句》诗中写道："今日诗坛谁是主？诚斋诗律正施行。"⑤ 周必大却是评价甚高："诚斋诗名牛斗寒，上规大雅非小山。"⑥ 又云："诚斋家吉水之泸塘，执诗坛之牛耳。"⑦ 类似的评价，在南宋其他人的诗文中也可读到，如王迈的《山中读诚斋诗》："万首七言千绝句，九州四海一诚斋。……江西社里陈黄远，直下推渠作社魁。"⑧ 在南宋时期，杨万里在诗坛的影响甚至超过了陆游，人们对他的评价也高于对陆游的评价："文章有定价，议论有至公。我不如诚斋，此评天下同。……人言诚斋诗，浩然与俱东。字字若长城，梯冲何由攻。我望已畏之，谨避不欲逢……"⑨ 陆游本人亦有此评，还特别指出是"天下同"，应当能反映诗坛状况。

在整个社会的人际关系网中，每一个节点能连接的其他节点越多，意味着能联系的信源越多，通过的信息量就越大。在现实生活中，广泛的人脉意味着文人拥有为数众多的潜在传播对象，其作品、名声与影响力涉及的范围大大拓展，人际交往行为在一定程度上反映了文人的文坛地位。人

---

① （宋）姜夔：《白石道人诗集自叙》，见《全宋文》卷六六一一，第 290 册，第 456 页。

② （元）方回：《跋遂初尤先生尚书诗》，见李修生编：《全元文》卷二一六，第 7 册，凤凰出版社 2004 年版，第 183 页。

③ （元）方回：《读张功父南湖集并序》，见《全元文》卷二一二，第 7 册，第 93 页。

④ （元）方回：《桐江续集》卷八，文渊阁四库全书本。

⑤ （宋）姜特立：《梅山续稿》卷一，文渊阁四库全书本。

⑥ （宋）周必大：《文忠集》卷五《奉新宰杨廷秀携诗访别次韵送之》，文渊阁四库全书本。

⑦ （宋）周必大：《跋杨廷秀赠族人复字道卿诗》，见《全宋文》卷五一三三，第 230 册，第 429 页。

⑧ （宋）王迈：《臞轩集》卷一六，文渊阁四库全书本。

⑨ （宋）陆游著、钱仲联校注：《剑南诗稿校注》卷五三《谢王子林判院惠诗编》，见《陆游全集校注》第 6 册，第 113 页。

际关系与政治地位、经济条件、社会声望一样，都是文人拥有的重要资本。杨万里具备一个相对固定的接受群体，便于扩大影响、形成声势，成为诗坛领军人物。反观陆游，他与交往对象难以保持长久且稳定的联系，虽然他们大多佩服其诗歌成就，却少有人为之鼓吹，自然难以成为诗坛盟主。

### 三、诗集刊刻与形象塑造

陆游出身士大夫世家，其家富于藏书，绍兴年间朝廷建秘书省，征集天下藏书。"首命绍兴府朝请大夫，直秘阁陆宰家所藏书来上，凡万三千有奇。"① 继承家族传统的陆游同样以藏书为乐，他曾写诗感叹自己对藏书的爱好："人生百病有已时，独有书癖不可医。"② 还曾作《书巢记》，描绘家中藏书堆积如山的情景。陆游诗稿中有《读渊明诗》《读李杜诗》《读岑嘉州诗》《读王摩诘诗》《读乐天诗》《读韩致光诗》《读许浑诗》《读宛陵先生诗》《读林逋魏野二处士诗》等，一定程度上反映出他因家中藏书所获得的知识素养。陆游仕宦四川时，家中贫困无计，仍不忘采购书籍，"出峡不载一物，尽买蜀书而归"③。可贵的是，藏书家陆游不仅享受坐拥书城的快乐，还以刊板传书的方式，将此乐与众人分享，为当时的文化传播事业作出了贡献。陆游推崇江公望，曾搜集其奏议成集，并"访其家，复得三表及赠告墓志，因并刻之，以致平生尊仰之意"④。陆游曾刊刻岑参诗集，"又杂取世所传公遗诗八十余篇刻之，以传知诗律者，不独备此邦故事，亦平生素意也"⑤。所谓的"平生意"，一是对先贤的敬仰，二则是刊板刻书、俾使流传的心意。

陆游诗歌的结集刊行，对于他自身诗名的提高、时人对他的评价、后人对其诗学修养的渊源考索，都是极有意义的。陆游在严州时，眉山苏林汇集其作，陆游门人郑师尹编次《剑南诗稿》并作序，此书在淳熙十四年（1187）秋冬间刻成，其序云：

> 太守山阴陆先生《剑南》之作传天下，眉山苏君林收拾尤富，

① 《嘉泰会稽志》卷一六，见中华书局编辑部编：《宋元方志丛刊》，中华书局1990年版，第7023页。
② （宋）陆游著、钱仲联校注：《剑南诗稿校注》卷二二《示儿》，见《陆游全集校注》第3册，第393页。
③ 《嘉泰会稽志》卷一六，见中华书局编辑部编：《宋元方志丛刊》，第7023页。
④ （宋）陆游：《渭南文集校注》卷二七《跋钓台江公奏议》，第10册，第172页。
⑤ （宋）陆游：《渭南文集校注》卷二六《跋岑嘉州诗集》，第10册，第146页。

适官属邑，欲锓本为此邦盛事，乃以纂次属师尹。……独念吾日从事先生之门，间有疑阙，自公余可以从容质正，幸来者见斯文大全，用是不敢辞。《剑南诗稿》六百九十四首，《续稿》三百七十七首，苏君于集外得一千四百五十三首，凡二千五百廿四首，又□七首，厘为□十卷，总曰《剑南》，因其旧也。……先生之志，且有当世巨公为之发挥，非师尹敢任。淳熙十有四年腊月几望，门人迪功郎监严州在城都税务郑师尹谨书。①

陆游之诗先编为《剑南诗稿》《续稿》两种，此本为汇集后增订而成的《新刊剑南诗稿》二十卷，为《直斋书录解题》所著录："《剑南诗稿》二十卷、《续稿》六十七卷，陆游务观撰。初为严州，刻前集稿止淳熙丁未。自戊申以及其终，当嘉定庚午，二十余年，为诗益多。其幼子遹，复守严州，续刻之，篇什之富以万计。"② 陆游在世时流传的即是二十卷本的《剑南诗稿》。

《剑南诗稿》为陆游亲自修订，其态度十分谨慎，删改去取之间，颇见心思。他曾说"此予丙戌以前诗二十之一也。及在严州再编，又去十之九"③，删去如此多的诗作，是由于陆游有意放弃早期不满之作。晚年他给小儿子子遹的诗中说："我初学诗日，但欲工藻绘，中年始少悟，渐若窥宏大。"④ 这种精益求精的态度乃是陆游诗学渐进的结果，不是他认识到书册刊印、流布天下的传播意义后，有意塑造自我形象的策略。但《剑南诗稿》为精校之本，具有更重要的传播价值，一经刊行，流传广泛，在当时文坛上引起了巨大反响，文人无不争相一睹是书真貌。杨万里有《跋陆务观剑南诗稿二首》，楼钥有《题陆务观诗卷》，刘应时有《读放翁剑南集》，戴复古有《读放翁先生剑南诗草》。《剑南诗稿》以印本形式流传，较之抄本，传播优势更为明显，既可化身千万，流于无穷，又易于保存，传之后世。然而这些说法都只是对印本的总体传播趋势的分析。在具体的传播环境中，《剑南诗稿》虽然有刻本传世，但并没有成为可以买卖的商品。刻板刊行的参与者都是陆游的门人子弟，是出于和陆游的关

①　（宋）郑师尹：《剑南诗稿序》，见《全宋文》卷六四〇三，第282册，第270页。
②　（宋）陈振孙：《直斋书录解题》卷二〇，第603页。
③　（宋）陆游著、涂小马校注：《渭南文集校注》卷二七《跋诗稿》，见《陆游全集校注》第10册，第182页。
④　（宋）陆游著、钱仲联校注：《剑南诗稿校注》卷七八《示子遹》，见《陆游全集校注》第8册，第64页。

系以及个人兴趣才开展这一活动，并非出于经济动力的驱使。因而陆游在世时，《剑南诗稿》仍然是在其人际交往圈中传播。如姜特立诗《陆严州惠剑外集》，从诗题就可知其获得诗稿的原因是陆游的馈赠。张镃《览放翁剑南诗集》有云："见说诗并赋，严陵已尽刊。未能亲去觅，犹喜借来看。"① 可见他也是通过交往对象辗转获得此书。后人往往指出陆游的诗作已刻板流行，强调印刷传媒的巨大力量，那么陆游名传天下自然是顺理成章。实际上陆游主要是通过人际网络传播自己的诗集，并未取得如后人想象中的传播效果。

杨万里的传播意识并不如陆游表现得明显，但他同样注意到在传播过程中个人形象的建构，其自序云："予少作有诗千余篇，至绍兴壬午年七月皆焚之，大概江西体也。"② 在对待少年所作时，杨万里比陆游更为彻底，不仅仅是没有收录其中，而是直接毁弃，完全遏制其传播的可能性。

淳熙七年（1180），杨万里寄《西归集》与范成大，据杨万里自叙："西归过姑苏，谒石湖先生范公。公首索予诗……某虽有所谓《荆溪集》者，窃自薄陋，不敢为公出也。既还舍，计在道及待次，凡一年，得诗仅二百首，题曰《西归集》，录以寄公。今复寄刘伯顺与钟仲山。"③ 这里已经显示出杨万里传播诗集行为的四个特点：一是传播行为缘起于朋友索诗，故编诗集以寄赠；二是表现出传播的精品意识，不敢以薄陋之作示人，以免有损自身形象；三是此诗集可能为手抄之作，不一定是刻本；四则是传播行为的连续性，如《西归集》虽是应范成大之请而编成，却不是以范成大为单一传播对象。杨万里还将此诗集赠与其他朋友。

对于不愿出示的《荆溪集》，杨万里的态度比较矛盾："予亦未敢出以示人也。今年备官公府掾，故人钟君将之自淮水移书于予曰：'荆溪比易守，前日作州之无难者，今难十倍不啻。子荆溪之诗，未可以出欤。'予一笑抄以寄之。"④ 或许此集乃杨万里诗风转向时所编："余之诗，始学江西诸君子，既又学后山五字律，既又学半山老人七字绝句，晚乃学绝句于唐人。……戊戌作诗，忽若有悟，于是辞谢唐人及王、陈、江西诸君子皆不敢学，而后欣如也。"⑤ 所以杨万里起初心中多有不安，不欲示人。

① （宋）张镃：《南湖集》卷四，文渊阁四库全书本。
② （宋）杨万里撰、辛更儒笺校：《杨万里集笺校》卷八〇《诚斋江湖集序》，第3257页。
③ （宋）杨万里撰、辛更儒笺校：《杨万里集笺校》卷八〇《诚斋西归诗集序》，第3262页。
④ （宋）杨万里撰、辛更儒笺校：《杨万里集笺校》卷八〇《诚斋荆溪集序》，第3260~3261页。
⑤ （宋）杨万里撰、辛更儒笺校：《杨万里集笺校》卷八〇《诚斋荆溪集序》，第3260页。

其后诗风定型，创作成就突出，杨万里自然不认为"一集一变"有何不妥，于是在朋友略带调侃的请求中，将之出示于人。杨万里有诗《除夜张功父惠诗，索〈荆溪集〉，次韵送往》，可见杨万里也曾将《荆溪集》赠与好友张镃。

杨万里为《南海集》作序云："潮阳刘涣伯顺为清远宰时尝为予求所谓《南海集》四百首者。至再见于中都，伯顺复请不懈，乃克与之。……予诗自壬午至今，凡二千一百余。首曰《江湖集》、曰《荆溪集》、曰《西归集》、曰《南海集》、曰《朝天集》，余四集，伯顺尚欲之，他日当续寄也。"① 随着杨万里诗名的提高，诗集的赠与逐渐成为一种正式的交流行为，受赠者仿佛得到了某种认可，颇有荣焉。袁说友在《和杨诚斋韵谢惠南海集诗三首》其一中说："斯文宗主赖公归，不使它杨僭等夷。四海声名今大手，万人辟易几降旗。"② 杨万里寄《南海集》与陆游，陆游有《答杨廷秀寄〈南海集〉二首》以谢。张镃向杨万里索诗，杨万里赠以《南海集》《朝天集》，张镃酬以《诚斋以〈南海〉〈朝天〉两集诗见惠因书卷末》。杨万里寄《西归集》《朝天集》与尤袤，作《偶送〈西归〉〈朝天〉二集与尤延之，蒙惠七言，和韵以谢之》云："两集不须求序引，只将妙语冠陈编。"③ 其态度更为自信。杨万里不久后拜访陆游，事后追忆这一过程时说："舟经钓台，地主故人陆务观载酒相劳于江亭之上，索诵近诗，因举'两度立朝今结局'之句。陆务观大笑曰：'立朝结局，此事未可料，《朝天集》真结局矣。'"④ 陆游得以见到《朝天集》全貌，满足了自己的好奇心，因此有感而发。后尤袤专门向杨万里求取《江东道院集》，杨万里有诗《延之寄诗觅道院集遣骑送呈和韵谢之》，可知其诗集不再是当面馈赠，而是为专人投递，以满足故人的好奇心。杨万里寄《江东集》与范成大，范成大作《谢江东漕杨廷秀秘监送江东集并索近诗》。杨万里亦有诗《和谢石湖先生寄二诗韵》，自注云："老夫寄《江东集》与石湖先生，先生寄二诗：一称赏《江东集》，一见寄《石湖洞霄集》，和以谢焉。"⑤ 范成大《石湖洞霄集》之名未见他书，

① （宋）杨万里撰、辛更儒笺校：《杨万里集笺校》卷八〇《诚斋南海诗集序》，第3264页。

② （宋）袁说友：《东塘集》卷五，文渊阁四库全书本。

③ （宋）杨万里撰、辛更儒笺校：《杨万里集笺校》卷二四，第1213页。

④ （宋）杨万里撰、辛更儒笺校：《杨万里集笺校》卷八一《诚斋江西道院集序》，第3270页。

⑤ （宋）杨万里撰、辛更儒笺校：《杨万里集笺校》卷三三《和谢石湖先生寄二诗韵》，第1718页。

只此一见，为提供文学史原貌留下了重要证据。

以上只是杨万里九部诗集在人际传播中的部分情况。实际上，虽然杨万里并未与当时的书籍出版产业有密切的联系，但由于他经常将诗集出示给朋友，因此有人代为行事，刊刻诸诗集传世。试举一例，杨万里曾收到朋友刘涣所赠的诗集刻本，"得故人刘伯顺书，送所刻《南海集》来，且索近诗。于是汇而次之，得诗四百首，名曰《朝天集》。寄之"①。而上文已提到刘涣还想向杨万里索取其他诗集，可以推测刘涣或许掌握着印刷媒介，乃是一位文化商人，因此才会不断向杨万里求取诗集，并将刻本奉上。人际交往的延伸接触到印刷传媒，进一步推动了杨万里诗歌的广泛传播。在利用印刷传媒的策略和效果上，杨万里与陆游并无明显差距。

总而言之，陆游与杨万里诗歌成就相近，后世齐名并称，但当时两人的诗坛地位却有所区别。杨万里在人际传播上的优势地位，使得他更容易建立诗坛上的地位，获得时人的赞誉。而陆游虽然较多地接触印刷传媒，却并未脱离人际传播的范围。他刊刻诗集，却没有明确的传播目的，似乎只是自娱自乐，与杨万里没有本质上的区别。两人时名的先后之别，正是文学传播效果的体现。

## 第三节　权力推动、名人扶持与商业资助

此节选取案例的思路是列举南宋文人的成名途径，说明从"政治化"到"去政治化"的转变。南渡时期，政治仍是文学的重要主题，也是影响文学传播的重要因素。随着行动者的政治地位逐渐下移，文学场在一定程度上摆脱了政治场的影响，新的作品、新的风格得以出现。然而这一现象同时也反映了当时的社会现实，南宋只余残山剩水、国势日益衰弱，下层文人难以把握自己的前途，心态也开始萎靡。

### 一、江西诗派的再兴

靖康之变后，天下大乱，道路断绝，人们难以互通消息，文人纵有不朽之作，亦无法传布四方，难以产生广泛、深远的影响。馆阁文人的创作意义在当时尤为突出，正是因为所作的行政公文可以广为流传，其内容又关乎国家大事，满足了时人获取政治信息、了解天下局势的需求。汪藻正

---

①　（宋）杨万里撰、辛更儒笺校：《杨万里集笺校》卷八〇《诚斋朝天集序》，第3266页。

是此类馆阁文人的代表。当时国都沦陷，二帝蒙尘，高宗初嗣大统，人心未附。汪藻于主少国疑之时，受命作《皇太后告天下手书》，有"汉家之厄十世，宜光武之中兴；献公之子九人，惟重耳之尚在"①之语，既婉言危急局势，淡化不利影响，又指出新君得立，乃是顺应人心。"事词的切，读之感动，盖中兴之一助也。"②汪藻因此得高宗欣赏，入朝后颇得重用。后又作《建炎三年十一月三日德音》，遮掩高宗临敌而逃的窘况，出语得当，立言有体，"最为精当，人以比陆宣公《兴元赦书》"③。汪藻文字的政治属性，是成就其文坛声誉的重要原因："藻学问博赡，为南渡后词臣之冠冕……孙觌作志铭以大手笔称之，洵可无愧……然其文章自可以雄视一代。"④僚友孙觌为其文集作序云："公以儒先宿学当大典册，秉太史笔，为天子视草，始大发于文，深醇雅健，追配前作，学士大夫传诵，自海隅万里之远，莫不家有其书，所谓常、杨、燕、许诸人皆莫及也。"⑤序文虽然多有夸耀之意，也足以说明其知名度与影响力。

汪藻为南宋初期文坛巨擘，当其获得文坛领袖的地位后，自然会举荐人才，提挈故旧。汪藻早年与以宗黄为旗帜的江西诗人有文字之交，"藻在江西，徐俯师川、洪炎、洪刍有能诗声，自负无所屈。一日师川见公诗于僧壁。叹曰：'此吾辈人也。'率二洪诣舍上"⑥。另据张元干记载："往在豫章，问句法于东湖先生徐师川。是时洪刍驹父、弟琰玉父、苏坚伯固、子庠养直、潘淳子真、吕本中居仁、汪藻彦章、向子伯恭，为同社诗酒之乐。予既冠矣，亦获攘臂其间。大观庚寅、辛卯岁也。"⑦在世人眼中，汪藻积极参与江西诗人组织的豫章诗社活动，几可谓之江西社里人。因此他功成名就后，便力荐故友徐俯为官：

　　丙辰……上始因阅庭坚文集见其名，而胡直孺在经筵称其行义文采。汪藻在翰苑又荐之。上赐吕颐浩手诏曰："朕比观黄庭坚集称道

① （宋）汪藻：《皇太后告天下手书》，见《全宋文》卷三三六八，第156册，第405页。
② （宋）罗大经：《鹤林玉露》丙编卷三，第283页。
③ （宋）陆游：《老学庵笔记》卷四，李剑雄、刘德权点校，中华书局1979年版，第52页。
④ （清）纪昀总纂：《四库全书总目提要》卷一五六《浮溪集提要》，第4035页。
⑤ （宋）孙觌：《浮溪集序》，见《全宋文》卷三四七六，第160册，第308页。
⑥ （宋）孙觌：《鸿庆居士集》卷三四《宋故显谟阁学士左太中大夫汪公墓志铭》，见《全宋文》卷三四八八，第161册，第14页。
⑦ （宋）张元干：《苏养直诗帖跋尾六篇》，见《全宋文》卷四〇〇六，第182册，第415~416页。

其甥徐俯师川者，闻其人在靖康中立节可嘉。今致仕已久，想不复存，可赠右谏议大夫，或尚在，即以此官召之。"颐浩奏俯避地广中，乃诏俯文学行义，有闻于时，除右谏议大夫，赴行在。俯入朝未数月，遂执政。或曰：内侍郑谌与俯游于江西，重其诗文。至是力荐于上。①

徐俯在徽宗朝的经历非常简单，"以父禧死国事，授通直郎，累官至司门郎"②。但在高宗朝，徐俯迅速升迁，最后晋位执政。张邦昌僭位时，百官屈膝，唯徐俯独立不拜，故意名婢女为"昌奴"，显示出他的忠义气节。但高宗如此大力提拔他，用意并不在此，明显是为了巩固权威，笼络人心。

宋高宗即位后，表现出主动关心文学事业的姿态，平日好诵读苏黄诗歌，并搜购苏氏全集，刻于禁中，开一时风气。且宋高宗一再宣称"朕最爱元祐"③，为元祐党人平反，录用党人后辈，开诗文学术之禁。这一系列举措放松了政治对文学的限制，文坛上重新兴起传习诗赋、师法苏黄的热潮。文学群体的重组，即是这一趋势的直接体现。如周必大云："国家数路取人，科举之外多英才，自徽庙迄于中兴，如程致道、吕居仁、曾吉甫、朱希真，诗名藉藉，朝廷赐第显用之。今观曾公衮、钱逊叔、韩子苍诸贤，又皆翰墨雄师，非有司尺度所能得也，绍兴初星聚临川，唱酬妍丽，一时倾慕。"又云："凡绍兴初以诗名家，皆当日人才也……子苍诸贤，往往不由科举而进，一时如程致道、吕居仁、曾吉甫、朱希真，皆是也，其又奚疑。"④

大批文人不经科举，不须循序渐进，以特旨简用，出任清贵之职。这既彰显了朝廷对文事的重视，又给予了文人重新进入大众视野、表现自我才能的机会。文人本身的文学才华当然会受到重视，但其致位通显的政治机遇，更能引起时人的关注与向往。政治上的号召力增强了诗人在文坛上的影响力，随着江西诗人群体的崛起，以黄庭坚为宗的诗学取向成了诗坛的主流。孙觌在《西山文集序》中评论这一现象时就说："元祐中，豫章黄鲁直独以诗鸣，当是时，江右人学诗皆自黄氏。至靖康、建炎间，鲁直

---

① （宋）李心传：《建炎以来系年要录》卷五一，第 899 页。
② （元）脱脱等：《宋史》卷三七二，第 11540 页。
③ （宋）李心传：《建炎以来系年要录》卷七九，第 1289 页。
④ （宋）周必大：《跋曾公衮钱逊叔韩子苍诸公唱和诗》，见《全宋文》卷五一三三，第 230 册，第 422 页。

之甥徐师川、二洪驹父、玉父，皆以诗人进居从官大臣之列，一时学士大夫向慕，作为《江西宗派》，如佛氏传心，推次甲乙，绘而为图，凡挂一名其中，有荣辉焉。"① 这种"近时学诗者，率宗江西"的局面并非仅仅是文学自身规律的作用所致，而是根源于政治权力所带来的影响。文人一旦列名江西籍中，可以叙师友、论渊源、讲关系、求同道，产生现实的利益。因此江西诗风出现了自上而下的传播指向。

政治优遇的效用只在一时，若要真正获得大众的认可，产生持续且深远的影响，归根结底还是依靠文人的文学才能。徐俯、韩驹、二洪等人均曾沾溉苏黄风流，在徽宗朝已有能诗之名。只是当时文网严密，禁令森严，故其诗未能广为流传，其名未曾大显于世。政治风气一旦改变，他们立刻脱颖而出，主盟文坛。

在这批特进诗人中，韩驹的地位尤为突出。周必大《题山谷与韩子苍帖》云："陵阳先生早以诗鸣，苏黄门一见，比之储光羲；与徐东湖游，遂受知于山谷。晚年或置之江西诗社。"② 韩驹在南渡之初主盟文坛，为天下人仰慕。时人记载汪藻与韩驹的交往："汪彦章视中书舍人韩公驹子苍，前辈也。绍兴初，韩寄寓临川，汪来守郡，通启曰：'承作者百年之师友，为诗文一代之统盟。'"③ 王十朋《陈郎中公说赠韩子苍集》云："唐宋诗人六七作，李杜韩柳欧苏黄。近来江西立宗派，妙句更推韩子苍。"④ 曾几《抚州呈韩子苍待制》诗云："一时翰墨颇横流，谁以斯文坐镇浮？后学不虚称吏部，此生曾是识荆州。"⑤ 韩驹在绍兴五年（1135）去世后，文坛领袖的责任就落到了吕本中身上。刘子翚《读韩子苍吕居仁近诗》早将二人同视为诗坛翘楚，诗云："诗人零落叹才难，二妙风流压建安。已见词锋推晋楚，定应臭味等芝兰。"⑥ 可见吕本中亦足以继往开来，为时人表率。从文坛盟主地位的确立与转移，可以想见江西诗派领导当时风气的情形。

江西诗派若要具有广泛且持久的影响力，就必须交代成员构成，说明代表作品，以期大众了解创作门径和宗派风格。当时黄庭坚后人有意识地把刊刻他的诗集与江西诗派的发扬光大联系起来，朝鲜覆刻宋绍定刊

---

① （宋）孙觌：《西山文集序》，见《全宋文》卷三四七六，第 160 册，第 318 页。
② （宋）周必大：《题山谷与韩子苍帖》，见《全宋文》卷五一二八，第 230 册，第 346 页。
③ （宋）吴曾：《能改斋漫录》卷一四，第 433 页。
④ （宋）王十朋：《梅溪集》后集卷二，文渊阁四库全书本。
⑤ （宋）曾几：《茶山集》卷五，文渊阁四库全书本。
⑥ （宋）刘子翚：《屏山集》卷一八，文渊阁四库全书本。

《山谷黄先生大全诗注》有黄㽦《跋》云："句里宗风，㽦岂识其趣，独念高、曾规矩，百工犹究心焉，手披口吟，不敢废坠。世之登诗坛者，相与共之，以寿斯派，亦先太史之志也。"①凡有源亦须有流，吕本中作《江西诗社宗派图》，"合二十五人为法嗣，谓其源流皆出豫章也"②，真正奠定了江西诗派的基础。范季随于吕本中家中见此图，对当时列名其中的诗人多有异议，吕本中自己也承认这是少时戏作，不轻易示人，但此图仍然得以流传人间，成为时人评判江西诗派的基本依据。此外，时人还编纂《江西诗派》总集，刊行于世。程叔达于江西任职时，"于是以谢幼盘之孙源所刻石本，自山谷外，凡二十有五家，汇而刻之于学官，将以兴发西山章江之秀，激扬江西人物之美，鼓动骚人国风之盛"③。并先后数次增刻，以成完帙。由于江西诗派诗人众多，卷帙浩繁，读者难以集齐并通读。《江西诗派》总集一出，比单纯的理论说明更为直观，读者很容易对江西诗作诗风有一个全面的认识。"异时所欲寻绎而不能致者，一旦充室盈几，应接不暇，名章杰句，焜耀心目。"④《江西诗派》诸卷印本"行款相同，卷首标目下俱别题'江西诗派'四字，与他诗集不同"⑤。理论总结与作品合集的先后出现，推动了江西诗风在当时文坛的广泛传播。

江西诗风逐渐从某一群体的内部取向转变为文坛中人的一致好尚。许多诗人并未与江西诗社中人发生直接联系，却成为江西诗派的追随者。杨万里在《江西宗派诗序》中云："江西宗派者，诗江西也，人非皆江西也，人非皆江西而诗曰江西者，何系之也？系之者何？以味不以形也。"⑥这从侧面说明江西诗风已经突破狭窄的地域、群体限制，人们才会形成新的认识。杨万里所知之人，如胡安国"性嗜文，尤工于诗，其句法祖元白而宗苏黄"⑦，邹定"学浃文古，其诗特奇。其句法自徐师川上溯鲁直，以趋少陵户牖"⑧。杨万里评诗云："公之诗祖山谷，记其诵所作，如

① 傅璇琮编：《黄庭坚和江西诗派资料汇编》上册，中华书局1978年版，第149页。
② （宋）胡仔纂集：《苕溪渔隐丛话》前集卷四八，廖德明校点，人民文学出版社1962年版，第327页。
③ （宋）杨万里撰、辛更儒笺校：《杨万里集笺校》卷七九《江西宗派诗序》，第3232页。
④ （宋）陆九渊：《象山集》卷七《与程帅书》，见《全宋文》卷六一三四，第271册，第330页。
⑤ （清）纪昀总纂：《四库全书总目提要》卷一五四《倚松老人集提要》，第3997页。
⑥ （宋）杨万里撰、辛更儒笺校：《杨万里集笺校》卷七九《江西宗派诗序》，第3230页。
⑦ （宋）杨万里撰、辛更儒笺校：《杨万里集笺校》卷一二八《胡英彦墓志铭》，第4976页。
⑧ （宋）杨万里撰、辛更儒笺校：《杨万里集笺校》卷一二六《邹应可墓志铭》，第4899页。

《久霖》云：'动雷且卧鼓。'如《读人诗卷》云：'声名讵作紫兰馥，诗句清于黄菊秋。'若置之江西社，不知温似越石乎？越石似温乎？今其外孙曾叔遇尽得公之诗文若干卷，将刻板以传于学者，岂惟学者之幸，抑亦予之幸也。"① 杨万里还说："读双桂老人冯子长诗，其清丽奔绝处，已优入江西宗派；至于惨澹深长，则浸淫乎唐人矣。"② 江西诗风的影响在传播过程中与日俱增，许多后起诗人的诗学选择证明了这一点。推动江西诗风传播的动力也不再是诗人的政治地位，而是依据文学场的运作规律，出自诗歌本身的文学魅力。

## 二、感时忧世之音的张扬

靖康之变是划分两宋的标志性事件，其意义类似安史之乱于唐代造成的影响。当宋人还沉浸在太平盛世、天朝上国的美梦中时，女真南下，京城沦陷、两帝北狩、山河破碎，突如其来的残酷现实给予宋人沉重的打击。但宋代文人并未因此一味消沉，而是对事件起因做理性的分析，对朝政举措做详细的建议，对时局发展做冷静的推测，对收复故土做激烈的呼吁，因而言事论政之文在当时大行其道。"正当朝政腐败已达极点之际，金人大举南侵，于是发生了'靖康之变'。这对于上层统治者，是一次浩劫；对于广大士庶，是一次灾难。当此危难之际，朝政混乱不堪。上自朝臣，下至百姓，无不纷纷议论。人们平日积累的怨愤，这时也就一涌而出：指责权奸，要求抗战，士庶同声，议论一律。形于文学，便产生了大量的言事论证之文。"③ 言事论政之文因指涉时局的现实意义，往往能得到时人的重视，在社会上广为流传。而南渡朝廷初立之时，内无大义名分，外有强敌压境，人心惶惶，在所难免。高宗为了建立开明形象，笼络人心，屡屡下诏求取直言。文人无论政治地位高低，均可上书言事，就是此类文章兴盛的外部原因。如下所述：

南渡政府几乎是完全重建的政府，它必须集思广益，方能在南方立足，尤其在南方局势稳定之前更是如此。这从《建炎以来系年要录》各卷中"诏求直言"记录可以明显看出来。④

---

① （宋）杨万里撰、辛更儒笺校：《杨万里集笺校》卷八三《北窗集序》，第 3359 页。
② （宋）杨万里撰、辛更儒笺校：《杨万里集笺校》卷七八《双桂老人诗集后序》，第 3206 页。
③ 郭绍虞：《中国散文史》，上海古籍出版社 2000 年版，第 567 页。
④ 钱建状：《南宋初期的文化重组与文学新变》，厦门大学出版社 2006 年版，第 137 页。

　　所谓的"言事论政之文"，当然不能一概而论。朝廷既要集思广益，就必须广泛听取朝廷官员与下层文人的种种意见，这是就作者身份而产生的差异；君主下诏求直言，既接受臣僚的章表奏议，还要关注社会上流行的论说文字，这是就文体分类的区别来认识。两者之间又存在彼此对应的关系，有特定身份的作者必然选择与其身份相对应的文体，以获得最佳的表达效果，这就使得言事论政之文在两种不同的社会情境中进行传播，产生出相似又不相同的传播指向。

　　出自朝廷官员之手的言事论政之文，往往是进献君主的章表奏议。此类文字大多起源于君臣议事，朝廷重臣蒙君主垂询，向其陈述自己对于时政要务的种种看法，其后整理成文，以备御览，如李纲《中兴至言》、张浚《中兴备览》、胡安国《时政论》、胡寅《应诏言十事疏》等，大多具有强烈的现实针对性，为了针砭时弊、解决问题而写作。从文学传播的角度来说，由于此类文字可能关系到国家方针政策的走向，往往是臣下与君主之间一对一的交流，外人少有与闻。在作者的心目中，高宗皇帝是政论文最主要甚至是唯一的传播对象。只有高宗予以理解和认同，章表奏议才能产生实际影响，不至于流为空言。若君主不加重视，不愿将臣下的建议、愿望付诸实践，则凝聚了作者无限心血的万字平戎策，亦不过换得东家种树之书。

　　出自下层文人之手的言事论政之文，往往是一般性的论说文章。由于作者缺乏相应的政治地位，没有固定的传播渠道，难以将一己之见上达天听。即便其作得以献于君前，也会被弃置不顾。因此下层文人写作言事论政之文，往往是借古喻今，陈述个人的政治见解，抒发不得大用的感慨。如名士范浚"绍兴中举贤良方正，以秦桧柄政，辞不赴。然浚虽不仕，实非无意于当世者。其《书曹参传后》，则隐戒熙宁之变法。其《补翟方进传》，则深愧靖康之事雠。其《读周礼》一篇，亦为王安石发。而《进策》五卷，于当时世务尤言之凿凿。非迂儒不达时变者也"①。又如楼钥《筠溪文集序》云："居闲忧世，著《议古》数十篇，虽泛论古事，而皆关于当世利病，深切著明，有范太史《唐鉴》之遗风。乃心王室，惜乎用之不尽也。"② 尤其是某些不为君主所喜、贬谪一隅的士人，虽有感时忧国之志，却无用武之地。如李纲谪居于家，著有《迁论》，其序云："其意以谓身既废放，不得展尽底蕴以济国家之急，姑以智虑所及载之空

---

① （清）纪昀总纂：《四库全书总目提要》卷一五八《香溪集提要》，第4084页。
② （宋）楼钥：《筠溪文集序》，见《全宋文》卷五九四九，第264册，第109页。

言，以俟后之君子，亦不为无补。"① 从文学传播的角度来说，往者不可谏，来者犹可知。下层文人既不能保证文章在当时广泛流传，唯有寄望于后世。

言事论政之文的政治价值往往超过其文学价值，在国家危难之际，涉及和战政策、官员进退的文章得到时人的普遍关注，当这类文章从宫廷内辗转流出，或播于众人之口，或在邸报上公开发行，立时引发社会舆论热潮。建炎年间，高宗驻扬州，康与之上《中兴十策》，劝谏高宗力图振作，收复中原，"时宰相汪、黄辈不能听用，而伯可名声由是甚著"②。绍兴二年（1132），进士任尽言作文，"其言靡切，痛心刮骨，见者朗诵，闻者递告，传之纸贵。于是任公之名，一日遍四海。天下之士，识与不识，皆想见其风采"③。政论文最为有名的传播案例当属胡铨的《戊午上高宗封事》。绍兴八年（1138），身为从六品枢密院编修官的胡铨向高宗呈交一道封事，反对与金人议和，历数主和派大臣秦桧、孙近、王伦的种种罪过，乞斩三人之头，以示朝廷一力主战、毫不妥协的意志。此文一经流出，在朝野上下引起极大的反响，"市井喧腾，数日不定"④，"一时士大夫畏罪箝口，莫敢与之立谈"⑤。士人之中也有敢于挺身而出者，"宜兴进士吴世古锓木传之"⑥，利用印刷媒介进一步推动了此文的流传，甚至直达异域敌国：

> 胡澹庵上书乞斩秦桧，金虏闻之，以千金求其书。三日得之，君臣失色曰："南朝有人。"盖足以破其阴遣桧归之谋也。乾道初，虏使宋，犹问胡铨今安在。张魏公曰："秦太师专柄二十年，只成就得一胡邦衡。"⑦

胡铨因此事遭到贬谪，半生颠沛流离于岭海之间，但公道自在人心，四方士大夫无不竭诚以待。胡铨谪广州之时，朝士陈刚中以启为贺，其谪新州之时，同郡王廷珪以诗赠行，张元干更以慷慨激昂的《贺新郎·送

① （宋）李纲：《迂论序》，见《全宋文》卷三七四八，第172册，第15页。
② （宋）罗大经：《鹤林玉露》乙编卷四，第182页。
③ （宋）杨万里撰、辛更儒笺校：《杨万里集笺校》卷八二《眉山任公小丑集序》，第3310页。
④ （宋）李心传：《建炎以来系年要录》卷一二三，第2003页。
⑤ （清）潘永因：《宋稗类钞》卷二，书目文献出版社1985年版，第101页。
⑥ （元）脱脱等：《宋史》卷三七四《胡铨传》，第11583页。
⑦ （宋）罗大经：《鹤林玉露》甲编卷六，第105页。

胡邦衡待制赴新州》相赠。政论文不仅可以体现作者的远见卓识，更能反映其人忧国忧民的思想境界。政论文的创作与传播是南渡文坛的重要特征，多有文人因此奠定文坛地位，其掀起的热潮代表着时人盼求中兴的心态。

### 三、叶适对“四灵”的提携

一般来说，受众具有某种预先存在的接受倾向，会有选择地接受符合自我认知的信息。因此信息传播往往要符合受众的兴趣、态度、信仰，才能引起他们的注意与理解，取得事半功倍的效果。诗人不附流俗，倡导新风，从传播学角度来看，却是有意传播“陌生化”的文学信息，打破受众的思维定式，使其产生巨大的反差震骇，进而获得他们的关注、了解和认同。这一举措又在根本上符合受众的期待心理——人类本能地具有对新鲜事物的渴望，以及对陈旧事物的厌弃。

南宋初年，江西诗派盛行一时，历时既久，新弊渐生，时人不满之意与日俱增，宗唐思潮再度兴起，“故近岁学者已稍复趋于唐而有获焉”①。当时诗坛有号称“四灵”的徐照、徐玑、翁卷、赵师秀等诗人推重唐音，“发今人未悟之机，回百年已废之学，使后世复言唐诗自君始，不亦词人墨卿之一快也”②，明确表现出对江西诗风的反拨。如下所述：

> 初，唐诗废久，君与其友徐照、翁卷、赵师秀议曰：“昔人以浮声切响、单字只句计巧拙，盖风骚之至精也，近世乃连篇累牍，汗漫而无禁，岂能名家哉！”四人之语遂极其工，而唐诗由此复行矣。③

在此之前，已有杨万里、潘柽等诗人标举唐音，指导后学。“四灵”正是用心研究诗坛风气，选择合适的突破口，以创新立异为号召，达到卓然名家、流传后世的目的。南宋后期，政治黑暗，许多文人在文坛上享有较高的声誉和地位，却无法将之转化为政治资本。许多诗人或布衣终身，或屈居下僚，却能专意诗学，以诗得名，亦足告慰平生。为了弥补仕途不顺遂的遗憾，他们希望通过努力不懈的创作以博取诗坛盛名，获得心理补偿。

---

① （宋）叶适：《叶适集》卷一二《徐斯远文集序》，中华书局 1961 年版，第 214 页。
② （宋）叶适：《叶适集》卷一七《徐道晖墓志铭》，第 322 页。
③ （宋）叶适：《叶适集》卷二一《徐文渊墓志铭》，第 410 页。

　　"四灵"在当时独树一帜，复起唐音，影响极大。古人诗歌如何从一人传至另一人，如何由一地传至另一地，进而演化为诗坛风气，今人莫知其详，只能泛泛而论。"四灵"诗歌的流传，主要表现为众多追随者的出现，这种风气首先出现在"四灵"的居所永嘉，当地人物受其言传身教，多有仰慕、效法"四灵"之意，文化空间由此重新构筑。人际关系网代表着传播渠道，是新风气扩散流布的起点，南渡后的上饶，此时的永嘉，皆属因人得名，成为人文渊薮：

　　　　永嘉之作唐诗者，首四灵，继四灵之后则有刘咏道、戴文子、张直翁、潘幼明、赵几道、刘成道、卢次夔、赵叔鲁、赵端行、陈叔方者作。而鼓舞倡率、从容指论，则又有瓜庐隐君薛景石者焉。……继诸家之后，又有徐太古、陈居端、胡象德、高竹友之徒，风流相沿，用意益笃，永嘉视昔之江西，几似矣，岂不盛哉。①

　　"四灵"在南宋中后期诗坛上自成一派，在其诗歌传播、门派形成、影响扩大的过程中，叶适的提携宣扬起到了关键的作用。叶适为一代文宗，驱策风云，天下仰慕。楼钥为皇帝代拟的《吏部郎官叶适国子司业》诰文中就说："朕御图之初，思欲作新学者耳目，求当今第一流，素为天下士所推服者，以正师席，宜莫如汝。"② 这样一位举足轻重的人物，掌握着巨大的文化权力，寻常士人得其一语，立时身价倍增。且叶适乐于提拔后进，"四灵"正是得到叶适的奖掖推重，方能闻名天下："水心先生啧啧叹之，于是四灵之名天下莫不闻。"③

　　如果"四灵"的活动限制在永嘉一地，难以行世传远。若其晚学后进声名不彰，亦不足以产生巨大影响。必须与印刷媒介相结合，才能广为流传，扭转诗坛风气。"四灵"的诗集，在当时有刻本行世。《南宋群贤小集》第四册载有"四灵"诗友许棐《融春小缀·跋四灵诗选》，该文披露叶适尝编选《四灵诗选》，选诗五百篇，由书商陈起刊行。除选集外，《直斋书录解题》卷二十著录《徐照集》三卷、《徐玑集》二卷、《翁卷集》一卷、《赵师秀集》二卷，合计八卷，应为全集。其倡导的变革思想和诗学观念，在传播过程中得到越来越多的后进诗人的认同。"近世赵紫

　　① （宋）王绰：《薛瓜庐墓志铭》，见《全宋文》卷六四四五，第284册，第101页。
　　② （宋）楼钥：《吏部郎官叶适国子司业制》，见《全宋文》卷五九一二，第262册，第339页。
　　③ （宋）赵汝回：《薛师石瓜庐诗序》，见《全宋文》卷六九四一，第304册，第125页。

芝、翁灵舒辈独喜贾岛、姚合之诗，稍稍复就清苦之风，江湖诗人多效其体，一时谓之唐宗。"① "四灵"影响不断扩大的趋势，正如刘克庄在《题蔡煃主簿诗卷》中所说："旧止四人为律体，今通天下话头行。"②

后人评价叶适对"四灵"的称赞，乃是出于"乡曲之故"③，其后自知其非，少有提及。这一说法并不恰当。叶适作为文坛盟主，拥有巨大的影响力，从某种角度来说，叶适担当着文坛"把关人"的角色。在新闻传播领域，把关人的作用表现在对于信息的筛选、编辑、过滤活动中，掌握着对信息删选去取的大权。在文学传播领域中，把关人更多地显现出某种立场和价值判断，面对文坛巨量的信息流动，从中选择出最符合自我认知结构的内容，使其脱颖而出。叶适对"四灵"的提拔宣扬，即是出于此意。周密《浩然斋雅谈》揭示了叶适的用心：

> 水心翁以抉云汉、分天章之才，未尝轻可一世，乃于四灵若自以为不及者，何耶？此即昌黎之于东野，六一之于宛陵也。惟其富赡雄伟，欲为清空而不可得，一旦见之，若厌膏粱而甘藜藿，故不觉有契于心耳。昔吴中有老糜丈，多学博记，每见吴仲孚小诗，辄惊羡云："老夫才落笔，即为尧、舜、周、孔、汉高祖、唐太宗追逐不置，君何为能脱洒如此哉？"即水心取四灵之意也。④

以往的诗坛变革者都是兼具作者与传者的双重身份，标举新变观念、树立起新的价值典范后，还能以自身的创作成就加以证明，继而宣传发扬，使之成为诗坛流行风尚。叶适欣赏唐音，对江西流弊多有不满，因而力主变革。但叶适文胜于诗，心有所好，而笔力不至，不足以挺身而出，以矫流俗。方回指出："水心以文知名，拔四灵为再兴唐诗者。而其所自为诗，恐未尝深加意。"⑤ 因此叶适的行为策略更多地体现在传播层面，广泛结交诗坛新秀，深入了解诗坛动态，挑选出最符合个人诗学观念、能承担变革诗风责任的代表诗人，并尽力为之延誉扬名。在诗人声名流传、诗坛地位得到确立、受到大众普遍关注的过程中，代表着叶适个人好尚的

---

① （宋）严羽著、郭绍虞校释：《沧浪诗话校释》，人民文学出版社 1983 年版，第 27 页。
② （宋）刘克庄著、辛更儒笺校：《刘克庄集笺校》卷一六，第 933 页。
③ （清）纪昀总纂：《四库全书总目提要》卷一六五《云泉诗提要》，第 4212 页。
④ （宋）周密：《浩然斋雅谈》卷上，见（宋）周密：《浩然斋雅谈·志雅堂杂钞·云烟过眼录·澄怀录》，辽宁教育出版社 2000 年版，第 10 页。
⑤ （元）方回选评、李庆甲汇评校点：《瀛奎律髓汇评》卷二三，第 985 页。

诗学观念随之广为流传，并逐渐成为诗坛的主导观念。也就是说，叶适欣赏的不仅仅是"四灵"，更偏向于"四灵"体现出的宗唐思想。因此在"四灵"的影响淡化后，他又大力推举刘克庄作为其诗学理想的实践者："今四灵丧其三矣，而潜夫思益新，句益工，涉历老练，布置阔远。建大将旗鼓，非子孰当？"① 本质上仍是有意推动宗唐观念的传播，引导诗坛风气。

## 四、书商陈起与江湖诗派

南宋中后期诗坛上，刘克庄有名于时，既因其仕途通显，又因其成就突出，四方投卷赍文者不计其数，使刘克庄成为文坛信息的汇聚点，时有应接不暇之感，他在《送谢昉序》中曾说："余少嗜章句，格调卑下，故不能高，既老而遂废不为。然江湖社友犹以方昔虚名相推让。虽屏居田里，载赍而来者，常堆案盈几，不能遍阅。"② 但论及江湖诗派在当时的影响，学界更关注书商陈起的作用。江湖诗人本是散布于社会中下层的知识分子群体，无论是从内部的联系来看，还是从外在的表现来看，都缺乏稳定的构型。但经过陈起的努力，江湖诗人群体构成了集团化的江湖诗派。

江湖诗派的主要成员都是下层知识分子，所关注的内容，不是政治上的风云变幻，而是艰难的生活现实。江湖诗人大多穷困潦倒，衣食无着，以卖诗鬻文为生，这是无奈的选择。陈起开设书肆，常常向其索要诗稿，如赵师秀《赠陈宗之》称陈起"屡索老夫吟"③。黄文雷《看云小集》自序："芸居见索，倒筐出之。"④ 许棐《梅屋四稿》自题云："右甲辰一春诗，诗共四五十篇，寻求芸居吟友印可，皇恐。"⑤ 这一举措将江湖诗人纳入出版活动的商业链条中，使其可以通过文学技能获得报酬，维持自己的生活开支，众多江湖诗人自然乐意与陈起保持密切的联系。其时文人阶级地位普遍下移，难以通过诗学声誉获得政治地位，更重视现实利益诉求的满足。刘克庄虽然得居高位，却受限于政治局势，不能推荐朋友出仕，反不如陈起以商人的身份进行文学商品交易活动，维持联系，促成交流，创造声势。

---

① （宋）叶适：《叶适集》卷二九《题刘潜夫南岳诗稿》，第 611 页。
② （宋）刘克庄著、辛更儒笺校：《刘克庄集笺校》卷九六，第 4071 页。
③ （宋）赵师秀：《清苑斋集》，汲古阁景钞南宋群贤六十家小集本。
④ （宋）黄文雷：《看云小集·自序》，汲古阁景钞南宋群贤六十家小集本。
⑤ （宋）许棐：《梅屋四稿·自跋》，汲古阁景钞南宋群贤六十家小集本。

　　陈起为江湖诗人刻印诗集，他采用丛刊的形式，凡有所得，即刊印行世，后总名为《江湖集》。"凡江湖诗人皆与之善，尝刊《江湖集》以售。"① 原本松散的诗人群体，被陈起固化为有组织、有领袖、有代表选集的诗派。"由于陈起刊刻《江湖集》，使得江湖诗人作为一个群体，在诗坛上站了起来，由过去散漫的聚合，一变而为集团性的行动，从而大大扩展了诗派的社会影响。"② 诗人的群体形象已不是原初的内涵，而是经传播者选择、建构、引导，最终构成的形象。《江湖集》的刊行，在当时诗坛上引起了轰动，给予了江湖诗人一个扬名立万的机会：

　　　　临安书坊所刻本。取中兴以来江湖之士以诗驰誉者。而方惟深子通承平人物，晁公武子尝为从官，乃亦在其中。其余亦未免玉石兰艾，混淆杂沓。然而士之不能自暴白于世者，或赖此以有传。书坊巧为射利，未可以责备也。③

　　陈起是一位书商，将文学商品化，为自己谋求利润，无可厚非。《江湖集》的编订，选择了江湖诗人具有代表性的诗作，呈现一时风气，受到时人的重视。更重要的是，许多籍籍无名的江湖诗人可以依赖《江湖集》所呈现的群体形象而声动当时、名传后世。对于江湖诗人而言，既然不能在政治事业上有所成就，那么以文学才能获得声名，也足以告慰平生。专职化传播者的出现、文学商业化的影响对于文坛中人会带来极大的触动，会改变文人的价值观念与行为取向。尽管陈起此时的行为意义还不突出，但人们给予他极高的评价："气貌老成闻见熟，江湖指作定南针。"④ 专职传播者可以引导一时风气，预示着一个新的时代即将到来。

　　陈起的书肆不仅仅是商业场所，还是当时文人墨客的公共活动空间。他"每留名士饮"⑤，常常"雪夜清谈至夜分"⑥，与当时的文人结下了深厚的友情。时人称许他"兀坐书林自切磋，阅人应似阅书多"⑦，并非无因。陈起豁达大方，有意为当时的下层文人提供文化资源。他的书铺可以借书，客观上起到了公共图书馆的作用。时人有诗云："案上书堆满，多

<hr />

① （元）方回选评、李庆甲汇评校点：《瀛奎律髓汇评》卷二〇，第 773 页。
② 张宏生：《江湖诗派研究》，中华书局 1995 年版，第 24 页。
③ （宋）陈振孙：《直斋书录解题》卷二〇，第 452 页。
④ （宋）叶茵：《顺适堂吟稿·赠陈芸居》，汲古阁景宋钞南宋群贤六十家小集本。
⑤ （宋）赵师秀：《清苑斋集》，汲古阁景宋钞南宋群贤六十家小集本。
⑥ （宋）刘克庄著、辛更儒笺校：《刘克庄集笺校》卷七《赠陈起》，第 415 页。
⑦ （宋）危稹：《巽斋小集·赠书肆陈解元》，汲古阁景宋钞南宋群贤六十家小集本。

因借得归。"① 又云："最感书烧尽，时容借检寻。"② 当遇到手边拮据的文人，陈起有时直接将书籍赠送，得到他人的感激："君有新刊须寄我，我逢佳处必思君。"③ 虽然身份为商人，但陈起并不过分重视利润，"收价清于卖卜钱"④，这更使时人好感大增。陈起兼具商人和诗人的双重身份，他的言行举止自然不会带着浓厚的铜臭味，而是具有士大夫的高雅品位，时人评价陈起也集中于此。如郑斯立《赠陈宗之》说："读书博诗趣，鬻书奉亲欢。君能有此乐，冷淡世所难。"⑤ 赵汝绩《柬陈宗之》："有钱不肯沽春酒，旋买唐诗对雨看。"⑥ 这是陈起得以广交天下名士的重要原因。

# 结　　语

随着时代的发展，政治场与文学场出现了一定程度的分离，兼具政治地位和文学成就的人物越来越少，大量中下层文人成为文学场的主要行动者，反映出文化下移的趋势，改变了文学场的基本形态。苏轼是一个极具代表性的例子，虽然仕途失意，屡遭放黜，但无损于其人的文学成就，官方的禁令也无法阻止苏轼作品的流传，这足以证明文学场并非全然受到政治场的控制。中下层文人的人生取向是多样化的，部分文人的人际交往和文学创作仍然具有浓厚的政治色彩；部分文人关心仕途进取，但其文学活动逐渐与政治拉开距离；部分文人难以入仕，便单纯追求文学上的声誉和物质上的满足，同样实现了自我价值。宋代中后期，文学场的独立性逐渐增强，文学场内部的信息流动难以用一个模式概括，出现了多样化特征。研究者既要关注不同社会阶层之间具有政治意义的交流，又要把握文人阶层内部的信息流动；还要注意到某些文人兼具文化商人身份，将文学传播事业发展为文化产业，这是文学场开始受到经济场影响的表现。

---

① （宋）张弋：《秋江烟草·夏日从陈宗之借书偶成》，汲古阁景宋钞南宋群贤六十家小集本。
② （宋）赵师秀：《清苑斋集·赠陈宗之》，汲古阁景宋钞南宋群贤六十家小集本。
③ （宋）许棐：《梅屋四稿·陈宗之叠寄书籍小诗为谢》，汲古阁景宋钞南宋群贤六十家小集本。
④ （宋）周文璞：《方泉先生诗集·赠陈宗之》，汲古阁景宋钞南宋群贤六十家小集本。
⑤ （清）厉鹗辑撰：《宋诗纪事》卷六四，上海古籍出版社1983年版，第1600页。
⑥ （宋）陈起：《江湖后集》卷七，文渊阁四库全书本。

# 第三章　转型期的信息传播

传播技术的变革导致了传播活动的变化，以往文学信息主要在特定的社会圈层中传播，雕版印刷技术扩大了文学的传播范围，宣告了大众传播时代的到来。虽然它显示出巨大的优势，但并不意味着其他传播方式立即消亡。宋代是文学传播发展史上的转折年代，传统的传播方式仍在发挥作用，新的传播方式逐渐得到应用，同时带来了一系列文学本身的新问题。从人际传播到大众传播的发展，既是传播方式的进步，又是社会的进步。人们分享共同的信息，逐渐形成新的社会群体。文学传播的发展同样符合这一规律，文学信息不仅在社会中上层人物中流传，而且逐渐扩散到下层文人和平民百姓中。这些为数众多、却不知名的"大众"就会成为文学场重要的参与力量，从而改变文学场的基本结构。本章选择从题壁传播的广泛应用、印刷术初步投入使用、不同文本的差异这三个问题入手，分析新技术背景下宋代文学传播活动的新变特征，重在阐明技术这一外部因素是如何影响文学场内部运作的。

## 第一节　作为交流方式的题壁

题壁，是指将文字或图画书写在建筑物墙壁梁柱上的行为方式，以此达到发布作品、传播信息的目的。中国古代题壁文化源远流长，大概在战国晚期就已出现。王逸《楚辞章句序》中记载屈原"见楚有先王之庙及公卿祠堂，图画天地山川神灵，琦玮僪佹，及古贤圣怪物行事。周流罢倦，休息其下，仰见图画，因书其壁"①。

题壁的应用一般是为了适应官府发布公文、个人记录信息的需要，其

①　（汉）王逸：《楚辞章句序》，见洪兴祖：《楚辞补注》卷三，中华书局1983年版，第85页。

后文人以诗词题壁逐渐成为主流。题壁本身具有双重属性，首先表现为一种文学书写方式。文人触境起兴，灵感如潮，自然急于索取纸笔以记录新作，若一时无可用之物，往往会就地取材，信手题写在身旁建筑物的墙壁之上，这是创作型的题壁。还有记录型的题壁，某些文人并非是题写即时创作的诗词，而是在壁间抄录旧作，使自然风景与人工建筑具备了浓厚的人文气息。唐宋时期，随着书法艺术的进步、文学教育的普及和大众文化素质的提升，一般文人的表达欲望也更为强烈。旅行游历活动是当时文人生活的重要部分，却容易使文人远离笔墨纸砚件件俱全的书写环境，因此题壁作为一种替代性的书写方式，在当时蔚成风气。

壁间留题，以示来者，题壁同时也是一种信息传播方式。从传播学的角度出发，题壁者是传播主体，有时也是创作主体，凡是观看浏览壁间留题者，都可视为信息的接收者。墙壁梁柱等物质载体作为最原始的传播媒介，面向大众开放，体现了传播的广泛性。题壁传播也不局限于一时一地的具体行为，由于题壁载体的坚固耐用，往往能在百十年间持续产生影响，体现了传播的持久性。观壁者在欣赏题壁文字后，或记录备忘，或转告他人，观壁之人因此转换了身份，从接收者成为新的传播者，推动了题壁文学的进一步传播。而观壁之人若有所感触，留有和题次韵之作，则可视为文人之间的交流，体现出传播的互动性。题壁传播开始突破——对应的人际关系限制，体现为一对多的传播模式，具备了大众传播的初步特性，对于建构文学公共领域有着重要的意义。

文学公共领域本质上是一个文学交往空间，其形成的前提就是关注文学的人群广泛参与。参与者尽可能地拒绝政治场域的影响，从文学的立场出发，针对某些文学问题表达意见，开展对话，进行辩论，达成共识。当参与者达到一定规模时，就需要相应的传播手段，以确保信息交往的正常进行。古代文人常常雅集聚会于名园精舍、胜景古迹，构成了以亲身接触为基础，以人际交往为联系的私人领域。相形之下，题壁之处并未成为文人的会面场所，题壁更近似当今的互联网，① 既是发布信息的平台，又是传播信息的渠道，是一种特殊的信息交往方式。题壁所具有的面向大众、不受时空限制、提供公共信息的特征，对于构建以阅读为手段、以交流为中介的文学公共领域，具有重要的意义。

大众传播是任何一种公共领域必不可少的中介，题壁虽并不是真正意

---

① 参见王兆鹏：《宋代的"互联网"——从题壁诗词看宋代题壁传播的特点》，《文学遗产》2010 年第 1 期。

义上的大众传播模式，却使得公众信息交往随之出现新的特征。参与者、媒介、信息是公共领域的基本构成要素，题壁这一传播方式是如何影响公众的文学信息交往，进而建构文学公共领域的基本形态，应当从以下三个方面进行阐释。

## 一、公共领域与信息交流

关于公共领域这一概念，"首先意指我们的社会生活的一个领域，在这个领域中，像公共意见这样的事物能够形成"①。可见公众交流重在自由表达观点、平等交换意见，并以达成共识为依归。文人之间的交流，主要是传达个人化、审美化、风格化的文学信息。两种信息的传播，均在题壁中有所表现。

文人兴之所至，处处皆可留题，或题于厅堂居室，或题于亭台楼阁，或题于寺庙观祠，或题于邮舍驿站。题壁之作一旦完成，就进入了传播的渠道，成为面向社会大众的公共信息，而不是在某些封闭的人际交往圈内流传。凡是经过题壁之处，有缘目睹壁间留题的行人过客，均可无条件地获取、使用、分享这些文学信息，与题壁者建立信息交往关系。最初的题壁和观壁行为当然是无目的的，但随着人们逐渐意识到题壁的传播意义，就会自觉地从题壁中获取信息。文人在行旅游历、登临游玩之余，观赏壁间留题，可以了解当地文坛概况，也可排遣旅途寂寞，还可以引为吟诵鉴赏之资。周邦彦《浣溪沙》词中明言："下马先寻题壁字，出门闲记榜村名。"② 陈师道《登凤凰山怀子瞻》诗云："朱阑行遍花间路，看尽当年题壁处。"③ 孔平仲有诗《雍丘驿作》道："骚舍萧然无与语，绕墙闲觅故人题。"④ 可见宋人主动寻求题壁信息的情形。

既然宋人可以从壁间留题中获得信息，那么题壁行为就具有发布信息的意义，可以达到题壁者的某种目的。据《枫窗小牍》记载："淳化三年冬十月，太平兴国寺牡丹红紫盛开，不逾春月，冠盖云拥，僧舍填骈。有老妓题寺壁云：'曾趁东风看几巡，冒霜开唤满城人。残脂剩粉怜犹在，欲向弥陀借小春。'此妓遂复车马盈门。"⑤ 老妓的题壁行为，实为自我宣

---

① 汪晖、陈燕谷编：《文化与公共性》，三联书店 1998 年版，第 125 页。
② （宋）周邦彦著、罗忼烈笺注：《清真集笺注》，上海古籍出版社 2008 年版，第 143 页。
③ （宋）陈师道撰、（宋）任渊注、冒广生补笺、冒怀辛整理：《后山诗注补笺》逸诗卷上，中华书局 1995 年版，第 496 页。
④ （宋）孔平仲：《清江三孔集》卷二五，文渊阁四库全书本。
⑤ （宋）袁褧、袁颐：《枫窗小牍》卷上，尚成校点，见《宋元笔记小说大观》，第 4759～4760 页。

传，类似如今的广告，塑造了一位"最美不过夕阳红"的明星形象。"有一川官在都乞差遣，一留三四年，题一诗在僦楼之壁曰：'朝看贝叶牢笼佛，夜礼星辰取奉天。呼召归来闻好语，初三初四亦欣然。'初三初四即二仆也。因此诗传播京下，遂得缺而去。"① 该官员同样是通过题壁宣传自己，左右上司的判断，得以补缺就职。由于题壁直接面向社会大众，其传播的信息可能成为大众讨论的热点，具有引导公共舆论、统摄集体意见的意义。

题壁信息传播一般是以整个社会大众为目标，其传播方向不具备指向性，但某些人物则以题壁实现针对特定传播对象的信息交流。据《巩溪诗话》云："黄州麻城县界有万松亭，连日行清阴中，其馆亭亦可爱。适当关山路，往来留题无数。东坡伤来者不嗣其意，尝有诗云：'十年栽种百年规，好德无人助我仪。'又云：'为问几株能合抱，殷勤记取角弓诗。'"② 苏轼作诗以待行经此处的人物，还不是面对特定的传播对象。王安石曾"访一高士不遇，题其壁，曰：'墙角数枝梅，凌寒特地开。遥知不是雪，为有暗香来'"③。此诗则是特地为这位高士而作，告知有人曾来拜访。再举数例为证：

> 宋景文修《唐史》，好以艰深之辞文浅易之说。欧阳修一日大书其壁曰："宵寐非祯，扎闼洪休。"宋见之曰："非夜梦不祥，题门大吉耶？何必求异如此。"欧公曰："李靖传云'震霆无暇掩聪'，亦是类也。"宋惭而退。④
>
> 东坡初未识秦少游，少游知其将复过维扬，作坡笔语题壁于一山中寺。东坡果不能辨，大惊。及见孙莘老，出少游诗词数百篇，读之，乃叹曰："向书壁者，岂此郎邪！"⑤

正因为题壁者明确了传播对象，对于观壁者有清楚的认识，往往会综合评估对象，制定行为方略，然后付诸实行，以期取得最好的行为效果。秦观模仿苏轼的写作风格，欧阳修故作生僻之语，均达到了预期的目的。传播对象的确定，使得题壁信息传播的效率更高，传播效果也得

---

① （宋）张端义：《贵耳集》卷下，李保民校点，见《宋元笔记小说大观》，第 4309 页。
② （宋）黄彻：《巩溪诗话》卷九，见《历代诗话续编》，第 390 页。
③ （宋）惠洪：《冷斋夜话》卷五，李保民校点，见《宋元笔记小说大观》，第 2193 页。
④ （清）潘永因：《宋稗类钞》卷五，书目文献出版社 1985 年版，第 374 页。
⑤ （宋）惠洪：《冷斋夜话》卷一，李保民校点，见《宋元笔记小说大观》，第 2166 页。

到了强化。

题壁活动的开放性,体现在对于题壁者并无任何要求。只要粗通文墨,即可在墙壁梁柱上发布信息,并使其广为流传。宋代教育的普及,大众文化素质的提高,需要简单易行的书写方式以满足自身的表达诉求。题壁者分布于社会各个阶层,既有高人雅士,又有贩夫走卒,这就决定了题壁者的文学素养有层次高低之分。由于才华出众的文人在文学公众之中毕竟只占少数,题壁文学的总体成就不高也在情理之中。但题壁传播活动并没有所谓的"把关人",无法对题壁作品作出评判和筛选,使得大量平庸之作的存在掩盖了杰出之作的光芒,故刘克庄《武步道中》有"留题空满壁,不见有诗人"之说。① 多数题壁者学识浅薄,才气平常,往往无甚佳作,偏偏信口雌黄,自以为上追李杜、下压苏黄,但有所作,题于壁上,急于为人所知。如楚州韩信庙,"两旁皆过客诗句,楹楣户牖,题染无余。往往玉石混淆,殊不可读"②。此类题壁之作广为流传,不过引人一笑:

> 僧可遵者,诗本凡恶,偶以"直待众生总无垢"之句为东坡所赏,书一绝于壁间,即日传至圆通,遵适在焉,大自矜诩,追东坡至前途。途间又传东坡三峡桥诗,遵即对东坡自言有一绝,欲题三峡之后,遂朗吟曰:"君能识我汤泉句,我却爱君三峡诗。道得可咽不可嗽,几多诗将竖降旗。"东坡既悔赏拔之误,且恶其无礼,因促驾去,观者称快。遵大言曰:"子瞻护短,见我诗好甚,故妒而去。"径至栖贤,欲题作举绝句。寺僧方砻石刻东坡诗,大诟而逐之。山间传以为笑。③

> 夔峡道中,昔有杜少陵题诗一首,以"天"字为韵,榜之梁间,自唐至今,无敢作诗者。有一监司过而见之,辄和少陵韵,大书其侧,后有人嘲之云:"想君吟咏挥毫日,四顾无人胆似天。"过者无不笑之。④

> 龙溪游子西,赴江西漕试,登酒楼,逢诸少年联座,不知其为文人。酒酣,诸少年题诗于楼壁,旁若无人。子西起借韵,诸子笑之。

---

① (宋)刘克庄著、辛更儒笺校:《刘克庄集笺校》卷一,第15页。
② (宋)岳珂:《桯史》卷一二,吴企明点校,第142页。
③ (宋)陆游:《老学庵笔记》卷四,李剑雄、刘德权点校,中华书局1979年版,第55页。
④ (宋)周紫芝:《竹坡诗话》,见《历代诗话》,第343页。

既而落笔，词意高妙，诸子恍然潜遁。①

范成大《下岩》诗云："山僧劝我题苍壁，坡谷前头未敢刊。"② 越是成就突出的文人，越是认同人外有人、天外有天的道理。文人若以谨慎、稳重的态度对待自己的作品，深知"献丑不如藏拙"，会有意控制平庸之作的流传，以免损害自己的形象。但题壁是一种随意性极强的书写活动，一些文人信手题写，并不顾及作品的好坏，是否值得流传后世，反而自矜自伐，自夸自大，以此宣扬自己的文名。题壁者与观壁者进行的间接信息交往，使得题壁者可以回避来自观壁者的即时反馈与直接批评，进一步导致了题壁者自省性的消退。只有与成就突出的文人当面比较，所作孰高孰低，一目了然，稍有自知之明者才不免有愧于心。题壁传播正如今日的互联网，尽管在传达信息方面具有相当大的优势，但也包含了许多价值不高的信息，影响了他人对这一传播方式的看法。

在题壁传播活动中，墙壁梁柱既是信息发布的平台，也是信息传播的渠道。同一处所往往留题甚多，观壁者当然不是简单地朗诵题壁之作，而是进行理解、鉴赏、分析等接受活动，进而比较所获得的文学信息，选择其中的最佳作品。在题壁传播中，最佳作品在形式上并无特异之处，与其他作品并无明显区别，未必能在第一时间吸引观壁者更多的关注。但由于题壁之作甚多，当时观壁者不可能一一牢记，也不可能事后全数追记，往往只能记录给其留下最深刻印象的作品，最佳作品在文本传播中的出场概率就大大提高。吴处厚就认为，钱昆之作在淮阴侯庙诸多留题中最为出色，张方平之作在徐州歌风台诸多留题中最为出色，陈尧佐之作在临潼县华清宫朝元阁诸多留题中最为出色，因此载入《青箱杂记》中，裨以流传后世。③ 再看一例：

　　严子陵钓台，屹立于桐江之滨，往来题咏者极多。前贤所作，人皆脍炙久矣，不可尽载。顷见一绝，不知名氏，云："范蠡忘名载西子，介推逃迹累山樊。先生政尔无多事，聊把渔竿坐水村。"又见闽人陈致一贯道题一绝云："足加帝腹似痴顽，讵肯折腰求好官？明主

---

①　（宋）魏庆之：《诗人玉屑》卷二一，上海古籍出版社 1978 年版，第 484 页。

②　（宋）范成大：《范石湖集》卷十九，富寿荪校，上海古籍出版社 1981 年版，第 270 页。

③　（宋）吴处厚：《青箱杂记》卷五，第 49 页。

莫将臣子待，故人只作友朋看。"又皆自出新意也。①

名胜古迹往往游览者众，壁间留题与日俱增。前贤之作脍炙人口，自有上等作品，但新作一出，便有后来居上之意。观壁者追记新作，可以说是对最佳作品排名榜单的更新。

## 二、题壁者的间接交往

一般而言，人际传播往往发生在亲身接触的情境之中，通过面对面的交流来传达文学信息，而题壁传播突破了当面交往的限制，使得文学信息的传播与接收活动不需要同步进行。这既体现出题壁传播的持久性，又在一定程度上弱化了题壁者与观壁者之间的联系。在人际交往的情境中，双方总会有一个简单而直观的相互认识的过程。但在题壁信息交流中，观壁者只能见其文，不能见其人，由于题壁之作往往不署作者名氏，观壁者甚至不清楚其为何人所作。

关于题壁之作的作者身份，宋人大多留下了"无名氏""不著名氏""不知何人所作"之类的记载。清人沈雄《古今词话》分析："昔人词多散逸，而又委巷沿习，宫禁流传者，细心微诘，其精彩有不可磨灭故也。或有暗用刺讥，及太近秽亵者，统曰无名氏。余亦听其托乩仙，冒鬼吟，题壁上，记梦中而已。且和成绩，嫁名于他人，夏公谨讳言其姓氏，必欲指为某某手笔也，迂甚。"② 这或许可以解释宋代大多数题壁词都没有署名的原因，但事实未必尽如其所言：

> 东坡《大江东去》赤壁词，语意高妙，真古今绝唱。近时有人和此词，题于邮亭壁间，不著其名，语虽粗豪，亦气概可喜，今漫笔之。③
>
> 蜀道馆舍壁间题一联云"天不生仲尼，万古如长夜"，不知何人诗也。④
>
> 所至驿舍旅邸，留题壁间，亦多有可取者。见李仲南丙言临安旅邸壁间一绝云："太一峰前是我家，满床书籍旧生涯。春城恋酒不归去，老却碧桃无限花。"又方建州崇安分水驿壁一绝云："江南三月

---

① （宋）陈岩肖：《庚溪诗话》卷下，见《历代诗话续编》，第177~178页。
② （清）沈雄：《古今词话》，见唐圭璋编：《词话丛编》，第879页。
③ （宋）胡仔纂集：《苕溪渔隐丛话》前集卷五九，第411页。
④ （宋）强幼安：《唐子西文录》，见《历代诗话》，第446页。

已闻蝉，麦熟梅黄茧作绵。料得故园烟雨里，轻寒犹作勒花天。"又吕叔潜大虬言镇江丹阳玉乳泉壁间一绝云："骑马出门三月暮，杨花无奈雪漫天。客情最苦夜难度，宿处先寻无杜鹃。"三诗皆可喜，然皆不著名氏也。[1]

以上诸作，或辞气高妙，或用意深远，或见解独到，若置于文人集中，足以流传后世，遗憾的是不知作者究竟何许人也。题壁者或许只是信笔而书，并未有传之后世的意图，才会忽略了关于身份的表述。

宋代女性题壁者众，也不乏佳作名句。清人冯金伯《词苑萃编》卷二〇引《太平清话》云："蜀亡，花蕊夫人随孟昶行至葭萌驿，题壁云：'初离蜀道心将碎，离恨绵绵。春日如年。马上时时闻杜鹃。'书未竟，为军骑促行，只二十二字，点点是鲛人泪也。"[2] 南宋灭亡后，宋代宗室被押送至大都，宫人王清惠于汴京夷山驿中题有《满江红》词，中原传诵，后文天祥有和韵之作。这些女性的题壁之作往往交代了书写活动的发生背景和自家身世，有据可依，得以取信于人。但多数女性题壁时不为人所见，仅依据壁间留名知为女郎、妇人所作，不免使人怀疑其真实性。周辉有云："邮亭客舍，当午炊暮宿，驰担小留次，观壁间题字，或得亲朋姓字，写途路艰辛之状，篇什有可采者。其笔画柔弱，语言哀怨，皆好事者戏为妇人女子之作。"[3] 在"女子无才便是德"的时代，女性题壁大多是按捺不住强烈的倾诉冲动，而男子作闺音，则是有意以伪作戏弄后来者，获得某种满足感。

题壁之作不具姓名者极多，若语意超脱旷达，或有奇闻逸事随之流传，人们往往附会其说，将作品系于鬼神妖仙名下，加深了人们对题壁之作的印象。下举几例：

三十年前，有一人书此曲于州东茶园酒肆之柱间，或爱其文采指趣，而不能歌也。中间乐工或按而歌之，辄以鄙语窜入，然有市井气，不类神仙中人语也。十年前，有醉道士歌此曲广陵市上，童儿随而和之，乃尽合其故时语。此道士去后，乃以物色逐之，知其为吕洞

---

[1] （宋）陈岩肖：《庚溪诗话》卷下，见《历代诗话续编》，第191页。
[2] （清）冯金伯：《词苑萃编》，见唐圭璋编：《词话丛编》，第2183页。
[3] （宋）周辉撰、刘永翔校注：《清波杂志校注》卷一〇，中华书局1994年版，第443页。

宾也。①

　　京师景德寺东廊三学院壁间题曰："明月斜，秋风冷。今夜故人来不来？教人立尽梧桐影。"皆传吕先生洞宾所题也。②

　　绍兴间，有题《洞仙歌》于垂虹者，不系其姓名，龙蛇飞动，真若不烟火食者。时皆喧传，以为洞宾所为书。浸达于高宗，天颜靦然而笑曰："是福州秀才云尔。"左右请圣谕所以然，上曰："以其用韵，盖闽音云。"其词曰……久而知为闽士林外所为。圣见异矣！盖林以巨舟仰而书于桥梁，水天渺然，旁无来迹，故世人益神之。③

　　题壁之作不知作者身份，这是题壁之作源文本未传达完整的信息，而时人将之视为吕祖手笔，则是传播过程中信息遭到扭曲的表现。人们明知此说不实，仍乐于传播这一说法，将不确定的作者落实为更不确定的神仙，受众心理也值得玩味。

　　文人凡有所作，多署姓名，以标识身份，传诸后世。题壁是文人主动进行的书写活动，匿名往往被视为一种写作策略，既满足了自身的表达欲望，又有效地隐藏了自身，回避了社会的关注与批评的压力。潘阆负罪潜逃，匿于寺中，却因一时技痒而在壁上留题，"孙仅为郡官，见诗曰：'此潘逍遥也。'告寺僧，呼行者。潘已亡去"④。潘阆虽未留下姓名，但仍被有识者察觉，差点遭受牢狱之灾。"绍兴中，有于吴江长桥上题《水调歌头》云：'平生太湖上……'不题姓氏。后其词传入禁中。上命询访其人甚力。秦丞相乃请降黄榜招之，其人竟不至。或曰，隐者也，自谓'银艾非吾事'，可见其泥涂轩冕之意。"⑤ 秦桧嫉贤妒能，以黄榜召贤恐亦不怀好意。不具名氏，也是题壁者避祸全身的手段。但从传播学的角度来看，正是因为题壁者与观壁者脱离了亲身接触，仅通过文学信息交流来了解，才增加了身份辨识的困难，使得这种信息交往，往往难以成立，只能成为单向的信息传递过程。

　　人际传播建立在交往关系的基础上，发生于亲身接触的环境中。无论是传播者还是接收者，都对其交往对象有一定程度的了解。观壁者对题壁之作的重视，会发展为对题壁者的关注，题壁重构了人们之间的交际纽

---

① （宋）黄庭坚：《跋秋风吹渭水词》，见《全宋文》卷二三一五，第106册，第339页。

② （宋）陈岩肖：《庚溪诗话》卷下，见《历代诗话续编》，第185页。

③ （宋）叶绍翁：《四朝闻见录》丙集，尚成校点，见《宋元笔记小说大观》，第4953页。

④ （宋）刘攽：《中山诗话》，见《历代诗话》，第286页。

⑤ （宋）曾敏行：《独醒杂志》卷六，见《宋元笔记小说大观》，第3256页。

带，对公共领域的构建起到了积极的作用。下举几例：

晏元献公赴杭州，道过维扬，憩大明寺，瞑目徐行，使侍史诵壁
间诗板，戒其勿言爵里姓名，终篇者无几。又使别诵一诗云："水调
隋宫曲，当年亦九成。哀音已亡国，废沼尚留名。仪凤终陈迹，鸣蛙
只沸羹。凄凉不可问，落日下芜城。"徐问之，江都尉王琪诗也。召
至同饭，又同步游池上。时春晚已有落花，晏云："每得句书墙壁
间，或弥年未尝强对。且如'无可奈何花落去'，至今未能也。"王
应声曰："似曾相识燕归来。"自此辟置。

钱塘吴山有美堂，乃仁宗朝梅挚公仪出守杭，上赐之诗，有曰：
"地有吴山美，东南第一州。"梅以上诗语名堂，士大夫留题甚众。
东坡倅杭，因令笔吏尽录之，而未著其姓名，默定诗之高下，遂以贾
收耘老诗为冠。其诗曰："自刊宸画入云端，神物应须护翠峦。吴越
不藏千里色，斗牛常占一天寒。四檐望尽回头懒，万象搜来下笔难。
信静中疏拙意，略无踪迹到波澜。"坡因此与耘老游从。①

山谷南还至南华竹轩，令侍史诵诗板，亦戒勿言爵里姓名。久
之，诵一绝云："不用山僧供张迎，世间无此竹风清。独拳一手支颐
卧，偷眼看云生未生。"称叹不已，徐视姓名，曰："果吾学子葛敏
修也。"②

晏殊不问题壁者的身份地位，纯粹从文学角度来评鉴题壁诗歌，虽对
大部分作品都不满意，却从中发掘出王琪所作，并与其一见如故，引为知
交。苏轼效法前贤所为，同样希望从题壁诗人中找出值得结交的人物，最
终由此结识贾收。黄庭坚同样采取这种方式，对作者身份作出准确判断。
由此可见，因欣赏题壁之作进而关注题壁之人，无论是结识新朋，广交良
友，还是获得故人的近日消息，都使得以题壁为媒介的信息交往成为人际
交往的基础或延伸。

文人行旅天下，游宦四方，凡至一地，先寻觅题壁之处，通过题壁之
作了解潜在的交往对象，进一步扩大了文人的交往范围。如果题壁信息不
完整，无法直接获知题壁者的身份，则会给结识题壁者增添种种困难：

① （宋）陈岩肖：《庚溪诗话》卷下，见《历代诗话续编》，第183页。
② （宋）吴曾：《能改斋漫录》卷一一，第305~307页。

　　刘季孙初以左班殿直监饶州酒，王荆公为江东提刑，巡历至饶，按酒务。始至厅事，见屏间有题小诗曰："呢喃燕子语梁间，底事来惊梦里闲？说与旁人应不解，扶藜携酒看芝山。"大称赏之。问专知官谁所作，以季孙言。即召与之语，嘉叹升车而去，不复问务事。既至传舍，适郡学生持状立庭下，请差官摄州学事，公判监酒殿直，一郡大惊，遂知名云。①

　　东坡游西湖僧舍，壁间见小诗云："竹暗不通日，泉声落如雨。春风自有期，桃李乱深坞。"问谁所作，或告以钱塘僧清顺者，即日求得之。一见甚喜，而顺之名出矣。余留钱塘七八年，间有能诵顺诗者，往往不逮前篇，政以所见之未多耳。然而使其止于此，亦足传也。②

　　余居吴下，一日出阊门，至小寺中，壁间有题诗一绝云："黄叶西陵水漫流，籧篨风急滞扁舟。夕阳暝色来千里，人语鸡声共一丘。"句意极可喜。初不书名氏，问寺僧，云吴县寇主簿所作，今官满去矣。归而问之吴下士大夫，云寇名国宝，盖与余同年，然皆莫知其能诗。余与国宝榜下未尝往来，亦漫不省其为人。已而数为好事者举此诗，乃有言国宝徐州人，久从陈无已学，始知文字渊源有所自来，亦不难辨，恨不得多见之也。③

　　文人来到异地，既无亲故可依，又无朋友相与交谈，自不免空虚无聊之感。当文人观赏壁间留题，有会于心，将题壁者引为同道，因而辗转访求，亟盼一见。若无缘得见其人，不免怅然若有所失。而是否能会见题壁者，则要辗转通过第三人的介绍：

　　穆修有诗名，多游京洛。有题其诗于禁中者，真宗一见，大加赏叹。问为谁诗？左右以穆修对。上曰："有文如此，公卿何不荐来？"时丁晋公在侧，从容答曰："此人行不逮文。"由此上不复问。④

　　观壁者经由第三人介绍而结识题壁者，人际关系的建立就更加复杂，实际上是三者之间的信息交流。第三人同样是行为主体，不仅简单地陈述

---

①　（宋）叶梦得：《石林诗话》卷下，见《历代诗话》，第 433 页。
②　（宋）周紫芝：《竹坡诗话》，见《历代诗话》，第 339 页。
③　（宋）叶梦得：《石林诗话》卷中，见《历代诗话》，第 424 页。
④　（清）潘永因：《宋稗类钞》卷二，书目文献出版社 1985 年版，第 96 页。

题壁者的身份，同时还会附带自身对于题壁者的认识。来自第三人的意见会促成观壁者与题壁者的交往，有时也会打消观壁者与其会面的念头。题壁活动体现的间接信息交往向人际交往的转变，也体现了人际传播固有的不确定性。

### 三、信息保存与影响扩大

题壁的优势之一是载体坚固耐用，有利于文本的保存，使后人能清楚地了解文学创作的原貌，故方信孺《重题龙隐岩》云："人事百年俱变灭，只应题字不尘埃。"[①] 宋人题壁大多能保存数年乃至数十年，甚至历经千年岁月，流传至今。苏轼《西江月》词云："十年不见老仙翁，壁上龙蛇飞动。"[②] 可见此处题壁保存时间之久。文人登临游观之时，若发现保存完好的题壁之作，不免感慨天地有灵、造化神奇，使自己与前人得以意会神合。故黄櫄《再题松明寺次前题壁间韵》云："旧题莫辨苍苔迹，多谢梅仙为剪摩。"[③] 但题壁对文本的保存效果始终是有限的，难以抗拒自然力量的破坏。风雨侵蚀、尘灰掩盖，使得壁间字迹剥落散佚，所见仅是残篇断句，文学作品的意蕴也不免大打折扣。如陆游《十二月二日夜梦游沈氏园亭》云："玉骨久成泉下土，墨痕犹锁壁间尘。尘积苔侵数行墨，尔来谁为拂颓墙。"[④] 若是墙壁倒塌、梁柱崩摧，题壁作品可能就此成为绝响。如苏轼《和子由渑池怀旧》写道："老僧已死成新塔，坏壁无由见旧题。"[⑤] 周煇回忆早年随父亲和陈序游钟山，陈序题诗于八功德水庵之壁，"先人尝次其韵，皆书于壁。二十年后再过之，皆不存矣"[⑥]。

题壁不仅可能受到自然力量的破坏，还可能遭到人为损毁，具体表现为有人刻意篡改题壁文字：

> 宣、政中，有两地，早从王荆公学，以经术自任，全乏文采，自建业移帅维扬，临发，作长短句题于赏心亭云："为爱金陵佳丽。乃分符来此。拥麾忽又向淮东，便咫尺，人千里。画鼓一声催起。邦内人齐跪。江山有兴我重来，斟别酒，休辞泪。"官中以碧纱笼之。后

---

① （清）厉鹗辑撰：《宋诗纪事》卷六十，第1512页。
② 邹同庆、王宗堂：《苏轼词编年校注》，第533页。
③ （宋）黄櫄：《再题松明寺次前题壁间韵》，《全宋诗》卷二三三九，第26891页。
④ （宋）陆游著、钱仲联校注：《剑南诗稿校注》卷六十五，见《陆游全集校注》第8册，第87页。
⑤ （宋）苏轼撰、（清）查慎行补注：《苏诗补注》卷三，中华书局2019年版，第76页。
⑥ （宋）周煇撰、刘永翔校注：《清波杂志校注》卷三，第92页。

有轻薄子过其下，刮去"有"字，改作"没"字，"我"字易作"你"字。往来观之，莫不启齿。①

涧州火，爇尽室庐，惟存李卫公塔米元章庵。元章喜题塔云："神护卫公塔，天留米老庵。"有轻薄子于"塔庵"二字上，添注"爷娘"二字。元章见之大骂，轻薄子再于"塔庵"二字下添注"飒糟"二字。……添注遂成七言两句云："神护卫公爷塔飒，天留米老娘庵糟。"②

　　前一例中的篡改乃是由于作者缺乏文采，作品无甚可观。而官府媚事权要，以碧纱笼壁，不免使人齿冷。故有好事者改易数字，此一改动有讽时刺世之意，自然引起时人的关注，反而加深了人们对于题壁作品的印象，有利于其进一步传播。后一例的篡改者是某些浮滑子弟、轻薄儿郎，无视文人的原意，肆意篡改题壁文字。这既引起了原作者的愤怒，又影响了题壁的传播效果。还有以下例子：

无逸尝于关山杏花村馆驿题《江城子》词云……过者抄誊，必索笔于馆卒，卒颇以为苦，因以泥涂之，其为人赏重如此。③

豁达老人喜为诗，所至辄自题写，词句鄙下，而自称豁达李老。尝书人新洁墙壁，主人憾怒，诉官，官为收之拘挚，使市石灰，更圬墁讫，乃得纵舍。④

予近在镇江摄帅幕，暇时同僚游甘露寺，偶题近作小词于壁间……其僧顽俗且聩，怅然问同官曰："方泥得一堵好壁，可惜写了。"予知之，戏曰："近日和尚耳明否？"曰："背听如故。"予曰："恐贤眼目亦自来不认得物事，壁间之题，漫圬墁之，便是甘露寺祖风也。"闻者大笑。⑤

李邦美过句容之村乡，见酒肆粉壁明洁，题云："青裙白面阴挑菜，茅舍竹篱疏见梅。"未及后联，店翁怒曰："我以此壁为人涂污，方一新之，今称又作诵也。"遂不书。有客续至，问翁，翁悔之。一日李栖过之，翁请足成，李笑取笔书云："春事来年无信息，一声啼

① （宋）王明清：《挥麈录》余话卷二，第253页。
② （宋）杨万里：《诚斋诗话》，见《历代诗话续编》，第145页。
③ （宋）胡仔纂集：《苕溪渔隐丛话》后集卷三十三引《复斋漫录》，第256页。
④ （宋）刘攽：《中山诗话》，见《历代诗话》，第286~287页。
⑤ （宋）张表臣：《珊瑚钩诗话》卷二，见《历代诗话》，第466~467页。

鸟唤将来。"往来知音皆爱之。①

而建筑设施在重新修缮时，往往不重视保存题壁作品。"九江琵琶亭，壁间题咏甚多，嘉泰初，撤而新之，俱不复存。"②

纸张虽然易损易失、难以获取，却可以通过印刷术的支持而化身千万，广为流传。而文人一般不会将同一作品反复题写于壁间，题壁文本往往具有唯一性，一旦遭到破坏，原先的文心雅致就荡然无存，势必影响其传播的效果。因此采取其他的传播手段来保留题壁之作，成为时人必然的选择。

宋人对题壁文学的重视，表现为关注题壁之作的留存，如司马光曾将"勿毁此诗"四字题于壁间，呼吁后来人尽心保护前人留题，只是这种呼声未必能起到预期的效果。③ 题壁文字必须依赖墙壁梁柱而存在，这是其先天属性，但题壁所承载的文学信息却会在流动传播中获得强大的生命力，不因物质载体被毁坏而随之泯灭。洪迈幼年过衢州白沙渡，见岸上酒店败壁间有题诗两绝，其名曰《犬落水》《油污衣》。前诗太俗不足传，独后一篇殊有理致。此后洪迈念念不忘，六十年后将其抄录下来，留示后人。④ 题壁之作向大众放开，非某人可私匿秘藏。文人于壁间访得佳作，往往以为谈资，转告他人。

题壁之作进一步传播的方式主要有两种，一是抄写，二是刻石。文人平日观赏题壁，往往默记其文字，事后抄写记录，以为留念。刘昌诗说："道涂间题壁有可采者，尝记《生查子》一首，甚工。……盖魏子敬词也。"⑤ 有时文人目睹了题壁文字的消亡，深感亲笔记录的必要性和紧迫性，故有追记一事。洪迈曾见壁间题有绝句两首，诗句洒落不凡，当时不以为意，"数年后又过之，僧空无人，壁亦隳圮，犹能追忆其语，为纪于此"⑥。文人的记忆力，是影响抄写记录的重要因素，事后追记，往往难以举其全文。据记载："予昔为零陵丞，尝肩舆过一野寺，壁间山谷亲笔一诗，予小立肩舆，诵之三过。既归书之，止记一联云：'春将国艳熏花骨，日借黄金缕水纹。'今集中亦无之。"⑦ 如果说文人的记载意在引起友

① （元）蒋正子：《山房随笔》，见《宋元笔记小说大观》，第6538页。
② （宋）赵与时：《宾退录》卷三，见《宋元笔记小说大观》，第4166页。
③ （宋）许𫖮：《彦周诗话》，见《历代诗话》，第389页。
④ （宋）洪迈：《容斋随笔》三笔卷五，第476页。
⑤ （宋）刘昌诗：《芦蒲笔记》卷一〇，中华书局1986年版，第80页。
⑥ （宋）洪迈：《容斋随笔》卷一三，第166页。
⑦ （宋）杨万里：《诚斋诗话》，见《历代诗话续编》，第150页。

人知交的注意，于当世播之久远，那么将题壁之作入石，则是出于传诸后世的考虑。刻石与题壁本质相近，只是为文字换用了更为可靠的物质载体。释元净《题东坡题名记后》云："题名留于版壁，非久固尔，乃刻于石，以永兰若，为不朽之宝矣。"① 但题壁文字颇多缺失，已非可靠的底本，在传播过程中容易引起困惑。据记载："公所题壁，距今逾八十年。字颇缺落不可辨者，十有三四。天王院僧继明虑公之书久遂无传，命僧某择字之最完者，得'长寿''甘露'两壁，总八十七，模刻于石。"② 题壁之作遭到破坏，无法恢复，于是重摹原迹并刻石留存，尽可能接近原作的本来面目。周必大游金沙寺，"寺有岳飞己酉岁留题刻石"③。周氏未提及岳飞题壁，而云岳飞留题刻石，可能是岳飞去世后，题壁亦遭毁弃。后来昭雪后，寺僧为之刻石。

归根结底，题壁虽然有助于文人手迹的保存，但它所保存的是独一无二的孤本，这既增加了题壁的价值，又增添了传播的风险，题壁之作散佚不传的可能性极大。后来者的摹写、转载和传诵，是题壁之作进一步传播的重要保证。

## 第二节　印刷术的初步应用

雕版印刷的普及直接实现了书籍的增加，这是社会的进步。但这种进步是否同步出现在文学传播事业上，这却是个值得认真思考的问题。毕竟新技术的出现，并不代表旧模式立刻退出历史舞台。周必大《题印山罗氏一经集后》云："六籍火于秦，《易》繇卜筮，传者不绝，《诗》讽诵人口，非专竹帛，故二经独赖以全。"④ 宋代只是大众传播时代的起步时期，应当更为客观、全面地认识印刷术在当时产生的影响。

### 一、时代的进步

宋代统治者主张以文德致治，提高文人的社会地位，并改革科举制度，大开选人之路，培养士人投身仕途、求取功名的理想。士人专意学

---

① （宋）释元净：《题东坡题名记后》，见《全宋文》卷九八八，第 46 册，第 86 页。
② （宋）尹洙：《题杨少师书后》，见《全宋文》卷五八七，第 28 册，第 40 页。
③ （宋）周必大：《泛舟游山录》，见《全宋文》卷五一五七，第 231 册，第 351 页。
④ （宋）周必大：《题印山罗氏一经集后》，见《全宋文》卷五一二九，第 230 册，第 360 页。

术、用心诗文，是实践人生理想的方法。崇文之风大盛，时人仰慕诗文，乐读诗书，"为父兄者，以其子弟不文为咎；为母妻者，以其子与夫不学为辱"①。阅读人口的数量提升，也相应出现了对于书籍的巨大需求。与此同时，宋代出版业取得了长足的进步。印刷术的广泛应用，使书籍能够快速大量地生产。宋代是书籍出版的"黄金时代"，大量书籍的刊行发售，既体现了宋代文化的繁荣兴盛，又体现出宋代社会信息流动快捷便利的现象。

《宋史·邢昺传》载："上幸国子监阅库书，问昺经版几何？昺曰：'国初不及四千，今十余万，经传正义皆具。臣少从师业儒时，经具有疏者百无一二，盖力不能传写，今板本大备，士庶家皆有之，斯乃儒者逢辰之幸也。'"②

宋罗璧《罗氏识遗》卷一"成书得书难"条云："后唐明宗长兴二年，宰相冯道、李愚始令国子监田敏校六经板行之，世方知镂椠便。宋兴，治平以前，犹禁擅镂，必须申请国子监，熙宁后方尽弛此禁。然则士生于后者，何其幸也！"③

元人吴澄《赠鬻书人杨良辅序》中说："宋百年间，浸板成市，板本布满乎天下，而中秘所储，莫不家藏而人有。不惟是也，凡世所未尝有与所不必有，亦且日新月益，书弥多而弥易，学者生于今之时，何其幸也！无汉以前耳受之艰，无唐以前手抄之勤，读书者事半而功倍宜矣。"④

这几条论述的侧重点是相近的。古代无雕印摹刻之法，多依靠人际交往渠道获知文学信息，因此书籍难得，人不多有，无形中就限制了个人和时代的发展。正因为书籍的珍贵，爱书成癖就成了文人的标志。宋人记载的司马光之爱书的情状，是非常具有代表性的："温公独乐园之读书堂，文史万余卷。而公晨夕所常阅者，虽累数十年，皆新若手未触者。常谓其子公休曰：'贾竖藏货贝，儒家唯此耳！然当知宝惜。吾每岁以上伏及重阳间，视天气晴朗日，即设几案于当日所，侧群书其上，以曝其脑，所以年月虽深，终不损动。至于启卷，必先视几案洁净，藉以茵褥，然后端坐

---

① （宋）洪迈：《容斋随笔》四笔卷五，第 666 页。
② （元）脱脱等：《宋史》卷四三一《邢昺传》，第 12798 页。
③ （宋）罗璧：《罗氏识遗》卷一，见（清）曹溶辑：《学海类编》第 7 册，广陵古籍刻印社 1994 年版，第 458 页。
④ （元）吴澄：《吴文正公集》卷一九《赠鬻书人杨良辅序》，见台湾新文丰出版公司编辑部编著：《元人文集珍本丛刊》第 3 册，台湾新文丰出版公司 1985 年版，第 353 页。

看之，或欲行看，即承以方版，未尝敢空手捧之，非惟手汗渍及，亦虑触动其脑，每至看竟一版，即侧右手大指面衬其沿，而复以次指捻面，捻而挟过，故得不至揉熟其指。'"① 这些细致的行为、繁琐的标准，正体现了作者爱惜书籍、唯恐有失的心态。

宋代由于印刷术的广泛应用，印本图书蓬勃发展，成书极速，得书极易，收书极全。个人眼开目明，智识得到极大的提升。文坛随之产生飞跃式的进步。生于此世，实属大幸，正是时人最真诚的呼声。

正是有如此感叹，士人才会更加积极地勤读苦学，以博取功名，不负此生。如李新《刘氏藏书序》有云：

> 堂上有诗书，牖下有史传，罗孔校孟，搜扬络韩，古人竹简，今人纸轴，百家九流，无不备具，此善蓄书者也。……善守者复壁重囊，锦缘缯饰，缄以縢，扃以钥，轻尘无扬，百年不逸，此善守书者也。……善读者弦歌口诵，下帷杜门，日与黄卷圣贤语。一编数句，立富贵功名，往往有不朽之余荣，而风流气耀，乃与世俗不相商较。此善读书者也。②

当然，印本的流行往往也会对社会智识的提升造成反效果。当他人欢欣鼓舞之时，苏轼却对当时印本流传、得书容易、士人束书不观的风气表示忧虑：

> 自秦、汉以来，作者益众，纸与字画日趋于简便，而书益多，士莫不有，然学者益以苟简，何哉？余犹及见老儒先生，自言其少时，欲求《史记》《汉书》而不可得，幸而得之，皆手自书，日夜诵读，惟恐不及。近岁士人转相摹刻诸子百家之书，日传万纸，学者之于书，多且易致如此，其文词学术，当倍徒于昔人，而后生科举之士，皆束书不观，游谈无根，此又何也？③

人们只看到苏轼的天才横放，却没有看到他所下的苦功。苏轼曾对访客说自己手抄《汉书》三次，闻者大惊："以先生天才，开卷一览，可终

---

① 转引自叶德辉：《书林清话》，辽宁教育出版社1998年版，第1页。
② （宋）李新：《刘氏藏书序》，见《全宋文》卷二八九一，第134册，第99页。
③ （宋）苏轼：《苏轼文集》卷一一《李氏山房藏书记》，第359页。

身不忘，何用手抄耶?"苏轼请他人举题一字，自己就能朗诵数百言，无一字差缺。访客为之叹服，并告诫子孙："东坡尚如此，中人之性，岂可不勤读书耶!"① 这一观点常常被后人提起，陆游指出许多藏书家只注重收藏数量，而不考虑知识应用："而近世浅士，乃谓藏书如斗草。徒以多寡相为胜负，何益于学。"② 周必大曾感叹当下的书籍数量与学术风气不相称："论书之盛，无若近世，考其道德礼乐，则愧于古人远甚。此何理也? 岂书益多，学益浅，而士益少邪?"③ 魏了翁《眉山孙氏书楼记》指出正是因为书籍易得，人们反而失去了对书籍的崇拜和对知识的敬畏，令人不安:

> 虽然，余尝闻长老言，书之未有印本也，士得一书则口诵而手抄，惟恐失之，其传之艰盖若此。惟传之艰，故诵之精，思之切，辨之审，信之笃，行之果。自唐末五季以来，始为印书，极于近世，而闽浙庸蜀之锓梓遍天下。加以传说日繁，粹类益广，大纲小目，彪列胪分，后生晚学开卷了然，苟有小慧纤能，则皆能袭而取之。噫，是不过出入口耳四寸间尔! 若圣贤所以迭相授受、若合符节者，果为何事? 而学之于人果为何用? 则谩不加省，然则虽充厨牣几，于我何加焉，可不甚惧矣夫!④

这是最好的时代，这是最坏的时代，这是宋人面对的时代。新技术投入应用，社会风气随之改变，这正是每个时代自成特色的根本原因。宋代正是印本文化的起步阶段，印本虽然开始产生重大的影响，但作为新生事物，还要很长的时间才能在文学传播活动中真正显示其力量。

## 二、官方刻书的导向

宋代印刷书籍的大量产生，固然是信息传播、知识普及的重要表现，但这一现象对于文学传播的推动，并未有想象中那么有力。印刷术应用之初，常见于个人行为，但很快就被纳入国家掌控中。宋代刻书事业兴盛，书籍日多，官方印书占据着极大的份额。官方刊刻的机构可分为中央政府

① （宋）陈鹄：《西塘集耆旧续闻》卷一，见《师友谈记·曲洧旧闻·西塘集耆旧续闻》，第289~290页。
② （宋）陆游：《万卷楼记》，见《渭南文集校注》卷二十一，第10册，第20页。
③ （宋）周必大：《于氏藏书阁记》，见《全宋文》卷三九九七，第184册，第407页。
④ （宋）魏了翁：《眉山孙氏书楼记》，见《全宋文》卷七○九七，第310册，第314页。

机构和地方官署机构两类，中央以国子监为主力，地方则为府、州、路各级政府所属。传播者的定位导致信息传播必然反映出统治阶层的立场和导向，体现在传播内容上，即是宋代官方刻书以经史为主，而对文学反而不甚在意。这一趋势在北宋时期体现得尤为明显。五代时，冯道始奏请官刻《九经》，颁行天下，已具有明确的政教色彩。毋丘裔刊刻《文选》《初学记》《白氏六帖》等书，多系文学著作，其中亦有流布传播之意。而宋初官方刻书，或为儒家经典，后人疏解；或为史部典籍，间及类书、医书等实用性较强的著作。宋代崇文右儒，欲使三代之治复现于当世，要求士人通儒术，习史书，成为可造之才。而印刷术的应用，使士人不须辛劳即可获得书籍，为士人求学求知提供了广阔门径，实为文治教化之利器：

> （真宗皇帝）谓（向）敏中曰："今学者易得书籍。"敏中曰："国初惟张昭家有三史。太祖克定四方，太宗崇尚儒学，继以陛下稽古好文，今三史、《三国志》、《晋书》皆镂板，士大夫不劳力而家有旧典，此实千龄之盛也。"①

这种情况一直延续到南宋，南宋藏书家尤袤的《遂初堂书目》忠实反映了当时印刷书籍的取向：

> 后人一致认为《遂初堂书目》著录了不同的刻本是一特点，并且开创了著录版本的先例。但尤袤是以抄书闻名的，而且在他的时代，刻本书的比量似乎还没有超过写本书。而且，《遂初堂书目》内记版本的仅限于九经、正史两类。②

官刻书籍代表着统治阶层的立场和导向，直接反映在传播内容的选择上。宋初也一度禁书，天文、地理、阴阳、卜卦、图谶、兵书等一系列可能威胁到王朝统治的书籍皆在禁止之列。虽有思想禁锢之嫌，但也是历史上每一个王朝的通例。相比宋代在政治、经济、军事方面的强化控制，宋代在思想方面总体上非常开明，统治阶层的高明之处不在于压制，而在于引导，通过刊行大量儒家经典与正史书籍，控制士人的阅读面，塑造士人的思想意识，引导士人遵循统治秩序，融入统治体系。"北宋诸帝和儒

---

① （宋）李焘：《续资治通鉴长编》卷七四，第 1694 页。
② 王重民：《中国目录学史论丛》，中华书局 1984 年版，第 120 页。

臣，留意经史古籍的整理印行，为使读书人较易得书，得读善本书，通过科举考试，选出有用人才参与政治，这是他们的主观意图。"① 黄庭坚《跋秦氏所置法帖》云："予观子明欲变里中之俗，其意甚美，书字盖小小者耳。他日当买国子监书，使子弟之学务实求是；置大经论，使桑门道人皆知经禅；则风俗以道术为根源，其波澜枝叶乃有所依而建立。"② 可见诗人将国子监书与正统思想相等同。官方刻书承载着文治教化的重任，服从了统治阶层的要求。

科举考试是官方进行思想引导与控制的重要方式，刊刻书籍这种新型治理手段同样得到了应用。北宋时官方通过任命主考官员、树立楷模人物来施加影响，南宋时官方编辑、刊行科考范文，官方的导向从抽象的思想观念转化为容易认知的文字，树立典范，示以门径，使考生有章法可循。考生不会忽视参考书的作用，会自发地购买，自觉地学习。南宋官员如果要纠正科场文弊、引导士风，就会提出刊刻时文范本：

> 窃见向来臣僚奏请，凡书坊雕印时文，必须经监学官看详。比年所刊，醇疵相半，未足尽为楷则。策复拘于近制，不许刊行。乞将今来省试前二十名三场程文，并送国子监校定。如词采议论委皆纯正，可为矜式，即付板行。仍乞检会陈谠所奏，将《三元元祐衡鉴赋》《绍兴前后论粹》《攫犀拔象策》同加参订，拔其尤者，并付刊行。使四方学者知所适从，由是追还古风，咸资时用。③

> 乞检会指挥，委监学官公共选择绍兴以来累举所取六经义、诗赋、论策，撷其文词典雅，学问该瞻，而脍炙众口可传诵习者数十篇，特令刊行，使士子有所矜式。④

> 臣僚上言："士子不阅经史子集之文，而专意于时文；不阅旧来典实之文，而专意近日虚浮之文。朝廷方以程试取士，欲其不习时文固不可，得如旧来之典实足矣。今欲一洗其敝，当自成均始。乞令监学官公共精择旧来时文谨严而有法度、精粹而有实学者，经义、词赋、论策各若干篇，许之版行，以为程序。"……止令学官于公私试文字精加雠校，以义理明正者为上，学问淹博者次之，文采华赡者为

---

① 陈乐素：《北宋国家的古籍整理印行事业及其历史意义》，见氏编《宋元文史研究》，广东人民出版社 1988 年版，第 70 页。
② （宋）黄庭坚：《跋秦氏所置法帖》，见《全宋文》卷二三〇八，第 106 册，第 172 页。
③ （宋）黄由：《乞选刊程文奏》，见《全宋文》卷六四六一，第 278 册，第 106 页。
④ （宋）萧遽：《乞选择时文刊行奏》，见《全宋文》卷六四四一，第 284，第 44 页。

下，苟不入格，虽是中选，不许刊行。去取既明，趣向自正，举子之文将不求典实而自典实矣。①

科举用书乃是关系文人切身利害的著作，民间多选刊名家手笔，以为指导，苏轼、陈傅良、周必大都是热门，南宋时古文选本大多是为了应对科举而编。官方出版考试指定教材，既是为了便于科举、统一思想、规正文风，也可以垄断教育产业，获得利益。这种手段减少了行政干预，更符合文学场的运行规律，能潜移默化地改变文坛风气。

而官方刻书的获取方式，也潜在地体现出阶层化的意义。既然官方刻书的社会意义如此突出，当然不能过多地重视经济利益，当稍减其价，以备流行。如陈师道《论国子卖书状》云：

> 向用越纸而价小，今用襄纸而价高，纸既不迫，而价增于旧，甚非圣朝章明古训以教后学之意。臣愚欲乞计工纸之费，以为之价。务广其传，不以求利，亦圣教之一助。伏候敕旨。
>
> 【贴黄】臣惟诸州学所买监书，系用官钱买充官物，价值高下何所损益；而外学常苦无钱而书价贵，以是在所不能有国子之书，而学者闻见亦寡。今乞止计工纸，别为之价，所冀学者以广见闻。②

可见国子监书在进行商品交易的过程中，只收取监本的工本费，不以求利，而务广其传。统治阶层收集、刊刻、发行书籍，均有广为传播、惠泽世人之意。但官方书籍的传播仍在一定程度上体现出阶层化的倾向。官方书籍自然容易为官员获取，此在情理之中。官员可以凭借身份直接求取书籍，如赵楷《乞赐监书奏》云："臣自蒙恩就府第以来，庶事毕备，惟是未有监书，可广闻见。欲望特降睿旨，国子监印造颁赐。"③地方官府可用公款购买国子监书，官员可缴纳纸墨钱购买。李心传《建炎以来朝野杂记》载："先是，王瞻叔为学官，尝请摹印诸经义疏及《经典释文》，许郡县以赡学或系省钱各市一本，置之于学。上许之。令士大夫仕于朝

---

① （宋）彭龟年：《乞寝罢版行时文疏》，见《全宋文》卷六二九四，第 278 册，第 399 页。

② （宋）陈师道：《论国子卖书状》，见《全宋文》卷二六六四，第 123 册，第 278 页。

③ （宋）赵楷：《乞赐监书奏》，见《全宋文》卷四三九三，第 191 册，第 10 页。

者，率费纸墨钱千余缗而得书于监云。"① 这也算是宋代公务员的福利，也见出官员在获知信息方面有着天然的优势。某些官员甚至荒废公务，利用手头的资源，一意藏书：

> 兵部侍郎刘朝美仪凤，蜀之普州人，性酷嗜书，喜传录。初以礼部郎兼摄秘书少监，后即真凡秘府书籍，传写殆遍。如国史之类，又置副本，亲自校雠，至杜门绝交。迁兵侍，犹传写不已。张持国之纲为副端，言其书癖至旷废职事，以是罢归蜀。蜀人关寿卿者孙为著作佐郎，以诗饯行曰："公义久不作，世无公是非。只因翻故纸，不觉蹈危机。东壁梦初断，西山蕨正肥。十年成底事，赢得载书归。"②

这类行为可是当时的大新闻，周必大为人作神道碑，还专门记下一笔："惟于仕进不汲汲，在馆阁逾八年，非旅进不至政府，日钞异书以广见闻。"③ 相形之下，民间文人和下层官僚的抱怨就可以理解。国家设秘阁收藏书籍，固然是昌明文治之举。但其书深藏牢闭，不传于外，非清贵显要不得观览，自然引起了大众的抱怨："秘府之书，既不刊布，而简册繁重，笔墨拙滞，又不便于移写，传副本于民间，故民间知有书者，仅赖外史达之，至其全书，则非身入清秘不能窥见。"④ 官员与平民在政治地位、经济状况等方面的不平衡，是为世人所接受的。但官员在文化信息传播方面也占据如此优势，平民的不平可想而知。季翔《台州州学藏监书记》云："昔人有愿入秘书，一读平生未见之书。夫为士未入秘书，必游学校，求书多者假之以观。而贫者苦于无资，其力能以置者，固不如秘书之富也。……此未士者公患也。"⑤ 这正说明了宋代信息传播的阶层化性质，信息就是资本，在本阶层内广泛流播，却难以产生跨阶层的传播。

如果说平民拘于政治地位，无能为力，那么下层官僚虽然能接触书籍，却受限于自己的经济状况，有心无力。王回《王氏书目序》："先君好聚书，然起游士，为州县小官十余年，晚始登朝，有□禄，其入薄而仰

---

① （宋）李心传：《建炎以来朝野杂记》甲集卷四，徐规点校，中华书局 2000 年版，第 115 页。
② （宋）陈岩肖：《庚溪诗话》，见《历代诗话续编》，第 189 页。
③ （宋）周必大：《权太常少卿赠银青光禄大夫滕公庾神道碑》，见《全宋文》卷五一七一，第 232 册，第 223 页。
④ 宋原放编：《中国出版史料（古代部分）》卷二，湖北教育出版社 2004 年版，第 392 页。
⑤ （宋）季翔：《台州州学藏监书记》，见《全宋文》卷四九九八，第 225 册，第 196 页。

众，月率无它赢，赢辄以益诸书，市印而佣写者□世所难得，而其大行者往往未暇及，故王氏之书于国子书尤缺。"① 因为家无余财，不得不尽力收购难得一见的珍本，反而无力收购流行、易得的书籍，实属憾事。

若官员不珍惜传播上的优势，反而肆意浪费资源，则更让人感到遗憾。如叶禾《秘书省严借书之制奏》有云：

> 仰惟国家稽古宪章，丕右斯文，肇建芸省，中兴之始，轮奂一新，爰命天下，搜访旧闻，暨于今日，藏书之目，粲然大备，真足昭圣代隆儒之懿矣。缙绅之流，凡登是选，得以优游博习，充广见闻之所未逮，长育成就之赐，顾不与天地同其功软！况宸制奎章，鸿篇巨轴，倬乎光日月而纬云汉，下至经籍、墨迹、图器，储藏惟谨，居其职者亦当随事加饰，以称崇严邃阁之意。曩者监臣有请严借书之禁，以防篇帙之散失，详印记之文，以为图书之辨证，模式样于册，以虞器物之换易，条束具存，足为永便。然人情积玩，欺伪易主，自非明示检防，以时稽察，则前日之所申明，殆为文具。近之士夫，至有借出馆书，携而去国者，是久假不归，恶知其非有也。有人所未见之书，私印其本，刊售于外者，是以秘府之文，为市井贷鬻之利也。臣奉职之初，肃恭点阅，及往诸库检视，类皆因循弛慢，荡无缄镝，而启闭出入，一付吏手，展转不革，弊将滋甚，岂不重为文物之蠹乎！臣已将阁库所储，据籍排整，分入厨匣，仍恐防严未至，并与封钥收掌外，欲望陛下申严旧制，行下本省，非系省官，毋得借书。许从监少置簿，有欲关文籍为检阅校正等用，即先批簿，以凭请取，俟还本库，随与点收。或借出已久，亦须检举，以察隐遗，庶可谨藏于中秘，戢弊于将来矣。②

官僚作风盛行之时，有借书不归者，有私印刊售者，造成国家财产的流失，殊为可恨。但这正是国家行为必然产生的负面影响，既无经济效益推动，又非出自个人兴趣，还与官员自身无直接关系，当然会在发展过程中出现损耗和浪费。因此有些洁身自好的官员反而不愿随意使用官府资源来刻书，如周必大《与曾无疑三异书》云："《六一集》方以俸金送刘氏兄

---

① （宋）王回：《王氏书目序》，见《全宋文》卷一五一五，第69册，第364页。
② （宋）叶禾：《秘书省严借书之制奏》，见《全宋文》卷六六四九，第292册，第233页。

弟私下刻板，免得官中扰人。"①

宋代文治鼎盛，文化的昌明、思想的活跃远超汉唐。印刷术发达、图书出版业兴盛、文坛繁荣，从侧面反映了宋代文治的巨大成果。但从历史的角度看，中国印刷文化、书籍文化的空前兴盛期在于晚明。若要还原宋代文学传播活动的原始情境，应当注意到时代意义与社会成就的某种相对性。想买书的人买不到书，藏书未能得到公开，读者无力购买书籍，均意味着宋代文学资源尚未得到真正开拓。

### 三、书籍的获取

宋代私人刻书场所有"书肆""书坊""书林""经籍铺""文字铺"等名称，著名的如开封相国寺荣六郎书铺、四川眉山程舍、建阳麻氏书坊、麻沙刘氏宅、建安余氏万卷堂、杭州陈宅书籍铺、浙江金华双桂堂、婺州蒋宅崇知斋等。这些坊肆大多既主持书籍的雕版刻印工作，还开展书籍的销售发行工作。"今天下印书，以杭州为上，蜀本次之，福建最下"，"福建本几遍天下"，②足见书肆在宋代文学传播活动中的贡献。文人可以在书肆中淘到宝贝。如曾旼《国秀集跋》云："此集《唐书·艺文志》泊本朝《崇文总目》皆阙而不录，殆三馆所无，浚仪刘景文顷岁能得之鬻古书者。"③乔行简记载了当时书商推销书籍的活动：

> 辛卯之秋，余箧中所藏书厄于郁攸之焰，因求所阙于肆。有陈思道人者，数持书来售。一日，携一编遗余曰："此思所自集，前贤勘定碑志诸书之目也。虽其文不能尽载，姑记其篇目地里与夫作者之姓氏，好事者得而观之，其文亦可因时而访求。"余受而阅之，盖昔之《寰宇访碑录》之类，而名数加多，郡县加详，知其用心之良勤，因为之改目。夫以它人之书刊而货之，鬻书者之事也。今道人者乃能自裒一书，以为好古博雅者之助，其亦异于人之鬻书者矣，故乐为题其篇端。④

当文人失却藏书，自然会于书肆中重新搜购，以恢复旧时气象。书商陈思抓住二人结识的机会，数度来访，送书上门，最终得到乔行简的赞

---

① （宋）周必大：《与曾无疑三异书》，见《全宋文》卷五〇九八，第229册，第242页。
② （宋）叶梦得撰、（宋）宇文绍奕考异：《石林燕语》卷八，第116页。
③ （宋）曾旼：《国秀集跋》，见《全宋文》卷二二三六，第102册，第275页。
④ （宋）乔行简：《宝刻丛编序》，见《全宋文》卷六六四六，第292册，第161页。

赏。当时的书商并非安居家中，坐等生意上门，而是主动出击，博取这位朝廷重臣的好感，以求丰富人脉资源，提升品牌声誉。

当然，书肆的传播效果也是有局限性的，有些书虽已雕版印刷，但由于空间的限制，交通不发达，因此无法买到，只好向拥有者借抄。柳开有《与韩洎秀才书》，与友人交流购书的心得体会："开于十年前，在京城书肆中见唐诸公诗一策，内有玉川生诗约四十余章，《与马异结交诗》为首篇。余寻托亡兄辟用百钱市而得之。时有郑州宋俨从予学文，卒与亡兄相遇，取而与之。至明年，俨死，卢诗没而无返矣。自后，予于江南及来河北，常欲求之，无能有也。今李生话足下所有，仿像类余昔年市之者焉，未悉足下于人传之耶？人别有而小异耶？"① 其后柳开又有《再与韩洎书》："卢仝诗非余昔市得之者，今写讫，纳上。"② 周必大与朋友谈及借书之难："只是欲从汪季路借《六一集跋》十卷甚切。季路性缓，又有不肯借书之癖，望吾友雇人就抄一本，速附示，厥直当奉还。"③ 由此可知，较之今天的网上书业，书肆的作用还是非常有限的。某些珍本一旦错过，再无相见之机。书肆的作用偏向于销售符合大众口味的流行书籍，满足大众文人的文化需求。而代表着文坛最高成就的文人精英，恰恰是容易被书肆忽略的。

如果印刷文化和文学传播的联系还不紧密，那么文学资源的应用，仍然要依靠藏书家的努力，这正是人际传播状况的体现。某些大藏书家几可以"富可敌国"称之，且多珍本，令时人羡慕不已：

> 今夫墨庄书市尽有天下之书，虽三阁四库之储，道家蓬莱之所藏者相埒也，故家有藏书之富。④

> 辟尝欲积书劝学，每患坟集之多阙、文字之多谬也。去岁中遂离蜀川，抵京辇，纳橐金于国庠，据书府都市所有之书，尽请之以归。自六艺之典，诸子之篇，史臣记录之策，儒生解诂之说，至于或纂旧闻殊号，或集小家，文士之述作，才人之章句，今皆波分云屯，溢于私室。⑤

---

① （宋）柳开：《与韩洎秀才书》，见《全宋文》卷一二四，第 7 册，第 338 页。
② （宋）柳开：《再与韩洎书》，见《全宋文》卷一二四，第 7 册，第 339 页。
③ （宋）周必大：《与项平甫正字书》，见《全宋文》卷五〇九八，第 229 册，第 247 页。
④ （宋）许开：《圣宋名贤五百家播芳大全文粹序》，见《全宋文》卷六三九四，第 282 册，第 122 页。
⑤ （宋）孙堪：《孙氏书楼记》，见《全宋文》卷四七六，第 22 册，第 406 页。

> （蔡氏）不事科举，不乐仕宦，独喜收古今之书。空四壁，捐千金以购之，常若饥渴然。尽求善工良纸，手校而积藏之。凡五十年，经、史、百家、《离骚》、风雅、儒、墨、道德、阴阳、卜筮、技术之书，莫不兼收而并取，今二万卷矣。①

藏书家的收藏只有公示于众，方可视为文化资源，成为文学传播事业的基石。否则即使家藏万卷，或是为了炫富博名，或是满足自身收藏癖好，于人于世又有何益？任何一个时代的藏书，都在某种程度上发挥着公共图书馆的作用。"书非天降地出，必因人得之，得而秘之，自示不广，人亦岂肯以未见者相假。"② 藏书家不自秘其藏，传之于众，吸引了许多文人前来借阅。刘恕赴宋次道家观书，不参与洗尘宴会，曰："此非吾所为来也，殊废吾事，愿悉撤去。……独闭阁昼夜读且抄之，留旬日，尽其书而去，目为之翳。"③ 邵博《于氏藏书阁记》云："盖自屋壁墟冢之书出，而世以藏书为贵，善学者既自探渊源，撷其华实，又以遗传家之子孙，俟后世之君子，其功效可胜计哉，岂徒为观美而取虚名也！"④ 李公择集书几万卷，"思以遗后之学者，不欲独有其书，乃藏于僧舍"⑤。这些都是一时美谈，标志着宋代文学传播事业的兴盛状况。

但是，这些大藏书家的个人努力不可能改变整个社会的面貌。一方面由于个人的收藏既受到地域限制，无法影响整个社会，又难以在漫长的时光中一代代继承下去；另一方面，则是世风沦落，人心不古，致使借书这种分享知识、传达善意的高尚行为反而为人所笑。"比来士大夫借人之书，不录不读不还，便为己有，又欲使人之无本。"⑥ 文学传播事业终究要突破个人行为的局限，走上专业化、商业化的道路。

# 第三节　文本形态

文学作品的传播可以使用多种方式，而其中文本传播一直占据着主导

---

① （宋）苏过：《夷门蔡氏藏书目叙》，见《全宋文》卷三一〇二，第 144 册，第 163 页。
② （宋）周辉撰、刘永翔校注：《清波杂志校注》，第 134 页。
③ （元）脱脱等：《宋史》卷四四四《刘恕传》，第 13119 页。
④ （元）邵博：《于氏藏书阁记》，见《全宋文》卷四〇五六，第 184 册，第 407 页。
⑤ （宋）王辟之：《渑水燕谈录》卷九，见《渑水燕谈录·归田录》，第 116 页。
⑥ （宋）赵令畤：《侯鲭录》卷七，傅成校点，见《宋元笔记小说大观》，第 2081 页。

地位。文本的概念，从创作角度说，是指具有一定意义的文字形成的意义结构；从传播角度说，指的是承载文学话语的某种物质形式，以纸张为最常用的传播媒介。在传播过程中，文本由抽象思维转化为书面文字，为作者和受众共同分享，在生成方式、载体形态、具体内容、受众认知等方面发生的微妙变化，使得文本始终处于一个不断建构的过程中，体现出不确定性。因而文本的接受史，选集的编纂，文本的制作、流传与改写等获得了前所未有的关注。

## 一、手稿和定本

当书面文字成为文学传播的主要媒介时，文学信息的接收就产生了巨大的变化。美国传播学者菲德勒认为："书面信息的交换不要求发送者和接收者同在，因此传播从他们早期受到的时间和空间的限制中解放出来。书面文献将字词从它们的言者和它们最初的上下文中分离出来，削弱了记忆的重要性，允许对信息内容进行更加独立和更加从容的审视。"[1] 随着媒介形态的继续演变，媒介进入大众的视野，再度改变了人们对于文学的认识。

作者的手稿是文本最初的物质形态，也是文学信息流动的起源。随着印刷术的发展，印刷书籍逐渐取代了手稿抄本，但手稿在相当长时期内仍然发挥着信息传播的功能。手稿的制作流程往往伴随着作者的写作流程，作者完成初稿后，会重新阅读已完成的部分，并进行相应的修改，以适应新的构思。如唐庚介绍自己的写作过程："悲吟累日，仅能成篇，初读时未见可羞处，故置之；明日取读，瑕疵百出，辄复悲吟累日，反复改正，比之前时，稍稍有加焉；复数日取出读之，疵病复出；凡如此数四，方敢示人，然终不能奇。"[2] 又如陈师道："或愀然而归，径登榻，引被自覆，呻吟久之，蹙然而兴，取笔疾书，则一诗成矣。因揭之壁间，坐卧哦咏，有窜易至月十日乃定。"[3] 有的文人作品看似信笔而成，其实同样多有更定。如袁燮《跋西园诗集》云："今观西园公之诗亦然，精丽高雅，无辛苦迫切之态。若不甚经意者，而阅其稿而窜定多矣。"[4] 文学作品的草稿代表着文本产生时的状态，虽有零落、粗糙之嫌，却具有无限的发展可

---

① ［美］菲德勒：《媒介形态变化：认识新媒介》，明安香译，华夏出版社 2000 年版，第 52～53 页。

② （宋）魏庆之：《诗人玉屑》卷八，第 239 页。

③ （宋）徐度：《却扫编》卷中，尚成校点，见《宋元笔记小说大观》，第 4497 页。

④ （宋）袁燮：《跋西园诗集》，见《全宋文》卷六三七一，第 281 册，第 142 页。

能。而作者反复修正，是为了作出最令自己满意的选择。此类事迹多有流传，广为人知。最有名的修改案例如王安石的"春风又绿江南岸"，据说原稿"绿"为"到"，王安石圈去后标注"不好"，又改为"通""入""满"等字，修改十余次后，始定为"绿"字。① 而最积极地修改自己作品的宋代文人，可以欧阳修为代表：

> 世传欧阳公平昔为文章，每草就，纸上净讫，即黏挂斋壁，卧兴看之，屡思屡改，至有终篇不留一字者，盖其精如此。②
>
> 欧阳文忠公《樊侯庙灾记》真稿，旧存余家，其中改窜数处，如"立军功"三字，稿但曰"起家"，"平生"曰"生平"，"振目"曰"瞋目"，"勇力"曰"威武"，"雄武"曰"英勇"，"生能万人敌，死不能庇一躬"曰"生能奢喑哑叱咤之主，死不能保束草附土之形"，"有司"曰"残暴"，阙喑呜叱咤四字，"无茅"曰"使风驰电击平北咆哮"，凡定二十三字，书亦遒劲。③
>
> 顷有人买《醉翁亭记》稿，初说滁州四面有山，凡数十字，末后改定，只曰"环滁皆山也"五字而已。④

文本的草稿形态又意味着文学信息的内向传播，在构思付诸文字、文字形于纸上时，作者即充当了第一个阅读者，其后的判断与修改，可以视为作者对自己提出某种反馈意见，推动了文本的最终完成。作者在书写活动中，就已经自我实现了"生产—传播—接受—再生产"的循环进程。

修改过程中的作者手稿，人们视为草稿。草稿也可指早于定本行世，不成熟、未经最终审定的文本。当时作者未及深思，草草完成，往往也不自珍惜，于是轻易示人。待到作者悟昔日之非，其作品早已广泛流传，悔之无及：

> 觉范作《冷斋夜话》，有曰："诗至李义山，为文章一厄。"仆至此蹙额无语，渠再三穷诘，仆不得已曰："夕阳无限好，只是近黄

---

① （宋）洪迈：《容斋随笔》续笔卷八，第 317 页。
② （宋）陈善：《扪虱新话》卷五，见上海师范大学古籍整理研究所编：《全宋笔记》第五编，第 10 册，大象出版社 2012 年版，第 44 页。
③ （宋）袁褧、（宋）袁颐：《枫窗小牍》卷下，尚成校点，见《宋元笔记小说大观》，第 4776~4777 页。
④ （宋）祝穆：《古今事文类聚》别集卷五，文渊阁四库全书本。

昏。"觉范曰："我解子意矣。"实时删去。今印本犹存之，盖已前传出者。①

荆公题金陵此君亭诗云："谁怜直节生来瘦，自许高才老更刚。"宾客每对公称颂此句，公辄颦蹙不乐。晚年与平甫坐亭上视诗牌曰："少时作此题榜，一传不可追改；大抵少年题诗，可以为戒。"平甫曰："此扬子云所以悔其少作也。"②

虽然时有"不可追改"之叹，但遇到较真的作者，即使其作品只有一字不足，即使已流传久远，作者也要一一更定，使之臻于至善至美的地步。如欧阳修作《相州锦堂记》，已将文稿交由他人带走，其后欧阳修反复推敲，又命人快马追回，提笔将"仕宦至将相，富贵归故乡"改成了"仕宦而至将相，富贵而归故乡"。③仅仅两个"而"字的改动，可以见出欧阳修行文精严，造句用字，间不容发。又如诗人韩驹，同样有"追取更定"的写作态度：

右陵阳先生韩子苍诗草一卷，得之其孙籍。先生诗擅天下，然反复涂乙，又历疏语所从来，其严如此，可以为后辈法矣。予闻先生诗成，既以予人，久或累月，远或千里，复追取更定，无毫发恨乃止，则此草亦未必皆定本也。④

这一举措固然显示出了诗人精益求精的创作态度，以及日渐提高的诗学造诣，却会对文学作品的传播造成消极的影响。作者对文本的修改，实际上宣告了文本仍然保持着不确定的状态。传播过程中出现大量的别本、异文，使得受众无所适从。周必大校点前人文章，就自称"不敢专用手书及石刻，盖恐后来自改定也"⑤。以下试举几例：

东坡《大江东去》词，其中云："人道是三国周郎赤壁。"陈无己见之，言不必道三国，东坡改云"当日"。今印本两出，不知东坡

① （宋）许𫖮：《彦周诗话》，见《历代诗话》，第388页。
② （宋）魏庆之：《诗人玉屑》卷一七，第537页。
③ （宋）范公偁：《过庭录》，见（宋）张邦基、（宋）范公偁、（宋）张知甫：《墨庄漫录·过庭录·可书》，孔凡礼点校，中华书局2002年版，第325页。
④ （宋）陆游：《渭南文集校注》卷二七《跋陵阳先生诗草》，第10册，第160页。
⑤ （宋）周必大：《跋汪逵所藏东坡字》，见《全宋文》卷五一三五，第231册，第29页。

已改之矣。①

　　尝与叶致远诸人和头字韵诗，往返数四，其末篇有云："名誉子真矜谷口，事功新息困壶头。"以谷口对壶头，其精切如此。后数日，复取本追改云："岂爱京师传谷口，但知乡里胜壶头。"至今集中两本并存。②

　　东莱《济阴寄故人》〔柳絮飞时与君别〕有两本者：东莱少时作，后失其本，在临川，因与学徒举此诗，亡之，遂用前四句及结尾两句补成一篇；已而得旧诗，遂两存之。〔落花寂寂长安路〕者是旧诗，〔千书百书要相就〕者是追作。③

　　从校勘学的角度来说，别本、异文都有其存在的价值，研究者可以见出文学作品的无限变化。但对于传播者而言，却往往习惯将传播内容"定于一"，以方便传播者的活动。文本在写作过程中可以千变万化，但最终传播者还是希望文本以"定本"的面目进入传播流程。

　　到了写作的最后阶段，作者必须对手稿做全面的调整与总结，制作出定本。定本的出现包含着两重含义：一是进行最后的抄录与誊写，构成标准的版本；二是结束了草稿杂乱散漫的状况，形成了文本的最终面目。定稿与初稿往往有很大的区别，甚至有终篇无一字相同之事。欧阳修文集广为流播，异本迭出。"惟《居士集》经欧公抉择，篇目素定，有增损其辞至百字者，有移易后章为前章者。"④ 欧阳修晚年修订平生文字，尝自语云："不畏先生嗔，却怕后生笑。"⑤ 可见作者意识到定本是文本的终极完成形态，具有极大的传播价值，因而投入了大量精力，深恐为后人所笑。当定本完成后，就可以之为原型，开始雕版刊印的传播活动。

## 二、写本与印本

　　宋代是印刷文化兴盛的时代，印刷术的进步把印刷的书籍确定为文本大众传播的唯一基础。印本具有统一的格式和内容，能化身千万，广为传播，并且在不断的复制过程中不易产生差异，因此读者容易产生一种朴素

---

① （宋）曾季狸：《艇斋诗话》，见《历代诗话续编》，第307页。
② （宋）叶梦得：《石林诗话》，见《历代诗话》，第406页。
③ （宋）曾季狸：《艇斋诗话》，见《历代诗话续编》，第285页。
④ （宋）周必大：《欧阳文忠公集后序》，见《全宋文》卷五一一七，第230册，第134页。
⑤ （宋）沈作喆：《寓简》卷八，文渊阁四库全书本。

的观念，认为印本更为精确，具有某种正统性，必然胜过写本，进而将其作为获得信息的唯一渠道。尤其是在印本与写本的比较中，人们可以轻易批评写本的种种不足，其中最容易为人抨击的，即是写本文字多有舛误之处，远远不及印本。苗昌言《三辅黄图跋》云："世无板刻，传写多鲁鱼之谬。"① 写本转录次数越多，越有可能出现问题：

> 有作陶渊明诗跋尾者，言渊明《读山海经》诗有"形夭无千岁，猛志固有在"之句，竟莫晓其意。后读《山海经》云："刑天，兽名也，好衔干戚而舞。"乃知五字皆错。"形夭"乃是"刑天"，"无千岁"乃是"舞干戚"耳。如此乃与下句相协。传书误缪如此，不可不察也。②

> 世传吕先生受道于钟离先生，有《传道集》，其书秘，世或罕见。近岁转相传写，往往人皆有之而不甚宝。惜字多驳谬，"乌""焉"成"马"者，俗莫能辩。③

> 每有稿草，投之箧中，未尝再阅，若再阅，辄不如意，自鄙恶之。……有一吏颇敏利，亦稍知文章体式，因付两箧，令编次之。便依篇目，各成伦类，亦不曾亲阅。有书吏三数人抄录成卷帙，其间差错脱漏，悉不曾校封改证。前年子瞻觐止，见索鄙陋，欣然呈纳，因而面告为删除其繁冗，芟夷其芜秽，十存三四，聊以付子孙而已。④

写本确实容易在缮写过程中出现种种问题，但并不能以此来证明印本的天然正确性。"但以印本为正"的观念具有一定的误导成分，晁说之《宋子京手书杜甫诗跋》就指出："前辈见书自多，不如晚生少年但以印本为正也。"⑤ 又据《竹坡诗话》记载：

> 晁以道家，有宋子京手书杜少陵诗一卷，如"握节汉臣归"乃是"秃节"，"新炊间黄粱"乃是"闻黄粱"。以道跋云：前辈见书自多，不如晚生少年但以印本为正也。不知宋氏家藏为何本，使得尽

---

① （宋）苗昌言：《三辅黄图跋》，见《全宋文》卷四六四三，第209册，第273页。
② （宋）周紫芝：《竹坡诗话》，见《历代诗话》，第342页。
③ （宋）王庭珪：《书传道集后》，见《全宋文》卷三四一〇，第158册，第223页。
④ （宋）张方平：《谢苏子瞻寄乐全集序》，见《全宋文》卷八〇四，第38册，第3页。
⑤ （宋）晁说之：《宋子京手书杜甫诗跋》，见《全宋文》卷二八〇六，第130册，第122页。

见之，想其所补亦多矣。①

归根结底，印本必然以某一写本为底本，在其基础上核校订正后，使用印刷媒介进行传播，所以印本只是文本建构过程中的一个阶段、一种表现形式。印本的优势在于自我复制的能力，却不能保证在形成之初就已经完美无缺。以下举一例：

> 印板文字，讹舛为常。盖校书如扫尘，旋扫旋生。葛常之侍郎著《韵语阳秋》，评诗一条云："沈存中云：退之《城南联句》'竹影金锁碎'者，日光也，恨句中无日字尔。余谓不然。杜子美云：'老身倦马河堤永，踏尽黄榆绿槐影。'亦何必用日字，作诗正要如此。"葛之说云尔。辉考此诗，乃东坡《召还至都门先寄子由》，首云："老身倦马河堤永，踏尽黄槐绿榆影。"终篇皆为子由设，当是误书"子瞻"为"子美"耳。此犹可以意会，若麻沙本之差舛，误后学多矣。②

这里关于诗句内涵的争论，最后却以对于印本文字的辨正而结尾，足见印本多有舛误之处，若仔细考辨，当有所发现。只是印本广为流传，且制式统一，受众产生了先入为主的看法，不能正确地认识印本存在的弊端。故叶梦得有云："然板本初不是正，不无讹误。世既一以板本为正，而藏本日亡，其讹谬遂不可正，甚可惜也。"③ 因而宋代文人大多并不迷信手中的印本，而是兼取诸本，多方比对：

> 尝见东坡手写《会猎》诗云："向不如皋闲射雉，人间何以得卿卿。"世所传本乃作"不向如皋"，遂以为东坡误用如皋为地名，特未尝见写本耳。④
> 所录杜子美诗，颇与今行椠本小异，如"忍对江山丽"，印本"对"乃作"待"；"雅量涵高远"，印本"涵"乃作"极"，当以此

---

① （宋）周紫芝：《竹坡诗话》，见《历代诗话》，第349页。
② （宋）周辉撰、刘永翔校注：《清波杂志校注》卷八，第334页。
③ （宋）叶梦得撰、（宋）宇文绍奕考异：《石林燕语》卷八，第116页。
④ （宋）吴聿：《观林诗话》，见《历代诗话续编》，第118页。

为正。①

荆公《定林》诗云："定林修木老参天，横贯东南一道泉。五月杖藜寻石路，午阴多处弄潺湲。"尝见许子礼吏部云："渠亲见定林题壁，不云'修木'云'乔木'，不云'石路'云'去路'，不云'弄潺湲'云'听潺湲'。"又《试院中》诗云："白发无聊病更侵，移床向竹卧秋阴。"子礼云见荆公真本，不云"向竹卧秋阴"，却云"卧竹向秋阴"。皆与印本不同。②

东坡《贺新郎》，在杭州万顷寺作。寺有榴花树，故词中云石榴。又是日有歌者昼寝，故词中云："渐困倚孤眠清熟。"其真本云"乳燕栖华屋"，今本作"飞"字，非是。③

东坡在徐州作长短句云："半依古柳卖黄瓜。"今印本作"牛衣古柳卖黄瓜"，非是。予尝见坡墨迹作"半依"，乃知"牛"字误也。④

少游《郴阳》词云："雾失楼台，月迷津渡，桃源望断知何处？可堪孤馆闭春寒，杜鹃声里斜阳暮。"诗话谓"斜阳暮"语近重叠，或改"帘栊暮"。既是"孤馆闭春寒"，安得见所谓帘栊？二说皆非。尝见少游真本，乃"斜阳树"，后避庙讳，故改定耳。山谷词"杯行到手莫留残，不到月斜人散"，诗话谓或作"莫留连"，意思殊短。又尝见山谷真迹，乃是"更留残"，词意便有斡旋也。⑤

叶梦得云："唐以前，凡书籍皆写本，未有模印之法，人以藏书为贵。人不多有，而藏者精于雠对，故往往皆有善本。学者以传录之艰，故其诵读亦精详。"⑥ 正因为唐代雕版印刷事业还未兴起，书籍皆写本，且来源不一，反而拓宽了读者的眼界，得以比较其差异，以求得善本。这种风气在宋代虽然开始减退，但并未完全消失。宋代文人参考不同版本的差异，不仅仅是出于校雠、校勘的需要，更重要的是提高自己的鉴赏能力，如朱弁《笠泽丛书跋》云："世传《丛书》多舛谬。弁既至其邑，想其遗

① （宋）黄伯思：《跋洛阳所得杜少陵诗后》，见《全宋文》卷三三五八，第156册，第224页。
② （宋）曾季狸：《艇斋诗话》，见《历代诗话续编》，第294页。
③ （宋）曾季狸：《艇斋诗话》，见《历代诗话续编》，第310页。
④ （宋）曾季狸：《艇斋诗话》，见《历代诗话续编》，第318页。
⑤ （宋）张端义：《贵耳集》卷下，李保民校点，见《宋元笔记小说大观》，第4312页。
⑥ （宋）叶梦得撰、（宋）宇文绍奕考异：《石林燕语》卷八，第116页。

风，因求善本校证，刻之于版，俾览者非独玩其辞而已矣，于其志节将取焉。"①

## 三、精刻前的精校

文本的建构，善本的选择，首先要考虑到文集的编纂情况。如果篇帙不完，多有遗漏散落者，无论如何精校文字、明辨真伪，亦不得称善。有的作者不惜其作，往往随手散逸。如欧阳修《哭曼卿》一诗记载故友遗稿散逸的情况："诗成多自写，笔法颜与虞。旋弃不复惜，所存今几馀。"② 又如梅尧臣"又以其诗既多，不自收拾，故其散亡遗失，在前日已为可惜"③。尹洙《浮图秘演诗集序》云："诗既多，为人所重，演亦不自爱之，数客外方，颇逸去，录之凡三百余篇。"④ 邵雍自编其集，时人称赏的"须信画前原有《易》，自从删后更无《诗》"一联却不在集中，"知其随手散佚，不复收拾"⑤。有的作者懒于编校，给传播者造成了许多麻烦。郑刚中自云："老懒，杂置箧中，他日有能为收拾者否？所未能知也。"⑥ 周煇欲编徐俯诗集，"因叩家集，云诗已板行，他无存者。久而得奏议于残编断简中，猥并错乱，不可读。乃为整缀成十卷，附以杂文一卷，写以归之"⑦。原始资料若不可靠，自然会影响后续传播活动的开展。

由于古代文学传播往往依托人与人的交往来进行，传播者在作者过世后访求遗稿的活动固然重要，但在作者生时，传播者或直接记录、或辗转听闻的点点滴滴同样值得关注。这些第一手信息具有相当的权威性，尤其得人重视：

> 山谷《笔》诗云："宣城变样蹲鸡距，诸葛名家捋虎须。"予尝见东湖口诵，与此本不同，云："宣城诸葛尊鸡距，笔阵王家将鼠须。"鸡距、鼠须，皆笔名也。言"蹲"言"捋"则无意义，言"尊"言"将"则有理。东湖喜诵此诗，又喜《知常车》诗，即

① （宋）朱袞：《笠泽丛书跋》，见《全宋文》卷三〇一四，第140册，第64页。
② （宋）欧阳修：《欧阳修全集》卷一，第19页。
③ （宋）欧阳修：《欧阳修全集》卷四三《梅圣俞诗集序》，第613页。
④ （宋）尹洙：《浮图秘演诗集序》，见《全宋文》卷五八六，第28册，第7页。
⑤ （清）纪昀总纂：《四库全书总目提要》卷一五二《击壤集提要》，第3966页。
⑥ （宋）郑良嗣：《北山集序》，见《全宋文》卷五七一八，第254册，第344页。
⑦ （宋）周煇撰、刘永翔校注：《清波杂志校注》卷五，第194页。

"新晴鼓角报斜阳"者是也。二诗皆亲见其诵。①

　　秦少游在岭外贬所有诗云："挥汗读书不已，人皆笑我何求。我岂更求闻达，日长聊以销忧。"其语平易浑成，真老作也。今集中不见有之。予见吕东莱之子逢吉口说。②

　　正因为传播者与作者的关系如此重要，作者的亲朋好友、门生故旧在其文学传播过程中的意义自然格外突出，这些人物既然深知作者的生平大略、为人处世，所编订的文集自然为人信服。如曾几《东莱诗集序》云：

　　编次而行于世，退之则李汉，子厚则梦得，文忠公则东坡先生。或其门人，或其故旧，又皆与数公深相知。盖知之不深，则岁月先后，是非去取，往往颠倒错乱，不可以传。近世张文潜、秦少游之流，为文例遭此患，知与不知之异也。③

　　当然万事皆有例外，作者亲友编订的集子不一定属于善本。如朱熹《张南轩文集序》云：

　　敬夫既没，其弟定叟裒其故稿，得四巨编。……因复益为求访，得诸四方学者所传凡数十篇。又发吾箧，出其往还书疏读之，亦多有可传者。方将为之定著缮写，归之张氏，则或者已用别本摹印而流传广矣。遽取观之，盖多向所讲焉而未定之论，而凡近岁以来谈经论事、发明道要之精语，反不与焉。④

　　可见传播者担负着文集收录、编辑、刊行的责任，因而要求其有见识眼光以及认真负责的态度。传播者的工作并非简单的收集、汇编，若见识不足，则作者的精粹英华反不能从其文集中见出；若草草了事，亦不足以产生善本。可见传播者与作者的密切关系只是有利条件，而不能产生决定性的影响。文学信息的传播，不是一个点对点的简单流程，而是体现出多级传播的格局。文学信息从作者到读者的流动，不是以一个传播者作为中介，而是要经历收集、汇整、抄写、传布、点校、刊印、出版等诸多环

---

① （宋）曾季狸：《艇斋诗话》，见《历代诗话续编》，第 288 页。
② （宋）曾季狸：《艇斋诗话》，见《历代诗话续编》，第 290 页。
③ （宋）曾几：《东莱诗集序》，见《全宋文》卷三八〇〇，第 174 册，第 134 页。
④ （宋）曾几：《东莱诗集序》，见《全宋文》卷五六二一，第 250 册，第 330 页。

节。在这一过程中，文学信息很可能发生损耗和变异。陆游《老学庵笔记》称："苏子由作绩溪令时，有《赠同官》诗云：'归报仇梅省文字，麦苗含穗欲蚕眠。'盖用纬语也。近岁均州版本，辄改为'仇香'。"① 若校雠不精，不待读者质疑，作者已然表示了不满。因此在印本形成，以一化万之前，必须完善这个根本的"一"，进行校雠核对的工作，以保证文本建构的顺利进行。

许多低劣的印本在当时广泛流行，误人不浅，尤其是书坊印本不断冲击文人的下限，从反面证明了校雠核对工作的必要性。如苏诩《栾城集跋》云："太师文定栾城公集刊行于时者，如建安本，颇多缺谬；其在麻沙者尤甚，蜀本舛亦不免，是以览者病之。"② 曹彦约《跋延平答问》云："与麻沙印本刊其误而阙其疑，可以传矣。锓本益昌学宫，与四蜀之士共焉。"③ 叶时《重刊类说序》云："前言往行，君子贵于多识；稗官小说，良史列之九流。曾公所编《类说》，盖此意也。余旧藏麻沙书市绍兴庚申年所刊本，字小而刻画不精，且多舛误，意必有续刊大字善本。……因取所藏旧本，稍加是正，锓板于郡斋，庶可寿此书。"④ 所谓"麻沙本"是宋代著名书坊刻本，既是文学传播广泛化的代表，又是校雠核对活动的首选对象。

校雠核对是一项漫长的工作，要耗费难以想象的时间。如朱熹《书屏山先生文集后》云："《屏山先生文集》二十卷，先生嗣子坪所编次，已定，可缮写。……后十余年，始复访求，以补家书之缺，则皆传写失真，同异参错而不可读矣。于是反复雠订，又十余年，然后此二十卷始克成书，无大谬。"⑤ 有时是在多人的共同努力下完成的。如葛繁《校刻韦应物集后序》云："于是得晁文元公家藏韦氏《全集》，俾寮属宾佐参校讹谬，而终之于繁，始命镂板，将以传之于后世。"⑥

没有人声明自己可以彻底地完成这项工作，只能取得阶段性成果，就只能寄望将来，盼望有人尽可能地还原作品的原始形态。如《张于湖先生集序》云："别后诗文，多得之耳授，然不能无舛也。……大成从先生久，先生深爱之者，尽以家藏与诸家所刊属其雠校，虽不敢谓全书，然视

---

① （宋）陆游：《老学庵笔记》卷四，李剑雄、刘德权点校，中华书局 1979 年版，第 48 页。
② （宋）苏诩：《栾城集跋》，见《全宋文》卷四八六九，第 219 册，第 326 页。
③ （宋）曹彦约：《跋延平答问》，见《全宋文》卷六六六四，第 293 册，第 37 页。
④ （宋）叶时：《重刊类说序》，见《全宋文》卷六五九六，第 290 册，第 185 页。
⑤ （宋）朱熹：《书屏山先生文集后》，见《全宋文》卷五六二四，第 250 册，第 377 页。
⑥ （宋）葛繁：《校刻韦应物集后序》，见《全宋文》卷一七六二，第 81 册，第 39 页。

他本则有间矣。继有所得，当为后集云。"① 若不能一战以收全功，则寄望于后之君子为其补完。赵善悰《柳文后跋》云："意其故家遗俗，得之亲授，本必精良，与它所殊。及到官，首取阅之，乃大不然，讹脱特甚。推原其故，岂非以子厚尝居是邦，故刻是集，传疑承误，初弗精校欤？抑永之士子，当时传写藏去，久而废散，不复可考欤？因委广文钱君多求善本订正，且并易其漫灭者，视旧善矣。虽然，安知不犹有舛而未真、遗而未尽者乎！后之君子，好古博雅，当有以是正尽善云。"② 如黄铢《豫章遗文跋》云：

> 先祖训之曰："……凡残编断简，皆子孙所宜宝藏。但以今所传《豫章文集》考之，往往有老师宿儒口所传授者，尚多遗阙，世以为惜。……是时好事者争欲传诵，未暇定其舛谬，即以授工，濡辈他日当求善本以订正之，成吾志也。"③

又有欧阳守道《皇宋通鉴长编纪事本末序》云：

> 《皇宋纪事本末》，宝祐元年直徽猷阁谢侯守庐陵，始以家藏本刊于郡斋。侯既去，予从郡学见之，借授贡士徐君琥传录。徐以郡本不可复得，有意转刊于家。或谓卷帙繁多，宜作节本，刊既就，以示予覆读，则颇疑其间多所舛讹。盖前此郡斋所刊，匆匆未及点对，而侯已去，殊为可惜。近有得大字蜀本者，予复借与数友参较，乃知郡本固自多误，蜀本误亦不免，再质之于《续通鉴长编》，寻其本文初意，而后敢以为安。所眩正不翅千数百字，然亦惟有误，则据本正之，傥无可据，虽一字不敢辄增损也。④

当后来者综合前人的研究成果，博取众家之长，方能一洗流弊，制定出善本行世。如释智圆《新印还源观后序》云"但多历年所，颇有舛误，世虽盛行，罔或条理。今所印者乃博求众本，精详得失，而播迁讹伪，开

① （宋）张孝伯：《张于湖先生集序》，《于湖居士文集》卷首，《四部丛刊》本。
② （宋）赵善悰：《柳文后跋》，见《全宋文》卷六五二二，第287册，第220页。
③ （宋）黄铢：《豫章遗文跋》，见《全宋文》卷六六七七，第293册，第256页。
④ （宋）欧阳守道：《皇宋通鉴长编纪事本末序》，见《全宋文》卷八〇一〇，第346册，第459页。

济正真，亦已备矣"①，主要就是强调成熟文本最终完成，纠正了大部分舛误。

校雠核对也是一项复杂的工作，有时作者手自校正，亦不免有所舛误。如邵博《闻见后录》称："京师印本《东坡集》，轼自校。其中'香鏐'字误者不更见于他书。"② 校雠核对工作的开展，一方面，会考虑传播方式的影响。杜诗有云："鹅费羲之墨，貂余季子裘。"关于此诗的议论如下：

> 今草堂石本作"鹅贵羲之墨"。"贵"比"费"虽无义理，然草堂入石本，不应有误也。③

这里的石本引入杜甫手迹，来源无误，行世既早，且意在流传后世，尽管论者多有思虑，仍承认这属于杜甫的手笔。另一方面，则取决于自我的鉴别能力，依据文本中反映的思想、境界、笔力、美感等因素进行判断：

> 近世士大夫家所藏杜少陵逸诗，本多不同。余所传古律二十八首，其间一诗，陈叔易记云，得于管城人家册子叶中。一诗，洪炎父记云，得之江中石刻。又五诗，谢仁伯记云，得于盛文肃家故书中，犹是吴越钱氏所录。要之皆得于流传，安得无好事者乱真？然而如《巴西闻收京》云："倾都看黄屋，正殿引朱衣。"又云："克复诚如此，安危在数公。"又《舟过洞庭》一篇云："蛟室围青草，龙堆拥白砂。护江蟠古木，迎棹舞神鸦。"又一篇云："说道春来好，狂风太放颠。吹花随水去，翻却钓鱼船。"此决非他人可到，其为此老所作无疑。④

这里对杜诗归属问题的说明非常简单："此决非他人可到，其为此老所作无疑。"在他人看来，这一理由过于简单。但在文人看来，这些诗句打上了老杜的鲜明烙印，他人绝对达不到此等地步，这就是最有说服力的理由。

从事校雠核对工作的传播者，是文本建构活动的重要参与者。这一工

① （宋）释智圆：《新印还源观后序》，见《全宋文》卷三〇九，第15册，第216页。
② （宋）邵博：《邵氏闻见后录》卷一九，第148页。
③ （宋）曾季狸：《艇斋诗话》，见《历代诗话续编》，第290页。
④ （宋）周紫芝：《竹坡诗话》，见《历代诗话》，第345页。

作不仅依赖其判断能力，还考验其意志与态度。连作者自己都会出错，那么我们的活动，究竟是有利于文本的建构、善本的出现，还是过犹不及，阻碍了文本原貌的自然呈现？某些人物毫无顾忌，但某些人物不免有所迟疑，担心自己的修正反而影响了读者的认知。如黄彦平《王介甫文集序》云：

> 近世诸贤旧业，其乡郡皆悉刊行，而丞相之文流布闽浙，顾此郡独因循不暇，子詹子所为奋然成之者也。纸墨既具，久而未出，一日谓客曰："读书未破万卷，不可妄下雌黄；雠正之难，自非刘向、扬雄莫胜其任。吾今所校本，仍闽浙之旧尔，先后失次，讹舛尚多，念少迟之，尽更其失，而虑岁之不我与也，计为之何！"客曰："不然，皋、苏不世出，天下未尝废律。刘、扬不世出，天下未尝废书。凡吾所为，将以备临川之故事也，以小不备而忘其大不备，士夫披阅终无时矣。明窗净榻，永画清风，日思误书，自是一适。若览而不觉其误，误而不能思，思而不能得，虽刘、扬复生，将如彼何哉！"①

黄彦平感慨自己才具不足，校雠核对的工作进行缓慢，难以赶上书籍出版的进度安排。但其朋友善加开导，所言颇有道理。天下书籍之讹舛可谓无处不在，未必人人有锦心慧眼，可以一一辨识，但天下书籍刊板行世，仍是络绎不绝。若校雠不精，误导读者，是小小的不足。若一意追求校雠的精细，耽误了书籍出版，不能向读者传示新知，则是大大的不足，即"以小不备而忘其大不备"。而且校雠核对不可能一步到位，"夫校雠工夫，如拂几上尘，旋拂旋生，去后寻绎，当更有得，录以见寄，抑以观子日进之学"②。虽然人人都了解校雠核对工作的重要性，但这一工作极为耗费心力，有时还要追赶书籍出版的进度，难以达到尽善尽美，传播者往往抱着得过且过的态度。直至今日，这仍然是一个颇受争议的问题。

# 结　语

划时代的变革往往是后人总结出的，时人身处其中，反而难以把握其

---

① （宋）黄彦平：《王介甫文集序》，见《全宋文》卷三九七七，第181册，第303页。
② （宋）刘炳：《皇朝文鉴序》，见《全宋文》卷七六六五，第333册，第69页。

意义。文学不是文人阶层的私有物，文学信息必然向社会其他阶层流动。文学信息主要在文人阶层的人际关系网中流动，但其他传播方式本身具有一定的公共性，题壁传播正是其中典型。宋代雕版印刷技术的成熟，实现了传播的大众化，更为重要的是，使书籍得以大量生产，信息得以更迅速地进入传播渠道，提升了宋人的知识修养，密切了人与人之间的联系，推动了文学社会的形成。文学外部环境的改变可能会引发内部问题，宋代是由写本向印本全面转化的时期，文人开始通过统一制作的书籍来了解文学，引起人们对文本不确定性的思考。一项传播新技术的发明、成熟、应用、推广是个漫长的过程，对社会体系的影响也是逐渐显现出的。较之前代，宋代雕版印刷技术推动了文学传播的进步，出现了传播大众化的趋势，但其程度比之明清还是有所不如，更不可能像今天的新媒体一样彻底改变文学场的结构。宋代文学场的主要行动者仍是位于社会中上层的人物，文学传播大众化带来的文学大众化、通俗化、商品化特征，要在后世才能明确体现出来。

# 第四章　传播意识与传播行为

　　一般而言，传播主体的意识与行为是一对相互作用的概念，传播主体产生意识，前提是存在相关行为；传播主体具有明确的意识，对于行为目的性、倾向性、策略性的认识会更为清晰，有利于行为的进一步开展。若将研究对象从个人扩大到时代，研究者就会发现：一个时代的传播意识与传播行为并不是均衡、同步、一致的状态。某些人有自主行动，却未能产生明确的认识；有的新观念在特定群体中萌发，却未能成为当时的主流思想；有些人的意识与行为甚至是相冲突的。研究者可以搜集一个时代中传播主体行为的大量材料，如果只是进行分类，指出某种行为对应某种意识，就难以把握问题的复杂性，结论可能难以体现特定时代里出现的新特征。宋代文学传播活动正处于一个时代转折点上，时人在大量的实践中认识到当代的传播活动与前代相比出现了明显的区别。笔者选取不朽意识、空间意识与商品意识三个问题进行分析，这三种意识在前代已有所体现，本节重在阐明三者在宋代的拓展、深化与新变，以此来理解宋代文学传播的演进意义。

## 第一节　立言亦可不朽

　　苏轼有言："哀吾生之须臾，羡长江之无穷。"① 这代表了个体生命面对世界时的共通感受，生涯有限，天地无穷，正是古人烦恼、忧虑，乃至于恐惧的根源。生年终有尽时，本是世间常理，但若是身名俱灭，无闻于世，则意味着一切的终结，彻底否定了人生的价值与意义。古人对于身后之名的执着追求，正是为了超越短暂人生、实现永恒意义而付出的努力，

---

① （宋）苏轼：《赤壁赋》，《苏轼文集》卷一，第6页。

故云："君子疾没世而名不称焉。"① 早在春秋时期，古人就明确提出了扬名后世、成就永恒的途径："大上有立德，其次有立功，其次有立言。虽久不废，此之谓不朽。"② "立言"所代表的原始写作活动，得以与不朽声名联系起来。而在魏晋时期，曹丕在《典论·论文》中指出："文章，经国之大业，不朽之盛事。"③ 立言的内涵就此转化为文学话语，士人可以文学作为永恒不朽的事业。

"三不朽"是一个等而次之的概念，立言始终处在立德、立功之后。即使是大力抬高文学地位的曹丕，也在《与王朗书》中说："生有七尺之形，死唯一棺之土，惟立德扬名，可以不朽，其次莫如著篇籍。"④ 曹植在文学史上的地位高于其兄，却也承认："辞赋小道，固未足以揄扬大义，彰示来世也。昔扬子云先朝执戟之臣耳，犹称壮夫不为；吾虽德薄，位为藩侯，犹庶几戮力上国，流惠下民，建永世之业，流金石之功，岂徒以翰墨为勋绩，辞赋为君子哉？"⑤ 可见曹植将立德、立功视为人生的最高价值，不甘于只将文学作为努力的方向。

## 一、立德、立功的传统

宋代政治清明，文化昌盛，士人大多兼具官员、学者与文人的多重身份。这既造成了士阶层内部的等级分化，又使其在不同的文化语境下产生了多样化的传播理念。宋人对于德行、功业、文学三者关系的不同认识，为文学传播提供了不同的动因。

对于道学家而言，士人应当以正心诚意、修身立德为根本，文辞不过余事。君子以德行节操为当世楷模，有益于治道人心，为后人敬仰，其言其行自然得以垂范后世、永传不朽，故云："夫言之所以获行于后久而不泯者，必其一出于义理之正，而著于人心有不可废者，故世亦不得而不传也。"⑥ 而世人大多不知其中深意，欲以文学求名，耗费了大量的时间和精力，最终一事无成。陈长方《豫章集序》："立言非君子之本心，然古圣贤常由此以见于后。故世之士，不知其因人而传也，遂谓言为足恃，疲精神，穷目力，为书邀名，以荣朽骨。败笔洮纸，动千万计，而言之有补

① 杨伯峻译注：《论语译注》，中华书局 1980 年版，第 166 页。
② 杨伯峻编著：《春秋左传注》襄公二十四年，中华书局 1981 年版，第 1088 页。
③ （魏）曹丕著、魏宏灿校注：《曹丕集校注》，安徽大学出版社 2009 年版，第 313 页。
④ （魏）曹丕著、魏宏灿校注：《曹丕集校注》，第 283 页。
⑤ （魏）曹植著、赵幼文校注：《曹植集校注》卷一《与杨德祖书》，中华书局 2016 年版，第 227~228 页。
⑥ （宋）李埴：《云庄集序》，见《全宋文》卷六七〇八，第 294 册，第 379 页。

于人，能传于后者，百无一二也，亦果何为哉？"① 有德者必有言，但其言也是载道之器，"文纯乎道，乃可传远。苟不贯道，其不与草木俱腐者几希"②。文以载道的观念不仅体现在创作层面，也反映在传播过程中。

对于政治家而言，事功为其本职，文学亦为余事。政治家应当以功勋业绩留名后世，将立功置于立言之前。陈宗礼《范忠宣文集跋》就说："呜呼，士君子一言之善，犹足以诏后世而贻方来，况夫功与德炳炳然在人耳目，非专于立言者欤。"③ 时人往往关注其作为政治家的成就，忽视其作为文学家的一面。如宋人以寇准为名相，不将其视为诗人："莱公两朝大臣，勋业之盛，掀天揭地，人皆知有其名而往往或不知有其诗，何也？盖勋业有以揜之也。"④ 某些政治家较为重视立言的价值，认为立功立言并行不悖，均有传世垂范的价值。尹洙《志古堂记》就说："盖其用也，行事泽当时以利后世，世传焉，从而为功名；其处也，立言矫当时以法后世，世传焉，从而为文章。"⑤ 某些政治家则认为文学只是消遣，文学传播对于自己的形象有所妨害，如韩维喜作诗歌，但一见子弟传抄就将之毁弃，并说："士大夫当以行义为先，是何足成名，吾以自适尔。"⑥

## 二、立言地位上升

个人的德行、功业需要文辞的记载方能流传后世，因其文而成其名。宋人论述三不朽，就在不断提升"言"的价值：

> 士君子所以立者三：功业也，节行也，文辞也。三者有一，皆足以名世垂后；兼而有之，千百载无几人焉。盖功业之士鲜工于文辞，文辞之士多略于名检，是以全之者难。⑦

> 不朽有三，曰立德，曰立功，曰立言。有一于斯，可以无愧于后世。其德可尚，不必有功；其功可纪，不必有言；其言可传，不必其人之贤也，况兼善而有之乎？⑧

---

① （宋）陈长方：《豫章集序》，见《全宋文》卷四五七三，第206册，第172页。
② （宋）徐次铎：《柳先生祠碑》，见《全宋文》卷六七四五，第296册，第134页。
③ （宋）陈宗礼：《范忠宣文集跋》，见《全宋文》卷七三〇八，第318册，第392页。
④ （宋）辛敤：《再刊寇莱公诗集后序》，见《全宋文》卷四八九六，第221册，第107页。
⑤ （宋）尹洙：《志古堂记》，见《全宋文》卷五八七，第28册，第33页。
⑥ （宋）韩元吉：《高祖宫师文编序》，见《全宋文》卷四七九三，第216册，第105页。
⑦ （宋）倪思：《癯翁文集序》，见《全宋文》卷六四〇五，第282册，第306页。
⑧ （宋）李鹰：《陈省副文集后序》，见《全宋文》卷二八五一，第132册，第133页。

或谓言不若功，功不若德，是不然也。夫见于行事之谓德，推以及物之谓功，二者立矣，非言无以述之，无述则后世不可见，而君子之道几乎熄矣。是以纪事述志，必资乎言，较于事，为其贯一也。①

德行、功业不能凭空而传，必须借助文辞作为载体。士人之文流传世间，后辈从中得见其人生平事业，士人的生命在某种意义上得到了延续。杨万里《龙湖遗藁序》云："读其集见其人，了了在目中也，而其人亡久矣。其人亡，其文存，其人岂真亡也夫！"②魏了翁《游忠公仲鸿鉴虚集序》云："其文之有传，虽不遇犹遇，虽死犹不死也。"③戴复古《跋丁梅岩集》云："君没逾四纪，其季子策始刻其遗稿以传。丰城剑气，发越自今，梅岩其不死矣。"④无论官员、学者还是文人，都必须想方设法使自己的文集流传后世。徐铉"距今且二百年，其英名伟节得以不泯而为后学法者，系《文集》是赖"⑤。司马光以为"人生如寄，其才志之美所以能不朽于后者，赖遗文耳"⑥。楼钥为朋友文集作序，盛赞其平生功业，最后还是说："然传于不朽，要不若遗文之具备。"⑦即使仕途坎坷，功业难成，若是文采焕然，亦可傲视王侯公卿。杨时《跋贺方回鉴湖集》云："世变屡更，流落州郡不少振，岂诗真能穷人耶？然方回诗益工，名日益高，足以传不朽矣。与世之酣豢富贵与草木同腐者，岂可同日议哉！以此易彼，亦可自释也。"⑧文字传世的重要性，已成为宋代士人的共识。

立言虽然置于立德、立功之后，但也有独立的价值。王炎《程允夫集序》云："素所蕴蓄不获见于事业，而惟寓于其文，故所成就如此。此足为不朽，计于地下无憾矣。"⑨尤袤为曾敏行《独醒杂志》作跋云："呜呼，士君子抱负所有，不见于用，必托于言。若公者高见远识，尚友前辈，虽陆沈于下，而遗书满家，足以垂世传后。其视富贵无闻者，孰得

① （宋）苏颂：《小畜外集序》，见《全宋文》卷一三三七，第61册，第346页。
② （宋）杨万里撰、辛更儒笺校：《杨万里集笺校》卷八二《龙湖遗藁序》、第3325页。
③ （宋）魏了翁：《游忠公仲鸿鉴虚集序》，见《全宋文》卷七〇八二，第310册，第80页。
④ （宋）戴复古：《跋丁梅岩集》，见《全宋文》卷六九三八，第304册，第52页。
⑤ （宋）徐琛：《明州重刊徐骑省文集后序》，见《全宋文》卷四五七五，第207册，第254页。
⑥ （宋）司马光：《题陈泊手书诗稿后》，见《全宋文》卷一二一八，第56册，第126页。
⑦ （宋）楼鑰：《王文定公内外制序》，见《全宋文》卷五九四九，第264册，第114页。
⑧ （宋）杨时：《跋贺方回鉴湖集》，见《全宋文》卷一二六八五，第124册，第264~265页。
⑨ （宋）王炎：《程允夫集序》，见《全宋文》卷六一〇八，第270册，第277页。

孰失？况又有子方骎骎显荣，足以为不亡矣。"① "士大夫种学绩文，孰不欲流传于后？"② 宋代士人虽然多有仕途通达者，但也有更多的人科场不利，沉沦不偶。大多数人都是在追求立德、立功而无所成就之后，才会以立言作为补偿和平衡。傅自得《韦斋集原序》云："文章之工拙系乎人，时命之通塞存乎天，天人之适相合也为甚难。是以古今负文章之名者，未必得贵仕；而都公卿之位者，又未必以文章显也。"③ 因此宋人对于立言的态度非常复杂，一方面抒发自身的不遇之感，希望借文学留名后世，为后人所认同。这类言论在宋人序跋中比比皆是，李珏《书先大父遗稿》云："夫先民之不朽者，有行、有言，行事苟不尽见于时，则斯文必亦有述于后。"④ 杨万里《达斋先生文集序》云："斯人无遇于今，斯文当有遇于后也。"⑤ 刘克庄《徐先辈集序》云："夫士不幸而不遇于当时，所赖以自见于后世者书尔。"⑥ 另一方面，宋人又极力强调自己的长项不局限于文学，获得文学上的美名也不是自己的最终目标。王淮《省斋集跋》云："（廖天民）位未通显，嘉猷无自而告，惠泽弗加于民，平生志气姑寓之于铿锵之文，当知君之所长不独工于文辞而已。"⑦ 程珌《吴基仲诗集序》云："君之栖幽寂而誉雷霆，生今代而名后世，不在乎区区章句间也，而君固有大于诗者。世之作诗如君者多矣，往往无以传其诗焉，诗能独行乎哉？"⑧ 无论如何，越来越多的士人认同了立言的价值，却是不争的事实，将立言和立功相提并论的言论开始出现。赵粹中《吕忠穆公文集序》云："文章功业，兼美为难。……后世若诸葛武侯、裴晋公、李赞皇，逮我本朝富郑公、司马温公，文章冠于一时，功业著于万世。三代以还，寥寥数千百载之间，能兼全者惟此数人，何其难耶！"⑨ 文人生前积极于求仕干禄、荣身显名，以文学为末业。然千载之后，峨冠博带零落蒙尘，钟鸣鼎食辉煌不再，唯有文章辞气流播后世，铭记人心。

如果士人不遇于当时，而文辞不传于身后，那就是最大的不幸。真德

---

① （宋）尤袤：《独醒杂志跋》，见《全宋文》卷五〇〇〇，第 225 册，第 231 页。
② （宋）楼钥：《筠溪文集序》，见《全宋文》卷五九四九，第 264 册，第 109 页。
③ （宋）傅自得：《韦斋集原序》，见《全宋文》卷四六七六，第 211 册，第 32 页。
④ （宋）李珏：《书先大父遗稿》，见《全宋文》卷六七〇五，第 294 册，第 313 页。
⑤ （宋）杨万里撰、辛更儒笺校：《杨万里集笺校》卷七九《达斋先生文集序》，第 3229 页。
⑥ （宋）刘克庄著、辛更儒笺校：《刘克庄集笺校》卷九六，第 4068 页。
⑦ （宋）王淮：《省斋集跋》，见《全宋文》卷四九九七，第 225 册，第 184 页。
⑧ （宋）程珌：《吴基仲诗集序》，见《全宋文》六七八四，第 297 册，第 381 页。
⑨ （宋）赵粹中：《吕忠穆公文集序》，见《全宋文》四九二二，第 222 册，第 148 页。

秀《傅枢密文集序》云："夫志既不白于当世，独其文辞可自托以及远，而复泯泯不扬，是重不幸也。"① 杨万里《江西续派二曾居士诗集序》云：

> 古之君子道充乎其中必思施乎其外，故用于时者施也，传于后者亦施也。然用于时或不传于后，传于后或不用于时，二者皆难并也。是有幸有不幸焉。生而用，没而传，幸之幸也；生而用，没而不传，幸之不幸也；生而不用，没而有传，不幸之幸也。至有生既不用于时，没又不传于后，岂非不幸之不幸也欤？②

这段拗口的话与上文关于"三不朽"的论述相呼应，千古圣人、救时宰相、文坛宗主这三种形象很难集于一身。宋代虽为士人的盛世，但既能处世立功名，又能妙手著文章的人物仍是少而又少，得其一者即可留名后世。士人若不遇于生前、隐没于身后，以致身死名灭，确实是人生之大不幸。

有鉴于此，宋代的文学传播思想就与伦理道德观念建立了紧密的联系。先人立言传世，子孙后代有责任为之宣扬传播，为先人的不朽之业作出贡献。邹应龙《梁溪先生文集跋》云："若夫人以立言为不朽，以有后为不死。公（李纲）之文既得其子衮而集之，又得其孙镂而传之，将使天下之人家有其书，真足以不死且不朽矣。"③ 士人若只在意自身的显赫闻达，不为先辈扬名，也会受到谴责。卫宗武《谢东庄诗集序》云："因慨夫士之负寸长以求闻达于时者，知所以显其身而莫知有以显其亲，能使其身之名传而莫能使其亲之名并传，皆非真知有亲也。"④ 戴复古之父戴敏遗稿散落不存，难以收拾，戴复古感到极为愧疚，《东皋子诗跋》云："复古孤幼无知，使先人篇章□落，名亦不显，不孝之罪不可赎也。"⑤ 葛元隰有意刊行廖刚《高峰先生文集》，廖刚之子觉得此举有沽名钓誉之嫌，迟疑未决。葛元隰指出："古之君子，未尝不论撰其先人之美，而明著之后世。无美而称之，是诬也；有善而弗知，不明也；知而弗传，不仁

① （宋）真德秀：《傅枢密文集序》，见《全宋文》卷七一六九，第313册，第147页。
② （宋）杨万里撰、辛更儒笺校：《杨万里集笺校》卷八三《江西续派二曾居士诗集序》，第3344~3345页。
③ （宋）邹应龙：《梁溪先生文集跋》，见《全宋文》卷六九七六，第306册，第12页。
④ （宋）卫宗武：《谢东庄诗集序》，见《全宋文》卷八一四八，第352册，第240页。
⑤ （宋）戴复古：《东皋子诗跋》，见《全宋文》卷六九三八，第304册，第51页。

也。三者，君子之所耻也。"① 最终以道德原则说服了对方。宋人视传播先人文集为恪尽孝道的方式，为文学传播事业增添了新的动力。这一观念也导致许多家庭关注先辈的文学成就，子孙产生了将其发扬光大的愿望，推动了宋代文学家族的兴盛。

文学传播的推动力来自何处？是依靠文学作品的内在质量，还是仰赖外在的社会力量？这是个很困扰人的问题，获得答案不难，难在对传播活动是否能予以验证。如今研究者关注延誉、品题、名流印可等问题，指出其对于文学传播的影响，宋人对此也有相当深刻的认识。后学晚进得到知名前辈的赞赏，更容易被文坛接纳。声名煊赫的大宗师推崇籍籍无名的小人物，使得其作品更容易流传。许多下层文人言微人轻，若想取信当时，留名后世，最直接的方法就是请当世名流为之宣扬。如方逢辰《洪盘陆先生诗序》云："生濂，予族之外孙也，以妇翁洪盘陆翁平生善题咏，惧其死而诗不传，录其藁为一卷，求潜斋、石庵诸老为之序以托不朽。"② 如果没有人为之延誉，许多下层文人会就此湮没无闻。王十朋《潜洞严阇梨文集序》为一位僧人抱不平："呜呼！师真非常人，惜乎遁迹于桑门，无贤士大夫与之游，推扬而夸大之，遂使其名泯灭而无闻。"③ 对于那些未及留名就过世的人，就要在保存其作品的同时，请名人为之宣扬。俞德邻在《盛童子遗稿序》中指出："悼其殀而哀之，取其可传者而寿之，意必择能言之士，足以传于今而信于后者。"④

也有人明确反对请名人作题序，强调文学传播的动因来自于作品和作者。如姚勉《秋崖毛应父诗序》云："信乎诗不以序传，而以诗传也。诗不以诗传，以人传也。人可传，诗必可传矣。"⑤ 特别是邀请的名人大多是高官显贵，不是文坛名宿，自然易引起其他文人的不满。如刘克庄《陈天定漫藁序》云：

> 然卷中与当时名公卿酬酢多而与山间林下人往还少，若将借誉于彼者，是大不然。珠潜剑埋，犹现光怪，文字在天地间决无泯没之理。夫挟权位以轩轾人物，贵显者之任也；持衡尺以裁量文章，非贵

① （宋）葛元隰：《高峰先生文集序》，见《全宋文》卷四八七七，第220册，第122页。
② （宋）方逢辰：《洪盘陆先生诗序》，见《全宋文》卷八一七三，第353册，第218~219页。
③ （宋）王十朋：《潜洞严阇梨文集序》，见《全宋文》卷四六二八，第208册，第386页。
④ （宋）俞德邻：《盛童子遗藁序》，见《全宋文》卷八二八三，第357册，第358页。
⑤ （宋）姚勉：《秋崖毛应父诗序》，见《全宋文》卷八一三四，第351册，第449页。

显者之任也。①

邀请政治人物题序，不仅是专业不对口的问题，更被视为抢夺文化权力的举动，引起文人的普遍反感。

归根结底，还是文学本身的成就决定了文学传播的可能性。刘克庄《跋宋氏绝句诗》云："盖诗之传传以工，不传以多也。"② 周必大《张文靖公文集序》说得更加细致："德之盛者必有言，言之文则行也远。……然德有差等，言有精粗，其传久近亦必随之。"③ 传播范围的大小和文学成就的高低是成比例的，不过文学作品是否广为流传，不能成为判断其价值的决定性依据。王迈《清江三孔集跋》云："夫士君子之立言，其传与不传，盖有幸不幸，未遽以存亡显晦，为能否工拙也。"④

### 三、自我形象的呈现和塑造

声名传扬于后世，是所有文士的共同愿望，而以怎样的形象出现在后人面前，则是所有文士必须思索的问题。文士的传播形象往往是由媒介传达，经过传播者的处理，包含在传播信息之中，具有特定意义与内涵的形象。换句话说，这种形象不是自然产生的，而是人为建构出来的。如果不考虑接收者解读的因素，那么传播形象是在文士和传播者的共同努力下形成的。后人致力于收集前人的所有信息，尽可能地了解其人文学生活中初学、入门、成长、成熟等一系列历程，产生一个完整、准确、全面的认识，此乃人之常情。但任何人都有美化自我的倾向，文士未必在意形象的完整性，而更为关心形象的完美性，即希望向后人传示最符合个人理想的自我形象。

文士的形象生成，关键在于传播者所提供的信息。接收者通过一定的信息来认识文士，如果信息内容出现问题，接收者的理解就会发生错误。如果信息量不足，接收者的认识就会出现偏差。传播者所提供的信息往往是不够全面的，林之奇《观澜集后序》云："代有不录之人，人有不收之文……由其所取乎斯文者，以为尽于其书，故其所遗者人得而恨之。"⑤ 接收者只能管中窥豹，了解其中一端。有时只知其人在某一时期的创作情

---

① （宋）刘克庄著、辛更儒笺校：《刘克庄集笺校》卷九七，第 4081 页。
② （宋）刘克庄著、辛更儒笺校：《刘克庄集笺校》卷一〇一，第 4221 页。
③ （宋）周必大：《张文靖公文集序》，见《全宋文》卷五一二〇，第 230 册，第 173 页。
④ （宋）王迈：《清江三孔集跋》，见《全宋文》卷六六九八，第 294 册，第 202 页。
⑤ （宋）林之奇：《观澜集后序》，见《全宋文》卷四六〇六，第 207 册，第 377 页。

况。如王十朋《南浦老人诗集序》云："所得止暮年之一二，多穷愁抑郁之气，壮年豪迈语无一字留。"① 有时只能获得其人对某一文体的创作成果。如陆游《晁伯咎诗集序》云："至他文亦皆豪奇，不独其诗可贵，尚力求而尽传之。"②

此外，对于文士擅长某一类文体的集中宣传，可能引发遮蔽效应，使读者忽视其人多方面的创作成就。谢谔《卢溪文集序》云："李、杜诗多于文，韩、柳文多于诗，世之不知者便谓多者为所长，少者为所短，此殆拘牵之论而非圜机之士。"③ 以数量多寡而不是以成就高下来判断文士所擅长的文体，确是胶柱鼓瑟之举。但如果读者只能看到作者某一文体的作品，有此错觉也在情理之中。宋人轻视词体创作，但词体作为大众娱乐文学，流行极广，以致压倒了作者在其他文体上的成就。如王称《书舟词序》："程正伯以诗词名，乡之人所知也。余顷岁游都下，数见朝士往往亦称道正伯佳句，独尚书尤公以为不然，曰：'正伯之文过于诗词。'此乃识正伯之大者也。"④ 又如赵师岊《圣求词序》云："缙绅巨贤，多录藁家藏，但不窥全裕，未能为刊行也。余因念圣求诗词俱可以传后，惜不见他所著述，以是知世间奇才未乏也。士友辈将刻《圣求词》，求序于余，故余得言其大概。"⑤ 在为朋友的词集作序时，必须指出这不能代表其人的全部成就，以免朋友声名受损。刘克庄《再题黄孝迈长短句》云："君他文皆工，余恐其为乐章所掩，因以箴之。"⑥ 言下之意，就是劝谏朋友不要在词体上浪费时间，以免影响了自己的声名。

也有部分宋人对于自己是否能留名后世不感兴趣。俞德邻《山鸡自爱集序》云："诗之作不作在我，其爱不爱在人。《语》以人不知而不愠为君子，《易》以不见是而无闷为潜龙。古之君子，未尝求人之知，觊人之爱也。"⑦ 这就是真正以文学作为自我满足、自我实现的工具，不太在乎他人的看法。曾巩为奇人徐复立传，特意记录他晚年取其所为文章尽焚之。其原因是："古圣贤书已具，顾学者不能求，吾复何为，以徼名后世

---

① （宋）王十朋：《南浦老人诗集序》，见《全宋文》卷四六二八，第 208 册，第 385 页。
② （宋）陆游：《渭南文集校注》卷十四《晁伯咎诗集序》，第 9 册，第 362 页。
③ （宋）谢谔：《卢溪文集序》，见《全宋文》卷四八七二，第 220 册，第 23 页。
④ （宋）王称：《书舟词序》，见《全宋文》卷四八六五，第 219 册，第 255 页。
⑤ （宋）赵师岊：《圣求词序》，见《全宋文》卷六三六四，第 281 册，第 26 页。
⑥ （宋）刘克庄著、辛更儒笺校：《刘克庄集笺校》卷一〇六《再题黄孝迈长短句》，第 4425 页。
⑦ （宋）俞德邻：《山鸡自爱集序》，见《全宋文》卷八二八二，第 357 册，第 348 页。

哉?"① 面对前人取得的成就,宋人深感无处着手,如果不能超越前人,文章就不必流传后世,这也是一种"影响的焦虑"吧。

在古代文学传播活动中,关于包装、造势、宣传之类的广告理念尚未得到广泛应用,形象塑造的方法主要是对于传播信息的选择和过滤,以呈现某种特定的形象。柳开"乾德戊辰中,遂著《东郊书》百篇,大以机谲为尚,功将馀半,一旦悉出焚之,曰:'先师所不许者也。吾本习经,反杂家流乎?'众闻之,益谓不可测度矣"②。宋祁"每见旧所作文章,憎之必欲烧弃",赢得"公之文进矣"的评价。③ 李觏表明自己的态度:"妖淫刻饰尤无用者,虽传在人口,皆所弗取。"④ 秦观"索文稿于囊中,得数百篇。辞鄙而悖于理者辄删去之"⑤。唐庚《上钱宪杂文序》:"退求平生所业,而多难沦失,存者无几。其间复有俳谐者,放荡者,触时忌者,不近道者,妄论天下利害非所当言者,文多不足录者,为故纸糊窗,首尾讹缺莫可考者,率皆削去。"⑥ 晁冲之病故前,取平生所著书而焚之,并说:"是不足以成吾名。"⑦ 周紫芝在《太仓稊米集自序》中指出:"中年取少时所作而诵之,悉皆弃去,可呕也。老来取中年所作而诵之,则又皆弃去,可笑也。今老矣,而竟不能加,安知他人诵之不呕且笑耶?"⑧ 杨万里编辑诗集时,就将不满意的诗作焚毁,朋友颇感可惜,杨万里却意犹未尽:"予亦无甚悔也。然焚之者无甚悔,存之者亦未至于无悔。"⑨ 他对于留存的诗作仍觉不能尽善尽美,需要进一步修订。

文士的写作生涯是一个逐渐成长、进步的过程,到了晚年,技巧逐步圆熟,风格趋于稳定,成就达到巅峰,若于此时重新审视少时作品,多有不堪卒读之感。文士既然有意否定少时创作成就,就会在传播过程中有意除去这部分作品。正如鲁迅在《集外集》的序言中所说:"听说:中国的好作家是大抵'悔其少作'的,他在自定集子的时候,就将少年时代的作品尽力删除,或者简直全部烧掉。"⑩ 在宋人编辑自己文集的过程中,

① (宋)曾巩:《曾巩集》卷四八《徐复传》,第651页。
② (宋)柳开:《东郊野夫传》,见《全宋文》卷一二七,第6册,第392页。
③ (宋)胡仔纂集:《苕溪渔隐丛话》前集卷二九,第202页。
④ (宋)李觏:《盱江集序》,见《全宋文》卷八九六,第42册,第39页。
⑤ (宋)秦观:《淮海闲居集序》,徐培均笺注《淮海集笺注》,上海:上海古籍出版社,第1531页。
⑥ (宋)唐庚:《上钱宪杂文序》,见《全宋文》卷三〇〇九,第139册,第341页。
⑦ (宋)喻汝砺:《晁具茨先生诗集序》,见《全宋文》卷三八八九,第178册,第4页。
⑧ (宋)周紫芝:《太仓稊米集自序》,见《全宋文》卷三五二一,第162册,第168页。
⑨ (宋)杨万里撰、辛更儒笺校:《杨万里集笺校》卷八〇《诚斋江湖集序》,第3257页。
⑩ 鲁迅:《集外集》序言,见《鲁迅全集》第7册,人民文学出版社2005年版,第3页。

此类事例屡见不鲜。蔡绦《西清诗话》载："荆公云：'李汉岂知韩退之，辑其文不择美恶，有不可以示子孙者，况垂世乎？'以此语门弟子，意有在焉。"① 此为何意？即是王安石示意门生后人，不要重蹈覆辙，要善于选择自己的诗文，以求自身形象的完满，便于流传后世。

## 第二节　转向空间观念

这里所说的空间观念，主要是指传播的空间指向。文学作品的传播究竟要达到何种效果？是要成就不朽，使千百年后的来者能知其大要、见之详情，还是要在当时传布四方，产生即时的影响？这一观念的变化，正是在传播活动不断丰富，人们的认识不断深化的基础上产生的。早期的传播者都是不自觉地开展活动，而宋人开始意识到两种传播效果的区别，进而明确自己的目的与指向。而时人对于石刻传播的新认识，同样反映了空间观念的深化。随着空间意识的明晰，文学传播活动"行远"的意义得到了更为突出的表现，文学的意义也得到了新的思考。

### 一、印刷术与"行于当时"

曹丕有云："古之作者寄身于翰墨，见意于篇籍，不假良史之辞，不托飞驰之势，而声名自传于后。"② 曹丕站在创作者的立场，强调文辞章句对于文人心性情志的寄托。但从传播者的角度出发，则缺乏对于文学传播的明确认识。所谓"声名自传于后"虽然正确评价了传播的意义，终属泛泛之说。但曹丕准确把握了文学信息必须以某种物质载体形式存在，如代指手抄誊写的"翰墨"和意为书册典籍的"篇籍"。在印刷技术发达的宋代，讨论文学作品的传播过程，往往是在讨论书籍的编刻印行等具体事项。印刷术的广泛应用，使印刷书籍成为重要的传播载体，导致人们的传播观念发生了巨大的变化。

印刷术的应用，使得文学传播进入印本时代。印本的传播优势，即在于易于复制，可以日成万纸。原先文籍必须手自抄写，劳心劳力。两相比较，其优劣之处显而易见。人们很快就以雕版刊行取代了手抄笔录，选择最有效率的方式达到传播目的。司马光编订庞籍遗作，"既而以文字之

---

① （宋）胡仔纂集：《苕溪渔隐丛话》前集卷三四，第232页。
② （魏）曹丕：《典论·论文》，见《曹丕集校注》，第313页。

多，惧世人传者不能广也"，于是"刻板摹之"。① 施昌言《唐文粹后序》
云："故姚右史纂唐贤之文百卷，用意精博，世尤重之。然卷帙繁浩，人
欲传录，未易为力。临安进士孟琪，代袭儒素，家富文史，爰事摹印，以
广流布。"② 戴表元《方使君诗序》云："盖使君好客，志气白首不衰，
闻篇帙浩繁，承学之士疲于传录，惜未有好事者托之木石，广其传云。"③
若文人作品卷帙浩繁，信息量巨大，一一亲笔缮写，就是一个不可能完成
的任务，那么印本最终取代抄本，自然也是顺理成章之事。

当时社会上还是有许多文人保持传统，以手抄的方式开展传播活
动，但很快就在现实面前碰壁。薛师石颇有诗名，在他死后"人士无远
近，争致其诗。其子弟手抄不能给，于是相与刻之"④。张谏《扪虱新
话跋》云："户掾陈仲友，尝从子兼学，得所谓《扪虱新话》者，乃能手
钞以示人，弗少靳，且方勾有力者锓木以广其传，贤于房、杜远矣。"⑤
郑域《友林乙稿序》云："埒黄、陈，词轹晁、晏，片文单字，脍炙士
林。……凡两霜侍席，掇拾《友林诗稿》，得百七十首。明作莫传，士争
借录，腕为之脱稿，窃命工锓之。"⑥ 文人或得享大名，或拥有珍贵典籍，
自然受到时人追捧，求取者众，手抄的方式无论如何也不能满足要求，最
后不得不改弦易辙。

印本的传播指向，从时人认定的传播范围上可以见出。一般来说，印
本流传久远，既能行于当时，复能传于后人，但是这个"后人"的意义
却需要推敲。一般来说，文学作品流传后世，俾使后之君子知其大要，是
针对千百年后的人物立论，突出其传世不朽的意义。但随着印刷术的普及
应用，文学作品可以在当时产生巨大的影响。如《苏魏公文集后序》云：
"欣慕前哲，欲刻之学宫，布之四方，使来者有所矜式，其用心可谓广
矣。"⑦ 这个学习先贤的"来者"不再全然是千百年后的人物，也包括晚
于作者生活年代数十年的后学晚进。因此印本的传播指向不再侧重后世的
流传，而是强调当时的影响：

---

① （宋）司马光：《故相国庞公清风集略后序》，见《全宋文》卷一二一七，第 56 册，第
　　113 页。
② （宋）施昌言：《唐文粹后序》，见《全宋文》卷三九二，第 19 册，第 101 页。
③ （元）戴表元：《方使君诗序》，见《全元文》卷四一七，第 12 册，第 109 页。
④ （宋）赵汝回：《瓜庐诗序》，见《全宋文》卷六九四一，第 304 册，第 126 页。
⑤ （宋）张谏：《扪虱新话跋》，见《全宋文》卷五三八二，第 241 册，第 70 页。
⑥ （宋）郑域：《友林乙稿序》，见《全宋文》卷六四六三，第 285 册，第 11 页。
⑦ （宋）周必大：《苏魏公文集后序》，见《全宋文》卷五一二一，第 230 册，第 204 页。

其流传于世者，人竞以抄录。……然玠窃观古经书及后世名人所为文，必待圣贤删削订正，以取重当世。……惜其文之不传，请校勘舛讹，镂板于军学，庶传之永久，为学者矜式。①

吾家传甫从公游，间掇拾其诗文凡一千余篇，以世之学者争欲得公所作，读之而恨见之未博也，于是锓之板以传焉。②

往往好事得之者珍秘不传，以故人多未见。……因以家笥所藏《小畜集》八本更加点勘，鸠工镂板，以广其传，庶与四方学者共之。③

这里提到印本的传播效果有两类：一类是传之永久，以示学者，偏于对后世的影响；另一类则明确提出是以当世学者、四方学者为传播对象，更强调在当时的影响。也就是说，印本的流传，不仅仅强调时间上的不朽，还重视空间上的普及，其传播指向有了显著的变化：

在纸尚未发明并用于书写以前，中国人即以采用种类极多的材料供写作文书档案、历史记录、私人信函以及与鬼神和后代子孙交流之用。……一般说来，在陶土上刻写，中国可以上溯到新石器时代，为期至早；骨、甲、象牙、青铜及竹之用于铭刻和书写则可以上溯至商代；以石、玉、丝帛及某种金属作为书写材料源于周代初期；书写于木简则始于汉代。某些坚硬耐久、不易磨蚀的材料，主要用于永久性的记录与纪念庆典的铭文，易于湮失蚀灭的材料如竹、木、丝帛之类则广泛用来抄写书籍、文件及其他日用文字。前一类材料用于延续多年的纵向信息传递，后一类型的材料则主要供同时代人之间进行横向信息交流。④

当印刷术在宋代蓬勃发展起来以后，中国书籍的传播情形立刻产生了空前的变化。从前认为书籍只能在时间上流传久远的，现在却能进一步地在空间上也广泛流传。于是书籍不再只是记载的工具，而转变成为传播的工具了。⑤

---

① （宋）黄玠：《演山先生文集跋》，见《全宋文》卷四五八〇，第 206 册，第 353 页。
② （宋）师璞：《嵩山集序》，见《全宋文》卷五三八二，第 241 册，第 64 页。
③ （宋）沈揆：《小畜集序》，见《全宋文》卷五四〇八，第 242 册，第 110 页。
④ 钱存训著、郑如斯编订：《中国纸和印刷文化史》，广西师范大学出版社 2004 年版，第 26 页。
⑤ 乔衍琯：《宋代坊肆刻书与诗文集传播的关系》，台湾《"中央"图书馆馆刊》新二十八卷第一期。

印本传播指向的变化，强调印本所产生的现实效果，更加激发了时人刊行印本书籍的热情。印本当广为流传，"是宜自名一家而传之一乡，自一乡而布之他邦，岂特为子孙之藏而已"①。叶适《黄子耕文集序》云："子耕虽以惠利德于一州，然异日去此，必将有时而尽。不若刻二书巾山之上，使读之者识趣增长，后生及知古人源流，教思无穷，视今惠利何翅千百！"② 杨长孺得范成大《石湖词》，偶与乡人刘炳先、继先伯仲言之，便受到批评："昔蘧伯玉耻独为君子，足下独私先生之制作，可乎？"杨长孺对曰："不敢！"③ 并将书授予朋友，俾使此书得以刊行于世，使更多的读者得以了解。江遹《文庄集序》云："盖尝从容语及，遂蒙出其家藏凡百卷以示。因付镂工，以广其传。遹常窃笑文人之裔，秘其家集为私淑之计，一遭变故，已亦不能有之，或覆见有于人，甚者灰于劫火，靡有孑遗，卒之其先无传焉。"④ 也正是这种热情，刺激了宋代印本书籍的大幅增加，为宋代文学的兴盛提供了良好的外部环境。

## 二、石刻传播指向的改变

一定的物质、社会、文化条件限定了行动的可能性，影响着行动者的思考角度和行为选择，行动者将现实的限制内化为认知、传统和趋向，进而指导实践，就形成了所谓的"惯习"。个体的行为正是自我与社会相互影响的结果。就传播活动而言，在特定的传播场中，某一传播方式的应用，已经包含着对于传播目的、传播内容、传播对象等内容的定义。传播者选择使用某种传播方式，并非从心所欲，实际上就接受并认可了这些定义，由此体现出支配实践的"惯习"。随着传播技术的进步和文化环境的转变，石刻传媒的传播指向，就经历了由传于后世到行于当时的转变。

石刻是一种古老的传播媒介，较之甲骨铜器，其使用寿命或者有所不及，但取材更为广泛，信息容量更大，因此得到更为广泛的使用。由于石质载体具有坚硬、牢固、厚重的特性，较之简帛书册，更容易被世人视为留存文献、声名传世、成就不朽的重要保证。《墨子·明鬼下》云："古者圣王必以鬼神为务，其务鬼神厚矣。又恐后世子孙不能知也，故书之竹帛，传遗后世子孙。咸恐其腐蠹绝灭，后世子孙不得而记，故琢之盘盂，

---

① （宋）周必大：《王推官洋漫斋文集序》，见《全宋文》卷五一一七，第 230 册，第 142 页。
② （宋）叶适：《黄子耕文集序》，见《全宋文》卷六四七一，第 285 册，第 158 页。
③ （宋）杨长孺：《石湖词跋》，见《全宋文》卷六七六四，第 297 册，第 58 页。
④ （宋）江遹：《文庄集序》，见《全宋文》卷三八七九，第 177 册，第 231 页。

镂之金石以重之。"① 陆游也在《跋六一居士集古录跋尾》中说："始予得此本，刻画精致，如见真笔。会有使入蜀，以寄张季长，及再得之，才相距数年，讹阙已多，知古人欲传远者，必托之金石，有以也夫!"② 从上古起，石刻传播的首要意义并非是在当时广为流传，形成重大影响，而始终与昭示后人、流传后世的指向性相联系。

人们欣赏石刻，见到巨石巍然，大笔涂丹，岁月不改，天地不移，感受其中蕴含的雄奇、博大、深沉、厚重的意味，自然怀有尊崇、敬仰的心态。镌文于石，传于久远，那么入石之文也应当具有历久不衰的价值，石刻形制的不朽属性强化了石刻文字的不朽意义。如上文所引《墨子》之言，上古圣王忧惧所行之道沦没丧亡，后世子孙无从得知，因而以石刻传示后人，这是分析传播媒介的持久性。文中又说琢之盘盂、镂之金石能"重"其道，同样是认为传播方式提升了传播内容的庄严性、崇高性与典重性，能提高后人的关注程度。

早期石刻工作艰难且烦琐，行之不易，只能是社会高层人士和重大事务的专属平台，也引起了古人对石刻内容的高度重视。最早的石刻应当出现于秦朝，始皇巡游天下，刻石有六，以纪功述德为主。石刻一般被君王官员用于朝堂事务，意在宣政扬威，政治倾向极为明显。朝代越是靠前，石刻越是珍贵，其内容的典重性就越是明显。其后石刻多被士绅家族用于生活中的重大事务，同样得到时人的重视。但石刻与文学的联系较为疏远，一方面是石刻形制的唯一性，使得石刻文字难以广泛流传，另一方面则是出于传播内容的典重性，非雄文大笔不得入石。高标准导致唯有文学经典方能进入石刻传播的流程，使得这一传播方式不具有普及意义。

总的说来，从媒介的角度看，在传于后世和行于当时的指向差异中，石刻载体的物理属性决定了传播者对前者的偏向。从历史的角度看，通过石刻传播的信息集中在国家政事、个人功业，这就是石刻传播的"惯习"，这里被理解为传播者的自觉认识与行为倾向性。但惯习与实践并不是简单的"决定"与"被决定"的关系，惯习在实践中保持不断生成的状态，因而惯习具有可塑性、历史性与流变性。时至宋代，随着传播技术的进步与社会环境的改变，传播场的惯习也产生相应的变化。这一变化主要表现为石刻的文学传播功能更为明显，更为重视石刻在当时的传播效果。

---

① 吴毓江撰、孙启治点校：《墨子校注》卷八，中华书局 1993 年版，第 340 页。
② （宋）陆游：《渭南文集校注》卷三十，第 10 册，第 245 页。

　　宋代的石刻技术虽未发生质的飞跃，但无论是摹勒技能，还是刻工技巧，均较前代发展成熟，这既节省了刻石成本，又减轻了工作负担，降低了石刻传播的准入门槛，使得一般文人的诗词文章得以镌刻入石。苏轼得其友寄赠近作，"子骏以其所作《八咏》寄余，余甚爱其诗，欲作而不可及，乃书其末，以遗益昌之人，使刻之石，以无忘子骏之德"①。南宋邹恭行经郴州苏仙岭，有感于秦观《踏莎行》，"乃命工以其词镌之石壁，当与此景同传不朽云"②。陆游《入蜀记》云："赴郡集于倅廨中。坐花月亭，有小碑，乃张先子野'云破月来花弄影'乐章，云得句于此亭也。"③ 张先于此地觅得佳句，故刻石留念。周必大《跋胡邦衡奏札稿》云："其孙知邕州槻将刻石传远，见属一言。"④ 子孙收拾先辈残稿，欲以垂范后世，石刻传播就是一个不错的选择。由此可见，石刻与文学的联系趋于紧密，按照内山精也的说法："对北宋中期以降的士大夫来说，将诗歌刻石已经不是一种特别的行为。对他们而言，石刻媒体决不是一种与己无关的疏远的媒体，而可以说是能够马上将新创的作品登载出来的与己切身相关的媒体之一。"⑤

　　石刻传播的缺陷也是显而易见的，石体巨大沉重，不易从刻石之地移动，且大多为独一无二的制品，这就限制了传播的范围。石刻制造完成并不意味着传播活动的结束，行人游客亲眼目睹石刻真迹后，会与亲友故旧交流见闻心得，他们由信息的接收者转变为传播者，通过各自的人际关系网进行二次传播。正如苏轼所言："孔壁、汲冢竹简科斗，皆漆书也。终于蠹坏。编钟、石鼓益坚，古人为不朽之计亦至矣。然其妙意所以不坠者，特以人传之耳。"⑥ 若要推动石刻文学传播的大众化，传播者首先想到的是增加石刻的数量。黄静跋潘阆词云："《酒泉子》十首，乃得之蜀人，其石本今在彭之使厅。予适为西湖史，宜镌诸石，庶其共传。"⑦ 苏轼以《海棠》诗为得意之作，"平生喜为人写，盖人间刊石者自有五六

<hr/>

① （宋）苏轼：《苏轼文集》卷六八《题鲜于子骏八咏后》，第 2127 页。
② （宋）邹恭：《跋秦少游踏莎行》，见《全宋文》卷八一五一，第 352 册，第 284 页。
③ （宋）陆游著，钱锡生、薛玉坤校注：《入蜀记校注》卷一，见《陆游全集校注》第 11 册，第 13 页。
④ （宋）周必大：《跋胡邦衡奏札稿》，见《全宋文》卷五一三五，第 231 册，第 31 页。
⑤ ［日］内山精也：《"东坡乌台诗案"考》，见氏著《传媒与真相——苏轼及其周围士大夫的文学》，上海古籍出版社 2006 年版，第 246 页。
⑥ （宋）苏轼：《苏轼文集》卷六六《题所作书易传论语说》，第 2073 页。
⑦ （宋）黄静：《石刻潘阆词跋》，见《全宋文》卷二六三六，第 122 册，第 215 页。

本"①。石刻数目既多，存于不同地点，覆盖面得以扩大，更多的人有机会欣赏石刻文字，但这并未从根本上解决石刻传播所遇到的问题。

石刻文学若要扩大传播面，就必须在一定程度上脱离石质载体的约束。在石刻文学的二次传播中，传播者或自行抄写，或模打拓印，聪明地选择保存石刻承载的文学信息，而不是复制石刻本身。石刻传播的重要特征即是石碑、拓本并行于世，石刻真迹固然重要，但拓本、抄本才是石刻文学流行当世的重要渠道。孔延之《会稽掇英总集序》云：

> 后之为文章，自非藏之名山，副在湘帙。镂之板，屋室有时而变；勒之石，岸谷有时而易。况火于秦，莽、卓于汉，割裂于六朝、五代，则木石之能不散荡者几矣。……故题之板不如刊之石，刊之石不如墨诸纸。苟欲诵前人之清芬，搜斯文之放逸，而传之久远者，则纸本尚矣。②

石刻最终以纸本为尚，进入了印本传播的固有模式。唯有如此，石刻传播才能突破本体的束缚，超越地域的限制，追求化身千万、广为流传的效果。黄沃尝刊其父黄公度之集，跋曰："虽埋石幽壤，陵谷难迁，而石之隐秘，初不可睹，孰若以未干之墨，寄之纸上，传十为百，传百为千乎！"③ 随着印刷技术的进步和社会文化环境的改变，石刻的传播指向也发生了微妙的变化，既保持了传于后世的意义，又进一步追求行于当时的传播效果。

## 第三节　商业意识的萌芽

文学作品是创作者进行精神生产的特殊产品，满足人们的某种精神需要，也就具有相应的交换价值。在文学的生产—流通—消费的过程中，文学传播作为连接生产者和消费者的流通环节，既有无功利目的的一面，也有价值交换实现的一面。在商品经济发达的时代，商品化是文学发展的必然趋势，文学传播逐渐演变为面向大众，以市场为平台，以货币为媒介，

---

① （宋）阮阅编：《诗话总龟》前集卷二八，第297页。
② （宋）孔延之：《会稽掇英总集序》，见《全宋文》卷一〇三三，第48册，第70页。
③ （宋）黄沃：《知稼翁集跋》，见《全宋文》卷五八〇四，第258册，第192页。

反映等价交换规律，具备商品交易性质的经济行为，出版、发行、营销、售卖活动开始成为文学传播的主要内容。这一趋势于宋代初步显现，既推动了宋代文学传播活动的繁荣发展，也改变了宋代文坛的基本格局和文人的思想观念。

## 一、文人以文学为谋生手段

在现实生活中，文学满足了文人的精神需要，还可以用来谋取金钱，满足文人的物质欲求。宋代是文人生活的黄金时代，朝廷崇尚文教，优礼文人，使得文人社会地位空前提高，为历代之所无。"今世用人，大率以文词进。大臣，文士也；近侍之臣，文士也；钱谷之司，文士也；边防大帅，文士也；天下转运使，文士也；知州郡，文士也。"[1] 文人在社会上理应属于富裕阶层，拥有享受生活、追逐声色的基本物质条件。但现实并非全然如此，宋代文人中亦不乏拙于生计、家境穷困、生活清寒者。这部分人必须以文学技能为谋生手段，他们开展文学传播活动，也是出于追求经济利益的目的。

干谒投献是文人与权要之间的一种交流活动，是以文人为信源，权要为信宿的信息流动过程，是古代文学人际传播的主要形式之一。文人投递诗词文章，通常是希望得到权要的赏识，谋求政治上的晋身机会。而许多宋代文人的干谒之举，却是为了获取生活所需的资金，干谒的对象若欣赏其才华，一般会在经济上尽力援助，构成了一种具有特殊目的的文学传播。欧阳修有云："令狐揆著书数年乃成，托宋公序投献李夷庚，夷庚问何人作序，讯知其人，使送银二笏。"[2] 令狐揆为北宋人，此时文人地位一般较高，生活相对宽裕，以经济利益为目的的干谒投献还不多见，因此值得记录。南宋时，大批文人沉沦末宦，流落江湖，面对沉重的现实经济压力，多向权要投献己作，以换取物质赏赐。方回评点戴复古《寄寻梅》，论及当时的干谒之风：

> 盖江湖游士，多以星命相卜，挟中朝尺书，奔走闽台郡县糊口耳。庆元、嘉定以来，乃有诗人为谒客者。龙洲刘过改之之徒不一人，石屏亦其一也。相率成风，至不务举子业，干求一二要路之书为介，谓之阔扁，副以诗篇，动获数千缗以至万缗。如壶山宋谦父自

---

① （宋）蔡襄：《任材》，见《全宋文》卷一〇〇三，第46册，第378页。
② （宋）江休复：《江邻几杂志》，孔一校点，见《宋元笔记小说大观》，第579页。

逊，一谒贾似道，获楮币二十万缗，以造华居是也。①

江湖游士奔走权要门下，若因文才见赏，所获赏赐往往盈千累万，不仅衣食无忧，还可以追求更好的物质享受。如宋自逊谒贾似道，获赠二十万缗，就开始建居置产，享受人生，可为显例。又如上文提及的刘过，同样是以干谒投献求取经济利益，是江湖游士中的代表性人物：

> 庐陵刘改之以诗鸣江西，厄于韦布，放浪荆、楚，客食诸侯间。……嘉泰癸亥岁，改之在中都，时辛稼轩帅越，闻其名，遣介召之。适以他事不及行，作为归骆者。因效辛体《沁园春》一词，并缄往，下笔便逼真。其词曰："斗酒彘肩……"辛得之大喜，致馈数百千，竟邀之去。馆燕弥月，酬唱鼟鼟，皆似之。逾喜。垂别，周之千缗，曰："以是为求田之资。"②

由于人际传播规定了交往双方的身份，使得文人可以了解接受方的倾向，及时调整写作策略，传递最符合接受方期待视野的文字，以便取得最大的传播效果。刘过向辛弃疾投献新词，便刻意取法辛体，果然受到辛弃疾的赞赏。刘过不仅备受辛弃疾礼遇，提高了自己的文坛声望，还收到一大笔馈赠，实现了传播的经济目的。其他爱赏刘过文才之人，多是有感于刘过的有意迎合。黄子由题词于壁间，刘过从后留题一阕，黄知为刘所作，"厚有馈贶"。郭杲随从宋孝宗检阅军旅，刘过以词述功纪德，"郭馈刘亦逾数十万钱"③。以上诸例，足证干谒投献一事发生了微妙的变化，文人的目的由改善政治境遇转变为获得直接的经济报酬。

实际上，通过干谒投献而一朝暴富的例子是相当少见的，前去干谒的文人并非都能领得重赏，多数情况下获得的报酬不过聊解温饱之忧，故文人所求亦不过"糊口"而已。陈造有《次姜尧章饯徐南卿韵》诗称其友姜夔云："姜郎未仕不求田，倚赖生涯九万笺。"④ 戴复古《谢王使君送旅费》一诗记录自己："岁里无多日，闽中过一年。黄堂解留客，时送卖

---

① （元）方回选评、李庆甲汇评校点：《瀛奎律髓汇评》卷二〇，第 840 页。
② （宋）岳珂：《桯史》卷二，第 22~23 页。
③ （宋）张世南：《游宦纪闻》卷一，张茂鹏点校，见《游宦纪闻·旧闻证误》，中华书局1981 年版，第 4 页。
④ （宋）陈造：《江湖长翁集》卷二十，文渊阁四库全书本。

诗钱。"① 这种仰人鼻息的生活固然可悲，但如果文人干谒的目的是解决生活困难，而不是追求剩余价值，那么文学创作与传播活动的经济意义就不明显。而且权要付给文人的报酬往往出于一时的随意决定，没有具体标准可供参考。如周密《癸辛杂识》记载葛天民之事云："一日，天大雪，方拥炉煎茶，忽有皂衣者闯户，将大珰张知省之命，招之至总宜园。清坐高谈竟日，雪甚寒剧，且觉腹馁甚，亦不设杯酒，直至晚，一揖而散。天民大恚，步归，以为无故为阉人所辱。至家则见庭户间罗列奁箧数十，红布囊亦数十，凡楮币、薪米、酒殽，甚至香茶适用之物，无所不具。盖此珰故令先怒而后喜，戏之耳。"② 宦官张知省有意戏弄葛天民，将要交付的报酬押后，使其先怒而后喜。这个例子也从侧面说明了在文人与权要的交往中，信息交流与经济报酬出于双方的习惯和默契，缺乏稳定性与规范性。因而文人若要通过文学传播获取经济利益，必须将文学作品视为一种商品，要遵循市场经济运行机制开展传播活动。

## 二、文学商品化

文学商品化改变了文学传播的基本模式，文学作品必须以某种物化形式而存在，遵循等价交换规律，进行商品与货币的交易。戴复古自称："七十老翁头雪白，落在江湖卖诗册。"③ 戴表元《石屏戴式之孙求刊诗版疏》说："故其吟篇朝出镂板，暮传咸阳，市上之金，咄嗟众口，通鸡林海外之舶，贵重一时。"④ 随着文学商品所有权的转移，文学信息从卖方传达到买方，传播活动得以完成。但文学走向商品化，行为主体的首要目的在于获得经济利益，而不是实现文学功能：

> 东坡既南窜，议者复请悉除其所为之文，诏从之。于是士大夫家所藏既莫敢出，而吏畏祸，所在石刻多见毁。徐州黄楼东坡所作，而子由为之赋，坡自书，时为守者独不忍毁，但投其石城濠中，而易楼名"观风"。宣和末年，禁稍弛，而一时贵游以蓄东坡之文相尚，鬻者大见售，故工人稍稍就濠中摹此刻。有苗仲先者适为守，因命出

---

① （宋）戴复古：《石屏诗集》卷四，文渊阁四库全书本。
② （宋）周密：《癸辛杂识》别集上，吴企明点校，中华书局 1988 年版，第 226 页。
③ （宋）戴复古：《石屏诗集》卷一《市舶提举管仲登饮于万贡堂有诗》，文渊阁四库全书本。
④ （宋）戴表元：《石屏戴式之孙求刊诗版疏》，见《全元文》卷四二三，第 12 册，第 274 页。

之，日夜摹印，既得数千本，忽语僚属曰："苏氏之学法禁尚在，此石奈何独存！"立碎之，人闻石毁，墨本之价益增。仲先秩满，携至京师，尽鬻之，所获不赀。①

由于朝廷下诏禁毁苏轼的著述文字，载有苏轼手迹的石刻纷纷遭到破坏。苗仲先深知物以稀为贵的道理，于是借题发挥，破坏石碑，以提高摹本价格，再抛售之前囤积的大量墨本，轻松获得一笔不菲的收入。这虽然是一次成功的商业运作案例，并在短期内提高了苏轼之作的人气，但从长远来看，记载作者手迹的原始媒介被毁坏，不利于作品原貌在后世的呈现。

文学传播与商品交易同步进行，文学作品的商品属性更为明显，文学作品与钱物财货的交换成为了传播活动的重心。五代词人李梦符在闹市中发售自己的词作，换取金钱充作酒资，"与布衣饮酒，狂吟放逸，尝以钓竿悬一鱼向市肆蹈《渔父引》，卖其词，好事者争买，得钱便入酒家。其词有千余首传于江表"②。据《宋诗纪事》记载："许洞以文辞称于吴，尤邃于《左氏春秋》。嗜酒，尝从酒店贷款。一日大写壁，作歌数百首，乡人竞来观之，售数倍，乃尽捐其所负。"③ 又有朱淑真说："幼年闻说，有一人鬻文于京师辟雍之前，多士遂令作一绝，以《掬水月在手》为题，客不思而书云：'无事江头弄碧波，分明掌上见姮娥。'诸公遂止之，献金以赒其行。"④ 王炎《南窗杂著序》云："侥幸登科，处则鬻文以补伏腊之不给，出则随牒转徙，糊其口于四方。"⑤ 可见宋代文人为谋生糊口，卖诗鬻文，实属平常。

文学传播商业化成为趋势，不能仅仅依靠好事者的个人兴趣，必须是某个组织、集团的行为，以商品交易为主要手段，以获取利润为首要目标。这种组织、集团在国家职能部门中，据《宋史·职官志》载，早在宋太宗时，国子监在雕印书籍的本职工作外，还提供书籍售卖的服务。"淳化五年，判国子监李志言：'国子监旧有印书钱物所，名为近俗，乞改为国子监书库官。'始置书库监官，以京朝官充，掌印经史群书，以备

① （宋）徐度：《却扫编》卷下，尚成校点，见《宋元笔记小说大观》，第4511~4512页。
② （清）王士禛原编、郑方坤删补：《五代诗话》卷九，戴鸿森校点，人民文学出版社1989年版，第361页。
③ （清）厉鹗辑撰：《宋诗纪事》卷七，第168~169页。
④ （宋）朱淑真撰、（宋）魏仲恭辑、郑元佐注：《朱淑真集注》前集卷十《掬水月在手》，浙江古籍出版社1985年版，第113页。
⑤ （宋）王炎：《南窗杂著序》，见《全宋文》卷六一〇九，第270册，第282页。

朝廷宣索赐予之用，及出鬻而收其直以上于官。"① 这里明文规定了国子监是掌管印卖书籍的官署，也说明了官刻书籍售卖所得属于国家财政收入。

地方官署也同样考虑到文学传播活动商业化的必要性，以此获得利润补贴官方开支。不过由于组织化、规范化的程度较低，难以形成常例，多是某些文章太守的个人行为：

> 金州帅节使王公送五百贯赡学，则以二百贯补书数之缺，而经史子集大藏稍富于巾箧矣。先是学有韩退之文板本，独缺柳子厚集板，因以三百贯刻板并韩文并行，丰其本息，以给膳养不足之用。②

> 后嘉祐中，王琪以知制诰守郡，始大修设厅，规模宏壮。假省库钱数千络。厅既成，潜司不肯破除。时方贵杜集，人间苦无全书，琪家藏本雠校素精，即傅公使库镂版印万本，每部为直千钱，士人争买之，富室或买十许部，既偿省库，羡余以给公厨。③

大多数官员刻印、销售书籍，是出于公心，为了增加收入，缓解地方财政压力。但也有人为了一己之私，借官方力量满足私欲。如朱熹弹劾唐仲友，其一罪名就是："关集刊字工匠在小厅侧雕小字赋集，每集二千道。刊板既成，般运归本家书坊货卖。其第一次所刊赋板印卖将漫，今又关集工匠又刊一番。"④ 又如王珉《乞毁弃程珌书板并责降魏安行等奏》云："兼闻安行刊珌之书，尽用京西转运使官钱，费用不赀，又以传示四方亲故，并携归其家，无虑数千百本。"⑤ 可见公器私用虽不致影响大局，却为人所不满。

关于官刻本的价格，试举一例作为说明。王禹偁自编的《小畜集》，于南宋绍兴十七年（1147），由黄知州沈虞卿刊刻，并由专人记录备案：

> 契刊诸路军州间有印书籍去处。窃见王黄州《小畜集》文章典雅，有益后学，所在未曾开版，今得旧本计一十六万三千八百四十

---

① （元）脱脱等：《宋史》卷一六五，第 3916 页。
② （宋）李石：《跋王金州送赡学钱书》，见《全宋文》卷四五六二，第 205 册，第 347 页。
③ （宋）范成大：《吴郡志》卷六，见《宋元方志丛刊》，第 723~724 页。
④ （宋）朱熹：《按唐仲友第三状》，见《全宋文》卷五四四〇，第 243 册，第 215 页。
⑤ （宋）王珉：《乞毁弃程珌书板并责降魏安行等奏》，见《全宋文》卷三五〇六，第 161 册，第 324 页。

字。检准绍兴令：诸私雕印文书，先纳所属申转运司选官详定，有益学者听印行。除依上条申明施行，今具雕造《小畜集》一部共八册，计四百五十二板，合用纸墨工价等项：

印书纸并副板四百四十板。

表楷碧纸一十一张，大纸八张，共钱二百六文足。

赁板棕墨钱五百文足。

装印工食钱四百三十文足。

印书纸外，共计钱一贯一百三十六文足。

见成出卖，每部价钱五贯文省。

右具如前，绍兴十七年七月日校正。承节郎、黄州巡辖马递铺周郁。①

纸墨工价诸项开支罗列分明，《小畜集》成本大概为一贯一百三十六文，售价约为五贯文，两相对比，可知刻书售书果为暴利行业。古时书价过高，较之一般人日常生活开销，一直是比较昂贵的。购书对于普通人而言，是一件极为奢侈的事情。官方刊刻、发售书籍，应该是为了文学的传播和文化的普及，便利天下学子，塑造一时风气，而不仅仅是为了获取利润。陈师道上奏云："臣惟诸州学所买监书系用官钱买充官物，价值高下何所损益；而外学常苦无钱而书价贵，以是在所不能有国子之书，而学者闻见亦寡。今乞止计工纸，别为之价，所冀学者以广见闻。"② 官方所刊刻的书籍往往流入官方机构，其价格并无太大意义。但官刻本若向社会公开发售，则应当降低门槛，以便书籍广为流行，形成巨大的社会影响，方为天下文人之福。

文学商品载体的主要形式是书籍，只有由私人开设，包揽图书编订、刊刻、销售活动的专业部门，如书坊、书肆之类，才能在文学商品化浪潮中占据主导地位。宋代文化振兴，社会上出现数量庞大的阅读人口，自然产生了对书籍商品的巨大需求。大量书坊、书肆出现，凡人间可见之书，无不刻之，标志着图书出版业和文学传播活动的兴盛。许多书商具有较高的文化修养，但毕竟是将卖书作为营利事业，大多秉持"一切向钱看"的态度，使得商业意义彻底压倒了传播意义。若是入不敷出、无利可图，

---

① （宋）周郁：《黄州雕造小畜集后记》，见《全宋文》卷四四二四，第200册，第241页。

② （宋）陈师道：《论国子卖书状》，见《全宋文》卷二六六四，第123册，第278页。

商业活动难以进行下去，自然会影响文学传播活动的开展。如陆游《跋法帖》云：

> 或借良友之馈贻，或烦属吏之供亿。其丰碑高到寻丈，或在危崖绝岩，人迹不到之处。赢粮裹毡，架梯引緪，然后得之，所费不赀，及其散失之后，流入市肆，所售之价，不足纸墨。估人惟利是图，其孰肯作为无益乎。①

宋代图书出版业兴盛，参与者渐多，良莠不齐，自在情理之中。且坊肆以营利为主要目的，但求高价多销，往往并不关心所提供商品的质量。坊肆刻书，固有精校精刻，嘉惠文坛者，但更多的人却是选以庸匠，印以劣纸，以求降低成本、易于销售。更有甚者，坊肆伪造名家文集，以图获取暴利，"以己之所作伪托古人者，奸利为甚，而好事次之；好事则罪尽于一身，奸利则效尤而蔽风俗矣"②。

苏轼名动天下，其诗词文章多见流传，世人喜闻乐道。书肆准确把握了畅销书这一卖点，却意图以不正当的手法来获取暴利，或篡改、增添书中文字，推出诸多别本；或伪托作者著述，明目张胆地制造伪集，最终达到快速抛售大量书籍、获取高额利润的目的。如陈振孙《直斋书录解题》"杜工部诗集注"条下曰："世有称东坡事实者，随事造文，一一牵合，而皆不言其所自出。且其词气首末出一口，盖妄人伪托以欺乱流俗者。书坊辄钞入集注中，殊败人意。"③ 当时文坛有署名王十朋的《东坡诗集注》流传，其实并非王十朋所作，而是赵夔等人所作，"想书坊以夔无重名，而托之十朋耳"④。后人同样清楚："殆必一时书肆所为，借十朋之名以行耳。"⑤ 这些微末伎俩即使得逞于一时，终究会为人觉察。

苏轼所作诗文既多，书肆不及一一收录、整理，于是伪造全集，吸引读者，以求速售，也是一种商业赢利手段。《直斋书录解题》著录《东坡别集》云："麻沙书坊又有《大全集》，兼载《志林》《杂说》之类，亦杂以颍滨及小坡之文，且有讹伪剿入者。有张某为吉州，取建安本所遗尽

---

① 叶昌炽：《语石》，辽宁教育出版社1998年版，第28页。
② （清）章学诚：《文史通义》，李春伶校点，辽宁教育出版社1998年版，第99页。
③ （宋）陈振孙：《直斋书录解题》卷一九，第559页。
④ （宋）陈岩肖：《庚溪诗话》，见《历代诗话续编》，第171页。
⑤ （清）纪昀总纂：《四库全书总目提要》卷一五四《东坡诗集注提要》，第3979页。

刊之，而不加考订，中载应诏策论。盖建安本亦无《应诏集》也。"① 孙觌跋大全集云："《大全集》纪次无伦，真赝相参。然亦有前、后集所不载……余故两存之。东坡诗文，虽黄门之作犹不可乱真，况余子乎？但此书致布出，误后人耳目，为可惜耳。"② 书肆托名作伪，但求获得利润，不计其余，可见商业目的已经压倒了传播目的。

### 三、文人观念的冲突

文学商品化乃是社会发展的大势所趋，必然导致文士开始自觉地以商业理念、商业精神来认识、把握种种文学现象。如周密《癸辛杂识》续集卷下"多景红罗缠头"条："张于湖知京口，王宣子代之，多景楼落成，于湖为大书楼扁，公库送银二百两为润笔，于湖却之，但需红罗百匹。于是大宴合乐，酒酣，于湖赋词，命妓合唱，甚欢，遂以红罗百匹犒之。"③ 张孝祥应当接受润笔之资，但他对此不以为意，婉言谢绝，最后求取红罗百匹，以示取得了报酬，避免主人尴尬，并将之转赐诸妓，于是宾主尽欢。传播对象既然得以享有文学作品的使用权，理应向作为生产者和传播者的文士支付相应的报酬，这已成为当时社会约定俗成的规则，这一事例正反映了时人对于文学商品等价交换规律的认同与应用。

以商业标准衡量文学作品的价值，是文士商业意识最明显的表现。文士评论诗词文章之佳处，往往引用自然概念予以说明，如"笔底烟霞""寿比金石"之类。而在商业社会中，文士目睹文学作品作为商品出售，对于文学作品与货币的等价关系有着深刻的体会，因而多以具体的价格估量文学作品的价值。如苏轼欣赏友人谢民师的文章，即云："子之文，正如上等紫磨黄金，须还子十七贯五百。"④ 戴复古《石屏诗集序》云："明珠纯玉，万口称好，无可拣择，是为至宝。凡物之可上可下，随人好恶而为之去取者，断非奇货。"⑤ 由于文学商品的价格并无规定标准，与载体形态、作者身份、劳动投入均有联系，因而交易双方常常为此产生冲突。一方认为自己付出了足够的金钱，却未获得满意的文学商品。"市井小人求诗序者酬以五钱，必欲得钱入怀，然后漫为数语。市井之人见其语

---

① （宋）陈振孙：《直斋书录解题》卷一七，第 502~503 页。
② （宋）孙觌：《大全集跋尾》，见《全宋文》卷三四七八，第 160 册，第 344 页。
③ （宋）周密：《癸辛杂识》续集卷下，第 209 页。
④ （宋）曾敏行：《独醒杂志》卷一，见《宋元笔记小说大观》，第 3208 页。
⑤ （宋）戴复古：《石屏诗集序》，见《全宋文》卷六九三八，第 304 册，第 50 页。

草草，不乐，遂以序还，索钱，几至挥拳。"① 另一方认为获得的报酬过低，不符合作者的身份。李觏名闻当世，"无尽读其所作《新成院记》诗云：'昔读《盱川集》，尝闻泰伯贤。新成文刻在，往事野僧传。气格终惊俗，光芒冷贯天。田翁不知价，只得十千钱。'盖僧云时以十千润笔耳"②。又有《辛殿撰小传》云："（辛弃疾）既归宋，宋士夫非科举莫进。公笑曰：'此何有，消青铜三百，易一部时文足矣。'已而果擢第。孝宗曰：'是以三百青蚨博吾爵者耶？'"③ 这就直接将功名、文学与金钱三者的价值等同了起来，并且认为三者可以相互交换。某些文士或许并不计较文学创作有无报酬，但其作品出售价格过低，在某种意义上贬低了文士的创作才能与文坛地位，自然会引起不满。如《湘山野录》关于欧阳修《石曼卿墓表》的记载：

> 欧公撰石曼卿墓表，苏子美书，邵𫗧篆额。山东诗僧秘演力干，屡督欧俾速撰，文方成，演以庚二两置食于相蓝南食殿礶讫，白欧公写名之日为具，召馆阁诸公观子美书。书毕，演大喜曰："吾死足矣。"饮散，欧、苏嘱演曰："镌讫，且未得打。"竟以词翰之妙，演不能却。欧公忽定力院见之，问寺僧曰："何得？"僧曰："半千买得。"欧怒，回诟演曰："吾之文反与庸人半千鬻之，何无识之甚！"演滑稽特精，徐语公曰："学士已多他三百八十三矣。"欧愈怒曰："是何？"演曰："公岂不记作省元时，庸人竞摹新赋，叫于通衢，复更名呼云'两文来买欧阳省元赋'，今一碑五百，价已多矣。"欧因解颐。徐又语欧曰："吾友曼卿不幸蚤世，故欲得君之文张其名，与日星相磨；而又穷民售之，颇济其乏，岂非利乎。"公但笑而无说。④

秘演私下拓印欧阳修的碑文并进行销售，但这并非引发欧阳修怒火的真正原因。欧阳修之所以发怒，是因为秘演"无识"，仅将碑文拓本定下五百文的低廉价格，使之落入庸人之手，容易使人轻视欧氏文章。而秘演指出当年欧阳修省试赋作的发行价，与如今碑文拓本的售价进行对比，所谓"多他三百八十三"的自辩之辞，实际上指出了欧阳修文章日进、文

①　（宋）周密：《癸辛杂识》别集上，第 252 页。
②　（宋）吴聿：《观林诗话》，见《历代诗话续编》，第 132 页。
③　（元）王恽：《玉堂嘉话》卷二，见（元）王恽、（元）杨瑀：《玉堂嘉话·山居新语》，中华书局 2006 年版，第 64 页。
④　（宋）文莹：《湘山野录》卷下，见《湘山野录·续录·玉壶清话》，第 59 页。

名日隆的事实，成功消弭了欧氏的怒火。

文学传播与商品交易相结合，是文学商业化的一种表现，必然导致行为主体的多重属性。文人既鄙视逐利的庸俗商人，突出自己的清贵身份，又亲自参与商业活动，获得了实际利益，这就造成了行为主体的内在冲突。如朱熹曾刻书售卖，同时代学者张栻颇为不悦，去信劝导朱熹："比闻刊小书版以自助，得来谕乃敢信，想是用度大段逼迫。……为贫之故，宁别作小生事不妨。"① 虽然朱熹认为刻书并非追名逐利之举，较之其他谋生活动无异，但亦内疚于心，自感不安。他私下向友人交代："用粮钱刻己著之书，内则有朋友之谯责，外则有世俗之讥嘲。"② 这充分体现了文人重义轻利的传统思维在新时代中的反差。

张栻对朱熹的规劝有时会更深一步，如其云："若刊此等文字，取其赢以自助，且恐闻者别做思惟，愈无灵验矣。"③ 这就涉及文学传播与商品交易两种行为本质上的区别。文人通过文学商品交易，获得安身立命的资本，这是社会生活的必然趋势，无可厚非。但以商业角度衡量文学的价值，在一定程度上损害了文学的独立性。传播文学信息与获取金钱回报，究竟何者居于首位？过分追求物质回报，是否会影响传播过程的思想意义？这才是张栻关注的重点。关于文学商品化的走向，学者阿尔贝特·施韦泽在《文化哲学》作了如下描述：

> 人作为文化承担者的能力，即人理解文化，为文化而活动的能力，有赖于他同时是一个思考者和自由人。为了能够把握理性理想，他必须是一个思想者。为了使理性理想走向公众，他必须是一个自由人。人越是要以各种方式为自己的生存而斗争，在他的理性理想中，为改善自己生存条件的倾向就会日趋强烈。利益理想渗透到文化理想之中，并模糊了文化理想。④

文学传播与商品交易相结合，最终目的是文人以此获得社会生活基础，谋求独立地位，还是文人借此实践自己的文学观念，推动思想变革？抑或是两者最后走向综合？这是人们需要思考的问题。

---

① （宋）张栻：《答朱元晦秘书》，见《全宋文》卷五七二四，第255册，第85页。
② （宋）朱熹：《与杨教授书》，见《全宋文》卷五四七一，第244册，第292页。
③ （宋）张栻：《答朱元晦秘书》，见《全宋文》卷五七二四，第255册，第85页。
④ ［法］阿尔贝特·施韦泽：《文化哲学》，陈泽环译，上海人民出版社2008年版，第52页。

文学走向商品化的趋势不可逆转，许多文人却无法在文人天性和经济利益中实现平衡，做出了不合时宜的行为：

> 张文潜尝言，近时印书盛行，而鬻书者往往皆士人，躬自负担。有一士人，尽掊其家所有，约百余千，买书将以入京，至中途遇一士人，取书目阅之，爱其书而贫不能得。家有数古铜器，将以货之，而鬻书者雅有好古器之癖，一见喜甚，乃曰："毋庸货也，我将与汝。"估其直而两易之。于是尽以随行之书，换数十铜器亟返。其妻方讶夫之回疾，视其行李，但见二三布囊，磊块然铿铿有声。问得其实，乃詈其夫曰："你换得他这个，几时近得饭吃？"其人曰："他换得我那个，也则几时近得饭！"因言人之惑也如此，座皆绝倒。①

文人将预备销售的书籍换取铜器赏玩，或可视为风雅之举。但以经济标准衡量，此举停留在以物易物的层面上，未能换取钱财，所得之物不能"近得饭吃"，不免贻笑于人。这也说明文人形成成熟的商业意识，并应用于文化生活中，是一个既漫长又复杂的过程。

文学传播与商品交易的结合，造成了文士行为目的的双重性。若行为主体的传播指向和经济指向得以兼顾，文学作品可以通过商品流通渠道而广为传播；若两者相互冲突，不仅无法获得利润，还会影响文学传播的效果。如《杨文公谈苑》记穆修晚年在书肆中售卖书籍之事：

> 晚年得《柳宗元集》，募工镂板，印数百帙，携入京相国寺，设肆鬻之。有儒生数辈，至其肆，未详价直，先展揭披阅，修就手夺取，嗔目谓曰："汝辈能读一篇，不失句读，吾当以一部赠汝。"其忤物如此，自是经年不售一部。②

穆修得到柳氏文集善本，意欲公之于众。但由于柳文在当时不受重视，乏人问津，既未给穆修带来巨额利润，也没有形成巨大反响、改变文坛风气，因此穆修对浅薄无识的读者极为不满。但客观地说，穆修选择将小众化的文学产品投入大众市场和商品流通渠道，无法获得经济回报和人气支

---

① 佚名：《道山清话》，孔一校点，见《宋元笔记小说大观》，第 2929 页。
② （宋）杨亿口述、黄鉴笔录、宋庠整理：《杨文公谈苑》，见《杨文公谈苑·卷游杂录》，第 163~164 页。

持，也在情理之中。

需要注意的是，"文化传播的各种商业方式，注定要排斥不可能快速销售和不可能有回报的商品"①。这就意味着文学传播与商品交易相结合，必然会以最广大的读者群体为主要传播对象，商业化的文学传播活动不再集中于文人圈，而是面向市民阶层，以经济利益为旨归，最终导致文学生产的大众化。

# 结　　语

本章指出，传播活动的新变，引发时人的思想意识产生相应的转变，进而使时人对文学的理解产生变化，对文学场产生了深远影响。立言排在"三不朽"的末尾，但史上达到这一成就的人物历历可数。一部分宋代士人希望以文学留名后世，虽然具有退而求其次的心态，但也可以说达成目的的手段开始多样化，既体现了不朽意识逐渐拓展，也可视为对文学价值的肯定和文学地位的提升。前代的文学传播地域性特色极为明显，而宋代传播技术的进步，扩大了文学的传播范围，使其深入社会的每一个角落，时人对文学传播的关注点就从"传于后世"转向了"行于当时"，体现了空间意识的增强，一定程度上促使文人的观念开始改变，从追求在后世的声名逐渐转为追求对当时的影响。如果说古代的文学场是文人构成的小圈子，宋人则将文学视为商品，通过市场关联创作者和接受者，这种逻辑所塑造的文学场更接近于布尔迪厄的本意。自宋代开始，文化商人成为一种专门的职业，开始引导着文学活动的进行，追求文学的大众化和商业化。文人需要面对文学声誉和经济利益的矛盾，表现为立言意识与商品意识之间的冲突，体现了文学场的双重逻辑。

--------

① ［英］尼克·史蒂文森：《认识媒介文化：社会理论与大众传播》，王文斌译，商务印书馆 2001 年版，第 28 页。

# 第五章　宋词传播与词风演化

　　词兴起于隋唐，本是用于合乐演唱的歌词。词盛于宋代，与当时娱乐文化的发展有着密切的联系。宋代商业发达，经济繁荣，城市化进程加快，人口集中，士庶阶层的文化消费需求也随之增长。文人按律填词，在酒筵歌席上交付歌妓演唱，以为侑酒佐欢、娱宾遣兴之用。宋词即是当时的流行歌曲，是时人不可缺少的娱乐工具，盛行于各个阶层之中。宋词传播的大众化趋势，正是其文化实用功能超过文学审美价值的表现。作为一种特殊的文化实践活动，词必须被置于特定的社会空间里，其特征才能得到充分的解释。吴熊和先生就曾指出：

　　　　许多事实表明，词在唐宋两代并非仅仅作为文学现象而存在。词的产生不但需要燕乐风行这种具有时代特征的音乐环境，它同时还关涉到当时的社会风尚，人们的社交方式，以及歌舞侑酒的歌妓制度，以及文人同乐工歌妓交往的特殊心态等一系列问题。词的社交功能与娱乐功能，在相当长的时间内，是同它的抒情功能相伴而行的。不妨说，词是在综合上述复杂因素在内的历史背景下产生的一种文学—文化现象。我们应该拓展视野，加强这方面的研究。①

　　由此可知，词的生产、消费、流播、积累、传承等诸环节，会受到流行燕乐、社会风尚、社交方式、歌妓制度、文人素质等一系列具有时代特色的文化因素的影响。不同阶层的人物具有不同的文化素质、欣赏品位和消费模式，会有意选择并进一步主动创作符合自身期待视野的词作，以满足不断增长的文化消费需求。词体的大众化传播是就其整体趋势而言，而在现实生活中，某一类型的词作在特定的社会阶层中易于流行，进而形成明确的传播指向，词体传播呈现出分众化趋势。而不同阶层的人物对词体

---

　　①　吴熊和：《唐宋词通论·重印后记》，商务印书馆 2003 年版，第 455 页。

的认识、选择、取向各不相同，塑造了词体在传播过程中的不同形态，导致了词体特征的形成、定型和演变。

布尔迪厄重新剖析了"资本"这一概念，用以描述个人的阶级归属，进而分析其习性与行为。布尔迪厄认为，行动者所拥有的资本决定了其在社会空间中所占据的位置。资本的基本形态有三种：以金钱为符号的经济资本；以文化产品、个人素质、体制认可为符号的文学资本；以社会地位、关系、声名为符号的社会资本。具体到词体传播活动中，个人的经济基础是其进行文化消费的保证；文化素质决定了对词的欣赏水平与创造能力；社会关系影响着交往对象和活动层面。笔者试图运用"资本"这一概念来理解传播对象的定位分化，以及对词体传播的影响，进而分析传播活动对于词体演进的意义。

## 第一节　歌妓与宋词分众传播

词体传播有别于诗文等文学体裁，歌妓对词的演唱正是这种区别的明显体现。词的创作与传播基本上是同步进行的，新词一旦完成，便付诸管弦、传之歌喉，进入了传播环节。歌妓的当场演唱，使新词得到及时、迅速、广泛的传播，歌妓是词的主要传播者。宋代建立了极为完善的歌妓制度，歌妓群体的内部有等级之分，大体分为官妓、家妓、市妓三种。官妓，包括侍奉宫廷、供职教坊、服务于中央官署的歌妓，受地方官府管辖的官妓，军队中设立的营妓等；家妓是官僚士大夫家蓄养的歌妓；市妓是充斥于秦楼楚馆、勾栏瓦肆的市井妓女。个人所占有的资本同样体现在与歌妓的联系上，个人的经济基础和社会地位使其得以与某种类型的歌妓建立起交往关系，而个人的文化素质规定了与歌妓进行交流的基本方式。不同类型的歌妓具有不同的活动领域和服务对象，面向特定的受众群体，提供相应的信息与服务，这正是传播分众化的表现。

"传播者不仅决定着传播活动的存在与发展，而且决定着信息内容的质量与数量、流量与流向，还决定着对人类社会的作用与影响。"[①] 但歌妓唱词是为了"娱人"而非"自娱"，因此歌妓的行为策略，尤其是对所演唱的词作的选择，不仅基于自身的文化修养，更要服从于服务对象的审美需要。

---

① 邵培仁：《传播学》，高等教育出版社 2000 年版，第 72 页。

## 一、宫妓与宋词的传播

宋初词的创作与传播活动起于宫廷，源于君主的爱好与提倡。君王对新声、新词的爱好，既是为了丰富帝王娱乐生活，也是润色王业、歌颂升平的政治需要。在统一天下、征伐诸国的过程中，宋太祖、宋太宗就有意搜集歌姬乐师以充实宫掖。据《宋史·乐志》记载："宋初循旧制，置教坊，凡四部。其后平荆南，得乐工三十二人；平西川，得一百三十九人；平江南，得十六人；平太原，得十九人；余藩臣所贡者八十三人；又太宗藩邸有七十一人。由是，四方执艺之精者皆在籍中。"① 其后的宋代君主多雅好音律，能制曲创声。"太宗洞晓音律，前后亲制大小曲及因旧曲创新声者，总三百九十，凡制大曲十八。"② "仁宗洞晓音律，每禁中制曲，以赐教坊，或命教坊使撰进，凡五十四曲，朝廷多用之。"③ 其后徽宗创立大晟乐府，任用一批词人来审音定乐，创制新声，粉饰太平，满足自己的声乐之好。声乐人才的储备和选用，是词在宫廷传播的基础。

君主的爱好带动了制曲作词的风气，"太宗尝酷爱宫词中十小调子……命近臣十人各探一调撰一辞"④。真宗安于逸乐，常常向臣下索要新词，"景德中，夏公初授馆职，时方早秋，上夕宴后庭，酒酣，遽命中使诣公索新词。公问：'上在甚处？'中使曰：'在拱宸殿按舞。'公即抒思，立进《喜迁莺》词曰……中使入奏，上大悦"⑤。神宗操劳国事之余，亲自为宫人作词，"武才人出庆寿宫，裕陵得之，会教坊献新声，为作词，号《瑶台第一层》"⑥。蔡绦《铁围山丛谈》云："江汉朝宗者，亦有声，献鲁公（蔡京）词曰……时两学盛讴，播诸海内。鲁公喜为将上进呈，命之以官，为大晟府制撰。使遇祥瑞，时时作为歌曲焉。"⑦ 宫廷词人受命填词，是为君主的享乐生活助兴，其新作往往经宫廷歌妓配乐歌之，君主和公卿大臣就是首批传播对象。

宋代宫禁森严，外人难以轻易窥测，因此宫廷娱乐也围绕着一圈神秘的光环。太宗所制诸曲，外界少有闻见。"若《宇宙贺皇恩》《降圣万年

---

① （元）脱脱等：《宋史》卷一四二《乐志》，第 3348 页。
② （元）脱脱等：《宋史》卷一四二《乐志》，第 3351 页。
③ （元）脱脱等：《宋史》卷一四二《乐志》，第 3356 页。
④ （宋）文莹：《续湘山野录》，见《湘山野录·续录·玉壶清话》，第 67 页。
⑤ （宋）吴处厚：《青箱杂记》卷五，第 46~49 页。
⑥ （宋）陈师道：《后山诗话》，见《历代诗话》，第 305 页。
⑦ （宋）蔡绦：《铁围山丛谈》卷二，李梦生校点，见《宋元笔记小说大观》，第 3055~3056 页。

春》之类，皆藩邸作，以述太祖美德，诸曲多秘。""真宗不喜郑声，而或为杂词，未尝宣布于外。"① 君主不欲自身的喜好为人所知，以保持君权的神秘和崇高。但宫廷内外并非全然隔绝，若宫廷词出现在公开场合，立刻流传天下。徽宗时，晁端礼为庆贺祥瑞而制作《黄河清》，此词一出，"天下无问迩遐小大，虽伟男髫女，皆争气唱之"②。而宫内宫外歌妓的相互交流，也是宫廷词流传于外的重要途径。"政和间，京都妓之姥曾嫁伶官，常入内教舞，传禁中撷芳词以教其妓。"③ 毕竟词乐只是一种娱乐活动，不可能予以彻底管束。

　　宫中新制可以流出宫外，民间流行亦可传入九重。仁宗时，朝臣陈尧佐、韩亿子孙应举及第，众议哗然，作《河满子》以嘲之，流闻达于禁中。④ 时有宫人路遇宋祁，心存爱慕之意，口呼"小宋"之名，而宋祁不得一见其人，引以为憾，作《鹧鸪天》以记之。此词流传颇广，很快就传入禁中。仁宗听闻后有意成人之美，将宫人许配宋祁，宋祁遂有"蓬山不远"之喜。⑤ 日后宋祁贬谪在外，词作仍是传入宫中，蒙仁宗哀怜，得以复归京师。宋祁"出知安州，以长短句咏燕子，有'因为衔泥污锦衣，垂下珠帘不敢归'之句。或传入禁中，仁皇帝览之一叹，寻召还玉堂署"⑥。民间新词往往是由宫妓的演唱传入宫中，"宋以小词为乐府，备之管弦，往往传于宫掖"⑦。民间新词若能迎合宫廷歌妓乐工的取向，自然容易在宫中出现，"永初为《上元辞》，有'乐府两籍神仙，梨园四部弦管'之句传，禁中多称之"⑧。民间新词若得到君主欣赏，就会获得更多的出场机会。柳永"游东都南北二巷，作新乐府，骪骳从俗，天下咏之，遂传禁中。仁宗颇好其词，每对酒，必使侍从歌之再三"⑨。《古今词话》载："东都防河卒于汴河上掘地得石刻，有词一阕，不题其目。臣僚进上，上（徽宗）喜其藻思绚丽，欲命其名，遂撷词中四字，名曰《鱼游春水》，令教坊倚声歌之。"⑩

---

① （元）脱脱等：《宋史》卷一百四十二《乐志》，第 3356 页。
② （宋）蔡绦：《铁围山丛谈》卷二，李梦生校点，见《宋元笔记小说大观》，第 3056 页。
③ （宋）杨湜：《古今词话》，见唐圭璋编：《词话丛编》，第 45~46 页。
④ （宋）司马光：《涑水记闻》卷三，王根林校点，见《宋元笔记小说大观》，第 803 页。
⑤ （宋）黄昇：《唐宋诸贤绝妙词选》卷三，四部丛刊本。
⑥ （宋）邵博：《邵氏闻见后录》卷一九，第 151 页。
⑦ （清）贺裳：《皱水轩词筌》，见唐圭璋编：《词话丛编》，第 707 页。
⑧ （宋）叶梦得：《避暑录话》，徐时仪校点，见《宋元笔记小说大观》，第 2628 页。
⑨ （宋）陈师道：《后山诗话》，见《历代诗话》，第 311 页。
⑩ （宋）杨湜：《古今词话》，见唐圭璋编：《词话丛编》，第 45 页。

在宫廷之中，一切活动都是围绕着君主开展的。新词的创作与传播是否成功，完全取决于君主的态度。君主作为国家最高权力者，他的私人生活也无法回避政治化的境遇。即使是赏乐听词这样单纯的娱乐活动，君主本人和臣下也会考虑其中的政治意义。宋初，欧阳炯为后蜀旧臣，颇有词名。太祖欲召见其人，便有臣子进谏帝王不可作伶人事、不可溺于声色，太祖辩解说："孟昶君臣溺于声乐，炯至宰相，尚习此伎，故为我所擒。所以召炯，欲验言者之不诬耳。"① 太祖当是准备命欧阳炯作词助兴，因此设词遮掩，之后又不愿落人话柄，故不复召见此人。柳永知仁宗颇为欣赏自己的词作，希图以为晋身之阶，"作宫词，号《醉蓬莱》。因内官达后宫，且求其助。仁宗闻而觉之，自是不复歌其词矣"②。仁宗不愿被臣下揣度自身喜好与心意，并认为柳永有投机钻营的嫌疑，则纯是帝王心术。君主的偏好自然会影响宫妓的选择，宫妓深知唯有以弘扬圣德、颂美治世为内容的词作进行演唱，才能获得君主的赏识。以蔡挺《喜迁莺》一词的传播为例，此词为蔡挺遗落，传于歌妓之口，"中使得其本以归，达于禁中，宫女辈但见'太平也'三字，争相传授，歌声遍掖庭，遂彻于宸听"③。此词抒发作者边塞日苦、玉关人老的忧思，打动了神宗，神宗遂拜蔡挺为枢密副使，招他回京。但宫妓认为词中包含颂圣弘德之意，故多有传唱，歌者与作者的倾向截然不同。

宫廷唱词之风在南宋初期仍旧盛行，有时君主甚至放下身段，亲自参与唱词活动。孝宗赐宴款待胡铨，席间令潘妃唱《贺新郎》《万年欢》，孝宗自唱《喜迁莺》。由于此词孝宗乃受高宗之命所作，故胡铨不以为非，反而称赞孝宗的仁孝之行，"此孝养亦宜时有"。孝宗还对自己的唱功表示不满："昨朕苦嗽，故声音稍涩，卿勿嫌。"④ 几有专业歌者的风度。君臣均大力创作新词，以供宫妓演唱。高宗"洞达音律，自制曲，赐名《舞杨花》。停觞命小臣赋词，令内人歌之，以玉卮侑酒为寿，左右皆呼万岁"⑤。"曾海野，东都故老，及见中兴之盛，尝侍宴上苑，进《阮郎归》咏燕，《柳梢青》咏柳，一时推重。"⑥ 曾觌、康与之、吴琚、张抡等宫廷词人应制作词，堪称一时盛事：

---

①　（清）毕沅编著：《续资治通鉴》卷四，第 94 页。

②　（宋）陈师道：《后山诗话》，见《历代诗话》，第 311 页。

③　（宋）王明清：《挥麈录》余话，第 224 页。

④　（清）王奕清：《历代词话》卷七，见唐圭璋编：《词话丛编》，第 1213~1214 页。

⑤　（宋）张端义：《贵耳集》卷下，李保民校点，见《宋元笔记小说大观》，第 4307 页。

⑥　（清）王奕清：《历代词话》卷七，见唐圭璋编：《词话丛编》，第 1222 页。

> 节使吴琚进喜雪《水龙吟》，词云……上大喜，赐镀金酒器二百两、细色段匹、复古殿香羔儿酒等。太后命本宫歌板色歌此曲进酒，太上尽醉。①

> 淳熙九年，驾诣德寿宫，八月十五夜，曾亲进赏月词，十八日吴琚进观潮，皆为孝宗叹赏，其恩遇有在柳耆卿之上者。盖偏安以后，犹有承平和乐之气象也。②

当此国家内修外攘之际，宫廷唱词活动固然是为了满足君主的一己喜好，同时也具有歌颂升平、宣扬文治、安定人心的现实意义。当时孝宗是以高宗养子的身份继承大统，并非高宗的亲生骨肉，这是两代君主之间的心结。孝宗是将唱词活动作为自己秉持孝道、奉养上皇的具体表现，体现父慈子孝、上下齐心的亲情，借此证明皇位传承的合理性。而文人以词章邀宠，虽非正途，但可以迎合上意，获取殊恩厚遇，提升自己的政坛地位。文人应制作词，词作广泛传播，无形中提高了文人的词坛地位，得到了后人的好评："宋倚声家如曹元宠、康伯可辈，专应制之作，其词有诵无规，亦毋庸寄托感慨。所谓和声鸣盛，雍容揄扬，亦复有独到处。"③

唱词活动并非始终在南宋宫廷中流行，而是因社会条件的变化时有兴废。南渡之时，国事日蹙，朝廷下诏禁乐，"天下不闻和乐之音者，一十有六年"④。高宗需要树立朝乾夕惕、朴素节俭的明君形象，视词乐为亡国之音，词人无用武之地。大晟词人万俟咏颇得时名，崇宁年间，"每出一章，信宿喧传都下"⑤。建炎年间，万俟咏上书乞官，却被高宗弃置不用。南宋继承北宋旧制，于宫中蓄养歌女舞姬、伶官乐师以满足君主的声色之好，但由于朝廷财政拮据，渐无力维持数目庞大的宫廷艺人队伍。绍兴三十一年（1161），高宗下诏"教坊即日蠲罢，各令自便"⑥。虽然禁乐诏令被取消，词人地位提高，但作为宫廷艺人管理机构的教坊虽一度复置、最终仍被解散，作为词体传播者的宫妓也就失去了活动的空间。宫廷

---

① （宋）周密撰，李小龙、赵锐评注：《武林旧事》卷七，中华书局 2007 年版，第 204 页。
② （清）张德瀛：《词征》卷五，见唐圭璋编：《词话丛编》，第 4165 页。
③ （清）况周颐：《历代词人考略》卷二五，见孙克强辑考：《蕙风词话·广蕙风词话》，中州古籍出版社 2003 年版，第 308 页。
④ （宋）铜阳居士：《复雅歌词序》，见金启华等编：《唐宋词集序跋汇编》，江苏教育出版社 1990 年版，第 364 页。
⑤ （宋）王灼：《碧鸡漫志》卷二，见唐圭璋编：《词话丛编》，第 84 页。
⑥ （元）脱脱等：《宋史》卷一四二《乐志》，第 3361 页。

妓乐文化的丧失，导致了适宜词生成与传播的文化环境受到破坏。南宋中后期的几位君主或难以与歌妓发生互动交流，或未受到宫廷妓乐文化的熏陶感染，对词文化缺乏认同感。君主既无此好，宫廷词自然走向衰落，难以恢复前代旧观。

## 二、官妓与宋词的传播

官妓主要指各地方州官署所管辖的歌妓。地方上的官妓一般居于乐营，身入乐籍，由乐营将管束，所以又称为营妓。宋人有云："身为见任，难以至妓院。"① 这只是规定官员不得与官妓有枕席之欢，官府每有送旧迎新或宾客过境等宴会，官妓便被遣往歌唱佐酒，取乐助兴。叶梦得说："公燕合乐，每酒行一终，伶人必唱催酒，然后乐作。"② 由于官妓长期过着迎来送往的生活，得以与文人士大夫阶层产生密切的联系，这是词在文人士大夫阶层中广泛传播的重要因素：

> 宋承周祚，结五季之纷扰，制礼作乐，自属固然。其时区宇甫靖，文事渐兴。内则教坊云韶，皆备宴飨；外则公私酬酢，动有声歌。故旧曲绵传，新腔竟出。名臣硕彦，抒忠爱之忱；才士文雄，退敷张之技。或当筵命赋，立被歌喉；或载酒行吟，遂相传写。③

官妓在宴会中向词人索要新词，词人往往即席应求而作。以苏轼的创作经历为例，"东坡在黄冈，每用官妓侑觞，群姬持纸乞歌诗，不违其意而予之"④。苏轼在定州，一歌妓意图试探他的捷才，故意选择长调《戚氏》，求苏轼作词，苏轼立时执笔而作，最后仅点定五六字，震惊四座。苏轼知徐州时，率军民筑堤，在上巳日宴会庆贺。有歌妓说："自古上巳旧词多矣，未有筑新堤而奏雅曲者，愿得一阕歌公之前。"东坡即席赋词，"俾妓歌之。座客欢甚"⑤。如此例子，不胜枚举。

由于官妓往往常居一地，因而词人新词的传播最初总具有地域化的特点。张先在杭州时，为歌妓谢媚卿作《谢池春慢》，唱扬一方。"少游亦

① （宋）洪迈：《夷坚志》乙志卷十八《赵不他》，何卓点校，中华书局1981年版，第337页。
② （宋）叶梦得撰、（宋）宇文绍奕考异：《石林燕语》卷五，第68页。
③ 王易：《词曲史》，东方出版社1996年版，第89页。
④ （宋）周辉撰、刘永翔校注：《清波杂志校注》卷五，第197页。
⑤ （宋）杨湜：《古今词话》，见唐圭璋编：《词话丛编》，第29页。

善为乐府，语工而入律，知乐者谓之作家歌。元丰间，盛行于淮、楚。"①
周邦彦词传于中吴并被吴人"得其音旨"②。"李和文公（李遵勖）作咏
菊《望汉月》词，一时称美。云'黄菊一丛临砌……'。时公镇澶渊，寄
刘子仪书：澶渊营妓，有一二擅喉啭之技者，唯以'此花开后更无花'
为酒乡之资耳。"③ 居于一地的官妓活动空间受到限制，只能接触在此为
官的词人，虽有索词之举，但选择范围终究有限，因此她们格外重视与其
他词人的偶遇：

> 叶少蕴左丞初登第，调润州丹徒尉，郡守器重之，俾检察征税之
> 出入，务停在西津上。叶尝以休日往与监官并栏杆立，望江中有采舫
> 傃亭而南，满载皆妇女，谓为贵富家人，方趋避之，舫已泊岸。十许
> 辈炫服而登，经诸亭上，问小吏曰："叶学士安在，幸为入白。"叶
> 不得已，出见之，皆再拜致词曰："学士隽声满江表，妾辈乃真州妓
> 也。尝愿一侍尊俎，惬平生心，而身隶乐籍，仪真过客如云，无时不
> 开宴，望顷刻之适不可得。今日太守私忌，郡官皆不会集，故相约绝
> 江，此来殆天与其幸也。"叶慰谢命之坐，同官某取酒与饮，则又起
> 言："不度鄙贱，辄草具肴酝自随，敢以一杯为公寿！愿得公妙语，
> 持归夸示淮人。"顾从奴挈榼而上，馔品皆精洁，迭起歌舞，酒数
> 行，其魁捧花笺以请叶命，成贺新郎词曰："睡起闻莺语……"卒章
> 盖纪实也。此词脍炙人口，以配坡公"乳燕华屋"之作。而叶公自
> 以为非其绝唱，人亦罕知其事者。④

叶梦得名播海内，真州官妓早有所闻，只是无缘一见，正是因为
"仪真过客如云，无时不开宴，望顷刻之适不可得"。因此会面后立即求
取新词，以增己价。而官妓渴求新词，是因为足够的知识储备关系到她们
侍宴侑觞时的表现，与其命运息息相关：

> 文元贾公居守北都，欧阳永叔使北还，公预戒官妓办词以劝酒，
> 妓唯唯，复使都厅召而喻之，妓亦唯唯。公怪叹以为山野，既燕，妓

① （宋）叶梦得：《避暑录话》，徐时仪校点，见《宋元笔记小说大观》，第 2629 页。
② （宋）张炎：《意难忘》序，见张炎著、吴则虞校辑：《山中白云词》，中华书局 1983 年版，第 72 页。
③ （宋）吴曾：《能改斋漫录》卷一六，第 477 页。
④ （宋）洪迈：《夷坚志》丁志卷第十二，第 638 页。

奉觞歌以为寿，永叔把盏侧听，每为引满，公复怪之，召问，所歌皆其词也。①

这一例子既反映出欧词在当时的流行程度，也体现了这位官妓的见闻广博，有意歌唱欧阳修之词，引得客人酒兴大发，活跃了交际场合中的气氛，自然得到官员的赞赏。

文人士大夫宦游各地，能从当地官妓口中听到前任官员的词作。如苏轼《木兰花令》有语"佳人犹唱醉翁词"，"与余同是识翁人"。②叶梦得《江城子》亦云"犹有邦人，争唱醉翁词。应笑今年狂太守，能痛饮，似当时"③。官妓唱词是完成本职工作，而新词的传播，可能引发词人的实际交往：

> 柳耆卿与孙相何为布衣交。孙知杭，门禁甚严，耆卿欲见之不得，作望海潮词，往诣名妓楚楚，曰："欲见孙相，恨无门路。若因府会，愿朱唇歌之，若问谁为此词，但说柳七。"中秋夜会，楚楚宛转歌之，孙即席迎耆卿预坐。④

> 嘉祐间，京师殿试，有一南商控细鞍骢马于右掖门，俟状元献之。日未曛，唱名第一人，乃许将也。姿状奇秀，观者若堵。自缀《临江仙》曰……（许将）后帅成都，值中秋府会，官妓献词送酒。仍别歌《临江仙》曰……许问谁作词，妓白以西州士人郑无党词。后召相见，欲荐其才于廊庙，无党辞以无意进取，惟投牒理逋欠钱千缗。无党为人不羁，长于词，盖知许公《临江仙》最喜，歌者投其所好也。⑤

> 苏子瞻守杭时，毛泽民者为法曹，公以众人遇之。而泽民与妓琼芳者善，及秩满辞去，作《惜分飞》词以赠妓，云……子瞻一日宴客，闻妓歌此词，问谁所作，妓以泽民对。子瞻叹曰："郡僚有词人而不及知，某之罪也。"翌日折简追回，款洽数月。⑥

---

① （宋）陈师道：《后山谈丛》卷三，李伟国校点，见《宋元笔记小说大观》，第 1596 页。
② 邹同庆、王宗堂：《苏轼词编年校注》，第 699 页。
③ （宋）叶梦得著、蒋哲伦笺注：《石林词笺注》，上海古籍出版社 2014 年版，第 77 页。
④ （宋）杨湜：《古今词话》，见唐圭璋编：《词话丛编》，第 26 页。
⑤ （宋）杨湜：《古今词话》，见唐圭璋编：《词话丛编》，第 36 页。
⑥ （明）田汝成辑撰：《西湖游览志》卷十六，文渊阁四库全书本。

可见词人或有意借官妓之口推广自己的词作，或是官妓无意中成为人际关系的中介，使得词人之间的联系变成现实。官妓能在人际关系中扮演这样的角色，是因为其对于词在文人士大夫阶层中的传播具有重要意义。

### 三、市妓与宋词传播大众化

市井歌妓是宋代歌妓最大的群体，居住在城市之中，与社会大众皆有交往。北宋时达官显贵尚且自重身份，多有顾忌，不愿与下层人士往来，而中下层文人则没有这样的心理负担，出资邀请市井歌妓在酒宴歌席上进行表演，与之保持密切的联系。柳永与市妓交往的故事广为流传，被后人视为研究词人与市妓交流活动的主要依据。

柳永具有出色的音乐才华，"变旧声作新声，大得声称于世"①。柳永对此也颇为自豪，据其《惜春郎》云："属和新词多俊格。"②《传花枝》又说："唱新词，改难令，总知颠倒。"③市井歌妓需要新声新词以取悦客人，维持自身的职业身价，因此柳永受到市井歌妓的热烈欢迎，柳永"善为歌辞，教坊乐工每得新腔，必求永为辞，始行于世，于是声传一时"④。当时多有歌妓向柳永求取新词，如《玉蝴蝶》云："要索新词，殢人含笑立尊前。"⑤《尾犯》也描述了这种情景："甚时向、幽闺深处，按新词、流霞共酌。"⑥柳词多为市妓传唱，流传极广，为民间下层以及边疆少数民族所喜闻乐见。北宋时，柳词就已流传直至西夏。叶梦得就曾提到这一点："余仕丹徒，尝见一西夏归朝官，云：'凡有井水处，即能歌柳词。'"⑦

词本是樽前宴边娱宾遣兴的工具，在文人的酒宴歌席中和在面向大众的勾栏瓦舍中，表现出不同的审美品位。柳永长期与下层歌妓乐工来往密切，柳词以下层平民为主要传播对象则不可避免。柳永在词中有意凸显通俗性与娱乐性，这就使得他的词作迎合了市井歌妓的选择倾向，满足了社会大众的文化消费需要，"耆卿失意无俚，流连坊曲，遂尽收俚俗语言，

---

① （宋）李清照：《词论》，见徐培均笺注：《李清照集笺注》，上海古籍出版社 2002 年版，第 267 页。
② （宋）柳永著、薛瑞生校注：《乐章集校注》卷上，中华书局 1994 年版，第 56 页。
③ （宋）柳永著、薛瑞生校注：《乐章集校注》卷上，第 57 页。
④ （宋）叶梦得：《避暑录话》，徐时仪校点，见《宋元笔记小说大观》，第 2629 页。
⑤ （宋）柳永著、薛瑞生校注：《乐章集校注》卷下，第 184 页。
⑥ （宋）柳永著、薛瑞生校注：《乐章集校注》卷上，第 6 页。
⑦ （宋）叶梦得：《避暑录话》，徐时仪校点，见《宋元笔记小说大观》，第 2629 页。

编入词中，以便伎人传习。一时动听，散播四方"①。柳永之词"虽极工致，然多杂鄙语，故流俗人尤喜道之"②。柳词"长于纤艳，然多近流俗，故市井之人悦之"③。柳词"世多爱赏该洽"，"不知书者尤喜道之"。④ 正是在市井歌妓的演唱中，柳词得以跨越重重阻碍，在社会各处广为流播，取得了巨大的反响。

柳词的传播对象还特别定位于进京参加科举考试的年轻举子。一般说来，这些举子长于声律词章之学，与市井歌妓容易产生共同语言。而且举子往往有着光明的前途，虽然市妓不太可能对其托付终身，但能结识未来的大人物，也可以令自己身价倍增，成为职业人生的一大亮点。这些举子要在京师生活一段时间，生活无人约束，自由性较强，兼之囊中颇有资财，无困顿之虞，具有建立交往关系的物质基础。当这些举子踏足京师时，往往会被青楼生活所吸引，沉溺于温柔乡中。柳词《长寿乐》云："对天颜咫尺，定然魁甲登高第。待恁时、等着回来贺喜。好生地。剩与我儿利市。"⑤《征部乐》云："便是有，举场消息。待这回，好好怜伊，更不轻离拆。"⑥ 二词都是风流自赏、才足志高的举子的自白。这些举子既与市妓来往密切，自然也会是柳词的潜在听众。这一对象群体的存在，部分说明了柳词《鹤冲天·黄金榜上》流行一时的原因。这类抒发科举失利的愤懑、借酒色自我开解的词作，当然会引起举子的共鸣，为市井歌妓反复演唱。

在得到社会大众认可的同时，柳永也背离了文人士大夫阶层的主流。柳永拜谒晏殊以求改放他官，晏殊问柳："贤俊作曲子么？"柳永答道："只如相公亦作曲子。"晏殊即道："殊虽作曲子，却不曾道：'彩线慵拈伴伊坐。'"柳永只得告退。⑦ 虽然晏殊并不以作小词为非，但他对柳永那种以通俗的语言，大胆描绘平民百姓生活情状，直抒男女情爱自由缠绵的词作却不屑一顾。虽然柳词之佳者不减唐人高处，但柳永"好为淫冶讴歌之曲"，是被主流所排斥的"浮艳虚薄之文"，⑧ 总体评价不高。

但柳词在社会大众中持续不断地传播，产生了巨大的影响。"盖词本

---

① （清）宋翔凤：《乐府余论》，见唐圭璋编：《词话丛编》，第 2499 页。
② （宋）徐度：《却扫篇》卷下，见《宋元笔记小说大观》，第 4518 页。
③ （宋）黄昇：《唐宋诸贤绝妙词选》卷五，四部丛刊本。
④ （宋）王灼：《碧鸡漫志》卷二，见唐圭璋编：《词话丛编》，第 84 页。
⑤ （宋）柳永著、薛瑞生校注：《乐章集校注》卷下，第 167 页。
⑥ （宋）柳永著、薛瑞生校注：《乐章集校注》卷下，第 66 页。
⑦ （宋）张舜民：《画墁录》，丁如明校点，见《宋元笔记小说大观》，第 1553 页。
⑧ （宋）吴曾：《能改斋漫录》卷一六，第 480 页。

管弦冶荡之音，而永所作旖旎近情，故使人易入。虽颇以俗为病，然好之者终不绝也。"① 这一趋势或迫使上层士大夫放低身段，接受市民俗文化的影响，或自觉吸收柳词的长处，进而改变对于柳词的看法。黄裳云："太平气象，柳能一写于乐章，所谓词人盛世之黼藻。"② 据时人记载："仁庙嘉祐中，开赏花钓鱼燕，介甫（王安石）以知制诰预末座。帝出诗以示群臣，次第属和，末至介甫……其诗有云：'披香殿上留朱辇，太液池边送玉杯。'翌日，都下盛传'王舍人窃柳词'。"③ 可见当时士人对柳词的熟悉程度。市井歌妓的传唱推动了柳词的广泛流行，造成了巨大声势与深远影响。雅文化开始"从众""从俗"，自觉地吸收俗文化的精髓，正是传播力量的表现。

## 四、家妓与宋词的传播

宋代君主有意提倡饮宴歌舞之风，使臣子追逐声色，纵情享乐，并直接指示臣子要"多积金，市田宅以遗子孙，歌儿舞女以终天年"④。这既是君主消磨臣子志气的驭下之术，又是优遇士大夫、笼络人心的手段。在君主的默许下，士大夫在家中蓄养歌姬舞女以供享乐之需，蔚为一代风气。家妓的存在，或是为了满足主人自身的娱乐需求；或是在家中聚会之时，为客人表演歌舞，以达到娱宾遣兴的目的。以下举例：

> 平时，刘（几）挟女奴五七辈，载酒持被囊，往来嵩、少间。初不为定所，遇得意处，即解囊藉地，倾壶引满，旋度新声自为辞，使女奴共歌之；醉则就卧不去，虽暴露不顾也。尝召至京师议大乐，旦以朝服趋局，暮则易布裘，徒步市廛间，或娼优所集处，率以为常，神宗亦不之责。其自度曲，有《戴花正音集》行于世，人少有得其声者。⑤

> 始时沈十二廉叔、陈十君宠家，有莲、鸿、苹、云，品清讴娱客。每得一解，即以草授诸儿。吾三人持酒听之，为一笑乐而已。而君龙疾废卧家，廉叔下世。昔之狂篇醉句，遂与两家歌儿酒使，俱流

---

① （清）纪昀总纂：《四库全书总目提要》第一九八《乐章集提要》，第5446页。
② （宋）黄裳：《书〈乐章集〉后》，见《全宋文》卷二二五〇，第103册，第106页。
③ （宋）胡仔纂集：《苕溪渔隐丛话》前集卷三三，第224页。
④ （元）脱脱等：《宋史》卷二五〇《石守信传》，第8810页。
⑤ （宋）叶梦得撰、（宋）宇文绍奕考异：《石林燕语》卷一〇，第146~147页。

传于人间。自尔邮传滋多，积有窜易。①

　　刘几命家妓作乐唱词，纯粹是一种自娱自乐的行为，所以他人无法理解刘几的自度曲。晏几道常常与几位朋友聚会，席间作词付于家妓演唱，传唱范围没有超出这场宴会，传播的意义也不明显。当两家蓄养的家妓被原主人遣散后，晏几道的词作才随着这些家妓"流落人间"。可见家妓不适合成为词的传播者，因为家妓活动范围较窄，交往对象有限，往往不易在当时产生重大影响。

## 第二节　南宋词传播的小众化

　　时至南宋，社会风尚的变化从不同方面影响着文学的发展，促成了文学形态的转变。词体所受的制约与影响，主要表现在词人的社会地位的变异上。南宋词人中少有位高权重的政坛领袖，大部分南宋词人或沉沦下僚，或流落江湖，社会地位普遍不高，这种趋向在南宋中后期愈加明显。生活在社会下层的词人以词为业，结社作词、著书立说、切磋传授，是词体文学的主要生产者。词人的社会地位极大地影响着这一群体在文学场中的位置，潜在地影响着他们的生活状况、交游网络、文学能力和文化消费方式。词人与歌妓的联系淡化，而文人士大夫蓄养家妓的意义逐渐突出，对于词体传播的重要性也逐渐增强。与北宋词相较，南宋词传播的大众化程度远远不如，少有一经完成即能流布天下，产生广泛影响的作品。南宋词的传播更多地呈现出小众化的特征，文学信息具有特定的审美趣味，在词人与其交往对象构成的小圈子中流传。

### 一、词人地位的变化

　　南宋词人群体构成的变化，主要反映在词人社会身份的区别上。南宋文人中固然不乏或出身名门、或身居高位而以词名世者，前者如张枢、张炎父子，后者如史浩、韩元吉、辛弃疾等人。但大多数词人仕途偃塞，缺乏显赫的社会地位，许多词人一生未仕，布衣终老。个别词人即使侥幸获取一官半职，也仅仅是以微官薄禄终身。尤其是在南宋中后期，布衣游

---

①　（宋）晏几道：《小山词序》，见（宋）晏殊、（宋）晏几道著，张草纫笺注：《二晏词笺注》，上海古籍出版社 2008 年版，第 602 页。

士、微官小吏、高人隐士成为词坛上的主力军。

学界对于南宋词人阶层分化的认识，已经不停留在泛化的定义和现象的罗列上。当代学者综合统计现存作品、版本流传、历代品评、当代研究、历代选词、当代选词这六个方面的数据，对宋代词人的地位进行排序，从宋代全部词人中遴选出三十位词人。① 这些代表着宋词成就的"明星"词人中，北宋占十二位，南北宋之交有五位，南宋占十三位。北宋词人全部具有入仕为官的经历，多人身居要职，手握重权。而生活在南宋的词人中，李清照、刘过、姜夔、周密、史达祖、高观国、吴文英、张炎、王沂孙、蒋捷等十人或终身未仕，或仅得微官闲职，仕宦生涯并非其人生的重要组成部分，其中又有九人都是生活在南宋后期。这一结果足以印证词人群体构成中政治影响逐渐下降、身份布衣化不断增强的变化规律。

随着词人群体社会地位的改变，词人在文学场中所占据的位置，所拥有的文化资本也必然发生相应的调整与变动，无形中限制了词人，使其只能选择某种类型的歌妓来交往，其中道理不言自明。布衣词人长期处于社会底层，往往难以融入达官贵人的生活圈子，分享上位者拥有的文化资源。因身份低微，词人不能列位宫廷宴席、参与官员聚会，自然无缘结识那些宫妓、官妓。词人往往囊中羞涩，难以与市妓保持长期、密切的联系，家妓对于布衣词人来说更是不可奢求。南宋文人中有人表示不蓄家妓，甚至是无声色之好，如梁彦通"家居言必称父母，奉身俭菲，无声妓之好"②。胡圮"无声伎之奉，无游观之娱，无戏谑之语"③。这究竟是出自天性，或是深受道学影响，还是为环境所迫，难有定论。

与之相对的，却是上层人士豪奢之风的盛行。南宋时社会贫富差距逐渐增大，一方面是贫者几无立锥之地，另一方面是富者家资无数，可以购置器物，蓄养家妓，饮宴集会略无虚日，有充分的经济资本和闲情余暇进行种种娱乐活动，满足一己声色之好。王楙《野客丛书》有"今贵公子多畜姬媵"之语。④ 越是世道衰乱之时，文人反而越是沉浸在声色犬马之中，挥霍光阴。论者往往引张镃的豪奢之行为依据：

---

① 王兆鹏、刘尊明：《历史的选择：宋代词人的历史地位的定量分析》，《文学遗产》1995年第 4 期。
② （宋）晁补之：《右朝议大夫梁公墓志铭》，见《全宋文》卷二七四三，第 127 册，第 103 页。
③ （宋）袁燮：《絜斋集》卷十九《胡府君墓志铭》，见《全宋文》卷六三八七，第 281 册，第 419 页。
④ （宋）王楙：《野客丛书》卷二九《后宫嫔御》，文渊阁四库全书本。

王简卿侍郎尝赴其牡丹会，云："众宾既集，坐一虚堂，寂无所有。俄问左右云：'香已发未?'答云：'已发。'命卷帘，则异香自内出，郁然满坐。群妓以酒肴丝竹，次第而至。别有名姬十辈皆衣白，凡首饰衣领皆绣牡丹，首戴照殿红一枝，执板奏歌侑觞，歌罢乐作乃退。复垂帘谈论自如，良久，香起，卷帘如前。别十姬，易服与花而出，大抵簪白花则衣紫，紫花则衣鹅黄，黄花则衣红，如是十杯，衣与花凡十易。所讴者皆前辈牡丹名词。酒竟，歌者、乐者，无虑数百十人，列行送客。烛光香雾，歌吹杂作，客皆恍然如仙游也。"①

南宋词人中，赵彦博、晁伯如、范成大、辛弃疾等人皆蓄有家妓，这就是其掌握的一种文化资本。词是一种征声合乐的文体，即使不考虑传播问题，也必须播于歌妓之口才能真正实现其审美价值。家妓的存在，使得词人不假外求，在家中即可使耳目穷极声色之欲。词人能够蓄养家妓，既可以表明词人拥有一定的社会地位和经济地位，还潜在地规定了词人身处的文化环境。家有歌妓，则表明词人与音乐文化联系密切，长期受到声律曲乐的熏陶，能知音识律，按谱填词，其词大多合乐可歌，更容易通过传唱而广为流播。而大部分词人是缺乏这一基础的，王炎的自述可以作为南宋布衣词人共同的心声：

家贫清苦，终身家无丝竹，室无姬侍，长短句之腔调，素所不解。终丧得簿崇阳，逮今又五十年，而长短句所存者不过五十余阕，其不工可知。②

王炎明确地将自己缺乏词学素养与"家无丝竹，室无姬侍"的贫穷生活联系起来。虽然世上存在姜夔那样一贫如洗，但精通词乐、能自度曲的奇才，但大部分词人不可能具有这样的素质。故其所作之不工可想而知，难以播于管弦，诉之众口，形诸书册，双方在传播上所体现的优劣之势极为明显。故而出身贫寒的词人往往自觉地团结在拥有歌妓、经济宽裕、地位

---

① （宋）周密：《齐东野语》卷二〇，黄益元校点，见《宋元笔记小说大观》，第5683~5684页。
② （宋）王炎：《双溪诗余自序》，见金启华等编：《唐宋词集序跋汇编》，第170页。

较高、雅擅词道、热情好客的词人身边，形成一个个小众交际圈。家妓在体现词人文化素质、创作能力、交往关系中具有重要的意义，标志着词人在文学场中的位置，故而可以"资本"视之。

此时词人的娱乐活动，往往是围绕着家妓来展开的。"稼轩以词名，每燕必命侍妓歌其所作。特好歌《贺新郎》一词。"① "小红，顺阳公（指范成大）青衣也，有色艺。顺阳公之请老，姜尧章诣之。一日，投简徵新声，尧章制《暗香》《疏影》二曲，公使二妓肄习之，音节清婉。……尧章每喜自度曲，吹洞箫，小红歌而和之。"② 王灼客居成都碧鸡坊妙胜院，与王和先、张齐望相交，常在其家中宴饮，二人出歌妓唱词侑觞，共同议论词坛之事。蒋璨每逢"客至命酒，即席赋长短句，畀歌者持杯劝侑，巧丽清新，不袭蹈前人一言一句"③。足见当时词坛活动中，家妓的词的传播占有重要的地位。沈松勤在论及家妓对宋词的影响时称："家妓与官妓相比，她们的活动环境和社会角色虽然不尽相同，但在士大夫的娱乐活动中，几乎都有家妓的参与；在招待宾客时，也每每以家妓歌舞娱宾……如果说，朝中与军中乐工歌妓为帝王、朝官歌舞遣兴，地方官员'得以官妓歌舞佐酒'的娱乐环境，是宋代音乐与乐府小词赖以兴盛、传播的重要渊薮，体现了宋代歌妓制度的社会文化意义；那么，士大夫以家妓为中介的娱乐和社交活动，则又进一步促进了词体创作的繁荣。"④这一意义在南宋时期体现得尤为明显。家宴聚会这一建构的特殊环境，为宴席间的即席文艺创作提供了绝好的条件。主人、宾客的即兴唱酬，家妓的即席演唱，使得宾主之间的交流更为频繁且深入。但也正是这种略带封闭性的环境，限制了家妓的传唱范围。家妓所唱之词，仅在其主人与宾客相聚的宴会中流播，再经由主人与宾客的个人交际网络逐渐扩散。如果不考虑印刷媒介的参与，仅从歌妓传唱的角度立论，则北宋词传唱一时，南宋词则越到后来流传的范围越狭窄。较之北宋时期，南宋词通过家妓演唱来传播，则体现出一种小众化趋势。

当时社会上流行的歌妓唱词，仍然以北宋词家之作为主，例如周邦彦之词，在南宋仍然传唱一时：

---

① （宋）岳珂：《桯史》卷三，吴企明点校，中华书局 1981 年版，第 38 页。
② （元）陆友仁：《砚北杂志》，文渊阁四库全书本。
③ （宋）孙觌：《鸿庆居士集》卷三七《宋故右大中大夫敷文阁待制赠正议大夫蒋公墓志铭》，见《全宋文》卷三四九二，第 161 册，第 69 页。
④ 沈松勤：《唐宋词文化社会学》，浙江大学出版社 2004 年版，第 58~60 页。

　　绍兴初，都下盛行清真咏柳《兰陵王慢》，西楼南瓦皆歌之。①

　　不谓于八十余载之后，踵公旧迹，暇日从容式燕嘉宾，歌者在上，果以公之词为首唱。②

　　吴江夜泊惜别，邦人赵簿携伎侑尊，连歌数阕，皆清真词。③

　　沈梅娇，杭妓也。忽于京都见之，把酒相劳苦，犹能歌周清真《意难忘》《台城路》二曲。④

　　一般来说，歌妓往往喜好奏新声、歌新词，以新奇感刺激听众，吸引听众的注意力，避免听众因对唱词的熟悉而产生厌倦心理。但周邦彦之词反复得到传唱，固然说明其词合于管弦、适于演唱的艺术价值，但是否也说明了当时社会上缺乏新词以供歌妓选择？上层词人亲近宫妓与家妓，少有词流播于外。而中下层词人又缺乏与官妓、市妓交往的能力，词人新作往往只在个人的交际圈中流传。仅仅从传播的表层现象入手，即是新词传播范围的缩小。据刘过自述其《贺新郎·老去相如倦》一词的传播范围："去年秋，余试牒四明赠老妓者，至今天下与禁中皆歌之。"⑤ 北宋词流播既广，遍及海内，而此类广为流传之作在南宋词中可说寥寥无几。

　　南宋时期词人与妓乐生活的疏离，可以视为原本属于词人的"资本"缺失。词人经济资本的缺失，导致了其所拥有的社会资本和文化资本发生相应的改变。词人的物质条件限制了他的生活环境与交往范围，最终影响着对于词的欣赏水平与创造能力。沈义父在《乐府指迷》中指出：

　　前辈好词甚多，往往不协律腔，所以无人唱。如秦楼楚馆所歌之词，多是教坊及闹井做赚人所作，只缘音律不差，故多唱之。求其下字用语，多不可读。⑥

这正说明了南宋词乐分离所造成的传播困境。大部分词人与妓乐文化逐渐

---

①　（清）冯金伯：《词苑萃编》卷二十四引毛开《樵隐笔录》，见唐圭璋编：《词话丛编》，第 2270 页。

②　（宋）强焕：《片玉词序》，见金启华等编：《唐宋词集序跋汇编》，第 68 页。

③　（宋）吴文英：《惜黄花慢》序，见吴文英著、吴蓓笺校：《梦窗词汇校笺释集评》，浙江古籍出版社 2007 年版，第 539 页。

④　（宋）张炎：《国香》序，见《山中白云词》，第 6 页。

⑤　（清）王弈清：《历代词话》卷八，见唐圭璋编：《词话丛编》，第 1239 页。

⑥　（宋）沈义父：《乐府指迷》，见唐圭璋编：《词话丛编》，第 281 页。

疏离，缺乏音律方面的才能，其词多不协律，无法交付歌妓演唱，只能同二三好友交流，难以广泛流传。即使部分词人可以按旧谱填词，或自制新曲，但只能在蓄有家妓的词人的家宴上流通，没有在官府宴会、勾栏瓦舍中流行，不可能对时代主流产生影响。而民间流行的词多为艺人乐工所作，虽然音律不差，但其文辞难登大雅之堂。言而无文，虽多经歌妓演唱，仍然难以流传久远。一般的文人会因此丧失对词的兴趣，真正知音识律的词人则会强调词作为专门之学的重要性，将词体变为一种精英文学，与大众拉开距离，词的小众化趋势得到进一步强化。

这里所说的词的小众化传播，是指因社会上大部分词人与妓乐环境的疏离，使得词在南宋时期流传范围变窄的趋势，是一种极为复杂的词坛现象。家妓传唱的局限性，既是词体小众化形成的原因，又是词体小众化的具体表现，这里只能概括一二。讨论这个问题，不是为了得出南宋词流传的范围越来越窄这个简单的结论，而是为了分析这一趋势出现在南宋词坛上的意义。通过分析词人的文化资本对其行为策略的影响，讨论词在南宋的创作与传播是如何相互影响，从而共同形成南宋词坛的格局和特征。

## 二、小众化传播与词派形成

这里所说的词的小众化传播，是指因社会上大部分词人与妓乐环境的疏离，词在南宋时期流传范围变窄的趋势，是一种极为复杂的词坛现象。家妓传唱的局限性，既是词体小众化形成的原因，又是词体小众化的具体表现，但只能言其一端，而不能等同于词的小众化传播趋势。讨论这个问题，也不是为了得出"南宋词则越到后来流传的范围越狭小"这个简单的结论，而是为了分析这一趋势出现在南宋词坛上的意义。

词派的形成问题，极其复杂。从最表层的意义上来说，生活在同一个时代的词人的密切联系、频繁交往、深入了解是词派自觉形成的前提。北宋词主要通过歌妓传播，这是北宋词大行其道、传诸久远的重要因素。但当代的词人之间通过歌妓来了解，不免有种"隔"的感觉。若以苏门为词派，则大多认为无可置疑，因其具有固定的组织形式、聚合地点、团体领袖及团体名称，其创作精神与内在指向别无二致。虽然苏门词人中陈师道批评过苏轼的词风，苏轼不满秦观学柳永作词，但这更见其蓬勃发展的生机，无损于苏门血脉的内在一致。讨论大晟词派与俳谐词派，亦有可得之处，毕竟二者都有一致的时代背景，有相同或相近的发生地点，其内部组成人员多有往来，创作风格相近，可以视为派别而存在。而提到俚俗词派，由于相隔时间已久，其所推尊的宗主柳永与其后人多不相往来，而后人虽云学习柳永，却未得其妙，未至其高，仅就俚俗一点而言，反而近于俗文化在不同时代的不同显现。再提到以二晏一欧构成的江西词派，晏殊与欧阳修虽并立当时，但其多以诗文交，词体方面固然有相近者，但若以词派并称，终觉不妥。总而言之，北宋词通过歌妓的传播，在一定程度上弱化了词人之间的联系，使得词派的意义并不突出。

　　降至南宋，体派之论遂大行于时。黄昇有云："况中兴以来，作者继出。及乎近世，人各有词，词各有体。知之而未见、见之而未尽者，不胜算也。"① 这还是对各家的独特风格的认识。而柴望《凉州鼓吹自序》云："词起于唐而盛于宋，宋作尤莫盛于宣、靖间。美成、伯可各自堂奥，俱号称作者。近世姜白石一洗而更之，《暗香》《疏影》等作，当别家数也。大抵词以隽永委婉为尚，组织涂泽次之，呼嚎叫啸抑末也。唯白石词登高远眺，慨然感今悼往之趣，悠然托物寄兴之思，殆与古《西河》《桂枝香》同风致，视青楼歌、红窗曲万万矣。余不敢望靖康家数，白石衣钵或仿佛焉。"② 其"家数"则明确提出派别之意。但时人论及派别，也多有不当之处。滕仲因《笑笑词跋》云："词章之派，端有自来，溯源徂流，盖可考也。昔闻张于湖一传而得吴敬斋，再传而得郭遁斋，源深流长。"③ 这就不符合词的发展实际。张孝祥激越飞动，可谓从苏轼出而另开别流，而郭应祥则多寿词颂语，辞凡意庸，较出色的词作也不过为知足安分之语，与以上二人均不似。吴镒之词不存，不在讨论之列。

　　词在南宋小众化传播的意义，在于不以词人的政治地位判断词人的交游圈子，不以与歌妓的交往判断词的传播范围，其人际交往关系更为突出。观察词坛上历时形成的词派，难以把握其发展演变中体现的具体人际关系，而观察词坛上由共时存在的词人构成的词派，就可以认识到其中包含的人际交流意义。南宋最为鲜明的词派应数稼轩词派，辛弃疾虽然在政治事业上受到压制，但其立身当时，既有足够的经济条件结交他人，本身又文学成就突出，具有强大的人格魅力，加之其广泛结交，积极拓展自身的人际交往圈，结识了一大批意气相投的文学朋友和志同道合的政治同路人，最终形成了以他本人为核心，以其朋友为主要成员的词坛门派。其声势之大，影响之深，足以笼罩南宋。据刘扬忠分析：

① （宋）黄昇：《花庵绝妙词选序》，见金启华等编：《唐宋词集序跋汇编》，第359页。
② （宋）柴望：《凉州鼓吹自序》，见金启华等编：《唐宋词集序跋汇编》，第284页。
③ （宋）滕仲因：《笑笑词跋》，见金启华等编：《唐宋词集序跋汇编》，第230页。

　　稼轩词派显然是一个以辛弃疾为圆心的三圈同心圆围成的团体：内侧是与辛氏私交最密切、思想最一致且风格最合拍的陈亮、刘过数人；中圈是虽不像"二龙"那样与辛氏关系密切，但与辛氏有过直接交往唱和的一大批政友兼文友；外圈是与辛氏并无直接来往、但向慕其人其词、作词追随"稼轩风"的许多同辈与后代词人。由"圆心"——稼轩及其稼轩体向"同心圆"发展的过程，就是稼轩词派构成和衍为巨流的过程。①

这是稼轩词派形成的过程，也是辛弃疾词通过人际交往圈逐渐向整个词坛传播的过程。稼轩词的传播对象就是辛弃疾的人际交往对象，而其交往对象自身的交际圈，就是稼轩词继续传播的渠道。辛弃疾的词作同样播于歌妓之口，但他喜欢在宴会上让家妓歌其自制词，可见其词借助歌妓的传播范围不广，而他和客人的交流更值得重视：

　　（辛弃疾）自诵其警句曰："我见青山多妩媚，料青山见我应如是。"又曰："不恨古人吾不见，恨古人不见吾狂耳。"每至此，辄拊髀自笑，顾问坐客何如，皆叹誉如出一口。既而又作一《永遇乐》，序北府事。首章曰："千古江山，英雄无觅，孙仲谋处。"又曰："寻常巷陌，人道寄奴曾住。"其寓感慨者则曰："不堪回首，佛狸祠下，一片神鸦社鼓。凭谁问：廉颇老矣，尚能饭否？"特置酒召数客，使妓迭歌，益自击节。遍问客，必使摘其疵，逊谢不可。客或措一二词，不契其意，又弗答，然挥羽四视不止。余时年少，勇于言，偶坐于席侧，稼轩因诵启语，顾问再四。余率然对曰："待制词句，脱去今古轸辙，每见集中，有'解道此句，真宰上诉，天应嗔耳'之序，尝以为其言不诬。童子何知，而敢有议，然必欲如范文正以千金求《严陵祠记》一字之易，则晚进尚窃有疑也。"稼轩喜，促膝亟使毕其说。余曰："前篇豪视一世，独首尾二腔警语差相似，新作微觉用事多尔。"于是大喜，酌酒而谓坐中曰："夫君实中余痼。"乃咏改其语，日数十易，累月犹未竟，其刻意如此。②

这样深入的互动交流，足以使人对稼轩词倾倒不已，既赞叹其词，又

---

① 刘扬忠：《唐宋词流派史》，福建人民出版社 1999 年版，第 424 页。
② （宋）岳珂：《桯史》卷三，第 38 页。

佩服其人。毕竟人与人之间，面对面的交流，是说服他人最为有效的方式。而辛弃疾与陈亮的"鹅湖之会"，既是两位有共同词学观念的文学友人的见面，又是怀有同样抱负、力主抗金、收复山河的英雄人物的聚合。稼轩词派构建的政治基础，就是以抗金救国、光复神州为一己之任，百折不回、不屈不挠的丈夫意气。与辛弃疾交往最密者，也是最为了解他的人物，是稼轩词产生最有力影响的传播对象。在此基础上，凡稍有与辛弃疾交往、了解其词其人、持同一立场的人物，都会受到稼轩词的影响。稼轩词通过人与人的交流也能在词坛上产生巨大的影响，是由其文学成就决定的。客观存在的人际交往行为，使人直接发现与辛弃疾保持同调的人物，何人与其交往密切，何人与其有相同见解，一目了然。辛弃疾以人际交流行为结交同道，创建流派，而人际交流关系也是后人认识稼轩词派的重要途径。

### 三、小众化传播与词法传承

南宋文人结社之风盛行，如张镃的临安诗社，史达祖、高观国的"爱酒能诗"之社，杨缵的吟社，张枢的寄闲吟台，宋亡后的雪川吟社、《乐府补题》词社等，都是词人进行雅集聚会的重要方式。其间相与赋咏，唱和酬答，既密切了词人之间的关系，又使得他们相互切磋、共同进益，其词作呈现出相同或相近的风格，这也是"江湖词派""风雅词派"等概念言之有据的原因。吴梅《词话丛编序》云："然北宋诸贤，多精律吕，依声下字，井然有法。而词论之书，寂寞无闻。"又云："南渡以还，音律之学日渐陵夷。作者既无准绳，歌者益乖矩镬。知音之士，乃详考声律，细究文辞。玉田《词源》，晦叔《漫志》，伯时《指迷》，一时并作，三者之外，犹罕专篇。"① 可见词法理论著作的出现与词的小众化有密切关系。

南宋讲习与传授词法之风由姜夔倡导。词法乃至词学观念的传播之所以成为南宋中后期词坛的重要传播行为，一方面是因为姜夔宗尚江西，将江西诗法等概念引入词学。但姜夔论词的许多资料都已散佚，后人无法知闻。另一方面则是受南宋词体传播小众化的影响，词学观念的传播方式受到词学演进状况和人际交往方式的影响。开始时词社虽多，却主要是词人的雅集聚会，一个小圈子内部的成员聚会中往往互相传看作品、分析得失、发表意见，参与成员虽多，但观点各自不同，没有产生一致性的意

---

① 吴梅：《词话丛编序》，见唐圭璋编：《词话丛编》，第 3 页。

见，词学观念横向的交流难以发展。于是纵向的传承就格外引人重视，或为师徒传授，或为父子继承。但随着词社的勃兴，小圈子内部成员的交流日益严密，个人观念容易得到其他人的一致认可，成为小圈子的主流话语，流派的意义得以彰显。词学观念的传播方式变得更为简单明了，不需要人际关系的外在形式来修饰，只要后进词人进入词社，就可以学习前辈词人的词学思想。其所传授的词法，多是以指点门径、有益后学为出发点。

沈义父与吴文英相交，"暇日相与倡酬，率多填词，因而讲述作词之法"①。沈义父的论词观念直接传自吴文英，《乐府指迷》是应子侄辈求取词法而撰写的，面向刚入门的填词者。

张炎《词源序》阐述了他作此书的用心所在："古之乐章、乐府、乐歌、乐曲，皆出于雅正。……余疏陋谫才，昔在先人侍侧，闻杨守斋、毛敏仲、徐南溪诸公商榷音律，尝知绪余，故生平好为词章，用功四十年，未见其进。今老矣，嗟古音之寥寥，虑雅词之落落，僭述管见，类列于后，与同志商略之。"②此序开宗明义，标举"雅正"，以扭转词坛风气者自任，意在能一扫词坛种种流弊，达到立意高远、中和平正、醇厚简古、清虚空灵的艺术理想。

陆辅之为张炎门下，其《词旨》源流也是出于张炎，"予从乐笑公游，深得奥旨制度之法，因从其言，命韶暂作词旨，语近而明，法简而要，俾初学易于入室云"③。杨缵的吟社重在声律严谨，一丝不苟，正适合初学者入门："近代杨守斋精于琴，故深知音律，有圈法美成词。与之游者，周草窗、施梅川、徐雪江、奚秋崖、李商隐，每一聚首，必分题赋曲。但守斋持律甚严，一字不苟作，遂有作词五要。"④

## 第三节　宋词传播的文本化

歌妓唱词是一个受到诸多因素影响的信息传递过程，融表演、音乐和语言于一体，而词的书册传播则是将丰富的艺术形象简化为纯粹的文字符

---

①　（宋）张炎：《词源》卷下，见（宋）张炎著、夏承焘校注，（宋）沈义父著、蔡嵩云笺释：《词源注·乐府指迷笺释》，人民文学出版社 1963 年版，第 43 页。

②　（宋）张炎：《词源原序》，见《词源注·乐府指迷笺释》，第 9 页。

③　（宋）陆辅之：《词旨叙》，见唐圭璋编：《词话丛编》，第 297 页。

④　（宋）张炎：《词源》卷下，见《词源注·乐府指迷笺释》，第 31 页。

号，两者自然有所区别。一方面，歌妓作为传播者，掌握着对传媒文本再创作的权利，可以对词作文字进行改动；另一方面，由于方言口音的差异、记忆者的偏误、记录者的误听，词在口耳相传的过程中容易发生种种舛误。而且歌妓的口音腔调因人而异，对于词调声情的安排各得其法，导致了词在歌妓的表现中出现种种差异。

## 一、传媒文本与歌妓演唱

词的口头传播最初是词人将词作书于纸上，付予歌妓，由歌妓进行演唱的过程，歌妓在这一过程中扮演着传播者、传播中介、受传者等多重角色。词人手书的自己的作品，可以认为是最具权威性的原始文本。而歌妓所唱之词，作为传播活动的客体，则是一种"传媒文本"，是经过传播者重新制作后，进入公共空间，向广大受众传递信息的"文本"。一方面，传媒文本在保留原作者个性的同时，包含着传播者的认识、操作与诠释。歌妓将词作由文字表达转化为歌词演唱，实际上是以声音这一新的传播介质改变了词的基本存在形态，已不具有"文本"一词的原始含义。另一方面，传媒文本需要在公共空间内进行大众化传播，才能实现本身的价值。词的演唱本质上是歌妓的表演行为，正所谓"则有绮筵公子，绣幌佳人，递叶叶之花笺，文抽丽锦；举纤纤之玉指，拍案香檀。不无清绝之词，用助娇娆之态"①。如此声色，无怪广大文人士大夫沉溺其中。当酒酣耳热之时，有美人如玉，拨弦奏清音，轻声唱新词，如此方能实现词娱宾遣兴、侑酒佐觞的娱乐功能。

传媒文本的意义不仅仅是单纯的信息传播，其中还隐含着某种价值结构的规范意义。歌妓唱词不仅是单纯的文学传播，还是一种综合艺术表现。歌妓的容貌神情、音色腔调、心理变化乃至使用的乐器、活动的场合，都会影响词的传播效果。轻柔婉转的女声，必然引导歌词具有婉转妩媚的风格基调。时人独重女音，喜好艳词，促使词体创作形成了潜在的规范，"士大夫所作歌词，亦尚婉媚"②。词独重艳科，以柔媚婉约为尚的文体特色，与歌妓的演唱有着互为因果的关系。

词人为应歌而作词，歌妓对词的演唱，即是对原始文本做艺术化的处理，将其转化为传媒文本。为了满足词入乐合律的特性，歌妓会适当地对词作进行变化、修改。这既反映了传播者对传媒文本的二次制作，也是传

---

① （后蜀）欧阳炯：《花间词序》，见金启华等编：《唐宋词集序跋汇编》，第339页。
② （宋）王灼：《碧鸡漫志》，见唐圭璋编：《词话丛编》，第79页。

媒文本与原始文本最为直观的区别。

词本是音乐与文学相结合的产物，势必要实现音律与文辞的双重艺术特性，既可悦耳，亦可赏心。但两种不同的艺术体式之间的矛盾往往难以调和。"文字弦歌，各擅其绝，艺之材职，既有偏至；心之思力，亦难广施。强欲并合，未能兼美，或且两伤，不克各尽其性，每致互掩所长。"①这是从理论角度分析词乐不能相合的必然性。而宋人的创作实绩仿佛也证明了这一规律，宋末词人张炎遍览名家名作，词乐相合者寥寥无几，"旧有刊本《六十家词》，可歌可诵者，指不多屈"②。即便是畅晓音律的词人，有时也会为了语意通顺、表意清晰而刻意变化句法，增减文字。这种改动在吟诵中或许是抑扬顿挫、朗朗上口，却使得句读声韵与音乐拍节时有参差，不能尽合：

> 填词平仄及断句皆定数，而词人语意所到，时有参差。如秦少游《水龙吟》前段歇拍句云："红成阵、飞鸳鸯。"换头落句云："念多情但有，当时皓月，照人依旧。"以词意言，"当时皓月"作一句，"照人依旧"作一句。以词调拍眼，"但有当时"作一拍，"皓月照"作一拍，"人依旧"作一拍，为是也。维扬张世文云：陆放翁《水龙吟》，首句本是六字，第二句本是七字。若"摩诃池上追游客"则七字。下云"红绿参差春晚"，却是六字。又如后篇《瑞鹤仙》，"冰轮桂花满溢"为句，以"满"字叶而以"溢"字带在下句。别如二句分作三句，三句合作二句者尤多。然句法虽不同，而字数不少。妙在歌者上下纵横取协尔。③

面对词乐之间的冲突，歌妓当然不能机械地将词由文字转化为歌唱，仅仅满足于扮演"留声机"的角色。词若要达到宜唱美听、广为流布的效果，作为传播主体的歌妓必须有意在唱词过程中协调文辞与音乐的关系。歌妓采取了所谓添声、添字、偷声、偷字的策略，在乐拍中加繁或简化节奏，在歌词中添加或缩减文辞，使文字声韵与音律乐曲融合无间。宋人在描写歌妓实况演出的词作中常常提起这类现象。周邦彦《蓦山溪》云："香破豆，烛频花，减字歌声稳。"④ 杨无咎《雨中花令》云："换羽

---

① 钱钟书：《谈艺录》，中华书局 1984 年版，第 27 页。
② （宋）张炎：《词源原序》，见《词源注·乐府指迷笺释》，第 9 页。
③ （明）杨慎：《词品》卷一，见唐圭璋编：《词话丛编》，第 435 页。
④ （宋）周邦彦撰、罗忼烈笺注：《清真集笺注》，第 299 页。

移宫，偷声减字，不顾人肠断。"① 既云添字、减字，可见歌妓能在词人已完成的词作中增减文字，而无损于词作的音乐之美和情意的表达，故论者少有非议。清人吴衡照《莲子居词话》引吴颖芳论宋词歌法之语云："或前词字少而今多之，则融洽其多字于腔中；或前词字多而今少之，则引伸其少字于腔外，亦仍与音律无碍。盖当时作者述者皆善歌，故制辞度腔、而字之多寡、平仄参焉。"② 可见词的日益流布与广为传唱，既需要词人对于和乐之词的有意追求，又需要歌妓在传播过程中的"调协"作用。

词的传播最先依赖歌妓的演唱，然而口头传播听过即忘，难以保存，必须依赖他人的递相传唱方能盛行于世。如果词仅仅在小圈子内流传，又无人留下文字记录，则新词可能旋生旋亡，不免湮没于世。在雕版印刷技术出现的背景下，刊本书籍"易成、难毁、节费、便藏"的特质足以压倒其他一切不足之处，宋词以印刷书籍为主的书面传播于是逐渐成为主流。

## 二、文本的定型

随着词人与歌妓关系的逐渐疏离，以及词体小众化趋势愈加明显，时人就难以在酒筵歌席之前，从清歌曼语之中获知新词。词如果脱离了妓乐环境，则失去了自身独有的传播特征，和其他文体一致，重视词人之间的交往关系，关注词作以文本形态的传播。而词作传播的文本化，无形中限制了受众的认识，进而影响了词体的再生产。

在词体传播过程中，口头传播和文本传播是并行不悖的。即使有歌妓传唱其词，也会有好事者抄录其词，以为纪念。如周密《瑞鹤仙》序云："寄闲结吟台，出花柳半空间，远迎双塔，下瞰六桥，标之曰'湖山绘幅'，霞翁领客落成之。初筵，翁俾余赋词，主宾皆赏音。酒方行，寄闲出家姬侑尊，所歌则余所赋也。调闲婉而辞甚习，若素能之者。坐客惊托敏妙，为之尽醉。越日过之，则已大书刻之危栋间矣。"③

词人之间的交往，未必次次都发生在宴席聚会之上，日常过从，书信往来，才是最为常见的形式。刘克庄与翁应星的交往，就是通过翁氏的面赠和远寄而形成，先得其诗，复见其词："曩余使江左，道崇安，君袖诗

---

① （宋）杨无咎：《逃禅词》，文渊阁四库全书本。
② （清）吴衡照：《莲子居词话》卷一，见唐圭璋编：《词话丛编》，第2399页。
③ 唐圭璋编纂、王仲闻参订、孔凡礼补辑：《全宋词》，中华书局1999年版，第4144~4145页。

谒余于逆旅。余读而奇之。访其家世，君曰："浩堂，吾兄也。'余叹息曰："君可为难弟矣！'别去一甲子，不与君相闻，君忽贻书，抄所作长短句三十余阕寄余。"① 在词人之间的直接交往中，当面交流的情境加深了彼此的认识，如史达祖拜谒张镃，求其许可：

> 一日闻剥啄声。园丁持谒入，视之，汴人史生邦卿也。迎坐竹荫下，郁然而秀整。俄起谓余曰："某自冠时，闻约斋之号，今亦既有年矣，君自益湮晦达，某以是来见，无他求。"袖出词一编，余惊，笑而不答。生去，始取读之，大凡如行帝苑仙嬴，辉华绚丽，欣眄骇接。因掩卷而叹曰："有是哉！能事之无遗恨也。"②

如果词人之间没有直接的联系，就需要中间人的参与，以保证信息交流的通畅。如陈三聘《和石湖词跋》所言：

> 大参相公望重百寮，名满四海，有志之士，愿见而不可得者也。一日，客怀诗词数十篇相示，曰："此大参范公近所作也。"……既去，披吟累日，辄以芜言属韵，可笑其不自量矣。然使三聘获登龙门宾客之后尘，与闻黄钟大吕之重，平时之愿，至足于此，则今日狂率之意，无乃自为他时之地哉！③

姜夔和史达祖当面论交，读其词，识其人，一见之下意气相投，其交谊有着深化发展的可能性。二人将来如果保持着频繁的往来，相互影响，进而达成某种共识，就既能保证信息传播的继续进行，又能为词坛风气兴起打下基础。陈三聘仰慕范成大，闻其词便欣喜不已，但这只是单向的信息流动，没有建立互动的联系，若无其他机缘，也许终生再无联系，这就是人际交流的不稳定性。

词体除了人际交流的传播渠道，还会通过词集流传行世。在传播手段还不够发达的时代，词集的编辑刻印，对词的当下传播具有重要的意义，冲破了人际关系的限制，拓宽了词的传播范围。但是词集的编辑、刊行是一个复杂的问题。时人未得词人文稿，往往以从歌妓处听来的唱词为底

① （宋）刘克庄著、辛更儒笺校：《刘克庄集笺校》卷九七《翁应星乐府序》，第4083页。
② （宋）张镃：《梅溪词序》，见金启华等编：《唐宋词集序跋汇编》，238页
③ （宋）陈三聘：《和石湖词跋》，见《全宋文》卷四八六三，第219册，第216页。

本。但歌妓所唱之词是流动的、变化的、未定型的，便无定本可以参考。以秦观词为例，"少游歌词当在东坡上，但少游不耐聚稿，间有淫章醉句，辄散落青帘红袖间，虽流播舌眼，从无的本"①。若词人无心记录自己的创作人生，不免多有散逸流失之作。如辛弃疾不刻意为词，也不自加珍惜：

> 公之于词亦然，苟不得之于嬉笑，则得之于行乐，不得之于行乐，则得之于醉墨淋漓之际。挥毫未竟，而客争藏去，或闲中书石，兴来写地，亦或微吟而不录，漫录而焚稿，以故多散逸。……开久从公游，其残膏剩馥，得所沾焉为多。因暇日裒集冥搜，才逾百首，皆亲得于公者。以近时流布于海内者率多赝本，吾为此惧，故不敢独阅，将以祛传者之惑焉。②

因此在词集形成的过程中，编集之人需要时时搜罗，处处关心，不断予以补完。如曾慥《东坡词拾遗跋语》云："东坡长短句既镂板，复得张宾老所编，并载于蜀本者悉收之。江山秀丽之句，樽俎戏剧之词，搜罗几尽矣。传之无穷，想象豪放风流之不可及也。"③ 如果无人整理编订词人的作品，那么词人的传播形象就会大打折扣：

> 吾郡范文正文集、别集皆无诗余，此从岁寒堂本补编录出，乃后人据《花庵词选》等掇辑，非全帙也。故《苕溪渔隐丛话》前集引《东轩笔录》云：范希文守边日，作《渔家傲》乐歌数阕，皆以"塞下秋来"为首句，颇述边镇之劳苦，今只存"衡阳雁去"一调。《敬斋古今》云：《本事曲子》载范文正自前二府镇穰下营百花洲，亲制《定风波》五词，其第一首"罗绮满城"云云。今且并此无之，然则公词散佚多矣。④

范仲淹的词作散失极多，仅仅通过时人的笔记、选本保存几首，使后人不得知其全貌，实在可悲。而朱淑真的词作"并其诗为父母一火焚之。今

---

① （明）毛晋：《淮海词跋》，见金启华等编：《唐宋词集序跋汇编》，第 45 页。
② （宋）范开：《稼轩词序》，见辛弃疾著、邓广铭笺注：《稼轩词编年笺注》，上海古籍出版社 1978 年版，第 561 页。
③ （宋）曾慥：《东坡词拾遗跋语》，见金启华等编：《唐宋词集序跋汇编》，第 30 页。
④ （明）吴讷编：《百家词》，天津古籍书店 1992 年版，第 381 页。

所传者，百不一存，是重不幸也"①。又有许多无名词人，其词作难见于后世，最终声名俱灭。

词人自编其作，多有刻本行世。词以印刷书籍的形态行世，同样具有直观的文字、统一的格式、准确的校勘等诸多优势，有利于词的进一步传播。但词的歌唱形态难见于后世，后人只能从词的文本状态进行认识，一如波兰作者英伽登所说："印刷品（被印刷的文本）不属于文学的艺术作品本身的要素，而仅仅构成它的物理基础。但是印刷的板式的确在阅读中起着一种限定作用。"② 正是由于词集刻本的广泛流播，使之具有某种权威性，后人从词集刻本中总结出的印象，就代替了词的本质：

　　　今虽音理失传，而词格具在。学者但宜依仿旧作，字字恪遵，庶不失其中矩矱。③

　　　有一体而数名者，亦有数体而一名者，诠叙字数，不无次第参错，其一二字之间，在于作者研详综变谱中谱外，多取唐宋人本词较合，便得指南。④

　　　述词之人，若只依旧本之不可歌者一字填一字，而不知以讹传讹，徒费思索。⑤

　　　古词佳处，全在声律见之，今止作文字观，正所谓徐六担板。⑥

"徐六担板"是指人执于一偏之见。在词的传播过程中，文本形态逐渐突出，最终取代了歌妓演唱。这是一个复杂的变化过程，但大体趋势是如此。后人以此认识词体，反而无法理解词作为音乐文学的性质，仅仅将文字化的词作为范本，越发忽略了词追求声律谐婉、声音流利的美感，更加快了词脱离音乐文学，向纯粹的抒情文学演变的进程。词以文本形式出现于传播领域中，文辞的影响逐渐超过了音乐的规定，词也最终演变为格律诗的一种。

---

① （宋）朱淑真撰、（宋）魏仲恭辑、郑元佐注：《朱淑真诗集序》，第 2 页。
② ［波］英加登：《对文学的艺术作品的认识》，陈燕谷译，中国文联出版公司 1988 年版，第 13 页。
③ 吴梅：《词学通论》，复旦大学出版社 2005 年版，第 8 页。
④ （清）邹祗谟：《远志斋词衷》，见唐圭璋编：《词话丛编》，第 645 页。
⑤ （宋）张炎：《词源》卷下，见唐圭璋编：《词话丛编》，第 256 页。
⑥ （清）刘体仁：《七颂堂词绎》，见唐圭璋编：《词话丛编》，第 621 页。

### 三、读者意识与选本传播

　　词体与歌妓的关系变化，使得词的传播指向从大众化转为小众向。传播者察觉到词体传播对象的变化，自然会在传播活动中有所反映。词集的编辑刊刻活动，最基本的意义即是保存词作，传诸后世，但是传播者亦不得不重视词集在当时的传播意义。为了达到最佳传播效果，传播者需要细分传播对象，针对某一群体进行传播，还需要选择特定的传播内容，以满足特定群体的需求。这一点在词选的传播上得到明显的体现。词选的编者具有明确的读者意识，以读者喜好作为编选的标准，而不仅仅是依据自己的好尚进行选择。

　　唐末五代之时，"有绮筵公子，绣幌佳人，递叶叶之花笺，文抽丽锦。举纤纤之玉指，拍按香檀。不无清绝之辞，用助娇娆之态"①。这便是词体产生与流行的原初情境，词多为应歌开怀、佐欢酬宾之用，多出现在酒宴歌席之中。词既是士大夫阶层的娱乐工具，又是伶工歌妓的表现对象。因此当时词选的编纂，是为了满足士人的娱乐生活，但从最直接的实用意义来说，则是为了给伶工歌妓提供唱本，使其有所参考，故云："将使西园英哲，用资羽盖之欢。南国婵娟，休唱莲舟之引。"② 歌妓虽能解音律，善演新声，却对文字之妙不甚了然，因此必须为其提供范本，使新声与新词相结合。

　　《云谣集》《遏云集》《花间集》《家宴集》《尊前集》《金奁集》等选本，包括南宋的《复雅歌词》选本，多为"侑觞""应歌"之用。《直斋书录解题》评《家宴集》云："序称子起，失其姓氏，雍熙丙戌岁也。所集皆唐末五代人乐府，视《花间》不及也。末有《清和乐》十八章。为其可以侑觞，故名《家宴集》。"③ 此时流行的词选，大多是依调编排，以备选唱，正是为了适应乐工艺人、歌女舞姬的职业活动。这些词选的编纂者，大多不能断言为文人阶层中的人物，很可能就是乐工艺人、歌女舞姬中的杰出者。这些编选者对于同一阶层的审美品位有着深切的体会，因而能有的放矢，其词选就是为了满足这一特殊人群的需要，具备相应的实用价值。龙榆生《选词标准论》指出："南宋以前词，既以应歌为主，故其批评选录标准，一以声情并茂为归，而尤侧重音律。"④ 以《草堂诗

---

①　（唐）欧阳炯：《花间集序》，见金启华等编：《唐宋词集序跋汇编》，第339页。

②　（唐）欧阳炯：《花间集序》，见金启华等编：《唐宋词集序跋汇编》，第339页。

③　（宋）陈振孙：《直斋书录解题》卷二一，第615页。

④　龙榆生：《选词标准论》，《词学季刊》1933年第一卷第二号。

余》的流行为例，即可看出此类词选的传播指向：

> 《草堂》一集，盖以征歌而设，故别题春景、夏景等名，使随时即景，歌以娱客。题吉席庆寿，更是此意。其中词语，间与集本不同，其不同恒平俗，亦以便歌。以文人观之，适当一笑，而当时歌伎，则必需此也。①
>
> 宋元间词林选本，几屈百指。惟《草堂诗余》一编，飞驰几百年来，凡歌栏酒榭丝而竹之者，无不拊髀雀跃；及至寒窗腐儒，挑灯闲看，亦未尝欠伸鱼睨，不知何以动人一至此也。②

此类词选指向性极其明确，也取得了良好的传播效果。为了提高自身的职业素养，歌妓舞女对此爱不释手，清音流转，众口同声，使其词无翼而飞。相比之下，文人阶层的反应就并不热烈，尤其是那些寒士老儒，与妓乐环境颇有隔膜，更加无法理解其意义所在。

随着词体与妓乐文化的疏离，词的主要传播环境就从歌妓聚集的宴会转向了文人生活的书斋，其基本功用也由侑觞、应歌转向了文人的自我遣兴与人际交往。词选也多由文人所编纂，也多是为了文人而编纂。前者说编者身份，后者说编集取向。表现是为了被观赏而存在的，"游戏是为观者存在的"③。词选发生相应的改变，正是为了适应词体传播对象的潜在变化。如林正大编选《风雅遗音》，就极力强调词选的文人倾向：

> 世尝以陶靖节之《归去来》、杜工部之《醉时歌》、李谪仙之《将进酒》、苏长公之《赤壁赋》、欧阳公之《醉翁记》类凡十数，被之声歌，按合宫羽，尊俎之间，一洗淫哇之习，使人心开神怡，信可乐也。……不惟可以燕寓欢情，亦足以想象昔贤之高致。……余暇日阅古诗文，撷其华粹，律以乐府，时得一二，衰而录之，冠以本文，目曰《风雅遗音》。是作也，婉而成章，乐而不淫，视世俗之乐固有间矣。岂无子云者出，与余同好，当一唱三叹而有遗味焉？④

---

① （清）宋翔凤：《乐府余论》，见唐圭璋编：《词话丛编》，第 2500 页。
② （明）毛晋：《草堂诗余跋》，见施蛰存编：《词籍序跋萃编》，中国社会科学出版社 1994 年版，第 670~671 页。
③ ［德］H. G. 伽达默尔：《真理与方法》，王才勇译，辽宁人民出版社 1987 年版，第 160 页。
④ （宋）林正大：《风雅遗音序》，见《全宋文》卷六七六四，第 297 册，第 67 页。

南宋之前，选词多重音律。而《风雅遗音》选词的侧重点明显不在此处，而是要求词必须具备委曲含情、一唱三叹的意味，要彻底杜绝市井风气，而能表现先贤的高情雅致。南宋时的词选为文人所编者，并无考虑应歌、备唱的硬标准，更为明显地体现出选本最基本的作用：

建康旧有本《花间集》，比得往年例卷，犹载郡将监司僚幕之行，有《六朝实录》与《花间集》之赆。又他本皆讹舛，乃是正而复刊，聊以存旧事云。①

予所藏名公长短句，裒合成篇，或后或先，非有诠次，多是一家，难分优劣。涉谐谑则去之，名曰"乐府雅词"。九重传出，以冠于篇首，诸公转踏次之。欧公，一代儒宗，风流自命，词章窈眇，世所矜式。当时小人或作艳曲，缪为公词，今悉删除。凡三十有四家，虽女流亦不废。此外，又有百余阕，平日脍炙人口，咸不知姓名，则类于卷末，以俟询访，标目"拾遗"云。②

长短句始于唐，盛于宋。唐词具载《花间集》，宋词多见于曾端伯所编，而《复雅》一集，又兼采唐宋，迄于宣和之季，凡四千三百余首，吁亦备矣。况中兴以来，作者继出。及乎近世，人各有词，词各有体。知之而未见，见之而未尽者，不胜算也。暇日裒集得数百家，名之曰《绝妙词选》。佳词岂能尽录，亦尝鼎一脔而已。然其盛丽如游金、张之堂，妖冶如揽嫱、施之袪，悲壮如三闾，豪俊如五陵；花前月底，举杯清唱，合以紫箫，节以红牙，飘飘然作骑鹤扬州之想，信可乐也。亲友刘诚甫谋刊诸梓，传之好事者，此意善矣。又录余旧作数十首附于后，不无珠玉在侧之愧。有爱我者，其为删之。③

选本最基本的意义即是保存时人作品，俾使流传后世，故有"存旧事"之谓。既欲留名后世，便当精益求精，兼收并蓄，博取诸家。若有一时难断之人之词，不妨姑且存录，以待将来，更需不断补充，以弥补"知之而未见，见之而未尽"的遗憾。另外，文人选词当具有某种标准，

① （宋）晁谦之：《花间集跋》，见《全宋文》卷四〇六九，第185册，第270页。
② （宋）曾慥：《乐府雅词自引》，见《全宋文》卷四二二八，第192册，第88页。
③ （宋）黄昇：《花庵绝妙词选序》，见金启华等编：《唐宋词集序跋汇编》，第359页。

不能一味求全求多。与之相合者推崇备至，与之不合者便摒弃不选。虽然会引起读者的不满，却是词选者必须坚持的立场。

南宋末年，周密编有《绝妙好词》，虽然也讲求声律婉转，但他更强调收录意蕴闲雅、文辞精丽、词意高妙的词作，即是后人所谓"格律词派"或"风雅词派"一脉。与当时流行的《草堂诗余》比较，即有雅俗之别。周密的词学反映了当时词体小众化的趋势，选录了许多当时声名不彰的词人词作，选词最多者，如姜夔、史达祖、吴文英、王沂孙，多为周密自己的同道知交，其风格特征与作词技法多有相近之处。《绝妙好词》的编成，可以反映周密一派所构建的词坛风气。但与之相对应的，就是《绝妙好词》传播范围的狭窄，"方诸《草堂》所录，雅俗殊分，顾流布者少"①。张炎也交代了这一选本流传不广的事实："近代词人用功者多，如《阳春白雪》集，如《绝妙词选》，亦自可观，但所取不精一。岂若周草窗所选《绝妙好词》之为精粹，惜此板不存，恐墨本亦有好事者藏之。"② 选者无意取悦大众，词选的定位本就是实现群体内部的交流，那么传播的小众化也就无可避免了。

# 结　　语

作为一种文学—文化现象，词体既是一种文学体式，又是一种娱乐活动，其文学价值与实用功能相结合。词体的传播与妓乐文化有着密切的联系，以往的研究者指出，词一经歌妓传唱，就实现了传播的大众化。笔者则基于布尔迪厄的"资本"概念，来理解作为创作者的词人与作为传播者的歌妓之间的联系，强调词体传播的分众化。对于词人而言，经济基础是其进行文化消费的保证；文化素质决定了其对词的欣赏水平与创造能力；社会关系则影响着词人的交往对象和活动层面，最终反映到他们与歌妓的联系上。不同阶层的词人接触不同类型的歌妓，其词作在宫廷、士大夫宴会、青楼等特定的社会空间中传播，造就了词体传播的多元格局，体现了社会阶层的审美区隔。随着社会文化结构的改变，歌妓唱词不再是全民性的娱乐，而逐渐成为一部分士大夫独有的娱乐方式，词体传播趋向小

---

① （清）朱彝尊：《曝书亭集》卷四三《书绝妙好词后》，文渊阁四库全书本。
② （宋）张炎：《词源》卷下，见唐圭璋编：《词话丛编》，第266页。

众化，导致特定群体的审美趣味规定了词体演进的方向。随着妓乐文化逐渐消失，词体传播趋向文本化，进入书册传播的程序。词在宋代的存在形态是多维的，但后人大多只能接触词的文本形态，对词体的定义、特征、功能的理解与前人相比出现了差异。

# 第六章　宋文传播与政治解读

　　与诗词、戏剧、小说的传播研究相比，文章传播的研究成果无论是数量上还是深度上都远远不如。古代文章谱系包罗广泛，很难用某种固定模式来概括。值得注意的是，相关研究较少涉及章表奏议、箴铭碑诔等文体，这在一定程度上反映了今人的文学观念。然而古代的文章谱系与今人的定义并不完全一致，某些文章以往没有被归入文学范畴，却受到古人的极大关注，得以广为流传。本章选择宋代的制诰、奏议、墓志三类应用文作为研究对象，这三类文章属于"杂文学"，既具有政治功能，又具有文学性质，相关文章的传播促成了政治体系的联系、沟通与协调，其在权力场的特殊地位会成为其在文学场中传播的重要动力。相关文章在不同社会阶层之间流播，信息流动有明确的方向，可以总结出概括性的传播模式，同时要求创作者具有明确的受众意识，对于文体特征有具体规定，才能使文章的政治功能得以实现。观察这三类文章的传播，既可以拓展文学传播研究的范围，通过个案研究来探索文章传播的整体规律，又可以把握文体特色在传播过程中的显现与建构。

## 第一节　制诰的传播

　　制诰是皇帝或朝廷发布文书的统称，随着政治事务日益繁杂，政府权能逐渐加强，制诰文的种类也相应增多。宋代的制诰文有制、诰、诏、敕、令、训、喻、册文、赦文（德音）、批答、口宣等。其特征主要体现为：一是以皇帝名义发布，是"上对下"之文。徐师曾《文体明辨序说》引字书云："诰者告也，告上曰告，发下曰诰。"① 二是作为向臣民发布的

---

① （明）吴讷著、于北山校点，（明）徐师曾著、罗根泽校点：《文章辨体序说·文体明辨序说》，人民文学出版社 1998 年版，第 115 页。

告示、命令，属于行政公文。虽然制诰文大多缺乏文学价值，但其关系朝政国事，某些篇章也不乏感染力，被视为当时大手笔，受到世人的普遍重视。

## 一、制诰的传播模式

制诰文有内外制之分，"翰林学士官，谓之内制，掌王言大制诰、诏令、赦文之类。中书舍人谓之外制，亦掌王言凡诰词之类"①。负责起草制诰的官员主要有翰林学士院中的翰林学士、承旨、直院、直学士和舍人院的中书舍人、直舍人院等，以及元丰改制前加有"知制诰"的诸官。制诰文的子文体的区别既表现在应用事务上，也表现在发布方式上，如制书与诰命，都是用来升降人物、拜除职务的文书。吴讷《文章辨体序说》云："其曰制者，以拜三公、三省等职，辞必四六，以便宣读于庭；诰则或用散文，以其直告某官也。"②徐师曾《文体明辨序说》指出诰的用途："至宋始以命庶官，而追赠大臣，贬谪有罪，赠封其祖父妻室，凡不宜于庭者，皆用之。……若细分之，制与诰亦自有别，故《文鉴》分类甚明，不相混杂，足以辨二体之异。"③制书在公开场合当众展示，使用四六句以便宣读，而诰命可用散体，多直接交付当事人。

作为行政公文，制诰文进入大众视野有着相对固定的渠道。宋代有专门的文书传递人员与机构，景德元年（1004），真宗颁诏云："今后每发赦书德音，差人到省抄写勘读。内川、广、福建、荆湖七路并先以发遣。"④官方发行的邸报会刊载制诰文字，由进奏院遣使分送四方。朝廷和地方官府还会在木板上张贴布告，这种被称为"榜"的传播媒介也会发布制诰。榜的发布范围极为广泛，举凡宫廷朝堂、官署衙门、城门街道、学校酒店、百姓居处，都可以张贴榜文，其时效性强，分布范围广泛，传播对象上及百官，下至万民，具有强大的传播效果。随着国家不断颁布新的诏令，对于榜文数量的要求不断提升，政府开始应用印刷术制作"印榜"。技术的革新又给予榜文新的传播动力，覆盖全国各地，深入社会的各个层面。

---

① （宋）赵升编：《朝野类要》卷二，王瑞来点校，中华书局 2007 年版，第 44 页。
② （明）吴讷著、于北山校点，（明）徐师曾著、罗根泽校点：《文章辨体序说·文体明辨序说》，第 36 页。
③ （明）吴讷著、于北山校点，（明）徐师曾著、罗根泽校点：《文章辨体序说·文体明辨序说》，第 115 页。
④ （清）徐松：《宋会要辑稿》，第 3407 页。

　　制诰文在发布前有一定的密级要求，宋代凡有宰相除授和重大事务，往往安排词臣于夜间在封闭场所起草诏书，事后留宿禁中，当事人直到制诰宣读前还蒙在鼓里。对于一般的职务任免，就有胥吏贪图小利，私下泄露。周必大就指出："凡除拜加恩，官在都下者，既宣麻，而院吏私录本走报，希觊赠遗。初无公移也，而被受之官辞免者，多云准学士院报麻除授云云。"① 此类泄密事件并不严重，也没有受到严厉的制裁。

　　就制诰文的传播和接受而言，第一读者就是皇帝。制诰既然以皇帝的名义发布，自然要征得其同意，皇帝主要看其能否体现自己的想法。据《湘山野录》记载："真宗即位之次年，赐李继迁姓名，而复进封西平王。时宋湜、宋白、苏易简、张洎在翰林，俾草诏册，皆不称旨。惟宋公湜深赜上意，必欲推先帝欲封之意。因进辞曰：'先皇帝早深西顾，欲议真封，属轩鼎之俄迁，建汉坛之未逮，故兹遗命，特付眇躬。尔宜望弓剑以拜恩，守疆垣而效节。'上大喜，不数月参大政。"② 宋公湜揣摩圣意，将太宗遗命作为封赠李元昊的理由，巧妙地帮助真宗减轻了责任，也得到了政治回报。

　　下一批读者是接受制诰的官员们，一方面，官员需要从制诰中揣摩政策的走向和皇帝的态度；另一方面，某些制诰中包含对于官员的评语，被视为官方定论，影响到官员的公众形象，因此官员对制诰的遣词造句极其重视。建隆年间，太祖拜范质为相，陶谷草制有云："十年居调燮之司，一旦得变通之术。"③ 指范质为后周宰相，不能救亡图存，反而媚事新朝，范质当即向太祖申诉。史弥远拜相时，陈晦所拟制词中用"昆命元龟"语，论者指出此为尧舜禅让之语，人臣不当用，引起朝堂争论，史弥远不得不上表谢罪。④

　　最后制诰需要传播中外，咸使知闻，以整个社会的所有人群为预设读者。南渡前后，国家多难，涌现出一大批感动人心的杰作。宣和七年（1125），金国兴兵攻伐，宇文虚中拟《徽宗己未罪己诏》，岳珂《桯史》云："令下，人心大悦。识者以比陆贽感泣山东之诏云。"⑤ 绍兴三十一年（1161），金人南侵，陈康伯代高宗作《亲征诏草》，直至嘉定年间，"此

---

① （宋）周必大：《淳熙玉堂杂记》卷下，见上海师范大学古籍整理研究所编：《全宋笔记》第五编，第 8 册，大象出版社 2012 年版，第 304 页。
② （宋）文莹：《湘山野录》卷上，见《湘山野录・续录・玉壶清话》，第 1 页。
③ （宋）刘克庄：《后村诗话》续集卷一，第 90 页。
④ （宋）周密：《齐东野语》卷一六，黄益元校点，见《宋元笔记小说大观》，第 290~291 页。
⑤ （宋）岳珂：《桯史》卷九，第 104 页。

诏至今人人能诵之"①。汪藻作《隆祐太后告天下诏》，"事词的切，读之感动，盖中兴之一助也"②。可见其面向读者数量巨大，传播范围广泛，持续影响力强。

虽然以皇帝的口气行文，但对于词臣而言，制诰文既由自己亲自下笔，又是自己仕途荣显的反映，自然要归属自己名下。如欧阳修《内制集序》云："然今文士尤以翰林为荣选，予既罢职，院吏取予直草以日次之，得四百余篇，因不忍弃。"③以制诰名世的文臣代不乏人，如徐铉、王珪、汪藻、洪适、周必大、楼钥、陈傅良、刘克庄等。有的将制诰文编入文集中，有的将制诰文单独编集，如王禹偁《制诰集》十二卷、宋敏求《西垣制词文集》四十八卷、汪应辰《翰林词章》五卷、周必大《掖垣类稿》七卷、《玉堂类稿》二十卷、倪思《翰林前稿》二十卷、《翰林后稿》二卷、《掖垣草》二十卷。

但也有部分词臣没有保存旧作的想法。"又有中书舍人权直崔敦诗，时谢后自贵妃册后，内庭文字颇多，崔非所长，苦思遂成废疾，临卒，有子尚幼，手书一纸，戒其子无学属文，悉取其所为稿焚之。"④

此外，国家机构也会搜集、制作相关制诰文献，作为后世制定政策、起草制诰的参考。嘉祐三年（1058），欧阳修就曾对制诰文编录工作提出意见，其《论编学士院制诏札子》云：

> 至于大臣进退，政令改更，学士所作文书，皆系朝廷大事。示于后世，则为王者之训谟；藏之有司，乃是本朝之故实。自明道以前，文书草稿，尚有编录。景祐以后，渐成散失。臣曾试令类聚，收拾补缀，十已失其五六。使圣宋之盛，文章诏令废失湮沦，缓急事有质疑，有司无所检证。盖由从前虽有编录，亦无类例卷第，只是本院书吏私自抄写，所以易为废失。臣今欲乞将国朝以来学士所撰文书，各以门类，依其年次，编成卷帙，号为《学士院草录》。有不足者，更加求访补足之。⑤

① （宋）叶适：《跋高宗亲征诏》，见《全宋文》卷六四九四，第285册，第205页。
② （宋）罗大经：《鹤林玉露》丙编卷三，第283页。
③ （宋）欧阳修：《欧阳修全集》卷四一，第598页。
④ （宋）陈鹄：《西塘集耆旧续闻》卷五，见《师友谈记·曲洧旧闻·西塘集耆旧续闻》，第341页。
⑤ （宋）欧阳修：《欧阳修全集》卷一一一，第1685~1686页。

据《直斋书录解题》记载，宋代汇编制诰的总集包括：宋绶子孙编《宋大诏令集》二百四十卷，李邴编《玉堂制草》十卷，洪遵编《中兴玉堂制草》六十四卷，周必大编《续中兴玉堂制草》三十卷，汪藻编《元符庚辰以来诏旨》三卷，宇文粹中、宇文虚中编《纶言集》三十一卷，郑寅编《中兴纶言集》二十八卷，等等。这些编撰者大多历任馆阁，家富藏书，比普通文人更容易接触到这些国家档案。

## 二、词臣与皇帝的交流

制诰文是以皇帝的名义发布的，但其文字不是皇帝亲自撰写的，而是交由词臣起草。政治信息的传播，首先是皇帝与词臣的交流，然后才传达给接受制诰的官员，最后晓谕天下。词臣既是接受者，也是创作者，要正确地理解、准确地表达，将皇帝的思想和意志传达给大众，"代王言须是能宣道陛下之意"①。但制诰文的写作毕竟是一件创造性工作，"只为天下人于训词中看陛下用意，所以须用有文学又有见识，知国体之人"②。词臣不完全是皇帝的传声筒，而是有自己的政治立场和表达习惯，虽然承担着"代王者言"的工作，却在遣词造句中体现了自身的倾向。

皇帝政务繁重，制诰多由词臣代笔，皇帝只是匆匆过目。但也有皇帝极为重视自我意见的表达，认真做好把关人。英宗"于制诰多亲阅，有不中理，必使改"③。孝宗"于文字尤欲得体，一览便见是非"④。若对于词臣之作有所不满，皇帝也会动笔行文。如庆历七年（1047）春旱，仁宗不满词臣所拟的罪己诏，于是亲自改为："冀高穹之降监，闵下民之无辜，与其降戾于人，不若移灾于朕。"⑤ 皇帝甚至会与词臣就某些词语的使用产生分歧，引起冲突。欧阳修《归田录》记载如下：

> 杨大年为学士时，草《答契丹书》云："邻壤交欢。"进草既入，真宗自注其侧云："朽壤、鼠壤、粪壤。"大年遽改为"邻境"。明日，引唐故事，学士作文书有所改，为不称职，当罢。因亟求解职。真宗语宰相曰："杨亿不通商量，真有气性。"⑥

---

① （宋）李焘：《续资治通鉴长编》卷三九三，第9563页。
② （宋）李焘：《续资治通鉴长编》卷三九三，第9562页。
③ （清）毕沅编著：《续资治通鉴》卷六四，第1559页。
④ （宋）周必大：《淳熙玉堂杂记》卷上，见《全宋笔记》第五编，第8册，第282页。
⑤ （宋）陈鹄：《西塘集耆旧续闻》卷五，见《师友谈记·曲洧旧闻·西塘集耆旧续闻》，第340页。
⑥ （宋）欧阳修：《归田录》卷一，见《渑水燕谈录·归田录》，第16~17页。

真宗的用词包含着强烈的厌憎、愤恨，但杨亿坚持己见，使用不带个人情绪的词语，甚至以辞职表达不满情绪，意在维护创作的独立性。然而词臣按照皇帝的意见对制诰文字进行修改，逐渐形成惯例。"淳熙间，周益公子充，久在禁苑。及除右揆，李巘子山当制，词中有'三毋'之戒。公力辞不拜命。寿皇宣谕，令改之。然制麻已迁告，既而复改，人颇异之。不知祖宗朝改制率以为常，但改于未宣之前尔。"① 即使在制诰发布后，皇帝也会因臣子的反馈而令词臣改动文字，这也增强了制诰文本的不确定性。

制诰既然出自词臣之手，以皇帝名义发布，自然不能千篇一律，而是要针对不同的事务、对象、场合，体现出情感变化和态度差异。刘勰《文心雕龙·诏策篇》云："故授官选贤，则义炳重离之辉；优文封策，则气含风雨之润；敕戒恒诰，则笔吐星汉之华；治戎燮伐，则声有洊雷之威；眚灾肆赦，则文有春露之滋；明罚敕法，则辞有秋霜之烈：此诏策之大略也。"② 这既使得制诰的写作带有文学化的特点，又要求词臣能与皇帝达成一致，表现出皇帝的情感和态度。以下举例：

> 仁宗朝，晏元献撰《章懿李皇太后神道碑》，破题云："五岳峥嵘，昆山出玉。四溟浩渺，丽水生金。"盖言诞育圣躬，实系章懿。然仁庙凤以母仪事明肃太后，膺先帝拥幼之托，难为直致。才者虽爱其善比，独仁庙不悦，谓晏曰："何不直言诞育朕躬，使天下知之？当更别改。"晏曰："已焚稿于神寝。"上终不悦。逮升祔二后赦文，孙抃承旨当笔直叙，曰："章懿太后丕拥庆衍，实生眇冲，顾复之恩深，保绥之念重。神驭既往，仙游斯邈。嗟夫！为天下之母，育天下之君。不逮乎九重之承颜，不及乎四海之致养。念言一至，追慕增结。"上览之，感泣弥月。明赐之外，悉以东宫旧玩密赉之。岁余，遂参大政。③

晏殊为仁宗生母李太后作文，将之与对仁宗有养育之恩、执政之功的刘太后相提并论，属于政治正确的写法，时人多有好评，却不符合仁宗的

① （宋）陈鹄：《西塘集耆旧续闻》卷五，见《师友谈记·曲洧旧闻·西塘集耆旧续闻》，第 339 页。
② （梁）刘勰著、范文澜注：《文心雕龙注》，人民文学出版社 1958 年版，第 360 页。
③ （宋）陈鹄：《西塘集耆旧续闻》卷五，见《师友谈记·曲洧旧闻·西塘集耆旧续闻》，第 339 页。

心理期待。孙抃为文，则重在表现仁宗"子欲养而亲不待"的遗憾与愧疚心理，使得仁宗为之泪下。可见词臣所作不能只考虑自己的想法，还要注意深入体会皇帝的心思，才能做到代言得体，切合上意。

词臣通过制诰将皇帝的想法传达给大众，自己的理解、表述一旦出现偏差，就会使接受者误解皇帝的用意，导致当事人错判局势，使事态发生波折。真宗咸平五年（1002），宰相张齐贤、向敏中因争娶寡妇柴氏而引起纠纷，双双被贬。起草制文的翰林学士宋白曾向向敏中借贷未果，在制文中措词极其严厉，有"对朕食言，为臣自昧"之语，向敏中"读制泣下"，担心失去了皇帝的信任。① 由于接受制诰的臣子难以与皇帝直接交流，只能从文字中推测皇帝的想法，词臣就能以皇帝的名义表达一己之见。

词臣作为皇帝的代言人，以个人的语言诠释皇帝的思想和意志，将个人倾向融入皇权的运行机制中，不仅仅是逞一己之私，而是体现出鲜明的政治倾向。吴坰《五总志》载："寇莱公贬时，杨文公在西掖，既得词头，有请于丁晋公。公曰：'春秋无将，汉法不道，皆其罪也。'杨深不平之。及晋公去位，杨尚当制，为责词曰：'无将之戒，深著乎鲁经，不道之诛，难逃于汉法。'一时快之。"② 晏殊遭到贬谪时，由宋祁草制，宋祁有意保全，只以小罪名指斥晏殊，其词曰："广营产以殖货，多役兵而规利。"晏殊因此免于穷究深谴之祸。这就是后人所说的："宰相拜罢，恩典重轻，词臣受旨者，得以高下其手。"③

王安石变法时，新旧两党的斗争日益激烈，制诰文字成为其相互攻讦的工具，不仅能让对手颜面扫地，还可以使旁观者误认为对手已失去了皇帝的信任，间接打击对手的政治影响力。以下举例：

> 王安石称疾，求分司，翰林学士司马光为批答曰："今士夫沸腾，黎民骚动，乃欲委还事任，退取便安。卿之私谋，固为无憾，朕之所望，将以委谁！"安石大怒，即抗章自辩。帝封还其章，手札慰安石曰："诏中二语，失于详阅，今览之甚愧。"且命吕惠卿谕旨。安石固请罢，帝固留之。④

---

① （清）毕沅编著：《续资治通鉴》卷二三，第 529 页。
② （宋）吴炯：《五总志》，见《全宋笔记》第五编，第 1 册，第 24 页。
③ （宋）洪迈：《容斋随笔》四笔卷十二，第 759 页。
④ （清）毕沅编著：《续资治通鉴》卷六七，第 1670 页。

王安石称病只是以退为进的政治手段，神宗挽留也在情理之中，但司马光在批答中讥讽王安石治政无能、事君不忠，不能不说是借题发挥。此后新旧两党势力此消彼长，每一次朝堂上的大洗牌都伴随着一篇篇恶意满满的制诰文章。元丰五年（1082），吕惠卿被贬谪，苏轼所起草的制词中，有"尚宽两观之诛，薄示三危之窜"①之语，"吕惠卿之谪也，词头始下，刘贡父当草制。东坡呼曰：'贡父平生作刽子，今日才斩人也。'贡父急引疾而出，东坡一挥而就。不日传都下，纸为之贵"②。但苏轼也因此文被政敌抓住了把柄，绍圣元年（1094），新党当政，虞策、来之邵言苏轼作制诰、讥谤先帝，便举吕惠卿谪词"首建青苗，次行助役，均输之政，自同商贾；手实之祸，下及鸡豚。苟可蠹国而害民，率皆攘臂而称首"③为证，责贬惠州。同时苏辙也遭到贬谪，林希拟制时用了"父子兄弟挟机权变诈，警愚惑众"这样的话，以致苏辙接旨后哭泣道："某兄弟固无足言，先人何罪耶？"④

词臣将自己的观点与皇帝的思想捆绑在一起，在公文中表达自己的立场与好恶，这引起了皇帝的忧虑。宣和六年（1124），徽宗与韩驹对于制诰文中个人倾向的表达进行了讨论：

> 上曰："近年为制诰者，所褒必溢美，所贬必溢恶，岂王言之体？且《盘》《诰》具在，宁若是乎？"驹对："若止作制诰，则粗知文墨者皆可为。先帝置两省，岂止使行文书而已？"上曰："给事实掌封驳。"驹奏"舍人亦许缴还词头"，上曰："自今朝廷事有可论者，一切缴来。"寻兼权直学士院，制词简重，为时所推。⑤

鉴于以往制诰创作沦为党争工具，徽宗对词臣随意褒贬有所不满。但韩驹的观点也是有根有据的。从文学上看，既然词臣的工作不是照本宣科，需要自己组织语言，就要允许其有表达的自由。从政治上看，既然皇帝需要词臣参谋机要，以备顾问，就不能限制其思考、议论的权利。最终韩驹说服了徽宗，词臣创作的独立性得到了延续。

---

① （宋）苏轼：《吕惠卿责授建宁军节度副使本州安置不得签书公事制》，《苏轼文集》卷三九，第1100页。
② （宋）朱弁：《曲洧旧闻》卷七，见《师友谈记·曲洧旧闻·西塘集耆旧续闻》，第186页。
③ （宋）陈均：《九朝编年备要》卷二四，文渊阁四库全书本。
④ （宋）王楙：《野老纪闻》，文渊阁四库全书本。
⑤ （元）脱脱等：《宋史》卷四四五《韩驹传》，第13140页。

## 三、制诰体现阶层区隔

宋代文人仕途通显，多由进士及第，荐试馆职，选任词臣。馆阁文人中多有文思敏捷、博学多识之士，能为词臣者更是其中翘楚。词臣身份清贵，不理俗务，且为皇帝侍从，参与国家机要，替代王者立言，若得到皇帝赏识，可直入两府，位列宰执，正所谓"文明天子重词臣"也。① 两制词臣职重才高，体现了政治和文学的双重意义，其制诰文广为流传，为时人所关注。如汪藻"工俪语，多著述，所为制词人多传诵"②。王淮"为天子代言外制内制，词旨温淳殆有西汉遗风，如春之和，如玉之粹，一时争传诵之"③。孙觌"其章疏制诰表奏往往如陆敬舆，明辩骏发，每一篇出，世争传诵"④。词臣中不乏为一代文宗、主盟天下文坛者，北宋有宋白、杨亿等人，南宋时沈与求、楼钥亦得名于世：

> （沈与求）视草禁林，得代言体。亲征诏书，凡四方听闻之者莫不感动流涕，庶几乎奉天之作，此特私爱昧之故云尔。初衣冠南渡，一时能言之士众矣。当其时，侪流之所推称，学者之所宗仰，如公者屈指几人，而后来或未之详也。传世行远，其始自今，公为不亡矣。⑤

> 方淳绍间，鸿硕满朝，每一奏篇出，其援据该洽、义理条达者，学士大夫读之，必曰：楼公之文也！一诏令下，其词气雄浑、笔力雅健者，亦必曰：楼公之文也！……嘉定初，起为内相，俄辅大政。向来俦辈凋丧略尽，而公岿然独存，遂为一代文宗。⑥

两制词臣所撰制诰文占据传播上的优势，并得到了大众的认同，甚至成为后学作文的评价标准。吴处厚《青箱杂记》卷五云：

> 本朝夏英公亦尝以文章谒盛文肃，文肃曰："子文章有馆阁气，

① （宋）王着：《禁林宴会之什》，见《宋诗纪事》卷五，第126页。
② （元）脱脱等：《宋史》卷四四五《汪藻传》，第13132页。
③ （宋）楼钥：《王文定公内外制序》，见《全宋文》卷五九四九，第264册，第114页。
④ （宋）周必大：《孙尚书鸿庆集序》，见《全宋文》卷五一一八，第230册，第148页。
⑤ （宋）李彦颖：《沈忠敏公龟谿集序》，见《全宋文》卷四七五九，第214册，第258页。
⑥ （宋）真德秀：《攻媿先生楼公集序》，见《全宋文》卷七一六九，第313册，第151页。

异日必显。"后亦如其言。然余尝究之，文章虽皆出于心术，而实有
两等：有山林草野之文；有朝廷台阁之文。山林草野之文，则其气枯
槁憔悴，乃道不得行，著书立言者之所尚也。朝廷台阁之文，则其气
温润丰缛，乃得位于时，演纶视草者之所尚也。故本朝杨大年、宋宣
献、宋莒公、胡武平所撰制诏，皆婉美淳厚，过于前世燕、许、常、
杨远甚，而其为人，亦各类其文章。王安国常语余曰："文章格调，
须是官样。"岂安国言官样，亦谓有馆阁气耶？①

所谓的山林气和馆阁气，指的是文学风格，不一定要作者身处其地，而是
作者基于生活经验，发挥想象力，就能表现出来。山林草野与朝廷台阁不
仅是地理上的概念，而是有着复杂的文化意义。居于前者的文人郁郁不得
志，其风格自然"枯槁憔悴"，居于后者的文人一帆风顺，其风格得以
"温润丰缛"，两者实有高下之分。不同类型的文人不仅在身份地位、行
事为人上有所区别，更在审美标准、文学旨趣上产生明显差异。正如布尔
迪厄所言："社会主体由其所属的类别而被分类，因他们自己所制造的区
隔区别了自身。"② 政治上的差异建构出文化上的等级，构成两个对立的
想象空间，造成文人阶层内部的"区隔"。周必大也说："才不才存乎人，
遇不遇系乎命。古今文人多矣，时命大谬，或老场屋，或困州县，往往以
诗文鸣其不平。虽有代言华国之手，何自而施？若乃遭时遇主，登金门，
上玉堂，命与才值，而鸣国家之盛，固不乏人；如必大，则所谓无其才而
有其命者也。"③ 周必大自非无才之人，但世间多有"有其才而无其命
者"，困顿场屋，沉沦市井，隐没山林，纵然满腹经纶，也是无处施展，
不为时人所知。

　　这种区隔往往被占据优势地位的群体认为是理所当然的，并且在文
化实践中不断地强调区隔的合理性。两制词臣、馆阁文人自认为胜过山
林草野文人之处，在于其文章所具备的实用价值。如孙觌《参政兄内外
制序》云：

①　（宋）吴处厚：《青箱杂记》卷五，第46页。
②　［法］布迪厄：《区隔：趣味判断的社会批判》引言，朱国华译，见陶东风等主编：《文
　　化研究》第4辑，中央编译出版社2003年版。
③　（宋）周必大：《玉堂类稿序》，见《全宋文》卷五一二一，第230册，第192页。

尝闻世之君子，当以功名事业传之天下后世，不得已而后见于言语文章，而为之空言。何谓空言？骚人墨客赋上林、诧云梦，夸雄斗丽，讽一而劝百，谓之空言可也；俚儒俗学，譊譊然刻舟记遗，而不切于事，谓之空言可也；羁臣寓公，登高望远，抚剑长歌，击缶而呼，呜呜以自鸣其不遇，亦谓之空言可也。若夫鸿儒硕学之士，逢时遇主，擅大手笔，布宣德音，涣为大号，四海震动，沛然如雷霆之发，疾风骤雨之至，故有穷荒绝徼、屈强不臣之徒，征诛所不能加者，传檄可定也；跋扈枭雄骄悍不轨之臣，法令所不能制者，折简可呼也。载笔而往，奸臣贼子惧而受恶，固严于一剑之诛也；赦令之行，武夫叛卒泣而悔过，固贤于百万之师也。一字之褒如华衮，一言之感如挟纩，天威在颜，不违咫尺，而文章之功，盖侔于造物矣。谓之空言，可乎？①

虽然孙觌人品低劣，其言有夸大其词之处、自我膨胀之嫌，但也明确指出：制诰文的本质在于得到了政治权力的支持，其制作精良、文辞焕然，能更好地表现皇帝思想，彰显朝廷威严，弘扬盛世文明。山林草野之人所作百无一用，实为空谈，而朝廷台阁之士所作，则具有极为强烈的目的性和现实性，是有益于治道的大手笔。词臣从事制诰文的创作，是其参与国家政治的主要方式，实现其经国济世的理想抱负，自然备感荣耀。欧阳修就曾感慨："学者文章见用于世鲜矣，况得施于朝廷而又遭人主致治之盛。"② 对于文人而言，其文学价值、人生意义一定程度上要依托政治环境才能实现。

阶层、等级和区隔的观念在社会生活中不断得到印证，逐渐被文人奉为圭臬。朝廷台阁之士草拟制诰，将自己的文章转化为皇帝的声音，盛行于当时。山林草野之人只能著书立说，发一家之言，传之后世，期望得名于将来。欧阳修认同韩愈"不平则鸣"的观点，也推崇那些抒发内心忧思感愤的"穷士之辞"，但也认为其人当出现在朝廷台阁中，所以他又说："若使其幸得用于朝廷，作为雅颂，以歌咏大宋之功德，荐之清庙，而追商、周、鲁《颂》之作者，岂不伟欤！奈何使其老不得志，而为穷

---

① （宋）孙觌：《参政兄内外制序》，见《全宋文》卷三四七六，第160册，第309页。
② （宋）欧阳修：《欧阳修全集》卷四一《外制集序》，第596页。

者之诗，乃徒发于虫鱼物类，羁愁感叹之言?"① 王伯庠曾直秘阁，晚年出牧僻郡，陆游《云安集序》云："必极公之文，弦歌而荐郊庙，典册而施朝廷，然后曰宜。今乃犹啸咏于荒山野水之滨，追前世放逐羁旅之士而与之友，虽小夫下吏，或幸得之。呜呼，是可叹欤!"② 官位从朝堂转到州郡，其人的迁谪之感可以理解。但读者对象从皇帝百官转为小吏平民，便有斯文不遇、知音难求的感慨，足以说明区隔的观念不仅存在于政治层面，也存在于文化层面。

即使官员不擅长诗文，也可以专心治事、无暇分心来解释，继续维持对于山林草野之人的优越感。如俞德邻《宋宣慰文集序》云："山林草野之士，处隐就闲无所用乎世，于是刻志苦心，搜辞猎句，以写其幽忧抑郁之思，以纾夫风刺怨怼之意。乃若公卿大夫以功名事业为己任者，驱驰鞅掌，日不遑给，亦何暇及乎此?"③

区隔观念是人为建构的，阶层间的效忠从属关系并不是牢固不破的。一方面是由于制诰文本身的局限性，其题材狭窄，体裁单一，风格固定，不足以代表一时之文运。曾经担任词臣的欧阳修就对制诰文的文学属性表示了不满和疑惑："今学士所作文，书多矣至于青词斋文，必用老子浮屠之说；祈禳秘祝，往往近于家人里巷之事；而制诏取便于宣读，常拘以世俗所谓四六之文，其类多如此，然则果可谓之文章者欤?"④ 另一方面，由于生活环境的单调和创作环境的限制，许多词臣在其他文学体式上缺乏相应的成就，难以成为后进师法的对象。如綦崇礼深得代言之体，"今检《永乐大典》，载崇礼诗文颇多。中惟制诰最富，表启之类次之，散体古文较少，而诗什尤寥寥无几。盖其平生以骈体擅长故也"⑤。又如周麟之，"公薨，嗣子准衰遗集得二十三卷，而内外制殆居其半。盖久官于朝，故其他诗文因事而作者少，然温润精切，鼎鼐可知"⑥。而要成为文学大家，不仅需要一定的深度，多样性也是不可或缺的。

制诰文广为流传，根源是其政治属性带来的传播优势。白于缺乏文学

① （宋）欧阳修：《欧阳修全集》卷四三《梅圣俞诗集序》，第 612~613 页。
② （宋）陆游：《渭南文集校注》卷十四，第 9 册，第 352~353 页。
③ （宋）俞德邻：《宋宣慰文集序》，见《全宋文》卷八二八三，第 357 册，第 356 页。
④ （宋）欧阳修：《欧阳修全集》卷四一《内制集序》，第 598 页。
⑤ （清）纪昀总纂：《四库全书总目提要》卷一五七《北海集提要》，第 4058 页。
⑥ （宋）周必大：《周茂振榵枢密海陵集序》，见《全宋文》卷五一二一，第 230 册，第 203 页。

性，制诰文难以得到普遍认可，影响力在后世逐渐消减。可见文学场有自身独特的运行规律，不可能完全受政治权力支配。

## 第二节 奏议的传播

奏议是文体的统称，其内部有着更为细致的分类。刘勰说："汉定礼仪，则有四品：一曰章，二曰奏，三曰表，四曰议。章以谢恩，奏以按劾，表以陈情，议以执异。"① 这些子文体在格式和功能上存在很大的差别，但可概括为官员的告君之文，是官员与皇帝之间的沟通和交流。对于官员上书言事，宋代已形成了成熟的制度，奏议的内容与形式、投递渠道、管理机构，均有相应的规范。虽然奏议上呈御览，但不是完全意义上的保密文件，在社会上广泛传播，在政治与文学两方面产生均产生了重大影响。

### 一、奏议的传播模式

宋代奏议上呈皇帝，一般经过进奏院和通进银台司等固定的流通渠道，在皇帝阅览后，或转交大臣，共同商议；或下发有司，要求回奏。奏议的层层传递，标志着政治信息的定向传播，传播对象限定在统治阶层的高层。哪些人会阅读奏议，一般在上奏者的预料之中。当然也不排除奏议泄密的情况，如作者不慎泄密、吏员私下抄录等。王安石变法之初，吕公弼上书反对新法，其侄吕嘉问窃其稿以示王安石。此类事件应为特例，如果仅从"告君之文"来理解，奏议往往只在皇帝和某些宰辅大臣中传阅，呈现小众传播的特征。

宋代官员大多提倡政治运作的公开与透明，认为国家大事当付之公论，反对臣子与皇帝之间的秘密交流。不仅官员的独对、密奏会引起同僚的疑虑，一般的奏议也应当公之于众，保障政治体制内部的信息畅通。奏议的进一步传播，来自官方的推动，宋代进奏院发行邸报，抄录皇帝诏命、官员奏议、官职任免升降等各种政治信息，使体制内人士得以了解国家大事和朝廷动向。"国朝置进奏院于京师，而诸路州郡亦各有进奏吏。凡朝廷已行之命令，已定之差除，皆以达于四方，谓之邸报。"② 吏员将

① （梁）刘勰著、范文澜注：《文心雕龙注》，第406页。
② （清）徐松：《宋会要辑稿》，第8353页。

邸报发送各地官员，王庠《再上范丞相论事书》云："前日邸吏传谏草，见相公奋言吕丞相等非，独庆明天子之有忠臣。"① 黄榦《复刘师文宝学》云："干八月下旬自金陵，邸吏递至台翰并奏稿各一通。"② 魏了翁跋陈猷《春龙出穴图》，正是因为"是日邸吏以友人陈和仲埫奏札录本见寄"，有感于其中的"陛下居飞龙在天之位，而晦之以潜龙勿用之德"之语。③ 吴泳《答郭子寄书》云："京师竞抄谏疏以流传下邑，遂得与舍弟拜观。"④ 邸报发送后，或经传阅和抄录，或制成榜文张贴，传播范围逐渐扩大。政和年间，宋徽宗好乘小轿子微服出行，"始，民间犹未知，及蔡京谢表有'轻车小辇，七赐临幸'，自是邸报闻四方"⑤。可见一般士人和民众都可以通过邸报阅读官员奏议，分享政治信息。

有宋一代，与周边诸国长期处于战争状态，非常注意涉及时政军事的政治信息的保密工作，严格限制官员相关奏议的流传。哲宗元丰四年（1081），苏辙受命出使辽国，在敌国看到许多图书文籍，"其间臣僚章疏及士子策论，言朝廷得失，军国利害，盖不为少"⑥，归国后，苏辙奏明朝廷，次年制定了相应的管制条例："凡议时政得失，边机军事文字，不得写录传布；本朝会要、实录，不得雕印，违者徒二年，告者赏缗钱十万。"⑦ 绍熙四年（1193），臣僚进言："朝廷大臣之奏议，台谏之章疏，内外之封事，士子之呈文，机谋密划，不可泄漏。今仍传播街市，书坊刊行，流布四远，事属未便，乞严切禁止。其书坊见刊版及已印者，并日下追取，当官焚毁。"⑧ 而邸报常常刊载官员奏议，其内容更需要经过严格审核，以免闹出官方喉舌泄露国家机密的乌龙事件。太宗太平兴国年间，邸报就开始接受检查，其后徽宗宣和三年（1121）四月有诏云："臣僚章疏不许传报中外，仰开封府常切觉察，仍关报合属去处。内敕黄行下臣僚章疏，自合传报；其不系敕黄行下臣僚章疏，辄传报者，以违制论。"⑨ 邸报刊载的奏议上有皇帝决定内容，下有开封府核查去向，审查机制逐渐

① （宋）王庠：《再上范丞相论事书》，见《全宋文》卷三一二一，第145册，第118页。
② （宋）黄榦：《复刘师文宝学》，见《全宋文》卷六五三八，第288册，第32页。
③ （宋）魏了翁：《跋陈猷春龙出穴图》，见《全宋文》卷七〇八九，第310册，第184~185页。
④ （宋）吴泳：《答郭子寄书》，见《全宋文》卷七二五〇，第316册，第276页。
⑤ （元）脱脱等撰：《宋史》卷三五二《曹辅传》，第11128页。
⑥ （宋）苏辙：《论北朝所见于朝廷不便事》，见《全宋文》卷二〇五九，第94册，第359页。
⑦ （清）徐松：《宋会要辑稿》，第8304页。
⑧ （清）徐松：《宋会要辑稿》，第8353页。
⑨ （清）徐松：《宋会要辑稿》，第8326页。

严格。

　　由于篇幅所限，发布在邸报上的奏议时有删节，并非全文，容易造成读者的困惑。汪应辰《与李运使书》云："垦田之议，顷于邸报中见之，颇讶其首尾不贯串，今得见全文，甚幸。"① 有时发布在邸报上的奏议会省略作者的姓名，需要读者猜度考证。如刘克庄从真德秀处听闻一李姓官员善于议论，"迄嘉熙中，余与友人方德润皆坐论事斥居田里，每共读邸吏所传台中章奏，其间有格言精论、老谋硕画，虽不著姓，余二人辄能辨之，曰必李御史之笔也，问之果然，于是文忠之言益验"②。虽然存在诸多限制，但邸报不失为奏议传播的重要渠道。

　　宋人的文集中收录了大量的应用文字，如书启、序、碑志等，也有将撰写的官方文书收入文集的习惯。若奏议曾在邸报上发布，文集编定时又是时过境迁，就不属于官方机要，不存在泄密的问题。对于官员而言，卷帙浩繁的奏议是漫长的仕宦生涯的反映，足可永传不朽。也有些官员其人官位不高，奏议不多，不能单独成集，甚至不能单独成卷，便和其他文稿编在一起。许多名臣奏议若不见于文集，也会被人编为别集发行，叶筱刊刻叔祖叶梦得的奏议，正是因为"总集不载，往往欲见者为之兴叹。因锓木天台郡□，以广其传"③。陆游《跋钓台江公奏议》云："某乾道庚寅夏，得此书于临安。后十有七年，蒙恩守桐庐，访其家，复得三表及赠告墓志，因并刻之，以致平生尊仰之意。"④ 此外还有断代辑录的奏议总集，如吕祖谦编《国朝名臣奏议》、赵汝愚编《国朝诸臣奏议》、李壁编《中兴诸臣奏议》等。

　　奏议汇编的方式多种多样，有人按照所论述的主题收集相关奏议。宋金和议是南宋初年的重大事件，群臣多有建言。欧阳守道《题晏尚书绍兴奏稿》云："尚书晏公绍兴戊午议和封事稿，其孙衡山令迈刻石摹本遗予，予敬受之，取忠简胡公同时封事稿合为一轴。"⑤ 册立储君为国家头等大事，宋高宗无子，范如圭言广嗣建储二事，遂纂集嘉祐臣僚关于立储的三十六通章奏，囊封以进。吴泳建言宋理宗立储，同样采取了搜集前人

---

① （宋）汪应辰：《与李运使书》，见《全宋文》卷四七七〇，第215册，第70页。
② （宋）刘克庄著、辛更儒笺校：《刘克庄集笺校》卷一〇〇《跋李监簿墓志》，第4216页。
③ （宋）叶筱：《石林奏议跋》，见《全宋文》卷六八七七，第301册，第285页。
④ （宋）陆游：《跋钓台江公奏议》，见《全宋文》卷四九三六，第222册，第389~390页。
⑤ （宋）欧阳守道：《题晏尚书绍兴奏稿》，见《全宋文》卷八〇一〇，第346册，第470页。

奏议，表达自我观点的方法："网罗放失，会粹见闻，合嘉祐、绍兴奏疏共六十三篇，分为三卷。仍参考事实，疏于其下，间有管见，则自为一说以发明之，命之曰《嘉绍本议》。"① 较之分门别类的编纂方式，此类具有专题性质的奏议合集更体现出现实针对性，编者通过选择前人奏议，巧妙地透露出自己的倾向。

此外，还有人按照特定时段收集相关政治文书，奏议也在其中。绍兴年间，史馆修纂建炎日历，要求李纲上交相关资料。李纲"将建炎初除罢制命诏书、批答、辞免、称谢表札、奏议，建明札子皆已得旨施行者，编类次第，勒成四卷"②，并名为《建炎制诏奏议表札集》，缴申史馆。

奏议编集后，通过手抄和印刷两种方式，继续在社会上传播。李清臣《孙学士洙墓志铭》云："所奏论说五十篇，善言祖宗事，指切治体，推往较今，分辨得失，抑扬条畅，读之令人感动叹息，一时传写摹印。"③ 随着奏议卷数的增加和读者数量的增长，印刷逐渐取代了手抄。赵汝愚于孝宗时编成一百五十卷的《国朝名臣奏议》，当即在四川雕版摹印，六十年后，又在福建重新开版刊印。"先正丞相忠定福王赵公曩尝编类《国朝名臣奏议》，开端于闽郡，奏书于锦城，亦已上彻乙览。淳熙至今，踰六十年矣，蜀旧锓木已毁于轪。公之孙尚书阁学必愿绳武出填，尝命工刊刻而未就。适季温以臬事摄郡，捐金命郡文学掾朱君覒孙继成之。"④ 虽然印刷传播所需的成本相对较高，但是官员们也愿意为奏议的刊行大开方便之门。

随着印刷媒介的应用，奏议传播体现出大众化趋势，传播范围扩大，读者数量上升，提高了文臣的知名度和影响力。王迈《真西山集后序》云："出而驾使轺，暨开大藩府，凡囊封驿奏之达于上，若庭谕壁戒之布于下者，锓梓一出，深山长谷穷阎委巷之氓、乌蛮象郡风帆浪舶之贾，竞售之如获至宝。"⑤ 这使得奏议的刊刻、销售成为一项有利可图的事业，吸引商人参与其中，反过来又推动了奏议的进一步传播。

## 二、奏议的政治意义与文学意义

奏议指涉国家大事，关系朝廷大政，自然为各级官员和一般士人所关

① （宋）吴泳：《缴进嘉绍本议状》，见《全宋文》卷七二四一，第316册，第124页。
② （宋）李纲：《建炎制诏奏议表札集序》，见《全宋文》卷三七四九，第172册，第30页。
③ （宋）李清臣：《孙学士洙墓志铭》，见《全宋文》卷一七一八，第79册，第60页。
④ （宋）史季温《诸臣奏议序》，见《全宋文》卷七九五九，第344册，第370页。
⑤ （宋）王迈：《真西山集后序》，见《全宋文》卷七四五四，第324册，第319页。

注。刊载在邸报上的奏议是官员和士人了解国事时政的重要渠道，编集的奏议大多时效性不强，但官员和士人可以由此吸收前人经验，学习治政本领，了解为官心得。如赵汝愚编《国朝名臣奏议》，该书取材广泛，分门别类，"凡天人之感通，邪正之区别，内外之修攘，刑赏之惩劝，利害之罢行，官民兵财之机括，礼乐刑政之纲目，靡所不载"①，覆盖治国之道绝大多数领域，可为官员案头必备参考书目。又如李壁编《中兴诸臣奏议》，由于当时宋金之间仍处于战争状态，国家以兵事为先，故此书"切于政者靡不具焉。而其时最大而莫先者则尝胆之志未伸，兴复之义未明，如择将训兵，申儆军实，料敌制胜，经理边防，曰海道，曰江淮荆襄，曰川陕，地形阨塞，戍守疏密，开卷了然，有同图绘"②。此书可为有志恢复之士提供方略，亦可知编者用心。

名家奏议文集的传播，与当事人的仕途际遇有着密不可分的联系。其人位高权重，其奏议关涉家国天下，自然为世人所重视，更容易得到广泛的传播。韩琦相三朝，立二帝，功成名就，富贵绵延。晁说之《韩文忠富公奏议集序》云："且公于仁宗时，言犹雨露也，陨而为天下泽。其在英宗时，言犹海潮也，震天地，转山石，孰不骨骇胆逝而敢抗之与？其在神宗时，言犹凤鸣也，律吕于九霄之上，而余音千里之远。"③ 比照韩琦生平行事，不免有言过其实的嫌疑。但奏议是一种行政公文，政治性往往压倒文学性，内容主题的重要程度胜过表现方式，官员的地位越高，其奏议广为流传的可能性就相应提高。

后人公认的直言敢谏之士，如田锡、范仲淹等人，往往与世相违，仕途坎坷。其奏议不能为皇帝采纳，也难以得到后人的推重。直言敢谏之士不得用于当时，死后不被人重视，天长日久，湮没无闻，引发了有眼光的读者的感慨，因此多有为之申辩，说明其治国之道不被推行的原因，指出其奏议所包含的现实意义与重要作用。如韩琦《文正范公奏议集序》云："不幸经远而责近，识大而合寡，故其言格而未行，或行而复沮者，几十四五。逮公之亡也，闻听所及，莫不咨嗟感恸。……公之所陈，用于时者，大则恢永图，小则革众弊，为不少矣；其未用者今副稿所存，烂然可

① （宋）赵希瀞：《国朝诸臣奏议序》，见《全宋文》卷七七二五，第 335 册，第 223 页。

② （宋）李壁：《国朝中兴诸臣奏议序》，见《全宋文》卷六六八五，第 293 册，第 383 页。

③ （宋）晁说之：《韩文忠富公奏议集序》，见《全宋文》卷二八〇四，第 130 册，第 71 页。

究，一旦朝廷举而行之，兴起太平，如指掌之易耳。"① 许多有识之士宣传、推广不受人重视的名家奏议，不是为了炫耀自己的见解独到，而是为了使真知灼见为后世的官员与士人所知，能为国家和民众作出更大的贡献，能更好地为皇帝服务。正如苏轼《田表圣奏议叙》所言："今公之言，十未用五六也，安知来世不有若偓者举而行之欤。愿广其书于世，必有与公合者，此亦忠臣孝子之志也。"②

奏议广为流传的另一个原因，是宋人对"告君之文"的重视。对于宋代官员而言，论政文书是其仕宦人生的必备功课，平时广泛阅读他人的奏议，不仅可以培养行政能力，还可以磨炼自己写作奏议文字的本领。宋人论前代长于写作奏议的名家，首推唐代陆贽："凡文之作，贵如谷粟布帛，适于用而达于理，斯足矣。予观陆宣公居仓卒扰攘之间，其奏议所陈，动中时病，屈折规缕，皆根柢仁义，道理明白，真得作文之体，宜玉局之敬慕而不忘。"③ 大抵奏议类文体的写作要诀，一是要直陈时事，现实性强；二是要逻辑严密、事例充足、表达准确；三是立论要中正平和，忌诡奇偏激；四是要能提出解决问题的方法，如果奏议只是对问题喋喋不休，夸耀个人的先见之明，终究无益于国家。

宋人论文，从理论和实践上或直接、或隐晦地说明了奏议写作的原则。罗大经《鹤林玉露》引刘平国之语："奏疏不必繁多，为文但取其明白，足以尽事理，感悟人主而已。"④ 刘克庄《平湖集序》称吴泳"公尤长于论谏，前后累百疏。每奏一篇，上辄称善，虽弹贵臣，绳左戚，皆和颜容受，不以为忤"⑤。叶适《胡尚书奏议序》云："礼部尚书余姚胡公沂，字周伯，奏疏将百篇，词约而指要，不盈数百，少才百余，然必据经陈史，质证今事，不率意而云也。或昔人所已言，径录闻上，不必出于己也。必酌时病，不夸不缓，异闻骇见必亟达，不惮讳恶，然而恳恒忠尽，故言而乐听，十多七八焉。"⑥ 从这些论述可以看出，宋人清楚地认识到奏议作为"告君之文"的性质。皇帝一般是奏议的第一读者，也是最重要的读者，表达自身的观点，关键在于要能够说服皇帝，进而实现自己的理想抱负。这就要求上奏者具有明确的读者意识，清醒地认识到皇帝与一

---

① （宋）韩琦：《文正范公奏议集序》，见《全宋文》卷八五三，第40册，第20页。
② （宋）苏轼：《田表圣奏议叙》，见《全宋文》卷一九三一，第89册，第182页。
③ （宋）李纲：《玉局论陆公奏议帖跋尾》，见《全宋文》卷三七四九，第172册，第43页。
④ （宋）罗大经：《鹤林玉露》乙编卷一，第133页。
⑤ （宋）刘克庄：《平湖集序》，见《全宋文》卷七五七〇，第329册，第164页。
⑥ （宋）叶适：《胡尚书奏议序》，见《全宋文》卷六四七二，第285册，第170~171页。

般读者的区别，然后端正心态，有针对性地写作奏议。历史上许多臣子总认为自己是正确的，因此理直气壮，进言时或居高临下，带有教训皇帝的想法，或言语激烈，没有任何顾忌，这不但无助于问题的解决，反而会得到狂傲狷介、卖直取名的批评，触怒皇帝，招致大祸。归根到底，奏议意在"告君"，而非"尽己"，力图说服皇帝，达到预期的传播效果，而不是追求自我实现。

奏议有一定的写作规则和表达方式，某些传播者公布奏议，意在以此为范例，指点他人如何行文。淳熙八年（1181），王淮等进言："监司、帅守等谢上表之类，自祖宗时至绍兴间皆报行，不特欲四方知其到官之日，是亦使人留意文字之端也。近岁偶废。今后欲择稍佳者报行，而去其不文者。"孝宗曰："不文在彼，皆与报行。"① 朝廷刊布奏议，不仅能使人关注政治事件，而且能让人体会写作技巧。程珌《李文昌表笺集序》云："其季合浥帅大东雅好其文，萃撷弗遗，乃以公历官岁月次其表疏，系以答诏，锓梓百篇，以昭伯氏逢辰之盛，以示后学告君之体。"② 前辈将奏议编集，并将皇帝诏书附于其后，正是告知后进如何体会臣子与皇帝的正确交流方式。

对于宋代的学子考生而言，奏议可以帮助他们应科举、取佳绩、得美官，有着极为明确的使用价值。宋代科举既要考察考生的才学能力，又要测试考生的思想倾向，要求在施政纲领和思想导向上自觉地与朝廷保持一致。当时流行的臣子奏议被视为朝廷的风向标，考生会有意识地阅读相关材料，选择某些论点和言语，作为科考的知识储备。"乃自俗流世败，有司之操衡尺、士子之揣程度者，大抵舍其德性之知，易其师友之素，而相与求合于卑诌之中。当岁大比，往往窃取朝廷余论、荐绅奏疏与郡国邸吏所传，旷分条别，纂缀以备问。"③ 这些学子考生的行为在当下其实屡见不鲜，但在宋代不免被视为轻薄浮躁、投机取巧的举动，这也体现了奏议类文体在特定人群中的传播。

### 三、奏议编集的搜集和删选

奏议是论政文书，具有重要的政治功用，同时也是原始史料，是后人认识历史和前人的重要渠道。若要还原政治史和政治人物，就必须尽可能

① （清）徐松：《宋会要辑稿》，第 2425 页。
② （宋）程珌：《李文昌表笺集序》，见《全宋文》卷六七八四，第 297 册，第 373 页。
③ （宋）魏了翁：《普州贡院记》，见《全宋文》卷七一〇〇，第 310 册，第 358 页。

掌握完整、真实的第一手资料。通读当事人的奏议全集，才能深入体察政治局势的风云谲变和政治人物的心思变化，理解政治人物在政治史上所扮演的角色，而某些单篇奏议也能显示出政治人物在关键时刻的心态，因此奏议编集的搜集和删选工作显得尤为重要。

许多官员的子孙为其父祖汇编奏议时，未必能完整地收集先人所有奏议文字。宋藻为闽地名士，以布衣进十论，其孙钺出家集示刘克庄，进论、时议各一卷，刘克庄称之为大议论，然"公事两朝，屡赐对，奏篇皆不见集中……窃意公奏篇诗草尤有可寻访者，钺之责也"①。宋藻孙辈不乏位居高官之人，但作为编集者的宋钺却是场屋顿挫，转任武职，于文事不免生疏。吴芾逝世后，其子吴洪哀辑遗文，编有《湖山集》，并有奏议八卷，请求周必大为之作序。周必大曾任秘书少监，由修史机构中得知吴芾曾在轮对时奏明高宗，提出减免赋税、平抑米价的措施，被高宗采纳。而朝廷诏令中只称"臣僚奏请"，并未说明倡议者的身份，"当时士大夫固未知出于公；今奏议复不载，予故特书之"②。吴洪不能接触国史院、会要所等保存官方档案的机构，见闻有限，不免有所疏忽。可见子孙为其父祖搜集奏议文字，不仅需要一定的文学素养，还需要相当程度的政治资本。

某些奏议可以公开，但某些奏议可能涉及国家机要，一旦泄露，既会对政局产生影响，也会给上奏者带来麻烦。《易经》云"君不密则失臣，臣不密则失身，机事不密则害成"，君臣于此所见略同。因此许多臣子对于奏议保密工作非常重视，甚至在上呈奏议后销毁手稿。李清臣"其平生奏议盖多至数十百篇，而世亦莫之知也"③。陈尧道长期担任御史之职，世人知其长于论谏，却罕见其文字，"盖公素谨密，所言尤切至者往往焚稿，世莫得而知"④。岳飞曾建议高宗立储，由于事涉国本，岳飞有意保密，即使亲近之人也无从得见奏议原稿。岳珂《鄂王家集序》云："至于建炎投匦之疏，绍兴建储之议，则以亲书而密封，焚稿而后奏，虽侍膝之子弟，入幕之僚属，且不可见，特因记载，粗得其梗概焉耳。"⑤ 即使后人有意编纂全集，也往往难以如愿。

---

① （宋）刘克庄著、辛更儒笺校：《刘克庄集笺校》卷九七《宋去华集序》，第 4077 页。

② （宋）周必大：《吴康肃公芾湖山集并奏议序》，见《全宋文》卷五一二〇，第 230 册，第 179 页。

③ （宋）晁补之：《资政殿大学士李公行状》，见《全宋文》卷二七四一，第 127 册，第 67~68 页。

④ （宋）刘克庄著、辛更儒笺校：《刘克庄集笺校》卷九八《平湖集序》，第 4116 页。

⑤ （宋）岳珂：《鄂王家集序》，见《全宋文》卷七三五七，第 320 册，第 325 页。

　　编者将奏议文字搜集齐全，也不会原封不动地编入集中，而是经过去取删选，读者只能见到奏议的删节版，而非全本。如韩元吉《高祖宫师文编序》云："时王、蔡方张，有所畏避，凡家集手自镵之，无得观者，故公之论新法，触时禁之言，皆不传于外，而所传奏议十不四五也。"①王安石变法时，韩维站在旧党阵营中，对新法多有非议，晚年时新党势大，韩维在编定自己的奏议时就有所避讳，主动删去了当年批评新法的内容，掩盖自己的政治倾向，以免招来是非。又如汪应辰《题林子中集》云："右《林子中集》，初无卷第，今次为十六卷。林名希，字子中，绍圣四年同知枢密院事。然绍圣以后章表之类皆不见，岂其家不欲以示人耶？"②林希于绍圣年间执掌诰命，于制词中诋毁元祐党人，在士林中声名极差。后人为尊者讳，有意不收录其时的章表奏议，希望读者忽略其人在这段时间的表现。奏议能反映上奏者在政治和品格两方面的形象，自然会引起编者的重视。他们贯彻了"把关人"的角色，选择特定的奏议篇章进入传播环节，给读者留下相应的印象。上奏者是否能不改初衷、坚持己见、始终如一，需要阅读其全部奏议后才能作出判断。

　　奏议收录、编撰时的取舍去留，编者颇费苦心，然而他人未必能了解其中情由。王陶在宋仁宗、宋神宗时期担任监察官员，常常弹劾当时的朝堂重臣，言辞激烈，故而秘阁未曾收录他的奏议。王陶后人与周必大谈及此事，颇为遗憾，周必大不得不向其解释：

　　　　右王文恪公与许州属吏帖，五世孙佐之出以相示，且曰秘阁有公文集三十卷，惟奏议散佚不存。予告之云："公事仁宗为台谏，事神庙为中丞。其论奏甚多，《国史》本传已载大略。当是时虽名臣比肩于朝，然是非原不相掩。如劾陈升之则及史昭锡之兄，言郭逵则云文彦博之走吏、范仲淹之弄儿。又谓韩魏公久专国政，君弱臣强，乞行罢退；一夕疏吴长文之罪至数千言：皆见于司马温公《治平斋记》。欲不焚稿，得乎？"③

　　秘阁不收王陶的奏议，以免曝光前代名臣之间的冲突，给后人造成思想上的混乱，然而后人仍可通过其他渠道了解奏议内容，还原历史事实。

①　（宋）韩元吉：《高祖宫师文编序》，见《全宋文》卷四七九三，第 216 册，第 105 页。
②　（宋）汪应辰：《题林子中集》，见《全宋文》卷四七七七，第二一五册，第 196 页。
③　（宋）周必大：《题王乐道帖》，见《全宋文》卷五一二七，第 230 册，第 326 页。

奏议虽然属于应用文，仍可由文见人，通过察其言、观其行，分析其人做出政治选择的前因后果，可以更为清晰地勾勒出人物的形象。真德秀《跋秘阁太史范公集》云："而上思陵《谏屈己封事》《责秦桧忘仇辱国书》，尤所谓光明绝特者也。使公平生亡他文，独此二篇亦足以贯虹霓而摩星斗矣。"① 这两篇奏议既体现范如圭的政治立场，又展示了其人刚正耿直、无所隐避的品格。范如圭不以诗词闻名，其文集藏于家，流传不广，这两篇奏议就是其人声名传世行远的依据。

包拯以刚正峭直为世人称道，其治事之能、论政之文却少有人知，未免有所不足。"孝肃包公，名塞宇宙，小夫贱隶，类能谈之；第其平昔嘉谟谠论，关国家大体者，虽搢绅闲或未尽闻。"② 绍兴年间，胡彦国于包拯家乡庐州任官，为宣扬包拯声名，搜集其奏议并镂版刊印，以为不朽之传。但后人却发现文集中有若干篇章缺失："如劾罢张方平、宋祁三司使，而《奏议》不载，岂包氏子孙所不欲以示人者耶?"③ 嘉祐四年（1059），包拯先后上奏弹劾张方平、宋祁两位三司使，并接任这一职务，引发舆情不满。虽然其本人问心无愧，但时人认为此举影响朝堂风气，多有讥嘲之语。后人删去对其造成不利影响的奏议，但效果恐怕适得其反。读者将奏议篇章与记载包拯生平行事的相关文献比照，便会发现此书有意塑造包拯的完美形象，可能造成逆反心理，产生对包拯的负面看法。

宋代士人大多兼具官员与文人的双重身份，既需要为政之德与治事之能，又需要文学方面的才能。"世之有其学者常患乎无其材，有其材者常患乎无其节。三者备矣，然使其辞之不达，则不足以动人主之听；言之不文，则不足以永后世之传。是以君子贵其全也。"④ 在时人眼中，奏议实现了经世致用与文采斐然的统一，许多奏议名篇在当时广为流传。作为应用文，奏议有一定的传播模式，传播和接受的过程正是其实用功能实现的过程，逐渐扩大的读者群赋予奏议更为丰富的内涵。对奏议传播的研究，是文体传播研究的一部分。要注意到奏议只是一个统称，章、表、奏议等子文体有着不同的实用功能，在时人眼中具有不同的意义，具有不同的传播特征，还需要进一步讨论。

---

① （宋）真德秀：《跋秘阁太史范公集》，见《全宋文》卷七一七五，第 313 册，第 261~262 页。
② （宋）吴祗若：《跋包孝肃奏议》，见《全宋文》卷四七〇二，第 212 册，第 113 页。
③ （宋）汪应辰：《题包孝肃公奏议》，见《全宋文》卷四七七七，第 215 册，第 179 页。
④ （宋）陈俊卿：《李忠定公奏议序》，见《全宋文》卷四六四七，第 209 册，第 349 页。

## 第三节 墓志的传播

一般来说，传播者是要服从创作者的。但随着传播活动的深入，传播者不甘于作为创作者的附庸，而是努力表达自己的意见与导向，并要求创作者按照要求写作。时人更为关注传播者的独立地位和所发挥的作用，传者意识由此得到确立。现实中的文学并不总是一种审美活动，而是与某种现实需要有关，因此应用文体也可以被认为是广义的文学，文学传播也就与各种社会实践活动有了广泛而密切的联系。本节拟选择墓志文的传播活动进行考察，此处的墓志文专指应用于丧葬事宜的碑志文，包括墓碑、墓碣、墓表、神道碑、墓志铭等。笔者通过论述文人对其传播活动的评价和参与，进而分析文人对于创作者和传播者角色定位、角色冲突的认识，为理解时人的传播意识提供一个渠道。

### 一、墓志的传播模式

墓志文是一种丧葬应用文体，多用于记载逝者的生平事迹，寄托至亲故旧的哀思。考察历史人物的一生行事，当以史书为准，但史书只能记其大略，还要求诸家传、笔记、行状、墓志文等。其中家传、笔记多为逝者生前手书，而行状由逝者的亲朋好友、门生故旧执笔。逝者家属延请当世名家，依据行状提供的资料，撰写出墓志文。最后逝者家属将文章镌刻入石，立碑于墓前，埋铭于穴中，以期传示后世。

从传播学的角度看，墓志文的传播有固定的模式，与一般的碑志文没有本质上的区别。逝者家属是主要的传播者，碑铭文字是传播内容，石刻是主要的传播方式，以石头作为文字的传播载体。由于刻石工序繁杂，成本高昂，人们会谨慎选择具有重要意义、期待传诸久远的文字入石，使得这一行为具有一种庄严肃穆的意味，更容易得到他人的关注。由于石质坚硬，耐磨抗损，较之缣帛纸张更容易流传久远。即使不免风雨侵蚀、人为损毁，仍有许多碑石留存至今。而且人们可以对碑石进行摹写、拓印，使碑铭文字以摹本、拓本的形式流传。碑铭文字还会收入作者的文集之中，以书册的形式进行传播。这就大大丰富了墓志文的传播渠道。

对于墓志文的传播，人们的一般印象即是将文辞刻入碑石，立于墓前，向社会大众开放，供往来人群观看，即所谓的"伐石寄辞"。墓碑本为引棺入葬的用具，后来成为人们记载墓主姓名、生卒年月、立碑人、修墓立碑时间等丧葬事宜的载体，或立于墓地正前方，或立于墓地甬道之前。墓碣是圆顶的墓碑，墓表是竖于墓前或墓道之前的石柱，神道碑是立在墓道（神道）上的石碑。以上几种墓葬碑表的形制规格有所不同。文辞语句有长短之分，但其书写内容则大同小异，均是记载墓主的生平事迹，为其旌功纪德，以示后人。由于石刻多置于墓前，是极为醒目的标志物，具有公开性，容易为过往行人留意。所受的关注程度既高，自然容易广为流传。

墓志铭与以上几类墓葬碑志的最大区别，就是所安放的位置不同，墓碑、墓碣、墓表、神道碑多置于墓前，而墓志铭则是埋于墓穴中。"铭将纳之于圹中，而辞将刻之冢上也。"① 墓志铭的起源，是由于古代下层人士没有在墓前树碑立传的资格，便将墓志铭作为墓碑的替代品，抬高逝者的身份，获得一定的安慰。高位者原本是不需要使用墓志铭的。魏晋之时，当政者认为时人私行褒美之辞，助长奢靡之风，故而反对厚葬，严禁立碑，达官贵人于是改换墓碑形制，将作为仿制品的墓志铭埋在墓中。而后墓志铭逐渐得到人们的认可，成为墓葬文化的定制。修墓者完工之时，唯恐日后山陵河谷变化迁移，使得墓穴之外的墓碑磨没损毁，使墓主湮没无闻，故将记录着墓主传记资料的墓志铭放置在墓穴之中，使墓主身份容易为后人所知。"恐陵谷有变，刻石存记，用述不朽。"② 墓志铭的广泛运用，具有明显的传播意义。

墓碑与墓志铭安置位置不同，决定了两者的传播对象各有所重，导致了不同的传播效果。正如司马光所言："碑犹立于墓道，人得见之，志乃藏于圹中，自非开发，莫之睹也。"③ 墓碑立于墓前，以待时人见知，期盼广泛流传。墓志铭埋在墓中，以俟后人考据，期待传诸后世。曾巩《刑部郎中张府君神道碑》云："今史馆修撰王质铭其德于圹中，校书郎王安石又序其诗，惟所以显章于墓道之左者，其辞不立，惧无以畀四方人视听，请予文张之于碑。"④ 墓碑人人可见，除非后人开墓发丘，否则墓志铭难见天日。仅有墓志铭藏于墓中，不足以宣扬逝者的声名，必须立碑于道左路旁，方能使逝者名扬当世。司马光谓："常怪世人论撰其祖祢之

---

① （宋）曾巩：《曾巩集》卷四一《苏明允哀辞》，第 561 页。
② （宋）陈保衡：《故检校太尉同中书门下平章事使持节鄆济等州观察处置等使兼侍卫亲军马步军副都指挥使仍加食邑五佰户食实封二百户赠中书令韩公墓志》，见《全宋文》卷四一，第 3 册，第 49 页。
③ （宋）费衮：《梁溪漫志》卷六，金圆校点，上海古籍出版社 1985 年版，第 62 页。
④ （宋）曾巩：《曾巩集》卷四七《刑部郎中张府君神道碑》，第 646 页。

德业，圹中之铭，道旁之碑，必使二人为之。彼其德业一也，铭与碑奚以异？曷若刻大贤之言，既纳诸圹，又植于道，其为取信于永久，岂不无疑乎？"① 司马光从创作者的角度出发，认为碑、铭内容并无大的区别。但从传播者的角度出发，树碑立足于当时，埋铭着眼于后世，两者相辅相成，方能取信于永久。

墓志文以石刻传播为主要方式，但其文本同样在创作者和逝者家属的人际交流中传播。有时是文人向朋友出示文稿，探讨创作上的疑难。欧阳修撰写范仲淹碑志时，深感责任重大，唯恐有失，便将文本寄予韩琦、富弼等人，广泛听取来自各方的意见："范公道大材闳，非拙辞所能述。……今远驰以干视听，惟公于文正契至深厚，出入同于尽瘁，窃虑有纪述未详及所差误，敢乞指谕教之。此系国家天下公议，故敢以请。"② 黄榦为朱熹作行状，具载朱熹生平事略，为史传、碑志创作提供参考。黄榦同样是将草稿传示于人，征求他人的意见。据其自述："《行状》之作，非得已也，惧先生之道不明，而后世传之者讹也。追思平日之闻见，参以叙述奠诔之文，定为草稿，以讼同志，反复诘难，一言之善，不敢不从。"③ 即使不曾亲眼见过碑石铭刻，文人也能从交往对象那里了解到墓志文的内容。毕仲游为元祐名臣，其操守品格素为人敬仰，胡寅通过碑铭文字了解前贤立身处世之大节，"与其子季我游，获见铭文，伏读三叹，因书其后"④。墓志文记录前贤事迹，有诚人警世之用，"前辈有《编类国朝名臣行状墓志》，取其行事之善者，别录出之，以自警戒，亦乐取诸人以为善之义"⑤。可见墓志文亦可编订成集，以书册形式进行传播。

文人或目睹碑石原貌，或从友人处分享文本，如果事先没有做好准备，就只能凭借个人的记忆力来保存其内容。碑铭文字虽然篇幅较长，但博闻强记之人仍可背诵如流。文人或执笔追记，或告知他人，使其在人际关系网络中继续流传。据朱弁《曲洧旧闻》记载：

---

① （宋）司马光：《书田谏议碑阴》，见《全宋文》卷一二二五，第 56 册，第 266 页。
② （宋）欧阳修：《欧阳修全集》卷一四四《与韩忠献王四十五通》之一五，第 2337～2338 页。
③ （宋）黄榦：《朝奉大夫文华阁侍制赠宝谟阁直学士通议大夫谥文朱先生行状》，见《全宋文》卷六五五九，第 288 册，第 453 页。
④ （宋）胡寅：《题毕西台墓志后》，见《全宋文》卷四一七六，第 189 册，第 365 页。
⑤ （宋）王应麟撰、（清）翁元圻等注：《困学纪闻》卷一五引吕本中《童蒙训》，栾保群、田松青、吕宗力校点，上海古籍出版社 2008 年版，第 1691 页。

东坡作《温公神道碑》，来访其从兄补之无咎于昭德第。坐未定，自言："吾今日了此文，副本人未见也。"啜茶毕，东坡琅然举其文，其间有蜀音不分明者，无咎略审其字，时之道从照壁后已听得矣。东坡去，无咎方欲举示族人，而之道已高声诵，无一字遗者。[①]

苏轼登晁氏之门，正是为了告知《温公神道碑》的内容。苏轼口诵其文，晁咏之一一默记，分毫不差，可谓异数。北宋末年，肃王赵枢与大臣沈元用出使金国，见一唐人碑，有三千多字。沈元用牢记碑文，归来后书于纸上，自以为能。而肃王又补其十四字遗漏，并改其四五处谬误，于是沈元用拜服。[②] 可见个人的记忆力并不足恃，唯有摹本、拓本方能再现碑铭文字的原始面貌。

## 二、创作者与传播者的冲突

文人创作墓志文的目的是记载逝者的生平事迹，叙述其一生的道德、功业、学术，使逝者声名流传后世，予生者以安慰，最后其人其文均得不朽，共传于后。如李纲《答钱巽叔侍郎书》云："窃观自昔瑰伟卓荦之士，其名德既足以显白震耀于一时。及其终也，孝子慈孙必求世之能文而言足以取信于天下者，俾之撰次事实，作为铭诗，以昭告后世，乃无慊于其心。而世之能文者，亦愿得夫瑰伟卓荦之士而铭之，无饰说、无愧辞，因以自托于不朽。二者常相资也。"[③] 逝者名高德昭，墓志文自然为人重视，流传久远。墓志文内容充实，文采飞扬，则足以树立逝者的良好形象。"相资"一词正反映了逝者与墓志文在传播中的互动关系，二者互相推动，才能传世行远。若是逝者本身无足轻重，或是墓志文味如嚼蜡，都会减损另一方的传播意义。

要使墓志文广为流传，得以不朽，文人总结了一套创作经验和书写标准，即秉笔而书，直言不讳，以求取信于人。如徐铉《唐故德胜军节度使检校太保同中书门下平章事扶风马匡公神道碑铭》云："计公称德，代远而愈信；披文相质，事久而弥芬。"[④] 时人又有诉于李昉曰："虑陵谷之

---

① （宋）朱弁：《曲洧旧闻》卷三，见《师友谈记·曲洧旧闻·西塘集耆旧续闻》，第124～125页。
② （宋）陆游：《老学庵笔记》卷五，第60页。
③ （宋）李纲：《答钱巽叔侍郎书》，见《全宋文》卷三七三七，第171册，第187页。
④ （宋）徐铉：《唐故德胜军节度使检校太保同中书门下平章事扶风马匡公神道碑铭》，见《全宋文》卷二八，第2册，第279页。

变更，致声尘之销歇。奉先之道，是所缺焉。……愿实录芳猷，永垂名于终古。"① 尹洙作《刘公墓表》，同样以事信言文的创作标准要求自己，并以此为傲："某撰述非工，独能不曲迁以私于人，用以传信于后。故叙先烈则详其世数，纪德美则载其行事，称论议则举其章疏，无溢言费辞，以累其实。后之人欲见公德业，当视于斯文为不诬矣。"② 相形之下，司马光对于谀墓之作的批评更为尖锐："使其人果大贤耶，则名闻昭显，众所称颂，岂待碑志始为人知？若其不贤也，虽以巧言丽辞，强加采饰，徒取讥笑，其谁肯信？"③ 文人既然追求碑志文的不朽价值，自然不愿屈己从人，若是谄谀逝者，为之溢言虚美，文过饰非，不免为后人所笑，难以广泛流传。

创作者以直书、实录作为基本原则，但传播者却有不同的衡量标准。从逝者家属的立场出发，出于弘扬先人功德的需求，自然希望逝者以"完人"的形象出现，认为如此方能取得最佳的传播效果，这也是人之常情。古人纪念先祖，就要求扬善掩恶，这也符合人伦大道，故《礼记》有云：

> 为先祖者，莫不有美焉，莫不有恶焉，铭之义，称美而不称恶。此孝子孝孙之心也，唯贤者能之。铭者，论撰其先祖之有德善、功烈、勋劳、庆赏、声名，列于天下，而酌之祭器，自成其名焉，以祀其先祖者也。④

应用文既然对应某一现实需要而产生，那么其文学标准必然让位于实用需要。墓志文义近于史，宛然列传，创作者本应秉笔直书，不得对事实有所增损。但传播者预先规定了传播内容的基本倾向，即褒奖德行、彰显功绩，讳言不利于逝者的内容。出于人情请托、社会交游等诸多因素，创作者必须在直书事实和曲笔徇情之间做出选择，甚至免不了隐恶扬善、谀颂粉饰的行为。为了照顾逝者家属的悲痛心情，满足其为先人歌功颂德的要求，塑造逝者的"完人"形象，创作者不得不做出一定程度的让步。

---

① （宋）李昉：《王仁裕神道碑》，见《全宋文》卷四八，第 3 册，第 169 页。
② （宋）尹洙：《河南集》卷一三《故龙图阁直学士朝散大夫尚书刑部郎中知河中军府兼管内河堤劝农使驻泊军马公事护军彭城郡开国伯食邑八百户食实封三百户赐紫金鱼袋刘公墓表》，见《全宋文》卷五八八，第 28 册，第 59 页。
③ （宋）费衮：《梁溪漫志》卷六，金圆校点，上海古籍出版社 1985 年版，第 62 页。
④ （清）孙希旦：《礼记集解》卷四七《祭统》，沈啸寰、王星贤点校，中华书局 1989 年版，第 1250 页。

墓志文既然颇多虚美之辞，自不能以信史观之。这一点早被唐人指出，《唐范阳卢夫人墓志铭》云："大凡为文为志，纪述淑美，莫不盛扬平昔之事。以虞陵谷之变，俾后人睹之而瞻敬。其有不臻夫德称者，亦必模写前规，以图远大。至天下人视文而疑者过半，盖不以实然故绝。"① 白居易亦有诗讽刺碑文过誉之事："勋德既下衰，文章亦陵夷。但见山中石，立作路旁碑。铭勋悉太公，叙德皆仲尼。复以多为贵，千言直万赀。为文彼何人？想见下笔时：但欲愚者悦，不思贤者嗤。岂独贤者嗤，仍传后代疑。古石苍苔字，安知是愧词！"② 而宋人同样对碑铭泛滥、内容不尽不实的现象作出了尖锐批评。曾巩《寄欧阳舍人书》云：

> 夫铭志之著于世，义近于史，而亦有与史异者。盖史之于善恶无所不书，而铭者，盖古之人有功德材行志义之美者，惧后世之不知，则必铭而见之。或纳于庙，或存于墓，一也。苟其人之恶，则于铭乎何有？此其所以与史异也。其辞之作，所以使死者无有所憾，生者得致其严，而善人喜于见传，则勇于自立；恶人无有所纪，则以愧而惧。至于通材达识、义烈节士，嘉言善状皆见于篇，则足为后法。警劝之道，非近乎史，其将安近？
>
> 及世之衰，为人之子孙者，一欲褒扬其亲而不本乎理。故虽恶人，皆务勒铭，以夸后世。立言者既莫之拒而不为，又以其子孙之所请也，书其恶焉，则人情之所不得，于是乎铭始不实。后之作铭者，当观其人。苟托之非人，则书之非公与是，则不足以行世而传后。故千百年来，公卿大夫至于里巷之士，莫不有铭，而传者盖少。其故非他，托之非人，书之非公与是故也。③

这段文字洋洋洒洒，道尽墓志文的写作要略。墓志文与史传的最大区别在于：史传扬善抑恶，无不具备；墓志文则宣扬杰出之士的嘉言善状，不屑于记载恶人的生平行事。如今有的逝者家属罔顾事实，一心宣扬逝者的声名。而创作者却因为情面难却，多有谀墓之作，以虚美之辞、不实之说误导他人，造成了相当恶劣的影响，故曾巩以"托之非人"讥之。曾巩最后强调，必须选择适当的人选进行创作，墓志文方能达到"行世而

---

① 周绍良等编：《唐代墓志汇编》，上海古籍出版社 1992 年版，第 2388 页。
② （唐）白居易著、朱金城笺校：《白居易集笺校》卷二《立碑》，上海古籍出版社 1988 年版，第 89 页。
③ （宋）曾巩：《曾巩集》卷一六《寄欧阳舍人书》，第 253 页。

传后"的传播效果。

逝者家属所托"得人",对于墓志文和逝者均有重要意义。一方面是文因人传,这个"人"指的是墓志文的创作者。南宋叶适长于碑志文,真德秀高度评价其成就:"永嘉叶公之文,于近世为最,铭墓之作,于他文又为最。"① 名公大笔,可使逝者荣显当时,名传后世,逝者家属会慎重地选择墓志文的创作者。故其弟子云:"今天下人子之欲显其亲者,不以得三公九卿为荣,而以不得阁下之一言为耻。"② 另一方面则是人因文显,这个"人"指的是墓志文的写作对象。人固有一死,而其生平行事、风节气象均见于碑志。其文流播后世,其人亦得以不朽。北宋田锡声名远播,正是由于当时名人为其树碑立传,鼓吹宣扬。"故其没也,范仲淹作墓志,司马光作神道碑,而苏轼序其《奏议》亦比之贾谊。为之操笔者皆天下伟人,则锡之生平可知也。"③

墓志文关乎逝者一生大节,且镌刻入石,传诸后世,具有极其严肃的意义。这必然导致操笔之士为了坚持自身的立场与原则,不轻易答应为他人撰写。汪咨作《宋故樊氏夫人墓志铭》,极力强调其文有理有据,符合事实,经得起读者的检验:"余黟人,去鄞亦辽绝,尚闻樊氏之风为骇听,况习知其说于充实之积素乎。将叙其行,又实于明之知夫人者,余铭诚不妄,来者考之,毋以余为饰辞。"④ 朱熹身为当时名流,自然有无数人委托他写作碑铭文字,朱熹既不能直接拒绝这些请求,又不愿信笔为文,贻人口实,必须采取某些变通策略。《朱子语类》云:"陈同父一子、一婿吴康,同来求铭文,先生是时例不作此,与写'有宋龙川先生陈君同父之墓'十二字。婺源李参仲于先生为乡旧,其子亦来求墓铭,只与跋某人所作行实,亦书'有宋钟山先生李公之墓'与之。"⑤ 朱熹或为请托者书写碑志的题名,或为由他人撰写的行实(即行状)作题跋,满足了请托者的部分要求,但绝不随意撰写碑志正文。陆九渊《黄夫人墓志铭》开篇便道:"余少时见墓铭日多,往往缘称美之意,不复顾其实,佟

---

① (宋)真德秀:《著作正字二刘公志铭》,见《全宋文》卷七一七二,第 313 册,第 211 页。
② (宋)陈耆卿:《代吴守上水心先生求先铭书》,见《全宋文》卷七三一二,第 319 册,第 30 页。
③ (清)纪昀总纂:《四库全书总目提要》卷一五二《咸平集提要》,第 3922 页。
④ 北京图书馆金石组编:《北京图书馆藏中国历代石刻拓本汇编》第 41 册,中州古籍出版社 1989 年版,第 155 页。
⑤ (宋)黎靖德编:《朱子语类》卷一〇七,王星贤点校,中华书局 1986 年版,第 2676 页。

言溢辞，使人无取信。窃念之曰：'苟如是，不如无铭。'及长，人或过听，伴为墓铭，辄终辞之，盖不独以才薄品卑也。"① 文人不愿作墓志文，一方面是与逝者并无深交，既知之不详，自不愿轻易为文，另一方面是认为逝者并非杰出人物，深恐赞誉过度，沦为谀墓之作。

文人立身处世，总有一些人情往来无法拒绝，留下许多应酬敷衍的碑志文字，但亦有推辞请托，拒绝写作碑志之人。宋代文人作碑志最为谨慎者，当推苏轼。苏轼在《祭张文定公文》中说："轼于天下，未尝志墓。独铭五人，皆盛德故。"② 苏轼为当时文坛领袖，名动天下，然其一生不过为五人作碑志，可谓文不轻传。其《辞免撰赵瞻神道碑状》云：

> 右臣平生不为人撰行状、埋铭、墓碑，士大夫所共知。近日撰《司马光行状》，盖为光曾为亡母程氏撰埋铭。又为范镇撰墓志，盖为镇与先臣洵平生交契至深，不可不撰。及奉诏撰司马光、富弼等墓碑，不敢固辞，然终非本意。况臣老病废学，文辞鄙陋，不称人子所以欲显扬其亲之意。伏望圣慈别择能者，特许辞免。③

所谓"老病废学，文辞鄙陋"自属托辞，苏轼作碑铭文字，或与其人有密切交谊，或其人功业彪炳、志行卓荦，堪为后世师法。若仅仅为了"人子欲显扬其亲之意"，苏轼当然不愿趋奉迎合，宁可上书请求辞免，也不愿做违心之事。苏轼不愿随人俯仰，不作阿谀逢迎之辞，可见其耿介独立的人格精神。

文人受托为文，是顾及与逝者的交情。为故友树碑立传，是逝者最后的拜托，是自己不可推卸的责任。陈亮死前托付叶适作墓志铭，说："铭或不信，吾当虚空中与子辨。"叶适作文时回应说："且曰必信，视我如生。"④ 碑铭文字的书写，也是文人与逝者的交流。文人只求得到逝者的认可，便心安理得，不计较其他人的看法。欧阳修作墓志文，就说："因谓死者有知，必受此文。所以慰吾亡友尔，岂恤小子辈哉！"⑤ 是否有创作墓志文的必要，如何写作碑铭文字，都由文人自己决定。在墓志文的书

---

① （宋）陆九渊：《黄夫人墓志铭》，见《全宋文》卷六一五四，第 272 册，第 239 页。
② （宋）苏轼：《苏轼文集》卷六三，第 1953 页。
③ （宋）苏轼：《苏轼文集》卷三三，第 929 页。
④ （宋）吴子良：《荆溪林下偶谈》卷二，见王水照编：《历代文话》，复旦大学出版社 2007 年版，第 551 页。
⑤ （宋）欧阳修：《欧阳修全集》卷七二《尹师鲁墓志》，第 1046 页。

写活动中，主导权一般掌握在创作者手中。

当世名流自重其文，不轻易为人撰写碑铭文字，逝者家属往往赠与数目极大的润笔之资，以表达谢意，期冀多用美言荣显逝者。对于墓志文的报酬问题，文人的态度是比较通达的，得之不须非，辞之未足誉，不能一概而论。北宋时，"王禹玉作《庞颖公神道碑》，其家送润笔金帛外，参以古书名画三十种，杜荀鹤及第时试卷，亦是一种"①。王珪撰卫王、康王神道碑，皇帝赐其"银绢各五百两匹、金腰带一条、衣一袭"②。周邦彦为刘昺的祖父作墓志铭，刘家"以白金数十斤为润笔"③。洪迈《容斋随笔》云：

> 作文受谢，自晋、宋以来有之，至唐始盛。……本朝此风犹存……曾子开与彭器资为执友，彭之亡，曾公作铭，彭之子以金带缣帛为谢。却之至再，曰："此文本以尽朋友之义，若以货见投，非足下所以事父执之道也。"彭子皇惧而止。④

曾巩与彭汝砺素为知己，自觉为故友撰写铭文是分内之事，而彭汝砺之子坚持要给予酬劳，使得曾巩不快。对于润笔的接受与否只是个人的选择，因人而异。家境贫寒、手头拮据者依靠润笔为生。一般文人若见逝者家属酬答之意甚诚，亦不妨笑纳。若不愿接受，也可以婉言谢绝。范文澜曾说："唐宋以下，凡称文人，多业谀墓，退之明道自任，犹或不免，其他更何足数。"⑤ 可见文人如果为了获得润笔而创作谀墓之文，不免受到他人的轻视与批评。以下举例：

> 孙仲益《鸿庆集》，太半铭志，一时文名猎猎起，四方争辇金帛请，日至不暇给。今集中多云云，盖谀墓之常，不足咤。⑥
> 孙仲益每为人作墓碑，得润笔甚富，所以家益丰。有为晋陵主簿者，父死，欲仲益作志铭，先遣人达意于孙云："文成，缣帛良粟，各当以千濡毫也。"仲益忻然落笔，且溢美之。既刻就，遂寒前盟，

---

① （宋）叶梦得撰、（宋）宇文绍奕考异：《石林燕语》卷一〇，第152页。
② （宋）王珪：《免撰高卫王康王碑润笔札子》，见《全宋文》卷一一五一，第53册，第134页。
③ （宋）庄绰：《鸡肋编》卷中，中华书局1983年版，第70页。
④ （宋）洪迈：《容斋随笔》续笔卷六，第285页。
⑤ （梁）刘勰著，范文澜注：《文心雕龙注》卷三《诔碑》，第231页。
⑥ （宋）岳珂：《桯史》卷六，第70页。

以纸笔、龙涎、建茗代其数，且作启以谢之。仲益极不堪，即以骈俪之词报之，略云："米五斗而作传，绢千匹以成碑，古或有之，今未见也。立道旁碣，虽无愧词；诔墓中人，遂成虚语。"①

孙觌通过撰写碑志文，获得润笔而发家致富，亦是一件奇事。润笔并无成例，且是私人馈赠行为，没有法定的契约依据。晋陵主簿出尔反尔，自然令人不齿，但孙觌为了得到丰厚的报酬，行文多以虚美之辞示人，所谋不成，便恼羞成怒，称自己撰写的文章为诔墓之作，可见孙觌仅仅将墓志文视为谋财求禄、发家致富的工具，其人亦不足道。

由于墓志文意义重大，既可寄托生者哀思，又可宣扬逝者声名，故逝者家属以金银、绢帛、器物向文人聊表寸心，亦无不可。但文人获得润笔之事一旦成为常规，墓志文写作的意义便有所改变。逝者家属与文人的人情往来，逐渐演化成一种商品买卖关系。为了使逝者声名流传后世，逝者家属邀请文人撰写碑铭文字，并以润笔相赠，而文人卖文领酬，必须迎合雇主的需求。这固然可以视为职业作家机制的萌芽状态，但从某种意义上说，也是在墓志文书写活动中，主导权由创作者向传播者进一步转移。文人得人钱财，自然要为人服务，按照逝者家属的要求进行创作，循规步矩，不敢有失，且多有虚构之事、溢美之词。从传播的角度看，传播者不再是原封不动地将信息向大众传达的中介，而是有意向创作者订制特定类型的信息，以满足自身的传播目的。

### 三、传播主导权的争夺

墓志文的写作目的是使逝者的身后美名得以广为流传，这一传播要求潜在地规定了文人的创作方向。通过人情请托和钱物报酬，逝者家属加深了对文人的影响，获得了墓志文书写活动的部分主导权。传播导向与创作原则的冲突，最终还是反映到墓志文的文本表现上。传者对于传播效果极为重视，但并不意味着传者是以受众为本位，而是采取特殊的策略以实现自身的需求。逝者家属通过控制碑志文的信息来源，将创作者弱化为信息的加工者，并且对文人的成稿做出一定的修改，进一步掌握其文本内容。传播者对于传播内容的处理，既是与创作者矛盾升级的表现，又是其独立性、自主性的表现。

除了墓志文之外，行状也是记载逝者生平事迹、宣扬身后美名的文

---

① （宋）王明清：《挥麈录》后录卷一一，第 167 页。

体。逝者的主要资料，如姓名、家系、籍贯、仕历、事迹、著述、卒年、墓葬事宜等，无不具载其中。"状者，貌也。体貌本原，取其事实，先贤表谥，并有行状，状之大者也。"① 从内容上而言，行状与墓志文并无大异，但创作时间有先后之分，功能也有所区别。宋人吴曾云："自唐以来，未为墓志铭，必先有行状，盖南朝以来已有之。"② 如前文所述，若文人接受逝者家属的请托才写作墓志文，与逝者并无深交，对于逝者的生平事迹不甚了解，则必须有所参考。行状的一个功能就是逝者家属与创作者进行信息交流，为墓志文的撰写提供原始的传记资料。宋祁作《荆王墓志铭》之前，"询玉牒，摭行状"，方能"次第其辞"。③ 王安石作《梅侍郎神道碑铭》，是因为梅清臣"以公行状及乐安欧阳公之铭来，请文以刻墓碑"④。范纯仁《秘书丞许君墓志铭》云："葬既有期，惟孝持君之《行状》，泣来请铭。"⑤ 苏轼接受好友王定国的委托，为他人写作墓志铭，其信中即云："公向令作《滕达道埋铭》，已诺之，其家作行状送至此矣。"⑥ 行状多为逝者的门生故旧所作，记录逝者的生平事迹，以供撰写碑志文的文人选择采纳。

行状可以说是墓志文的发端，但文人对待行状的态度却非常微妙。洪适著有《盘洲集》，"许及之撰适行状，称有文集一百卷，藏于家。周必大撰适神道碑，则称其论著为四方传诵，有《盘洲集》八十卷，与行状互异"⑦。可能许及之所见为洪适家藏手稿，而周必大指的是洪适文集的传世刊本，二人的分歧即在于此，由此可见文人并非全然相信行状的记载，同时也说明行状所承载的信息在传播过程中产生了变化。黄庭坚"为人作墓志，必咨问行状中事"⑧，可见其对第一手材料的重视。朱熹所作碑铭文字，也取材于逝者家属提供的行状："受书考之，具得光禄大夫、蕲春夫人行事本末，叹息久之。因论其大者如此，而并记其州里世

---

① （梁）刘勰著，范文澜注：《文心雕龙注》卷六《书记》，第 459 页。
② （宋）吴曾：《能改斋漫录》卷二，第 22 页。
③ （宋）宋祁：《荆王墓志铭》，见《全宋文》卷五二七，第 25 册，第 109 页。
④ （宋）王安石：《王文公文集》卷八五《宋翰林侍读学士知许州军州事梅公神道碑》，上海人民出版社 1974 年版，第 905 页。
⑤ （宋）范纯仁：《秘书丞许君墓志铭》，见《全宋文》卷一五五七，第 71 册，第 328 页。
⑥ （宋）苏轼：《苏轼文集》卷五二《与王定国四十一首》之三四，第 1529 页。
⑦ （清）纪昀总纂：《四库全书总目提要》卷一六〇《盘洲集提要》，第 4124 页。
⑧ （宋）刘克庄著、辛更儒笺校：《刘克庄集笺校》卷一〇二《跋东坡颍师听琴水调及山谷帖》，第 4257 页。

次、阀阅梗概，及子孙次第，请具刻于螭首之石如左方。"① 朱熹见行状只是"论其大者"，便补充了一些关于逝者家系、门第的具体内容，并未多做修改。但朱熹在书信中声明自己沿袭了行状的基本内容，这是出于其一贯谨慎、认真的创作态度，向世人作出表白，其作品乃是有据可依，以免受到虚假不实的批评。由于行状多为逝者的亲友故旧所作，多有虚美增饰之处，乃至隐恶扬善，夸张失实。唐朝李翱《百官行状奏》云：

> 凡人之事迹，非大善大恶，则众人无由知之，故旧例皆访问于人，又取行状谥议以为一据。今之作行状者，非其门生，即其故吏，莫不虚加仁义礼智，妄言忠肃惠和。或言盛德大业，远而愈光；或云直道正言，殁而不朽。曾不直叙其事，故善恶混然不可明。……由是事失其本，文害于理，而行状不足以取信。②

既然行状不足取信于人，文人若对行状的内容全盘照搬，则其作品难以称为实录。高步瀛注王安石《广西转运史孙君墓碑》云："然此碑恐亦多溢美，盖行状乃抗子邈为之，荆公殆据状叙次耳。"③ 王安石按照行状的陈述进行写作，但此行状乃出自逝者孙抗之子孙邈手笔，掺杂私心偏见，王安石受其贻误，作溢美之文，不免受到后世读者的批评。欧阳修《与梅圣俞》云："忽辱惠教，兼得唐子方家行状，谨当牵误，然少宽数日为幸。其如行状中泛言行己，殊不列事迹，或有记得者，幸更得数件，则甚善。……寻常人家送行状来，内有不备处，再三去问，盖不避一时怡怡，所以垂永久也，乞以此意达之。"④ 宁宗驾崩，程珌助史弥远矫诏拥立理宗，宁宗杨皇后缄金一囊赠之，引起史弥远的敌视，而此事于程珌的行状和墓志铭中均不载。文人希望作品得以传世垂范，因此不辞劳苦，极力搜寻逝者的生平事迹，以便作品更为具体、翔实、可信，得以广为流传。反而是逝者家属提供的行状，不仅充满着肤浅、空洞、泛化的描述，还存在着曲笔回护、溢美颂扬、虚假失实等一系列的问题。从信息传播的角度而言，行状是为创作者提供信息的工具，具有合理的意义，但其作为传播者主导权力的表现，是其受到文人批评的重要原因。

---

① （宋）朱熹：《宋故朝议大夫致仕赠光禄大夫黄公神道碑铭》，见北京图书馆金石组编：《北京图书馆藏中国历代石刻拓本汇编》第 43 册，第 148 页。
② （清）董诰等编：《全唐文》卷六三四，中华书局 1983 年版，第 6400 页。
③ 高步瀛选注：《唐宋文举要》，上海古籍出版社 1982 年版，第 921 页。
④ （宋）欧阳修：《欧阳修全集》卷一四九《与梅圣俞四十六通》之四四，第 2464 页。

创作者与传播者的最大分歧，还体现在对于已完成作品的修改权上。墓志文人石前已多有修改，并非文本的原貌。如韩琦《录付鼓城府君墓志石本序》云："石本比家集旧文有少删略处，盖曾祖令公削其烦也。"①文人希望能最大限度地保留作品原貌，排除他人对已完成作品的干涉，但也会听取其他人提出的建设性意见。欧阳修为范仲淹作神道碑，称范氏谏止太后接受官员朝拜。后来苏洵从官方文献中发现并无此事，便告知欧阳修。欧阳修答复道："文正公实谏而卒不从，《墓碑》误也，当以案牍为正耳。"② 可见文人并不忌讳他人的批评，但修改权必须掌握在自己手中。以下举例：

> 晏尚书景初作一士大夫墓志，以示朱希真。希真曰："甚妙。但似欠四字，然不敢以告。"景初苦问之，希真指"有文集十卷"字下曰："此处欠。"又问："欠何字？"曰："当增'不行于世'四字。"景初遂增"藏于家"三字，实用希真意也。③

宋代多能文之士，但并非人人都能以文学得名，其著作也少有流传。这位士大夫文名不著，其文集亦不为人所知。晏景初用"藏于家"三字，乃是暗示逝者自重其文，将稿本藏于家中，掩盖了并无刊本传世的缺憾，为其保留几分颜面。但晏景初此项改动不免曲笔徇情之嫌。文人在创作过程中，认识到传播者的倾向，并有意迎合，作出改动，也是寻常。

逝者家属出于隐恶扬善的传播倾向，往往要求文人对已完成的作品进行修改，删除对逝者形象可能产生不利影响的内容。若这一要求遭到拒绝，逝者家属可能会在未征得文人同意的情况下，自行对作品进行增损篡改。对于创作者来说，这是对作品原貌和作者本意的扭曲，并且修改过的作品仍以作者的名义发表，并未说明改动的情况，更容易使读者产生误解。对于传播者而言，墓志文的传播是一个目的性的行为，意在塑造逝者的正面形象。对于传播内容的改动，正是为了这一传播目的服务，并无不妥之处。在当今社会，未经作者授权而擅自修改他人作品，侵犯了作者的著作权。而在宋代，墓志文是否需要修改，传播者能否自行修改并刻石传播，也是文人与逝者家属争论的焦点。

---

① （宋）韩琦：《录付鼓城府君墓志石本序》，见《全宋文》卷八五三，第 40 册，第 28 页。
② （宋）苏轼：《苏轼文集》卷七二"范文正谏止朝正"条，第 2284 页。
③ （宋）陆游：《老学庵笔记》卷四，第 49 页。

　　尹洙为欧阳修生平知交，在其去世后，欧阳修接受请托，作墓志铭记载亡友一生的事迹和业绩，却受到了尹氏家属和友人的批评。一方面是批评其文辞过于简略，仅八百多字；另一方面是批评未能详载其生平行事，突出其德业功绩。韩琦致书欧阳修，责其行文不当："不徒详其家世、事迹而已，亦欲掩疵扬善以安孝子之心，况无假于掩而反诬之乎！"① 但欧阳修拒绝修改，尹氏家属只好请韩琦作墓表，以为补充。韩文长两千三百多字，极称扬洙之才能忠义。后来欧阳修又作《论尹师鲁墓志》，为自己的创作态度辩解："以此见朋友、门生、故吏，与孝子用心常异。修岂负知己者！范、尹二家，亦可为鉴，更思之。"② 无独有偶，王安石受钱公辅之邀，为其母蒋氏作墓志铭。因王安石不屑于细节末端，未记载钱公辅得甲科为通判之事，未记载通判官署有池台竹林之景，未记载钱门诸孙姓名，受到钱公辅的质疑。王安石回复说："比蒙以铭文见属，足下于世为闻人，力足以得显者铭父母，乃以属于不腆之文，似其意非苟然，故辄为之而不辞。不图乃犹未副所欲，欲有所增损。鄙文自有意义，不可改也。宜以见还，而求能如足下意者为之耳。"③ 王安石与欧阳修态度一致，自重其文，维护创作者的独立地位。王安石更是宁可收回自己的文章，也不愿它在传播过程中受到篡改和歪曲。

　　北宋庆历新政开展之时，范仲淹与宰相吕夷简多有不和，斗争激烈。范仲淹去世后，欧阳修为其撰写神道碑，有意叙述范、吕二人解仇释怨之事：

> 自公坐吕公贬，群士大夫各持二公曲直，吕公患之，凡直公者，皆指为党，或坐窜逐。及吕公复相，公亦再起被用，于是二公欢然相约戮力平贼。天下之士皆以此多二公，然朋党之论遂起而不能止。上既贤公可大用，故卒置群议而用之。④

　　宝元元年（1038），西夏战事爆发，范仲淹与吕夷简携手合作，共御国难，欧阳修所记即为此事。其用意在于突出范、吕二人顾全大局、不计私仇的坦荡胸襟与政治道德，也希望以此消弭政坛上的党争风气，可谓用

① （宋）韩琦：《与文正范公论尹师鲁行状书》，见《全宋文》卷八五〇，第 39 册，第 300~301 页。
② （宋）欧阳修：《欧阳修全集》卷七〇《与杜䜣论祁公墓志书》，第 1020 页。
③ （宋）王安石：《王文公文集》卷八《答钱公辅学士书》，第 99 页。
④ （宋）欧阳修：《欧阳修全集》卷二一《资政殿学士户部侍郎文正范公神道碑铭》，第 335 页。

心良苦。但范仲淹之子范纯仁认为二人并未消除怨恨，在传播过程中改变了文本内容，"即自刊去二十余字，乃入石"。当欧阳修收到碑文拓片，得知碑文被修改后，非常不满，并拒绝承认这是自己创作的文章，直接回复："非吾文也。"① 欧氏曾对苏洵说："《范公碑》，为其子弟擅于石本改动文字，令人恨之。"② 面对传播者造成的既成事实，创作者也是无可奈何，唯有期望后世读者能从自己的文集中了解作品的原貌，窥见作者用心所在。欧阳修与杜欣书信中说："缘修文字简略，止记大节，期于久远，恐难满孝子意。……范公家神刻，为其子擅自增损，不免更作文字发明，欲后世以家集为信。"③ 流行于世的石本仅是墓志文的删节版，当与集本互校，方能还原文本，一睹作品全貌。

有时传播者不仅在刻石过程中对碑铭文字作出改动，甚至会篡改创作者的文集，以图一劳永逸，彻底控制传播中的文本内容。吴子良《荆溪林下偶谈》云："水心作墓志有云：'佐佑执政，共持国论。'执政乃秦桧同时者。汪之孙纲，不乐，请改。水心答书不从。会水心卒，赵蹈中方刊文集未就，门下有受汪嘱者，竟为除去'佐佑执政'四字。"④ 汪勃为官期间，与秦桧来往密切，颇受时人非议，故叶适作《汪公墓志铭》对其提出了委婉的批评。"共持国论"尚可理解为汪勃曾参与朝政，颇有建树，但"佐佑执政"之语则分明指斥汪勃阿附秦桧，甘愿为其驱使。因此汪勃后人请求叶适修改此文，不果，便使用鬼祟伎俩，将此四字从叶适文集的刊板中除去。

# 结　　语

本章研究制诰、奏议、墓志这三类文章，是因为这三者的传播模式较为明确：创作者意识到第一读者的存在，第一读者的好恶对创作者产生了巨大影响；文章会进入特定的传播渠道，使用固定的传播媒介；文章有具体受众，在特定社会阶层中流传，然后逐渐为大众所知；最后会和其他文体一样，进入书册传播的程序。

---

① （宋）叶梦得：《避暑录话》卷二，徐时仪校点，见《宋元笔记小说大观》，第 2609 页。
② （宋）邵博：《邵氏闻见后录》卷二一，第 163 页。
③ （宋）欧阳修：《欧阳修全集》卷七〇《与杜诉论祁公墓志书》，第 1020 页。
④ （宋）吴子良：《荆溪林下偶谈》卷二，见王水照编：《历代文话》，复旦大学出版社 2007 年版，第 559 页。

　　制诰、奏议、墓志这三类文章可以理解为政治传播的工具，制诰和奏议代表了皇帝与官僚体系的交流，也有部分墓志的创作是受到政治指示，虽然它们并不符合"缘情绮靡"的抒情传统，但仍然具有"沉思翰藻"的写作意义，在程式化的文字中也包含着创作者的自我表达，是权力场影响文学场的直接产物。宋代士大夫阅读相关文章，可以了解政局变动、掌握公文写作技巧、熟悉政治人物生平经历，既提升了仕途进取必需的素质和能力，也有利于日常生活中的人际交往。虽然宋文六大家的文学价值更高，但难以总结出特定的传播模式，也难以把握文学传播活动对于宋文六大家创作的影响，与本章的主题不合。

　　制诰、奏议、墓志这三类文章在后人眼中算不上文学体裁，但在当时受到世人的重视，这与当时文人的政治身份有着紧密的联系，可以从中看到更为广阔的社会文化背景。在应用文体的传播过程中，可以看到传播媒介的选择、传播方式的形成、创作者与第一读者的交流与争执等。郭英德先生曾指出："而中国古代的文体分类正是从对不同文体的行为方式及其社会功能的指认中衍生出来的。"① 应用文功能的实现，代表了社会的需要，提出了使传播效果最大化的要求，影响了创作者的文体观念和写作原则，最终表现为具体文本。文学传播这一现实活动内化为文体特色，文体特色在传播过程中得到呈现与建构。

---

① 郭英德：《由行为方式向文本方式的变迁——中国古代文体分类生成方式片论之一》，见氏著《中国古代文体学论稿》，北京大学出版社 2005 年，第 29 页。

# 总　　结

　　文学传播研究覆盖范围广泛，构成关系复杂，涉及问题众多。古代文学传播研究，由于时代久远、文献不足，历史上的许多传播活动只能知其大概，而不能详细说明，研究者多从纷繁复杂的文学传播现象中探索某种倾向与规律，作为对当时文学传播概况的认识。笔者发现现阶段的研究成果多着眼于宏观的规律把握和微观的个案分析，在特定社会历史语境下的文学传播研究和以"系统""结构"的角度分析文学传播的成果相对较少，因此才会专门探讨宋代文学在宋代的传播。

　　文学传播学是新兴的交叉学科，在研究方法上有待规范。研究者不能对相关学科的理论体系一无所知，只是从文学角度来处理，这样并不能在新的研究领域继续深入。笔者认为本书最大的学术价值就是运用场域理论进行分析，在特定视角下对研究问题有更为集中、深入的认识，使研究者可以意识到传播学、社会学理论具备的指导意义。

　　基于传播学视角进行分析，文学传播活动或是人与人之间的交流，文学信息通过人际交往网络向外辐射，每个人既是传播者，又是接受者；或是通过印刷传媒和公共交流实现大众传播。基于场域视角进行观察，文学信息是在特定的成员、群体、阶层、子场域中传播，信息传播的源流、走向、规模、内容、方式、效果都是可以一一认识的。

　　分布于不同社会阶级的行动者具有不同的特征，如政治地位、生存状况、文化修养等，这可以用社会学的"资本""习性"概念来解释。在文学场之中，行动者所拥有的资本使他占据一定的位置，这些位置自然有等级差异，行动者的选择与其位置往往具有结构性对应关系。而行动者的习性则是个人的主观倾向、选择与客观条件之间发生综合作用的结果，体现为某一立场或者行动策略，导致具体实践行为的发生。唐宋之前，文人是一个数量较少、构成简单、自身特征不甚明显的群体，在社会结构中占据固定的位置，文学传播活动主要在文人群体内部进行。随着崇文之风盛行、文化教育普及和大众文化素质的提高，文人不再是某个特定的群体，而是广泛存在于社会各个阶级，不同阶级的文人具有不同的意识观念和行为策略。行动者的多样化，使得传播活动趋于复杂化。而文学传播必然在特定的社会文化语境中得以实现。印刷术的发明与广泛应用、商业文化的发展、文学教育与选拔机制、国家文化政策与时代风会、文人之间的交往方式等社会实践都会影响文学场的运行逻辑，使得不同行动者的场域地位和行为策略产生相应的变化，最终影响文学传播活动呈现出不同的面貌、特征和规律。

较之前代，宋代文学传播活动至少表现出两个鲜明特征：

（一）政治意识对于文学传播全面、深入地渗透

政治场对文学场的影响并非宋代独有，汉武帝、梁简文帝也热衷于文人交往，唐代科举也体现出对诗风文风的引导。宋代文学场的特征在于行动者大多兼具官员、文人的双重身份，文学与政治联系更显紧密，场域之间界限不明朗。虽然宋代也有许多诗狱、文祸，但文人总体上不将政治视为压力来源，而将其作为社会生活的一部分，自觉地接受了政治权力的支配。按照布尔迪厄的说法，就是宋代文人的习性不同于前代，政治场的逻辑得以顺利转化为文学场的逻辑。这一特征在文学传播的表现，就是政治意识全面、深入地渗透其中。身居高位的文人可以将自身的文学观念与政治话语相结合，借助国家权力使其广为流传，这是其他朝代罕见的现象。

当然文学场是一个有独立运行规律的自主空间，政治权力无法直接控制，宋代文学传播的基础仍是文学本身的成就，文人凭借文学传播活动获取相应的地位与声望。

（二）随着印刷术的初步应用，宋代开始进入大众传播时代

雕版印刷技术发明于唐代，在宋代得到普及应用，是改变宋代传播活动基本面貌的主要因素。书籍大量增加、信息流通速度变快、市民阶层的文学水平提高、文学商业化倾向显现，文学从文人群体走向大众，推动了文学场的建构。对于这些问题，以往的研究者已有详细论述，但需要注意的是，宋代毕竟是人际传播向大众传播发展的转型期，尽管印刷媒介已显示出无与伦比的优越性，但口头交流、题壁、刻石等传播方式仍在发挥作用，仍具有不可替代的价值。

技术革新最终会影响文学场的运行逻辑，文学逐渐面向大众，可以获

得经济利益，必然会形成以标准化、制度化、职业化为特征的事业体系，这就导致文学生产活动产生相应的变化，从中分裂出纯文学生产和大众文学生产两个领域，文学逐渐向大众化、通俗化、商品化的工业产物演变，宋代正处于这一趋势的起点。时至明清，戏曲、小说等面向市民阶层的通俗文学在文学场中具有举足轻重的地位，就与宋代文学场的基本形态截然不同。研究宋代文学传播活动，应以士大夫文学为主要观察对象；研究明清文学传播活动，不能忽略戏曲、小说在社会上的传播。

文学传播研究往往被视为文学的外部研究，重视历史还原与规律总结，笔者在把握宋代文学传播特征的基础上，认为应当将研究重点放在文学传播对于文学生产的"影响"上，理解文学传播如何制造出某种引导力量，限定了文学生产发展的方向。唯有如此，才能打通文学研究的内外分野，才能完善文学传播的理论体系，才能理解文学活动的完整链条。

文学传播与接受环节是"影响"得以产生的前提，研究者目前偏重于从接受者的角度立论，分析期待视野，包括文学思想、审美判断、心理分析等因素对于理解"影响"的重要意义，这种研究思路仍然属于文学内部研究的范畴。从文学传播的角度理解"影响"，研究者多关注文学作品在传播过程中的呈现与遮蔽、特定传播方式对文学作品的表现等。

笔者通过对宋词传播，以及制诰、奏议、墓志这三种不同体式的文章传播进行分析，指出文学传播体现了社会生活的需求，一定程度上影响了文学创作者的习性，他们会为了适应特定的传播方式、获得最好的传播效果而自觉地按照某种写作原则或评价标准进行创作，最终生成了具有特定功能的文体，文学传播由此内化为文学场的内部逻辑。

总的说来，文学传播维系并建构了文学场，文坛的基本格局变化，通过文学传播活动在不同历史时期的不同特征表现出来。文学传播活动对于文学生产具有重要的意义，它不仅限定了时人的视野，确定了经典的规范，还依据传播需要对文学创作提出要求。在笔者看来，文学传播是文学活动的重要组成部分，也是将外在的社会因素转化为文学内在规律的关键性环节。

最后，笔者要对研究存在的不足进行说明。一方面，笔者基于场域视角分析宋代文学传播，使用了建构性、选择性很强的新框架，所使用的材料是为问题和主旨服务的，这样确实产生了一些新想法，自觉言之成理，但在研究过程中也感到了视角的限制，某些问题不在这一视角的观察范围之内。使用其他学科的理论进行文学研究，还是要注意适时、适用、适度的问题；另一方面，许多文学传播研究成果往往对现象进行归纳后，通过堆砌大量材料来证明，而不是通过对材料的深入分析来引出观点，笔者虽然意识到这一问题的存在，但未能幸免。

# 参 考 文 献

## 一、专 著

（一）传播学、社会学、印刷史、书籍史

朱传誉：《宋代新闻史》，台北：台湾"商务印书馆"，1967 年。

［美］威尔伯·施拉姆：《传播学概论》，陈亮等译，北京：新华出版社，1984 年。

［美］沃纳丁·赛弗林、［美］小詹姆斯·W. 坦卡特：《传播学的起源、研究与应用》，陈韵昭译，福州：福建人民出版社，1985 年。

［英］戴维·巴勒特：《媒介社会学》，赵伯英等译，北京：社会科学文献出版社，1989 年。

［日］竹内郁郎：《大众传播社会学》，张国良译，上海：复旦大学出版社，1989 年。

［美］迈克尔·E. 罗洛夫：《人际传播——社会交换论》，王江龙译，上海：上海译文出版社，1997 年版。

［英］丹尼斯·麦奎尔：《大众传播模式论》，祝建华、武伟译，上海：上海译文出版社，1997 年。

邵培仁：《传播学》，北京：高等教育出版社，2000 年。

［美］约翰·菲斯克：《解读大众文化》，杨全强译，南京：南京大学出版社，2006 年。

［美］沃尔特·翁：《口语文化与书面文化：语词的技术化》，何道宽译，北京：北京大学出版社，2008 年。

［法］麦格雷：《传播理论史：一种社会学的视角》，刘芳译，北京：中国传媒大学出版社，2009 年。

李漫：《元代传播考——概貌、问题及限度》，北京：北京大学出版社，2013 年。

刘大明：《宋代新闻传播与政治文化史稿》，北京：中国传媒大学出版社，2017年。

［法］罗贝尔·埃斯卡皮著、于沛选编：《文学社会学》，杭州：浙江人民出版社，1987年。

［法］吕西安·戈德曼：《文学社会学方法论》，段毅、牛宏宝译，北京：工人出版社，1989年。

［美］皮埃尔·布尔迪厄：《文化资本与社会炼金术——布尔迪厄访谈录》，包亚明译，上海：上海人民出版社，1997年。

［法］皮埃尔·布迪厄、［美］华康德：《实践与反思——反思社会学导引》，李猛、李康译，北京：中央编译出版社，1998年。

［法］皮埃尔·布迪厄：《艺术的法则：文学场的生成和结构》，刘晖译，北京：中央编译出版社，2001年。

张意：《文化与符号权力——布尔迪厄的文化社会学导论》，北京：中国社会科学出版社，2005年。

［美］戴维·斯沃茨：《文化与权力：布尔迪厄的社会学》，陶东风译，上海：上海译文出版社，2006年。

方维规主编：《文学社会学新编》，北京：北京师范大学出版社，2011年。

［美］利奥·洛文塔尔：《文学、通俗文化和社会》，甘锋译，北京：中国人民大学出版社，2012年。

［法］皮埃尔·布尔迪厄：《区分：判断力的社会批判》，刘晖译，北京：商务印书馆，2015年。

朱国华：《权力的文化逻辑：布迪厄的社会学诗学》，上海：上海人民出版社，2017年。

［英］迈克尔·格伦菲尔：《布迪厄：关键概念（原书第2版）》，林云柯译，重庆：重庆大学出版社，2018年。

李致忠：《宋版书叙录》，北京：北京图书馆出版社，1994年。

钱存训：《书于竹帛：中国古代的文字记录》，上海：上海书店出版社，2002年。

［法］弗雷德里克·巴比耶：《书籍的历史》，刘阳等译，桂林：广西师范大学出版社，2005年。

［法］费夫贺、［法］马尔坦：《印刷书的诞生》，李鸿志译，桂林：广西师范大学出版社，2006年。

张秀民：《中国印刷术的发明及其影响》，上海：上海人民出版社，

2009 年。

　　〔美〕周绍明：《书籍的社会史：中华帝国晚期的书籍与士人文化》，何朝晖译，北京：北京大学出版社，2009 年。

　　〔法〕罗杰·夏蒂埃：《书籍的秩序——14 至 18 世纪的书写文化与社会》，吴泓缈、张璐译，北京：商务印书馆，2013 年。

　　〔日〕大木康：《明末江南的出版文化》，周保雄译，上海：上海古籍出版社，2014 年。

　　〔日〕井上进：《中国出版文化史》，李俄宪译，武汉：华中师范大学出版社，2015 年。

　　辛德勇：《中国印刷史研究》，北京：生活·读书·新知三联书店，2016 年。

　　（二）史料、笔记、作品、评论

　　（宋）李心传：《建炎以来系年要录》，北京：中华书局，1956 年。

　　（清）徐松：《宋会要辑稿》，北京：中华书局，1957 年。

　　（元）脱脱等：《宋史》，北京：中华书局，1977 年。

　　（明）冯琦撰、（明）陈邦瞻增辑：《宋史纪事本末》，北京：中华书局，1977 年。

　　（宋）江少虞编：《宋朝事实类苑》，上海：上海古籍出版社，1981 年。

　　（宋）李焘：《续资治通鉴长编》，上海：上海古籍出版社，1995 年。

　　（宋）吴曾：《能改斋漫录》，上海：上海古籍出版社，1979 年。

　　（宋）陆游：《老学庵笔记》，李剑雄、刘德权点校，北京：中华书局，1979 年。

　　（宋）洪迈：《夷坚志》，何卓校点，北京：中华书局，1981 年。

　　（宋）岳珂：《桯史》，吴企明点校，北京：中华书局，1981 年。

　　（宋）张世南：《游宦纪闻·旧闻证误》，张茂鹏点校，北京：中华书局，1981 年。

　　（宋）王辟之、（宋）欧阳修：《渑水燕谈录·归田录》，吕有仁点校，北京：中华书局，1981 年。

　　（宋）魏泰：《东轩笔录》，李裕民点校，北京：中华书局，1983 年。

　　（宋）罗大经：《鹤林玉露》，王瑞来点校，北京：中华书局，1983 年。

　　（宋）邵伯温：《邵氏闻见录》，李剑雄、刘德权点校，北京：中华书局，1983 年。

（宋）邵博：《邵氏闻见后录》，刘德权、李剑雄点校，北京：中华书局，1983 年。

（宋）文莹：《湘山野录·续录·玉壶清话》，郑世刚、杨立扬点校，北京：中华书局，1984 年。

（宋）叶梦得撰、（宋）宇文绍奕考异：《石林燕语》，侯忠义点校，北京：中华书局，1984 年。

（宋）吴处厚：《青箱杂记》，李裕民点校，北京：中华书局，1985 年。

（宋）费衮：《梁溪漫志》，金圆校点，上海：上海古籍出版社，1985 年。

（清）潘永因编：《宋稗类钞》，北京：书目文献出版社，1985 年。

（宋）周密：《癸辛杂识》，吴企明点校，北京：中华书局，1988 年。

（宋）司马光：《涑水记闻》，邓广铭、张希清点校，北京：中华书局，1989 年。

（宋）杨亿口述、（宋）黄鉴笔录、（宋）宋庠整理、李裕民辑校：《杨文公谈苑·倦游杂录》，上海：上海古籍出版社，1993 年。

（宋）黎靖德编：《朱子语类》，王星贤点校，北京：中华书局，1994 年。

（宋）周辉：《清波杂志校注》，刘永翔校注，北京：中华书局，1994 年。

（宋）洪迈：《容斋随笔》，上海：上海古籍出版社，1978 年。

（宋）赵彦卫：《云麓漫钞》，傅根清点校，北京：中华书局，1996 年。

（宋）庄绰：《鸡肋编》，萧鲁阳点校，萧鲁阳注解，北京：中华书局，1997 年。

（宋）李心传：《建炎以来朝野杂记》，徐规点校，北京：中华书局，2000 年。

（宋）王明清：《挥麈录》，上海：上海书店出版社，2001 年。

上海古籍出版社编：《宋元笔记小说大观》，上海：上海古籍出版社，2001 年。

（宋）赵令畤、（宋）彭□辑撰：《侯鲭录·墨客挥犀·续墨客挥犀》，孔凡礼点校，北京：中华书局，2002 年。

（宋）张邦基、（宋）范公偁、（宋）张知甫：《墨庄漫录·过庭录·

可书》，孔凡礼点校，北京：中华书局，2002 年。

（宋）李廌、（宋）朱弁、（宋）陈鹄：《师友谈记·曲洧旧闻·西塘集耆旧续闻》，孔凡礼点校，北京：中华书局，2002 年。

（宋）赵升编：《朝野类要》，王瑞来点校，北京：中华书局，2007 年。

（宋）陈师道、（宋）朱彧：《后山谈丛·萍洲可谈》，李伟国点校，北京：中华书局，2007 年。

（宋）王应麟撰、（清）翁元圻等注：《困学纪闻》，栾保群、田松青、吕宗力校点，上海：上海古籍出版社，2008 年。

（宋）叶寘、（宋）周密、（宋）陈世崇：《爱日斋丛抄·浩然斋雅谈·随隐漫录》，孔凡礼点校，北京：中华书局，2010 年。

（宋）沈括：《梦溪笔谈》，金良年点校，北京：中华书局，2015 年。

（宋）曾布：《曾公遗录》，顾宏义点校，北京：中华书局，2016 年。

（元）刘一清：《钱塘遗事校笺考原》，王瑞来校笺，北京：中华书局，2016 年。

（宋）田况：《儒林公议》，张其凡点校，北京：中华书局，2016 年。

（宋）王素、（宋）王巩：《王文正公遗事·清虚杂著三编》，张其凡、张睿点校，北京：中华书局，2017 年。

（宋）王曾：《王文正公笔录》，张其凡点校，北京：中华书局，2017 年。

（宋）周密：《志雅堂杂钞·云烟过眼录·澄怀录》，邓子勉点校，北京：中华书局，2018 年。

（清）永瑢等：《四库全书总目》，北京：中华书局，1965 年。

（宋）陈振孙：《直斋书录解题》，上海：上海古籍出版社，1987 年。

（宋）晁公武撰、孙猛校证：《郡斋读书志校证》，上海：上海古籍出版社，1990 年。

祝尚书：《宋人别集叙录》，北京：中华书局，1999 年。

祝尚书：《宋人总集叙录》，北京：中华书局，2004 年。

（宋）叶适：《叶适集》，北京：中华书局，1961 年。

（宋）苏轼：《苏轼文集》，孔凡礼点校，北京：中华书局，1986 年。

（宋）欧阳修：《欧阳修全集》，李逸安点校，北京：中华书局，2001 年。

曾枣庄、刘琳主编：《全宋文》，上海：上海辞书出版社，2006 年。

（宋）杨万里撰、辛更儒笺校：《杨万里集笺校》，北京：中华书局，

2007 年。

钱仲联、马亚中主编：《陆游全集校注》，杭州：浙江教育出版社，2011 年。

（宋）杨万里撰、辛更儒笺校：《刘克庄集笺校》，北京：中华书局，2011 年。

（宋）胡仔纂集：《苕溪渔隐丛话》，廖德明校点，北京：人民文学出版社，1962 年。

（宋）张炎著、夏承焘校注，（宋）沈义父著、蔡嵩云笺释：《词源注·乐府指迷笺释》，北京：人民文学出版社，1963 年。

郭绍虞辑：《宋诗话辑佚》，北京：中华书局，1980 年。

（清）何文焕辑：《历代诗话》，北京：中华书局，1981 年。

丁福保辑：《历代诗话续编》，北京：中华书局，1983 年。

（宋）刘克庄：《后村诗话》，王秀梅点校，北京：中华书局，1983 年。

（宋）严羽：《沧浪诗话校释》，郭绍虞校释，北京：人民文学出版社，1983 年。

唐圭璋编：《词话丛编》，北京：中华书局，1986 年。

（宋）阮阅编：《诗话总龟》，周本淳校点，北京：人民文学出版社，1987 年。

（宋）惠洪、（宋）朱弁、（宋）吴沆：《冷斋夜话·风月堂诗话·环溪诗话》，陈新点校，北京：中华书局，1988 年。

金启华等编：《唐宋词集序跋汇编》，南京：江苏教育出版社，1990 年。

施蛰存编：《词籍序跋萃编》，北京：中国社会科学出版社，1994 年。

（宋）魏庆之编、王仲闻注解：《诗人玉屑》，北京：中华书局，2007 年。

（宋）王灼：《碧鸡漫志校正》，岳珍校正，北京：人民文学出版社，2015 年。

（三）其他

施议对：《词与音乐关系研究》，北京：中国社会科学出版社，1985 年。

洪本健：《宋文六大家活动编年》，上海：华东师范大学出版社，1993 年。

张宏生：《江湖诗派研究》，北京：中华书局，1995 年。

祝尚书：《北宋古文运动发展史》，成都：巴蜀书社，1995 年。

王水照编：《宋代文学通论》，郑州：河南大学出版社，1997 年。

沈松勤：《北宋文人与党争》，北京：人民出版社，1998 年。

李剑亮：《唐宋词与唐宋歌妓制度》，杭州：浙江大学出版社，1999 年。

王水照：《王水照自选集》，上海：上海教育出版社，2000 年。

沈松勤：《唐宋词社会文化学研究》，杭州：浙江大学出版社，2000 年。

李瑞良：《中国古代图书流通史》，上海：上海人民出版社、世纪出版集团，2000 年。

张智华：《南宋的诗文选本研究》，北京：北京师范大学出版社，2002 年。

吴熊和：《唐宋词通论》，北京：商务印书馆，2003 年。

王岚：《宋人文集编刻流传丛考》，南京：江苏古籍出版社，2003 年。

邵燕君：《倾斜的文学场：当代文学生产机制的市场化转型》，南京：江苏人民出版社，2003 年。

王水照、朱刚：《苏轼评传》，南京：南京师范大学出版社，2004 年。

吴梅：《词学通论》，上海：复旦大学出版社，2005 年。

沈松勤：《南宋文人与党争》，北京：人民出版社，2005 年。

林继中：《文化建构文学史纲（魏晋—北宋）》，北京：北京大学出版社，2005 年。

［日］内山精也：《传媒与真相——苏轼及其周围士大夫的文学》，朱刚译，上海：上海古籍出版社，2005 年。

［日］高津孝：《科举与诗艺——宋代文学与士人社会》，潘世圣等译，上海：上海古籍出版社，2005 年。

［日］东英寿：《复古与创新——欧阳修散文与古文复兴》，王振宇、李莉等译，上海：上海古籍出版社，2005 年。

［日］浅见洋二：《距离与想象——中国诗学的唐宋转型》，金程宇、冈田千穗译，上海：上海古籍出版社，2005 年。

［日］副岛一郎：《气与士风——唐宋古文的进程与背景》，王宜瑗译，上海：上海古籍出版社，2005 年。

马东瑶：《苏门六君子研究》，北京：北京大学出版社，2005 年。

钱建状：《南宋初期的文化重组与文学新变》，厦门：厦门大学出版社，2006年。

于北山：《杨万里年谱》，上海：上海古籍出版社，2006年。

于北山：《陆游年谱》，上海：上海古籍出版社，2006年。

王兆鹏、尚永亮编：《文学传播与接受论丛》，北京：中华书局，2006年。

于可训、陈国恩编：《文学传播与接受论丛》（第二辑），北京：中华书局，2007年。

李永平：《包公文学及其传播》，北京：中国社会科学出版社，2007年。

童庆炳、陶东风主编：《文学经典的建构、解构和重构》，北京：北京大学出版社，2007年。

［美］田晓菲：《尘几录：陶渊明与手抄本文化研究》，北京：中华书局，2007年。

祝尚书：《宋代科举与文学》，北京：中华书局，2008年。

朱迎平：《宋代刻书产业与文学》，上海：上海古籍出版社，2008年。

张高评：《印刷传媒与宋诗特色：兼论图书传播与诗分唐宋》，台北：里仁书局，2008年。

陈文忠：《文学美学与接受史研究》，合肥：安徽人民出版社，2008年。

熊海英：《北宋文人集会与诗歌》，北京：中华书局，2008年。

张明华：《徽宗朝诗歌研究》，上海：上海古籍出版社，2008年。

单芳：《南宋辛派词人研究》，成都：巴蜀书社，2008年。

刘学：《词人家庭与宋词传承——以父子词人为中心》，南昌：百花洲文艺出版社，2008年。

邓子勉：《宋金元词籍文献研究》，上海：上海古籍出版社，2008年。

曾枣庄：《宋文通论》，上海：上海人民出版社，2009年。

柯卓英：《唐代的文学传播研究》，北京：中国社会科学出版社，2009年。

巩本栋：《宋集传播考论》，北京：中华书局，2009年。

肖鹏：《群体的选择——唐宋人选词与词选通论》，南京：凤凰出版传媒集团、凤凰出版社，2009年。

王兆鹏：《宋南渡词人群体研究》，南京：凤凰出版传媒集团、凤凰出版社，2009年。

卞东波：《南宋诗选与宋代诗学考论》，北京：中华书局，2009年。

张兴武：《宋初百年文学复兴的历程》，北京：中华书局，2009 年。

邱美琼：《黄庭坚诗歌传播与接受研究》，南昌：江西人民出版社，2009 年。

王金寿：《中国古代文学传播概论》，兰州：甘肃教育出版社，2009 年。

钱锡生：《唐宋词传播方式研究》，上海：复旦大学出版社，2009 年。

谭新红：《宋词传播方式研究》，武汉：武汉大学出版社，2010 年。

苏勇强：《北宋书籍刊刻与古文运动》，杭州：浙江大学出版社，2010 年。

尚永亮等：《中唐元和诗歌传播接受史的文化学考察》，武汉：武汉大学出版社，2010 年。

陈水云：《唐宋词在明末清初的传播与接受》，北京：中国社会科学出版社，2010 年。

初清华：《新时期文学场域研究》，北京：人民出版社，2010 年。

王兆鹏、尚永亮编：《文学传播与接受论丛》（第三辑），北京：中华书局，2011 年。

曾念长：《中国文学场：商业统治时代的文化游戏》，杭州：上海三联书店，2011 年。

杨庆存：《宋代散文研究》（修订版），北京：人民文学出版社，2011 年。

马银琴：《周秦时代〈诗〉的传播史》，北京：社会科学文献出版社，2011 年。

［美］刘子健：《中国转向内在：两宋之际的文化转向》，赵冬梅译，南京：江苏人民出版社，2012 年。

钱建状：《宋代文学的历史文化考察》，福州：福建教育出版社，2012 年。

张高评：《苕溪渔隐丛话与宋代诗学典范：兼论诗话刊行及其传媒效应》，台北：新文丰出版股份有限公司，2012 年。

王兆鹏：《宋代文学传播探原》，武汉：武汉大学出版社，2013 年。

王欣：《文学盛衰的权力因素：中国中古文学场域研究》，苏州：苏州大学出版社，2013 年。

侯体健：《刘克庄的文学世界：晚宋文学生态的一种考察》，上海：复旦大学出版社，2013 年。

王秀涛：《中国当代文学生产与传播制度研究》，北京：文化艺术出版社，2013 年。

吴承学：《中国古代文体形态研究》（第三版），北京：北京大学出版社，2013 年。

朱刚：《唐宋"古文运动"与士大夫文学》，上海：复旦大学出版社，2013 年。

成玮：《制度、思想与文学的互动：北宋前期诗坛研究》，上海：复旦大学出版社，2013 年。

王宇根：《万卷：黄庭坚和北宋晚期诗学中的阅读和写作》，北京：生活·读书·新知三联书店，2014 年。

陈景周：《苏东坡词历代传播与接受专题研究论稿》，苏州：苏州大学出版社 2014 年。

刘成荣：《〈左传〉的文学接受与传播研究》，南京：南京大学出版社，2014 年。

杨学志：《诗歌传播研究》，武汉：华中师范大学出版社，2015 年。

邓子勉：《两宋词集的传播与接受史研究》，上海：华东师范大学出版社，2015 年。

辛德勇：《制造汉武帝：由汉武帝晚年政治形象的塑造看〈资治通鉴〉的历史构建》，北京：生活·读书·新知三联书店，2015 年。

贾晋华：《唐代集会总集与诗人群研究》（第二版），北京：北京大学出版社，2015 年。

塔娜：《清代文学传播个案研究——屈大均诗文集的传播与禁毁》，天津：南开大学出版社，2015 年。

［比］魏希德：《义旨之争：南宋科举规范之折冲》，胡永光译，杭州：浙江大学出版社，2016 年。

［英］贺麦晓：《文体问题——现代中国的文学社团和文学杂志》，陈太胜译，北京：北京大学出版社，2016 年。

［美］田安：《缔造选本：花间集的文化语境与诗学实践》，马强才译，南京：江苏人民出版社，2016 年。

郁玉英：《宋词经典的生成及嬗变》，北京：中国社会科学出版社，2016 年。

许浩然：《周必大的历史世界：南宋高、孝、光、宁四朝士人关系之研究》，南京：凤凰出版社，2016 年。

许振东：《明清小说的文学诠释与传播》，北京：高等教育出版社，2016 年。

［日］浅见洋二：《文本的密码：社会语境中的宋代文学》，李贵译，上海：复旦大学出版社，2017 年。

［日］内山精也：《庙堂与江湖：宋代诗学的空间》，朱刚、张淘、刘静、益西拉姆译，上海：复旦大学出版社，2017 年。

［美］艾朗诺：《才女之累：李清照及其接受史》，夏丽丽、赵惠俊译，上海：上海古籍出版社，2017 年。

梁庚尧：《宋代科举社会》，上海：东方出版中心有限公司，2017 年。

汪超：《明词传播述论》，北京：中华书局，2017 年。

张春晓：《贾似道及其文学交游研究》，武汉：崇文书局，2017 年。

何冠环：《宋初朋党与太平兴国三年进士》（修订本），上海：中西书局，2018 年。

侯体健：《士人身份与南宋诗文研究》，上海：复旦大学出版社，2018 年。

杨向奎：《中国古代墓志义例研究》，北京：中国社会科学出版社，2018 年。

黄俊杰：《唐代文人文学传播意识研究》，武汉：武汉大学出版社，2018 年。

武汉大学中国文学传播与接受研究中心编：《文学传播与接受论丛》（第四辑），北京：中华书局，2019 年。

## 二、论　文

谢桃坊：《宋词演唱考略》，《文献》1990 年第 4 期。

王兆鹏：《宋文学书面传播方式初探》，《文学评论》1993 年第 2 期。

朱桦：《论文学接受与文学传播的社会化》，《文艺理论研究》1994 年第 8 期。

王小盾：《中国韵文的传播方式及其体制变迁》，《中国社会科学》1996 年第 1 期。

张荣翼：《文学传播的批评意义》，《社会科学辑刊》1997 年第 7 期。

刘尊明、王兆鹏：《从传播看李清照的词史地位——词学研究定量分析之一》，《文献》1997 年第 3 期。

莫砺锋：《论欧阳修的人格与其文学业绩的关系》，《中国文学研究》1997 年第 4 期。

祝尚书：《试论宋代图书出版的审查制度》，《古籍整理学》1997 年第 6 期。

王兆鹏：《传播与接受：文学史研究的另两个维度》，《江海学刊》1998 年第 3 期。

郭英德：《元明的文学传播与文学接受》，《求是学刊》1999 年第 2 期。

方智范：《杨亿及西昆体再认识》，《华东师范大学学报》（哲学社会科学版）2000 年第 6 期。

皮庆生：《两宋政府与印刷术关系初探》，《文史》2001 年第 3 期。

周裕锴：《诗可以群：略谈元祐体诗歌的交际性》，《社会科学研究》2001 年第 5 期。

杨玉成：《小众读者：康熙时期的文学传播与文学批评》，《中国文哲研究集刊》2001 年第 19 期。

刘尊明、田智会：《试论周邦彦词的传播及其词史地位》，《文学遗产》2003 年第 3 期。

王兆鹏：《宋代诗文别集的编辑与出版——宋代文学的书册传播研究之一》，《华中科技大学学报》（社会科学版）2004 年第 2 期。

陈平原：《现代文学的生产机制及传播方式——以 1890 年代至 1930 年代的报章为中心》，《书城》2004 年第 2 期。

曹萌：《文学传播学的创建与中国古代文学传播研究》，《沈阳师范大学学报》（社会科学版）2004 年第 5 期。

董希平：《宋诗的助力与词作的广泛传播——北宋前期词繁荣的一个重要标志》，《南都学坛》2004 年第 9 期。

王兆鹏：《宋词的口头传播方式初探——以歌妓唱词为中心》，《文学遗产》2004 年第 11 期。

柯庆明：《文学传播与接受的一些理论思考》，见东华大学中文系编：《文学研究的新进路——传播与接受》，台北：洪叶文化事业有限公司，2004 年版。

吕肖奂：《论南宋后期词的雅化和诗的俗化——兼谈文体发展及文学与文化之关系》，《文学遗产》2005 年第 2 期。

廖群：《厅堂说唱与汉乐府艺术特质探析——兼论古代文学传播方式对文本的制约和影响》，《文史哲》2005 年第 3 期。

孔学：《宋代书籍文章出版和传播禁令述论》，《河南大学学报》2005 年第 6 期。

颜昆阳：《论"文类体裁"的"艺术性向"与"社会性向"及其"双向成体"的关系》，《首都师范大学学报》（社会科学版）2006 年第

1 期。

　　赵建国：《文学传播研究现状述评》，《河南大学学报》（社会科学版）2006 年第 1 期。

　　王兆鹏：《中国古代文学传播方式研究的思考》，《文学遗产》2006 年第 2 期。

　　王兆鹏：《中国古代文学传播研究的六个层面》，《江汉论坛》2006 年第 5 期。

　　杨雨：《豪放派词学理论的"集体失语"与格律派词人的"群体传播"》，《社会科学家》2006 年 5 月。

　　谌东飚：《中国古代散文的传播与散文文体之关系论纲》，《长沙理工大学学报》（社会科学版）2006 年 9 月。

　　邱美琼：《新时期以来古典文学传播研究述略》，《嘉应学院学报》2007 年第 1 期。

　　王水照：《作品、产品与商品——古代文学作品商品化的一点考察》，《文学遗产》2007 年第 3 期。

　　苏勇强：《北宋科举教育与书籍刊刻》，《贵州社会科学》2007 年第 3 期。

　　李永平、杨莹：《古典文学传播研究的回顾与前瞻》，《西安石油大学学报》（社会科学版）2007 年第 3 期。

　　张洪波：《中国古代文学传播的方式演进及其经济动因探析》，《东北财经大学学报》2007 年第 7 期。

　　［日］浅见洋二：《"焚弃"与"改定"——论宋代别集的编纂或定本的制定》，朱刚译，《中国韵文学刊》2007 年第 3 期。

　　柯卓英：《文学研究领域中传播学理论运用探析——以中国古代文学研究为例》，《西安文理学院学报》（社会科学版）2008 年第 1 期。

　　杨挺：《语言与文籍的凸显——宋代立言不朽观念的革新与文集编刻的繁盛》，《中国文学研究》2008 年第 1 期。

　　柯卓英：《文学研究领域中传播学理论运用探析——以中国古代文学研究为例》，《西安文理学院学报》2008 年第 1 期。

　　谭新红：《宋词的书册传播》，《武汉大学学报》（人文科学版）2008 年第 1 期。

　　谌东飚：《传播决定文体论——以中国古代散文文体为例》，《中国文学研究》2008 年第 1 期。

　　方学森：《近五年（2002—2006）中国古代文学传播研究综述》，《池州学院学报》2008 年第 6 期。

　　焦宝、李承：《论文学传播在唐宋之际走向近世化——"宋代近世说"下的唐宋文学传播变革》，《长春大学学报》2008 年第 7 期。

　　黎清：《南宋人看江西诗派》，《文史知识》2008 年第 11 期。

　　张澂：《杜诗传播论》，《杜甫研究学刊》2008 年第 12 期。

　　张毅：《陆游诗传播、阅读专题研究》，复旦大学博士学们论文，2008 年。

　　尚永亮：《论宋初诗人对白居易的追摹与接受》，《社会科学辑刊》2009 年第 4 期。

　　邓子勉：《歌妓侍妾与词的接受——兼论歌妓侍妾对词集的传抄》，《淮阴师范学院学报》2009 年第 6 期。

　　谭新红：《名人品题——宋代文学傅播方式研究之一》，见四川大学古籍整理研究所、四川大学宋代文化研究中心编：《宋代文化研究》（第十六辑），成都：四川大学出版社，2009 年。

　　祝尚书：《论科举与文学关系的层级结构——以宋代科举为例》，《华南师范大学学报》2010 年第 1 期。

　　王兆鹏：《宋代的"互联网"——从题壁诗词看宋代题壁传播的特点》，《文学遗产》2010 年第 1 期。

　　周立：《文化生产与接受研究的取向与进路》，《新闻大学》2010 年第 2 期。

　　张高评：《〈诗人玉屑〉之编印与宋代诗学之传播：诗话笔记之征引与写本印本之反应》，《中正大学中文学术年刊》2010 年第 2 期。

　　侯体健：《汰择与类编：从编集传播看两种宋刻刘克庄作品集的学术意义》，《江西师范大学学报》（哲学社会科学版）2010 年第 4 期。

　　张高评：《论〈诗人玉屑〉述沿袭与点化——传播与接受之诠释》，《成大中文学报》2010 年第 28 期。

　　王水照：《南宋文学的时代特点与历史定位》，《文学遗产》2011 年第 1 期。

　　李光生：《书院语境下的文学传播——以朱熹〈白鹿洞赋〉为考察对象》，《山西师大学报》（社会科学版）2011 年第 3 期。

　　甘松：《宋代词集的编纂方式及传播效应》，《安庆师范学院学报》（社会科学版）2011 年第 4 期。

　　王星、王兆鹏：《论石刻对宋代文学传播的作用与影响》，《甘肃社会科学》2012 年第 2 期。

曹萌：《论中国古代的文学传播思想》，《郑州大学学报》（哲学社会科学版）2012 年第 5 期。

刘扬忠：《东坡词传播与接受简史》，《社会科学战线》2012 年第 10 期。

钱建状：《宋代的科名崇拜、科名歧视与文学传播》，《厦门大学学报》（哲学社会科学版）2012 年第 11 期。

杨芹：《宋人文集收录制诰之举论析》，《史学月刊》2013 年第 3 期。

杨挺：《符号、技术与社会——宋代文学传播的观念更新及其意识自觉》，《湘潭大学学报》（哲学社会科学版）2013 年第 6 期。

曾礼军：《古代文学传播研究述评》，《宁夏师范学院学报》（社会科学）2013 年第 4 期。

彭文良：《由唱本到读本：苏词在宋代的传播与接受》，《北方论丛》2014 年第 1 期。

张振谦：《道教宫观与宋诗传播》，《文艺评论》2014 年第 4 期。

吴惠娟：《论万俟咏词的流行及衰落》，见马兴荣等主编：《词学》（第三十一辑），上海：华东师范大学出版社，2014 年。

周淑舫：《山阴才媛王端淑与女性文学传播——从〈伊人思〉〈名媛诗纬初编〉两部辑集比较谈起》，《绍兴文理学院学报》（哲学社会科学）2015 年第 2 期。

王玥琳：《论著作序在文学传播、接受中的特点与作用》，《中国文学研究》2015 年第 3 期。

杜海军：《论石刻对文学传播的贡献》，《陕西师范大学学报》（哲学社会科学版）2015 年第 5 期。

杜刚：《中国古代文学传播中名人效应原因探析》，《齐齐哈尔大学学报》（哲学社会科学版）2015 年第 8 期。

汪超：《论宋人同题文章与师门文学交流、传播》，《兰州学刊》2015 年第 11 期。

陈水云：《常州词派的"根"与"树"——兼论常州词学的流传路径与地域辐射》，《文学遗产》2016 年第 1 期。

孔庆蓉：《论汉诗在汉魏六朝的文学传播——以史书和选集为例》，《文艺评论》2016 年第 4 期。

孙少华：《从"西北来"到"东南飞"——〈艳歌何尝行〉〈孔雀东南飞〉的文本流变与文化意蕴》，《中南民族大学学报》（人文社会科学版）2016 年第 3 期。

徐红漫：《媒介变化与唐宋诗歌的公众传播》，《南京师大学报》（社会科学版）2017 年第 5 期。

潘建国：《〈世说新语〉在宋代的流播及其书籍史意义——兼论抄本与印本时代典籍流播之差异》，见傅刚主编：《中国古典文献的阅读与理解：中美学者"黉门对话"集》，北京：北京大学出版社，2017 年。

吴大顺：《古代文学传播研究现状及文学传播学构建》，《中北大学学报》（社会科学版）2018 年第 2 期。

吴大顺：《邺下诗酒唱和的文学传播方式与建安风骨——兼论曹丕对建安文学的贡献》，《兰州学刊》2018 年第 7 期。

林阳华：《诗序自注及其文学传播意义探析——以唐宋为中心》，《江南大学学报》（人文社会科学版）2019 年第 9 期。

翁再红：《从"文学家"到"把关人"——论文学经典化历程中的传播主体》，《南京社会科学》2019 年第 12 期。

沈琪、李德辉：《东晋南朝浙西航线的文学生产与传播》，《湖南人文科技学院学报》2020 年第 1 期。

李德辉：《唐代长安、岭南、扬州交通——文学三角的形成及意义》，《中州学刊》2020 年第 6 期。